熵变

Entropy Change

许艳文——著

文化发展出版社
Cultural Development Press

图书在版编目(CIP)数据

熵变/许艳文著.---北京:文化发展出版社,2021.2
ISBN 978-7-5142-3301-8

Ⅰ.①熵… Ⅱ.①许… Ⅲ.①长篇小说-中国-当代 Ⅳ.①I247.5

中国版本图书馆CIP数据核字(2021)第018053号

熵变 SHANG BIAN

许艳文 著

出 版 人：武　赫
策划编辑：肖贵平　孙　烨
责任编辑：孙　烨
责任校对：岳智勇
责任印制：杨　骏
封面设计：YUKI工作室
排版设计：YUKI工作室

出版发行：文化发展出版社（北京市翠微路2号　邮编：100036）
网　　址：www.wenhuafazhan.com
经　　销：各地新华书店
印　　刷：天津嘉恒印务有限公司
开　　本：880mm×1230mm　1/32
字　　数：300千字
印　　张：12.25
版　　次：2021年4月第1版　2021年4月第1次印刷
定　　价：49.80元
ＩＳＢＮ：978-7-5142-3301-8

◆ 如发现任何质量问题请与我社发行部联系。发行部电话：010-88275710

目录 CONTENTS

第一章	美女来袭 · 1
第二章	体检疑云 · 19
第三章	五味杂陈 · 35
第四章	举报迷局 · 54
第五章	临危受命 · 66
第六章	浦山会议 · 77
第七章	另起炉灶 · 89
第八章	门锁风波 · 106
第九章	网络硝烟 · 131
第十章	流年风雨 · 160

| 第十一章 | 首战告捷 · 178

| 第十二章 | 神秘房间 · 198

| 第十三章 | 悬而未决 · 213

| 第十四章 | 波澜再起 · 227

| 第十五章 | 云遮雾绕 · 241

| 第十六章 | 腹背受敌 · 255

| 第十七集 | 孑立风中 · 270

| 第十八章 | 不言悲喜 · 285

| 第十九章 | 骤雨将临 · 300

| 第二十章 | 勉力而为 · 329

| 第二十一章 | 突出重围 · 353

| 第二十二章 | 明月依旧 · 375

第一章 美女来袭

1

北方的天气到底像北方，时令已是五月，还清风凛冽，寒意袭人。

早上六点，闹铃响了，声音尖锐刺耳。莫晓瑜从梦中惊醒，揉揉眼睛，翻身起床。她三下五除二洗漱好，胡乱吃了点东西，凑近镜子用食指与中指顺顺纤秀的眉毛，又抹了一层薄薄的口红，抿抿嘴巴，往后站定，横看竖看镜中的女人，身材高挑，眉眼灵动，肤白如脂。她自信地笑笑，在衣柜里挑了一件低领桃红色毛衣穿上，披一件咖啡色风衣，把脚伸进白色的高跟鞋，拎着乳白色小包匆匆出门了。

深蓝色公务车停在楼下。莫晓瑜坐上副驾驶位，吩咐司机小张往省卫生厅方向开去。看着窗外后退的房屋与树木，莫晓瑜不免有点晕眩感，昨晚不得已又熬了夜，此刻哈欠连天，她双手交叉在胸前，微闭着眼睛养神。

车很快到了江北宾馆，省卫生厅邀请的六位专家吃过早餐后聚在大门口闲聊。莫晓瑜敏捷地跳下车，习惯性抹了一把被风吹乱的头发，晨光中，她的身影单薄而柔软。当她看到省卫生厅医药管理处徐远林处长正与专家们说说笑笑时，忙紧走几步上前与他们一一打招呼，恭请他们上车。

车很快回到青州中医药研究所。主管业务的副所长王吉亮、所长助理兼生产管理处处长戴世辉、党政办公室主任曾以平、质监办老顾问胡高成等一干人已在大门外候着。待专家们下车后,王吉亮一脸笑容,上前与他们一一握手,引领他们进了大门,沿林荫大道走去。

徐远林双手背在身后,挺着微微隆起的肚子慢慢踱步,他指着左边一栋高楼问,嘀,好气派啊!这是一栋什么楼呢?王吉亮张嘴正想回答,不料胡高成抢在前面说,徐处,这是我们研究所最重要的一栋楼,两个省重点学科都在这里呢!王吉亮扶了下眼镜框,微微皱了皱眉。胡高成只管指着前面说,徐处,那是我们研究所的原生态森林,在全国来说都是得天独厚的。

几位专家组成员一边听胡高成介绍,一边走到前面的千龙湖。湖面波光粼粼,水色澄清,优哉游哉地游着几只大白鹅,还有一群灰色的野鸭。徐远林停住脚步,情不自禁叹道,很美,你们这里确实很美啊!胡高成笑得一张脸皱成一堆,他指着林荫路右侧说,这是一片桃林,三月桃花开时,还真是很迷人呢。徐远林嗯嗯几声,连连点头赞叹。胡高成继续介绍说,我们研究所历史并不长,才三十几年时间,郑光跃所长来这里之后,花了很大气力,短短几年里环境大大改观。

胡高成还想继续说下去,这时,王吉亮抢过胡高成的话头说,徐处,前面还有一片风景区,是我们研究所最出彩的地方,各位领导和专家愿意去走走吗?徐远林兴致勃勃地说,好啊好啊,正好现在时间还早呢。

王吉亮带着专家组一行人转悠到了另一栋楼后面,他指着前面山顶上红白相间、椽檐欲飞的亭子说,这是郑所长特意为研究所修建的标志性建筑,取名为"紫荫阁",有紫气东来、绿树成荫之意,象征着我们青州研究所今后的吉祥如意与发展腾飞。

徐远林站定了,但见紫荫阁下曲径通幽,小桥流水,褐石假山,水杉挺立,垂柳依依。这时,一位专家凑过来说,王所长,你们研究所环境不错，很有点江南风格嘛。胡高成在一旁颇为得意地说，我们郑所长就是江南人呀，所有的这一切都是他亲自构思设计的。

麻石路两旁都是些花花草草，色彩缤纷，形貌各异，徐远林等人仰头看了看高高耸立的紫茵阁后，便俯身辨识那些花草，他摇摇头，好些我还叫不出名字呢……哦，这种车前草估计谁都认识，他随手采了一片叶子。胡高成走到徐远林身边，兴冲冲地介绍说，这些花草不仅仅只供观赏，还都是些中草药呢，你看，这是地榆林，这个是石蒜，看那，是小紫金牛，还有川楝子、鸡毛狗、白草根、苦地丁、防风、紫菀、鹿角草……附属医院的教授经常带着学生来这里，指导学生实地辨识与了解各种中草药的特征与功能。

莫晓瑜一直默默跟在队伍后面，她掏出手机看看时间，加紧几步来到胡高成身边，胡老，开会时间快到了。胡高成忙对徐远林说，徐处，快九点了，我们是不是去会场？徐远林说，好啊，走吧。

专家组成员到会场刚一坐下，时间正好到了九点，郑光跃却还未到。胡高成盯着莫晓瑜不停地问，怎么搞的？怎么回事？你联系过郑所长吗？莫晓瑜说，昨晚一接到通知我就给他发信息了呀，我也不知道怎么了……戴世辉忙对莫晓瑜说，走，我们下楼去等等吧。他俩站在大楼前，十来分钟后，才看到郑光跃远远走来了。戴世辉和莫晓瑜忙上前招呼他一声。郑光跃没怎么看他们俩，习惯性地挠挠他的寸板头，绷紧了脸，略有不悦，一边走一边嘀咕道，你们要记得叫我一声。

郑光跃一进会议室，徐远林马上组织会议。莫晓瑜精心准备的工作方案在有条不紊地进行。新来的办事员陈炜是个大大咧咧的假小子，场面上显得笨手笨脚，这让莫晓瑜惴惴不安，担心细节方面会出什么纰漏。

这时，负责摄像的廖水花几步上前，接过陈炜的水壶，仪态万方地走近会议桌，举止文雅地为每一位专家添茶。莫晓瑜不觉留意地看了看廖水花，她三十出头的样子，肤色白皙，眉眼清秀，眼睛大而亮，身着一件浅绿色羊绒披衫，一把乌黑的头发束在脑后，怎么看怎么顺眼。以前打交道不多，偶尔遇见，她会很主动很亲切地打招呼，没曾想在今天这样的节骨眼上，会主动出来帮忙，莫晓瑜心里不免有了几分感动。

廖水花浅浅地笑笑，两边的酒窝显现出来，平添了几分妩媚。她走到胡高成面前轻轻叫了一声，胡老，给您添点茶吧。胡高成回头一看，脸上的皱纹挤着皱纹，笑着说，小廖，怎么好意思辛苦你呀，谢谢，谢谢你了！他将自己的杯子递给廖水花，先看了一眼廖水花的脸，再看着廖水花壶里的水正汩汩倒进他的杯子，一脸慈祥。廖水花将倒满水的杯子小心翼翼递给胡高成，也笑了笑，然后放下水壶，走回摄像机的位置。

莫晓瑜看到这情景，悬着的心顿时松下来了。她扭过头看看廖水花，冲她点点头微微一笑，以示谢意。再看看一边的陈炜，正低着头窘在座位上，双手不停地揉搓着，一脸尴尬。后来陈炜好几次想起身去为检查组成员添茶，都被廖水花抢先了一步。

简短的会议之后，专家组马上检查两个申报优秀实验室的自评报告与支撑材料，下午又去了两个实验室现场考察。

五月的天气清爽宜人，微风拂面，令人愉悦。难挨的一天总算过去了。总结会五点准时开始，徐远林代表专家组对研究所总的评价不错，申报的两个优秀实验室一致通过。看到工作完成得如此顺利，所有相关人员如释重负。晚上研究所宴请检查组成员，郑光跃笑逐颜开地亲自陪同，胡高成更是眉飞色舞、喜不自禁。郑光跃不无得意地对专家们说，多亏有我们的老顾问把关呢，他起身来到胡高成身边说，您辛苦了，我要为您敬上一杯!

好酒好菜答谢过专家组一行后,主客双方纷纷起身告辞,莫晓瑜赶紧叫来车队安排好的车,为礼貌起见,跟车一一送走了所有专家。当她精疲力竭回到家时,已是晚上十一点多钟了。轻轻推开房门,丈夫马启明已经睡着了,发出均匀的鼾声。

2

第二天刚到办公室,胡高成就叫莫晓瑜去他那边商量事情。他俩本来在一间办公室,加上陈炜,三个人挤在一起。有次莫晓瑜去贵阳参加卫生部一个工作会议,往返四天时间,等她回来时,胡高成已经搬到对面办公室去了。胡高成不好意思地解释说,莫主任,对面办公室刚刚空出来,所以我找所里要来了。莫晓瑜心想,你老人家事先招呼也不打一个,就这样决定了?至少发个短信知会一声也行啊。

胡高成用一种奇怪的眼神盯着莫晓瑜,我们这次迎检工作很顺利,你看是不是考虑给所有参与人员发点劳务费?莫晓瑜说,好,按您说的办吧。她当即叫陈炜造一张发放表,小陈先算算看,一共需要多少钱?

目前的质监办还只是个新搭起来的架子,人员配备也是不伦不类的。三个人中,胡高成已七十出头,他原来是省中医研究院主管业务的副院长,退休之后赋闲在家。郑光跃爱才惜才,十年前特意将他聘请过来担任一个二级部门负责人,现在又让他牵头做了质监办顾问,主管这个临时机构。新提拔的所长助理、生产管理处处长戴世辉也在这里兼一个副主任,他是郑光跃亲自挖来的人才,也是最信任的人。莫晓瑜为主持工作的专职副主任,陈炜是临时聘用人员。实际上,所有的事都是胡高成说了算,莫晓瑜不过是执行而已。

胡高成兴致勃勃，看莫晓瑜与陈炜在一边忙着，他一时不知道做什么好，在办公室走过来走过去，一会儿趴在电脑前看看新闻，一会儿走到窗边看看风景，像在考虑什么，又像在犹豫什么。终于，他离开办公室，好一会儿才回来，将莫晓瑜轻轻叫到他那边，低声说，我刚刚去了郑所长那里，郑所长对我们的工作十分满意，问我目前还有什么困难？我对他说可能还需要人手，能否再给个正式指标？郑所长今天心情不错，答应考虑考虑。莫晓瑜心里愣了下，心不在焉地听胡高成絮絮叨叨，嘴里哦哦哦地应答几声。此刻，她心里正着急博士学位论文尚未完成，没几天就要答辩了，导师一直在催促她，怎么办？

莫晓瑜晚上忙着修改完善论文，耗神太多，第二天上班时有点无精打采。胡高成一脸笑意，跑到这边办公室不停地说这说那，莫晓瑜心里着急答辩的事，看他如此唠叨好是烦躁，心不在焉地又是几声嗯嗯嗯，不怎么说话。胡高成急不可耐地说，莫主任，你去给郑光跃送一下劳务费吧，顺便问问郑所长，能否给我们部门再增加一个指标？

莫晓瑜用信封装了两百元到了郑光跃办公室，郑光跃一听是劳务费，立马拉长了脸，说，这劳务费不能发，你们就是发了也要从工资里扣除出来。莫晓瑜一惊，糟了，很多工作人员都已经发过了，怎么好找他们要回来？她尴尬地收回信封，说，那就不发了吧……另外，郑所长，您看我们部门能否再增加一个正式指标？郑光跃皱皱眉头，你们目前工作量不是很大，暂时这几个人做着吧。

莫晓瑜回来将郑光跃的话转告给胡高成听，胡高成马上请王吉亮来办公室，将劳务费的情况报告给王吉亮。王吉亮沉吟片刻，笑笑说，没事，我再去与郑所长说明一下吧，毕竟那么多人参与了迎检工作，都做得很辛苦的。

戴世辉来电话请莫晓瑜去他办公室一趟。莫晓瑜刚一坐下，戴世辉迫不及待地说，郑所长批评我好几次了，看来我们以后做事还得要更加细致点。莫晓瑜听懂了戴世辉的意思，莫不是郑光跃对那天迟到一直耿耿于怀？而且认为是我的责任？她低头翻出手机里的信息，委屈地说，戴处你看看吧，我给每个相关的人都发了信息，其中也包括了郑所长。戴世辉看着莫晓瑜，只是笑笑。

莫晓瑜郁闷了一天。她想，工作上的事情并不难做，只要你稍微用点心总是可以做好的，最难的是人心，本来好端端的，为什么总是要岔着气来呢？

黄昏时，天突然变了，风雨骤来。雨不是很大，风吹得树叶发出沙沙的声音。天渐渐黑下来，风也愈来愈紧，搅得房顶上发出莫名其妙的响声。莫晓瑜一个人在家修改论文，看看墙上的挂钟，快十一点了，马启明还不见回来，她稍稍有些不安。

莫晓瑜晚上睡得太迟，第二天起床时头隐隐地痛。她向胡高成请假去了一趟医科大学，导师司徒南青召集几个准备答辩的博士生开一个预备会，首先介绍他自己数十年来治学经历与学术成就，脸上容光焕发，显现出成功人士特有的自信与自豪，莫晓瑜暗自庆幸能遇上这么优秀的导师。

导师一番开场白之后，随即对每一位准备答辩的学生提出了严格的要求，他炯炯有神的眼睛一会看看这个，一会看看那个，朗声说，我希望我司徒门下的弟子个个都有出息，个个都有成就，相信在座的每一位都是好样的。

次日答辩。出门时大雨如注。莫晓瑜心情莫名地郁闷，总是提不起精神来。轮到她答辩时，还是出不了状态，不得已硬着头皮上了台。好不容易回答了所有的提问之后，她的情绪大为放松，轻轻地呼出了一口气来。

答辩结束后，师生们一起共进午餐，刚刚通过答辩的博士生们给每一位老师敬酒，以表敬意。吃完饭后，莫晓瑜与老师和同学们一一告辞，匆匆赶回了研究所。

莫晓瑜有预感，胡高成今天一定会给自己冷脸看的。果然，一见莫晓瑜进门，胡高成满脸不悦，指着桌上一叠纸用硬邦邦的口气说，你尽快将这些工作简报校出来付印吧。莫晓瑜这些天都在修改毕业论文，眼睛已经熬红了，疼痛不已，她担心自己暂时做不了，然而一看到胡高成那种怪异的眼神，只好说，好的，我马上校对吧。

对于胡高成，莫晓瑜有种发自内心的畏惧感。从第一次见到他开始，一直就是这样。胡高成中等身材，腰板挺直，眉毛粗而浓密，在规则之内又毫无规则地散漫开去，斜斜地横在脸上，像极了两把锐利的刀子，更何况从眼镜片里透出一股寒光，令人发颤。他是郑光跃非常器重的人，在节骨眼上委以重任，偌大年纪，还让他担任研究所质监办顾问。莫晓瑜虽是专职副主任，却有职无权，一切都是胡高成说了算。一般情况下，莫晓瑜对胡高成是绝对服从。她牢牢记住了戴世辉私下里提醒自己的话，千万不要得罪胡高成啊，不然，有你吃亏的。莫晓瑜心里明白，郑光跃对胡高成是言听计从，什么私房话都与他说，万一自己与胡高成搞拗了，后果将不堪设想。此中的隐忍、无奈与怅惘有谁能说得清楚呢？

莫晓瑜伏在桌上，专心致志校对工作简报，她眼睛的余光感觉到对面办公室的胡高成正有意无意站在门口往这边看，是在监视自己吗？她不敢抬头，她害怕与胡高成那双尖锐的眼睛对视。这会儿，她突然头痛欲裂，眼睛胀痛得要命，她不得不放下笔，努力转动着眼球。莫非得了什么病？是最近一段时间太过疲劳所致？

胡高成突然在那边叫了一声，莫主任，你过来一下吧。莫晓瑜感觉胡高成的声音有些怪，她惊愕地抬起头来，看到胡高成的眼睛似乎透出一丝柔光，像是刚刚下雨瞬间天晴，这是她与之共事几年来从未见到过的。胡高成的异常表现引起了莫晓瑜的注意，她慌乱中去了那边，胡老，您有事吗？在双方目光对视的那一刻，她看到了他一脸确定的笑，紧张的心情须臾间松弛下来。胡高成站起身，和颜悦色地说，莫主任，你坐，坐吧，先休息会，我有点事想和你说说。

很重要吗？莫晓瑜不安地问。

嗯，有件事想与你商量下。胡高成答道。他索性将自己的椅子搬过来，坐在莫晓瑜身边，堆着一脸的笑。

前几天你看到廖水花了吧，她主动热情地给我们帮忙，你感觉她人怎么样？

廖水花？她人很好的呀，待人热情，又很漂亮。胡老您怎么突然问到她呢？

她想来我们这里工作。

莫晓瑜惊讶地问，她想来我们这里？宣传部不是很好吗？质监办只是个临时部门。

她在那里过得并不好，林处长对她凶巴巴的，动不动就训她。

哦？原来这样啊！

胡高成眼睛一动不动地看着莫晓瑜，求助地说，莫主任，你去与郑所长说一下这个事好吗？

莫晓瑜有些犹豫，对于郑光跃，她无形中感到有些害怕，平时与他打交道不多，有事都是胡高成出面与他联系。郑光跃是个干实事的人，这些年来研究所面貌大大改观，与他的励精图治、超常规运作有关系。但他又是性情中人，对人若有看法绝不藏着掖着，想批谁就批谁，那天因为发劳务费的事，对着莫晓瑜一顿吼叫，莫晓瑜现在想起来还不寒而栗。她犹豫地说，胡老，还是您去说合适些，我没分量啊。

胡高成关切地说，那倒也是的……你呢，这副处都做好几年了，也该上到正处才行。

莫晓瑜愣了下，停了好几秒钟，想说点什么，但她没有开口。

胡高成说，我哪天去同郑所长说说你的事吧。

莫晓瑜感动地说，先谢谢您的关心。她知道胡高成是个急性子，想到什么就要去做什么的，这样倒是让她有些不安，也说不清楚是为什么。果然，胡高成下午就去找了郑光跃，一回办公室就兴高采烈地对莫晓瑜说，今天我找郑所长谈成了两件事，一是同意给我们一个正式指标，二是同意我的建议，争取下半年将你提成正处级。莫晓瑜看胡高成突然为自己的事操心，颇感意外，连声说，谢谢胡老，谢谢您的关心！

这天晚上，莫晓瑜有些兴奋，一是顺利通过了博士学位论文答辩，二是胡高成说的那番话。她想自己这些年真是不容易，算是兢兢业业做事，老老实实做人，按说也应该上个正处的，但自忖虽然做事还行，唯一不知道该怎样去"公关"，场面上这种上台阶的事，与自己攻读学位上职称是完全不同的概念。莫晓瑜从来的信念就是顺其自然，随遇而安。未曾想这位一直让人感到畏惧的胡高成，四年来第一次愿意这样主动帮自己，到底是因为什么呢？是对自己的认可？还是……莫晓瑜心里猛地一跳，难道是为了廖水花吗？希望得到我的支持？就因为他和廖水花是老乡？莫晓瑜又想到了陈炜，那女孩虽说不很灵活，甚至还显得有点笨拙，却是一个实心眼的人，如果廖水花真来了这里，陈炜怎么办呢？明天去问问胡高成吧，看他怎么处理这事？

睡吧，莫晓瑜闭上眼睛，轻轻对自己说。

3

幸好是周末，莫晓瑜放心大睡，一直睡到快十点才醒过来。她慢慢睁开眼睛，一动不动地盯着天花板，好几分钟脑子一片空白。等到彻底清醒后，莫晓瑜伸伸懒腰，呼出几口气来，顿时感到前所未有的轻松，她想，如果每天不用急巴巴赶去上班，都这样睡到自然醒该有多好。

马启明早就出门了，桌上留了张纸条：早餐在锅里，起来趁热吃吧，我今天有两个会。莫晓瑜心里一暖，把纸条轻轻揉成一个小团扔掉，从锅里端出微热的面条吃了。之后，她坐在客厅的大沙发上，随手翻开晚报，正好看到一篇散文——《远湖》，读过之后，有种莫名的亢奋，一颗心随着作者到了遥远的乡村，仿佛一汪澄清的水边站着一位寂寞的思考者。

莫晓瑜想到了梭罗的一本书《瓦尔登湖》，她的心好像被清澈的湖水洗涤过一般，焦躁与不安荡然无存。她忍不住进到书房，迅速打开电脑，很快敲出一段文字：在熙熙攘攘忙忙碌碌的红尘世界里，在四通八达震耳欲聋的摇滚乐中，没有心灵的天堂——高官没有，富人也没有。人类心灵的天堂究竟在哪里呢？让我们寻找到那个远古静谧的村庄，沉到梭罗的瓦尔登湖去吧，一汪湛蓝而澄净的湖水，是洗涤心灵、安妥心灵、休憩心灵的最好去处。

写完这段话，莫晓瑜得到一种心灵的抚慰，所有的郁结似乎都被澄净的水化解了。回想当初那么喜欢文学,从中学时代开始有意向文学靠拢,然而高考时还是选择了医学专业,这大概也是命运的安排吧?父母身体都不太好,她希望以后做一名医生,可以帮他们以及更多的人解除痛苦,只是文学的情结一直还在,时不时写点小文字,算是内心的一块绿洲吧。

下午,莫晓瑜接到了《中医临床研究》杂志社的电话,告知她的一篇学术论文近期会刊登,个别地方需要再修改一下。莫晓瑜放下电话,心中一阵狂喜,这篇万余字的论文让她费了很大的气力,在研究方向上,一旦被权威刊物认定了,就有一定的学术价值,这是她期待了很久的事。投稿近一年时间,迟迟未见回音,以为多半是黄了。

今年还真是个丰收年,顺利拿到了博士学位,重要的学术论文也已搞定,而且……胡高成不是说郑所长已经答应自己的职务升迁吗?熬多少年了,熬得太不容易,有如一叶小舟,在一片汪洋大海中沉沉浮浮。更让莫晓瑜揪心的是,前些年遇人不淑,顶头上司专权滥权,很多事违规操作,而且是个小心眼的男人,容不得自己,没事总找她的碴儿,莫晓瑜一气之下,索性离职到北京大学第三医院进修一年,回来又去附属医院做了两年临床医生,每天面对一个个病人,在望闻问切中积累了丰富的经验,获得了患者们一致好评,也为学术研究奠定了深厚的基础。可这几年又被命运安排进了管理圈子,身处其中,不得而已,好在她心淡了,不管好歹,懒得较真,与胡高成的关系也处理得不错,就这样磕磕巴巴地过来了。她想,我只要没去惹谁招谁,料也不会再有什么麻烦上身吧?

莫晓瑜这时候很想找个人说说话,找谁呢?身边有几个朋友是可以掏心掏肺的,只是,她不太愿意去打扰他们,你有心事的时候未必别人也有?人家好端端的心情弄不好会被你给搅乱了,又何苦呢?

找人说话就是这样，你的情绪在这座山，你要找的人情绪正在另一座山，两座山搁不到一起，又怎么能抵达同一个频道呢？万一人家随意几句话敷衍你，不会觉得难受吗？怪不得有人叹道，这年头从宽泛的意义说，凡有交往的人都是朋友，手机上存储的号码成百上千，等你一个个翻开看下来时，都不知道可以与谁说说话了。现代人的孤独大都如此，哪怕你待在人群中，也会感到莫名的孤独。

莫晓瑜放下手机，坐在沙发上继续翻看报纸，碰到合适的文句，她就用笔勾画下来，多年来，这已成了她的习惯，心里若有解不开的疙瘩，有浇不化的块垒，她就默默地念上几句。

一天的阅读，莫晓瑜感到心里很充实，很愉悦，所有的郁闷和烦恼都烟消云散了。

接下来的一个星期，莫晓瑜赴成都参加卫生部的工作会议。几天时间里，她认真听了卫生部领导与专家的报告。会议结束后，会务组安排与会代表前往著名景区参观，有九寨沟、峨眉山和都江堰三条线路，任由代表选择。莫晓瑜很想去九寨沟，寄情山水，或许会暂时忘却身边的烦恼，适时调整一下心情很有必要。只是，连续几天都下雨，让她对此行犹豫不决，加之需要耗上好几天时间，她心里急着回家赶做落下的工作。成都的好友也劝莫晓瑜别去九寨沟，说雨天道路泥泞，行动不便，尤其担心山体滑坡，怕有什么闪失。莫晓瑜选择去了一趟峨眉山。在山里的几天里，成日与一群会友说说笑笑，拍拍照片，所有的烦恼抛到了九天云外。

从四川回来后，第二天一进办公室，胡高成就跑过来兴高采烈地说，莫主任，廖水花已经办好手续，准备正式调过来了。

莫晓瑜觉得这事未免太快了点。今天，她终于明白了，怪不得胡高成要讨好自己，说去郑光跃那里提自己上级别的事，但是转念一想，他就是这样的人，想办什么事就一定要办成，又有什么值得奇怪的呢？任其自然吧。她对胡高成说，陈炜怎么办呢？胡高成说，没事，我已经同她谈好了，长期在这里做临时工不是个事，她答应马上辞职，到南方找工厂或者公司做事去，如果碰上好单位，比在这里要强啊。莫晓瑜听他这样说，知道事已至此，不好再说什么，但内心希望进一个男孩子更好。一个部门总共三个人，一个老人，两个女人，有点气力活都没人能够扛得起。她不明白胡高成为什么要这样急巴巴调一个人过来？

4

胡高成嘱咐莫晓瑜叫上陈炜和廖水花一起出去吃晚饭。他笑吟吟地让廖水花找一个她喜欢的饭店，廖水花优雅地偏偏头，用手撑着下巴，想了想说，我们去食如意吧，那里的菜味道不错。胡高成高兴地说，好，好，快到下班时间了，我们走吧。

廖水花开车，胡高成坐在副驾驶位，莫晓瑜与陈炜坐后面。廖水花与胡高成一路上你一句我一句不停地说说笑笑，陈炜则低着头看手指，闷声闷气、不声不响。莫晓瑜一直还没机会与陈炜说什么，现在看她这样，担心她心里不舒坦，便有一搭没一搭地找些话与她说，陈炜偶尔笑笑，说一两句话。

到了食如意，几个人在大厅找了个四人位的卡座。服务小姐过来，胡高成将菜单递给廖水花，说，今天来这里是两层意思，一是欢送陈炜，二是欢迎廖水花，你俩想吃什么就点什么。廖水花接过菜单，也不客气，笑笑说，胡老，我喜欢吃白灼虾呢！胡高成说，喜欢就好，你点啊，点就是了。廖水花接着说,我还喜欢吃黄花鱼,呵呵!胡高成说,点吧,点黄花鱼。他又转头问陈炜,你喜欢吃什么呢?点啊。陈炜木木地说,我喜欢吃酱牛肉,就点这一个吧。廖水花又点了几个菜,服务小姐将菜单带走,很快,菜就一一上来了。

胡高成情绪大好,说起话来眉飞色舞的,一会儿说,陈炜辛苦了,以后去外面要好好干,年轻人嘛,要出去闯闯才行。一会儿说,水花,你新来这里,要尽快熟悉业务,争取我们几个人合作愉快。

莫晓瑜觉得心里好堵,堵得慌!本来好端端的几个人一起做事,还没等我想明白,也没等我正式表态,眼前这新旧两个人的来去就被你胡高成一个人做完了。我这个行政管理算什么?又能说什么呢?她知道这场合是不能不说话的,如果一句都不说,会对不起陈炜,会让胡高成不舒服,况且,以后要与胡高成、廖水花组合做事,不与他们粘一块咋办?识时务者为俊杰,先凑上去再说吧。想到这里,她也热乎乎地说了很多客套话,就着胡高成的话头说,陈炜,感谢你这么一段时间的合作,希望你以后到了新地方好好干;水花,欢迎你的到来,以后我们三个人同心同德做好工作吧。

胡高成今天的情绪特别好,他指着盘子里的白灼虾,看着廖水花说,水花,吃吧,你喜欢吃,多吃点。廖水花脸上始终带着笑,顺从地点了点头,连续夹了几只到自己碗里,一边吃一边说,我还很喜欢这里的蘑菇汤,味道不错。胡高成说,下次我们再来这里吃吧,你点就是的。莫晓瑜给陈炜夹了几个虾子,也给自己夹了一个,看着胡高成与廖水花旁若无人地说笑,突然觉得怪不是味的,也懒得再说什么,只管低头吃饭。廖水花突然叫了一声,莫主任,你吃菜啊。莫晓瑜抬头看到廖水花那双大眼睛,嘴里嗯嗯几声,却再也没有胃口了。她开玩笑说,水花,你这大美女一来啊,胡老以后革命劲头会更足了。胡高成禁不住哈哈大笑,廖水花也哈哈大笑。

一顿饭既沉重又轻松地吃完了。

下午回到办公室,胡高成要廖水花与陈炜交接工作,并嘱咐廖水花赶快去宣传部一趟,向林汝萍部长说明自己马上到质监办工作。莫晓瑜轻轻地摇摇头,她不明白胡高成为什么把事情处理得这样匆忙?就因为他们是夺山老乡吗?夺山可是出人才的地方,其实,也不在乎这一两天嘛,等我回来再说不行吗?

趁着廖水花与陈炜出去的当儿,胡高成对莫晓瑜说,以后报账的事就让水花去做,她到底年轻点,做这些事方便,陈炜是临时工,我一直不让她介入财务,你自己做也难得劳神,是吧?莫晓瑜爽快地回答说,好,让水花来做吧。

陈炜走了,廖水花来了。陈炜将手里的档案柜钥匙交给了廖水花,莫晓瑜也将财务报账等资料交给了廖水花。胡高成一张皱巴巴的脸现在全部展开了,像是被熨斗烫平了的一块旧抹布,他喜不自禁地说,现在好了,水花自己能开车,我们以后有事方便多了,车队派不出车,我们就用水花的车,莫主任,是否考虑给她补贴点油费?

好的,没事,胡老您说了算。

胡高成好几次下班后都是廖水花开车送回家去。以前他不是很愿意去餐馆吃饭,现在却多次提议去食如意吃工作餐。廖水花喜欢吃白灼虾,喜欢吃黄花鱼,喜欢吃蘑菇汤,他每次就要廖水花点菜。莫晓瑜正好懒得多事,随着他俩跑,吃什么菜也由着廖水花安排。

有次吃完饭在回来的路上,胡高成坐在副驾驶座位上,兴致很高,说,以后我退休了就去乡下买栋房子,反正我工资高用不完,全部交给水花,请水花照顾照顾,也不知道水花愿不愿意?廖水花笑着说,好呀，只要胡老愿意，我会尽心尽力照顾好您的，放心。莫晓瑜也跟着笑，掺和进去说，这是个好主意，你俩互惠互利，好事啊，我支持，哈哈！三个人在车里笑成一堆，笑声从车窗里飞出去，像一曲并不和谐的三重奏。

胡高成有天找莫晓瑜商量说，我们部门几家人还从来没有聚过餐的，哪天我们三家人一起聚聚怎么样？莫晓瑜说，行啊，您老说怎么好我就怎么安排。胡高成叫来廖水花，请她到食如意预订了一个包厢。廖水花说，我老公有事来不了，爸爸妈妈会带着女儿来。算算人头，正好九人。莫晓瑜想到胡高成的老婆腿脚不方便，就要廖水花开车去接一下。她想起有一次与马启明去接胡高成夫妻出来吃饭，打的等得好辛苦，左等右等都等不到。现在廖水花可以开车，自然是方便多了。廖水花说，胡老，放心吧，我会提前一点到您那的。

晚餐气氛很好，三个家庭九个人举着酒杯相互问候，其乐融融的。胡高成笑得合不拢嘴，说，希望我们三家人以后就像一家人一样，每年找机会一起聚聚。莫晓瑜也给在座的每一个人碰杯敬酒，说的话与胡高成八九不离十。廖水花特意准备了两条薄如蝉翼的漂亮纱巾，一条送给胡高成的老婆，一条送给莫晓瑜。这倒是让莫晓瑜感到有点尴尬，自己什么都没准备，相比之下，廖水花算是有心人了。

莫晓瑜那晚将女儿芮芮也带去了，本来芮芮正面临高考，很不情愿参加，莫晓瑜说，今天三家成员都去，第一次，你还是参加吧。芮芮勉强答应了。席间，她始终绷着脸，几乎不说话，也没一点笑容。晚宴结束后，莫晓瑜要廖水花带她父母和孩子回家，对马启明说，我们送胡老与夫人回家吧。马启明是个爽快人，热情地将胡高成夫妇请到车上，一直将他们送到家门口。胡高成夫妇感激地说，谢谢了，真的很感谢你们！

莫晓瑜说，不用客气呀，这是应该的。

　　回到家里，莫晓瑜问女儿为什么绷着脸一直不说话？芮芮轻轻哼了一声，我一点都不喜欢他们。莫晓瑜惊讶地问，不喜欢谁啊？芮芮说，都不喜欢，都不是带爱相的人。莫晓瑜好奇地问，什么理由不喜欢他们呢？芮芮说，没什么理由，就是不喜欢，凭直觉吧。莫晓瑜说，不一定要你喜欢，但起码的礼貌还是要讲究吧？芮芮说，我才懒得照顾他们的情绪呢！我为什么要照顾他们的情绪呢？莫晓瑜看看女儿不屑的样子，无奈地摇摇头。

第二章 体检疑云

1

  日子不疾不徐,莫晓瑜与胡高成、廖水花三个人合作相安无事。

  一个周五的下午,研究所负责干部工作的副书记邓西平邀请了一位客人,直接来办公室找莫晓瑜。这人叫黄子林,儒雅清秀,本是所里的研究人员,后来留职停薪办公司,短短几年里做得风生水起,加上他能说会道,擅长结交,还弄到了一个市政协委员,与政界很多要人混得很熟,掌握了青州甚至省里的官场资源。黄子林与莫晓瑜一向熟络,关系不错。黄子林说,西平书记有事在外,要等会儿才能回来,他要我先到你这里坐坐。两个人正说着话时,邓西平的短信来了,莫主任,请你们先接待下黄总,我一会儿就回。莫晓瑜回复说,有我们在这,西平书记放心好了。她接着与黄子林唠了些家常话。

  廖水花在一旁死盯着电脑看,听莫晓瑜与客人聊得这般起劲,自觉无趣,起身到对面胡高成办公室去了。莫晓瑜趁黄子林看报纸的机会,也到对面办公室对胡高成说,胡老,西平书记让我们先接待下这位客人,原来也是我们研究所的。胡高成坐在那里一动不动,紧紧盯着屏幕,冷冷地说,让我们接待?这恐怕不太合适吧?莫晓瑜心里咯噔一下,哦?你老人家不买西平书记的账啊?平时你们关系不是挺好的吗?她说,西平书记没具体说怎么接待呢。看胡高成仍然盯着电脑,也不接话,莫晓瑜未免尴尬,折身回了自己办公室,陪着黄子林继续说话。

快下班时，邓西平还没来，胡高成与廖水花没与莫晓瑜说什么，只淡淡地打个招呼就走了。六点之后，终于有了邓西平的电话，莫主任，我们请黄总吃个晚饭，你们来春水鱼馆吧。莫晓瑜坐上黄子林的车一起过去。

邓西平已经等在那里了，他还邀请了研究所黄子林的几个老朋友作陪。邓西平亲自点菜，两只野生水鱼、一条鲑鱼、一只土鸡，再配了几个蔬菜。席间，邓西平看着莫晓瑜，笑着说，今天请你买单，胡老不会干涉你吧？你是行政主管，他做好他的业务指导就可以了。听到这话，莫晓瑜想起胡高成冷冷的样子，心里发怵，嘴上却说，没事的，西平书记放心，我自己请你们吧，没关系的。

黄子林认真看一眼莫晓瑜，这一桌需要多少钱啊？你自己请？

莫晓瑜道，你难得回来一次，我自己请要什么紧呢？

邓西平笑着说，黄总，以后有时间要多回来看看我们啊，吃饭不成问题的，你看这里好几位都是部门负责人，他们各自待遇都不错，可以轮流请客的，对不对啊？

在座的几个人抢着说，有西平书记这句话，吃饭还成问题吗？下次黄总来，我们请，我们请。

菜上来了，西平书记端起酒杯，先开了一个头，说，今天欢迎黄总回来看看我们。然后，黄子林端起酒杯，站起身来先给邓西平敬酒，再与其他几位碰碰杯，忙不迭地一一道谢。

天气有些燥热，到底是七月份了。周六，莫晓瑜原打算去逛逛商场的，正要出门时，人事处周彪处长来了电话，莫主任，现在有空吗？请你来我办公室一下。莫晓瑜心里一惊，莫非关于身体的事？她猛然想起前两天廖水花帮她从人事处带回了体检表，那封口是拆开的，当时就感到很诧异，这属于个人私密啊。她心里颇感不快，又不好说她，怕伤了和气。打开体检表一看，竟然有"肺结核复发"的结论！她十分恼怒，廖水花不经我的同意私拆封条，搞不好她会有什么"行动"？

果然，等莫晓瑜赶到周处长办公室时，医务室丁主任也在那里，两个人正襟危坐，似乎面对的是一件极不寻常的事情。周处长一脸谦恭，客气地请莫晓瑜坐下，然后问起了她的身体情况。莫晓瑜想，糟了，真把我当重病号对待？太小题大做了！事情还没搞清楚，为什么要这样呢？莫晓瑜一个劲儿为自己分辩，说很多年前确实得过一次肺结核，但早已治愈，留下的不过是旧病灶，一定是体检中心搞错了，绝对是错的！

周彪一脸祥和，并不怎么听她的分辩，只是关心地对她说，其实有病也没关系，我父亲就得过这种病，治疗几个月就基本康复了。我们处金老师这次也查出一些问题，她已经去了医院，还有，陈玉清更麻烦了，已经确诊是晚期肺癌……我的意见是，你最好不要再来上班，安心去医院治疗一段时间，需要多久你就休息多久吧，身体要紧，不要急工作上的事。一旁的丁主任也很关心，劝莫晓瑜尽快住院治疗。莫晓瑜见他俩那样坚持，不想再解释什么，马上起身告辞了。

刚到家一会，胡高成就打来了电话，问莫晓瑜在哪？莫晓瑜冷冷地说，在家呢。胡高成便劝莫晓瑜暂时不要上班了，安心去医院检查治疗。莫晓瑜突然感觉到他们几个人像是串通好的，说话如出一辙，难道非要逼自己离开工作岗位不可吗？怎么会这样呢？她心里老大不痛快，漫不经心地回答说，嗯，我看看情况吧。傍晚时分，胡高成又来了电话，问莫晓瑜是不是去了医院？莫晓瑜还是冷冷地说，没去。胡高成提高了声音说，你怎么还不去呀，要尽快看医生才行啊！莫晓瑜心想，我又不是不治之症，这么雷急火急地催我干吗？她敷衍胡高成说，好啊，我会去的，放心吧。

刚放下电话几分钟，胡高成的手机信息又来了，莫主任，你一定要以身体为重，马上去医院就诊，至于这里，你放心，我不会同意任何人来的。

莫晓瑜呆呆地看着手机屏幕里胡高成的信息，心里又苦又涩，她知道拗不过他们，打算去附近的省军区医院看看，正好最近头痛得厉害，不如住进心脑血管科室，趁这个机会休息几天也好。

星期一，莫晓瑜不去办公室上班，在家里磨磨蹭蹭忙些自己的事。虽然胡高成与人事处联合相逼，但转念一想，也好，大学毕业二十周年同学聚会就在这几天，何不趁此机会出去一趟？就当是散散心吧。莫晓瑜暂时忘了目前的处境，约马启明一起到市中心商场，花了四千余元买了三样精致时髦的衣裙，她想，为了面子，只能放点血了。

待所有事情处理完之后，莫晓瑜心安理得地来到省军区医院办理好住院手续，住进了六病室，心脑血管内科。在医生安排下，做了一系列检查。担心胡高成会不放心，莫晓瑜下午特意给胡高成挂了个电话，说已经遵嘱住进了医院。胡高成笑呵呵地说，好的，好的，这就对了嘛，你一定要安心治病啊！

晚上，莫晓瑜等马启明开车来接她回家。好些天没去办公室了，她想看看去。当她打开办公室的门时，脑袋"嗡"的一声要炸开了，心里紧缩得一阵阵发痛。廖水花的办公桌没有了，电脑也没有了，办公室空了一大半。这让莫晓瑜很不舒服，她迅速打开对面胡高成的办公室一看，廖水花与胡高成两人的办公桌齐齐整整挨在一起。莫晓瑜鼻子一酸，尽管她很希望单独有一间办公室，但这样的事，他俩竟然背着自己招呼都不打一个，这像话吗？我毕竟是部门的行政主管啊！

这个晚上，莫晓瑜气得直掉眼泪，心里好酸好痛。她现在才明白胡高成为何要联合人事处逼自己去住医院了。正在伤心处时，连续有几个同事来了电话，关切地询问起她的身体情况，嘱咐她一定要注意休息，一定要早点就医，云云。关系甚好的老汤电话告知说，胡高成那天高兴地跑到我家里说，你不知道吧？莫晓瑜身体不行了，现在什么都做不了呢。莫晓瑜听罢，眼前一黑，沮丧地往沙发上一靠，这下真的完了，工作完了，前途完了，声誉完了，当然，也就那么点前途，现在全都完了。没想到这两个人如此心狠手辣，竟然采用这样的手段想将我逼到绝境。

马启明见妻子这样伤心难过，忙劝慰说，算了，你现在什么都不要想，正好安心休息几天，好好养养身体，平时也太辛苦了，有些事情以后再说吧。

2

莫晓瑜一早急匆匆赶回医院，主管医生查房时，她提出想请两天假，有急事需要处理。这位医生还好，信以为真地点头答应，你写个请假条吧，按时回来就行。莫晓瑜乐了，晚上与广电局一位同学说说笑笑乘火车往南林宾馆赶。

大学毕业二十年同学聚会定在这里，分别多年，大家见面后彼此都很亲热。联欢晚会由莫晓瑜与另一男同学做主持，莫晓瑜当年担任学生会文艺部长，能说会道，能歌善舞，两个人联手合作，亦庄亦谐，说学逗唱，把同学们的情绪都调动起来了，尤其到后面高潮处时，莫晓瑜领起当年一曲合唱的《同一首歌》，将整个晚会推向了高潮。

同学们兴致盎然，很晚才慢慢散开。对于莫晓瑜来说，这是一个兴奋的难眠之夜。在她心情跌入低谷时，多亏有这么一次集体活动，将她内心淤积的痛苦与忧伤融化在了茫茫夜色之中。

　　与老同学们匆匆相聚，又匆匆告别。两天后回到医院，莫晓瑜的心渐渐趋于平静，她想不管以后发生什么事情，都将从容面对。她预感在未来的日子里，可能会遭遇些意想不到的事情。至于到底会发生什么样的事情，她一时也想不清楚。

　　医生及时来病房查诊，正在一一询问情况时，廖水花来了电话，说胡高成现在去了北京他儿子家，问莫晓瑜病情如何？莫晓瑜从容淡定地告诉她说，我其实并没什么要紧的病，之所以到这里来住院，是因为头痛的症状。廖水花问，你住哪里呢？莫晓瑜说，省军区医院六病室。廖水花犹豫了下，慢腾腾地说，那……我来看看你好吗？莫晓瑜忙说，不用不用，我没事，真的。我的习惯从来都是这样，有事不愿意麻烦别人，住医院从不通知任何人，既怕麻烦别人也怕麻烦自己。听她这样说，廖水花也就不再坚持了。

　　莫晓瑜不安地看着主管医生，问道，我身体到底怎么样？肺部真有问题吗？主管医生说，检查结果没显现出什么问题，只不过是早期留下的一点印痕，你完全不需要住院治疗的呀。正说到这里时，胡高成来了电话，莫晓瑜兴奋地告诉他说，胡老，我的身体没什么问题呢，医生说不需要住院治疗。胡高成不相信，不可能吧？明明体检有问题怎么又没问题了呢？莫晓瑜说，我的主管医生在这里，让他与你说说？她把手机递给主管医生。主管医生喂了一声，就将莫晓瑜的身体情况对胡高成说了，话筒里不断传来胡高成的声音，主管医生握着手机，再三耐心地解释说，真的，她身体没什么毛病，斑点是以前留下的印痕。莫晓瑜听得见，胡高成在那一头咄咄逼人地问主管医生一些这样那样的问题，主管医生烦了，懒得再说什么，马上将电话递回给了莫晓瑜。

胡高成又转而问莫晓瑜，刚才那医生姓什么？他业务能力到底怎么样？我看这样的医院不会得出准确判断的，只有省人民医院的专家才最具权威。莫晓瑜本来还想解释一下的，看胡高成这般态度，大为伤心，淡淡说了一句就挂了电话。主管医生过来站在床边，看莫晓瑜一脸落寞与沮丧，诧异地问，他是你们的什么领导？怎么那样凶巴巴的？莫晓瑜气得要哭了，什么领导？早就不是了，以前是另一个单位的领导，一大把年纪被我们所长引进过来，叫他一声领导是为了尊重他。主管医生哦了一声，好像一刹那明白了什么似的，突然莫名其妙哈哈大笑了几声。

第二天，莫晓瑜专门去了一趟省人民医院，找到体检中心主任，说明来意，她带着问责的语气说，主任，我的身体绝对没什么问题，但你们的体检报告不封口送到单位，单位又可以让人随便拿走，万一弄错了，给当事人造成负面影响，是很不负责的态度，我差点要丢饭碗了。

体检中心主任听完莫晓瑜一番话之后，顿时满脸通红，她很尴尬地连连道歉，真是对不起啊，体检报告我们都是封口了的，我现在带你再去复查下片子吧，请我们医院最权威的专家帮你看看，到底是什么情况？

莫晓瑜随体检中心主任来到肖教授的专家诊室。体检中心主任将片子给了肖教授，并将莫晓瑜的身体情况做了说明。肖教授认真查看了好几遍，十分肯定地说，她的病早就好了，现在只留下一点陈旧性斑点，其实，这很容易看清楚的呀！上次谁看的片子？他盯着体检中心主任问，马上掏出笔在病历本上写了个诊断意见，盖上自己的印章。说，你们再去阅片室找找刘主任，请他也出示一个复审证明吧，以后这样的工作得非常细心，要对每一个参检者负责啊。听肖教授这样说，莫晓瑜如释重负，千恩万谢地走出诊室，在中心主任的带领下又找到了阅片室的刘主任，请他重新看了一次，刘主任扶了扶眼镜，歉疚地说，嗯，确实是陈旧性痕迹，我给你重新签个阅片意见吧。两个专家级医生给莫晓瑜"平反"了。

冤案啊！冤案终于平反了！莫晓瑜高兴得差点跳了起来，她对体检中心主任说，谢谢你一直陪着我，请你一定找我们人事处的领导说明一下，我遭遇了一场冤案啊，我今天平反了，我是健康人了！

莫晓瑜拿着两份医生诊断意见，捧在手里，就像捧着自己的生命，不，更重要的是捧着自己的声誉，捧着自己的尊严，捧着自己的饭碗。她心急火燎赶回军区医院，气喘吁吁地找到主管医生说，真像你说的那样，我没病，肺部没问题，现在平反了，省人民医院的权威专家刚刚给我平反了，我请求出院，我现在马上就出院！

第二天刚到上班时间，莫晓瑜就来到人事处周彪办公室，将省人民医院的病历放到桌上，一脸淡然地说，周处，请你看看吧，省人民医院的权威专家下的结论，我身体没问题，我是健康人。其实，上次我就告诉过你，我身体真没问题，可惜你不相信啊！

周彪一脸窘态，他似看非看地扫了一眼病历，讷讷地说，没问题就好，没问题就好啊，身体的事最重要。不过，你最好向胡老说明一下吧！莫晓瑜心下明白，这事就是胡高成一手策划与操纵的。至于想达到什么目的，她也基本清楚了。

莫晓瑜脸上无半点笑意，也不想与周彪再说什么，她转身回到办公室，马上到对面办公室找到廖水花，将病历摊在她桌上，你好好看看，我身体到底有没有问题？廖水花接过病历，对着省人民医院两位专家的复查诊断，一行一行看下来，脸上开始挂不住了，似笑非笑地说，哦，这样啊，那原来确实是医院弄错了，没问题就好啊。莫晓瑜不想再与她多说半句话，鼻子里哼了一声，当初谁让你擅自帮我取体检报告的？而且还撕开了封口，看到错误结论你开心啊，到处乱讲，我差点被你们害死了！她铁青着脸,从桌上拿过病历本马上回到办公室,坐在窗口看着湛蓝湛蓝的天空,一朵朵白云恣意地开放,此刻,她像什么事情都没发生过一样,淡然,怡然,欣然。哦,幸好老天眷顾我,不想让我失去太多,砸了你们的如意算盘,人心啊,竟然如此邪恶!我相信,老天是有眼的,终会还人一个清白!

3

隔了两天,研究所召开全体干部大会,与会人员三三两两陆续赶至会场。坐在第一排的林静娴书记随意往后一扭头,突然看到了若无其事坐着的莫晓瑜,她马上起身走到后面来,询问起莫晓瑜的身体情况,关切地说,如果身体有问题,千万别有什么思想顾虑,安心养病,只有身体才是最重要的。莫晓瑜笑笑,木然地点点头,她当然听得懂其中的潜台词。正说着时,工会宋主席也走过来问候,听莫晓瑜说到省人民医院的复查结论后,宋主席说,没事就好,有病就要及时治疗,身体是革命的本钱嘛,呵呵,一定要善待自己啊!这当儿,又有几个人凑过来问长问短。

莫晓瑜心里五味杂陈,有种无以言喻的惶恐,面对众人的关心,她不知道是感动还是害怕?原来他们都知道了,所有人都知道了!以为我或许就是将死的人吗?我的天啊!胡高成啊,廖水花啊,你俩做的好事!莫晓瑜心里愤怒,脸上却勉强笑笑,机械地说,谢谢,谢谢各位关心,真不好意思,惊动你们了,我呢,身体本来就没什么问题,已经找专家复查过了,确实是没什么问题,真的,确实没什么问题,我……

莫晓瑜觉得自己此刻有点像祥林嫂了,老是与人解释说明,我没事,我没事,我没事!她在心里恨恨地想,胡高成啊,我现在终于明白为什么别人背后叫你老杆子了,你是一杆杀人的枪啊,真要杀死人了呢!你们到底什么意思嘛,非得要这样大张旗鼓为我做宣传吗?谁都知道,在职场上,最能够将人置于死地的一招就是贬损人家的身体不行了。我们好歹是这么多年的同事,相煎何必太急啊!

难道?她想,事情真如谢琳琳说的那样吗?

莫晓瑜回想起有一天正在办公室忙着,宣传部的谢琳琳来了,她小心翼翼回过头去看看楼道有没有人,迅速将门虚掩了。莫晓瑜看她那样,有点纳闷,猜想一定有什么要紧的事。谢琳琳与莫晓瑜一向关系甚笃,平时有私房话都愿意说与对方听。莫晓瑜要谢琳琳坐下,倒了杯菊花茶给她,笑笑说,今天怎么了?看你神秘兮兮的样子。

谢琳琳盯着莫晓瑜的脸,一脸疑惑,我的天,你这还要问我啊?难道你一点都不清楚?是你自己的事呀?

莫晓瑜愣了,说,我哪有什么事啊?你不同我说,谁会说呢?快点快点,快快告诉我,到底怎么了?

谢琳琳叹了口气,你呀,人家都想挤走你了,你未必一点都不知道?现在外面好多人都看明白了。

莫晓瑜摇摇头,不相信地说,我一来确实不知道到底什么事,二来也不相信会是这样。

谢琳琳说,我问问你吧,你的病历为什么要让廖水花去取呢?现在他们到处说你得了重病,不能工作了。我也是听我们林部长说的,她要我千万别去外面讲。可能她不知道我们关系这么铁吧。我能不着急吗?可你还像没事人一样。

尽管谢琳琳一再叮嘱莫晓瑜要防着点胡高成与廖水花,担心他们使绊子,但莫晓瑜总是难以置信,他们真会如此吗?至于吗?她对谢琳琳说,不会的，也许你多虑了吧？

　　谢琳琳看莫晓瑜并未将自己的话当一回事，只好起身，无奈地笑笑说，唉，我不再说了，但愿什么事都没有。

　　莫晓瑜傻傻地坐着发愣，现在看来，谢琳琳的那番话一点都没有错。莫晓瑜现在看明白了，对面两个人希望自己有病，这样，廖水花就能取而代之。好吧，我且看看他们以后的戏到底怎么个唱法？

　　接下来的几天里，莫晓瑜成天将办公室的门虚掩着，埋头做自己的事。好几天没听到胡高成的声音，莫晓瑜估计他还没回来。廖水花偶尔过来问，莫主任，有什么事要做吗？莫晓瑜看着她的脸，心想，你来问我做什么？谁是你的主人？你装样子给谁看呢？

　　莫晓瑜爱理不理地与廖水花说了几句，突然想起了邓西平请黄子林吃饭的事，她随手将那张发票拿出来，要廖水花赶快去报了，不然月底会关账。廖水花接过去，看了看，说，好的，莫主任，我今天去报吧。

　　不想到了下午，廖水花跑过来说，我给胡老打了个电话，胡老说这个月暂时不报账了，你住院那段时间，王所长已经到财务处说过，以后认胡老的签字。莫晓瑜一听，傻眼了，胡高成啊胡高成，你真是做得绝啊，我身体还没怎么样，你们就这样把我给踹开了？她对廖水花说，无所谓，算我自己请的就是。那天西平书记说要我们请，我怎么好拒绝呢？都是所里的领导。廖水花一脸绯红，要不，你给胡老打个电话？莫晓瑜收好发票，不打了，以后再说吧。

　　第二天，莫晓瑜与几个同事到肿瘤医院看望研究员陈玉清，他在这次体检中查出是晚期肺癌。陈玉清躺在病床上，脸色苍白，眼神无力，看到有人来探望，表情很复杂。他叹了口气，一脸阴郁地说起自己遭遇的不幸，唉，都怪我命不好啊，得了这样的病也是活该了。莫晓瑜等一行人不理解他为什么这样说自己,再问他几句后,方知他与妻子长期关系不好,两个人经常斗气吵架,心里总是苦闷,久而久之便积郁成疾。

没办法啊,过一天算一天吧。陈玉清眼神忧郁,呆呆地望着窗外说。

看陈玉清这般痛苦,莫晓瑜暗自感到欣慰。毕竟刚刚被体检虚惊一场,此刻切切实实感到身体比什么都重要。临走时,莫晓瑜安慰陈玉清说,别多想什么了,安心养病吧,要用意志去战胜病魔。

晚上,几个玩得好的同事邀请莫晓瑜聚餐,其间有人爆出研究所的层层内幕,极其微妙复杂,这些都是莫晓瑜不得而知的。面对复杂的人际关系,她有种说不清楚的恐惧,联想到自己目前的尴尬处境,不免忧心忡忡,心里被一团不祥之阴云笼罩着,预感或许要发生什么不测,祈愿自己能够躲过一劫。

莫晓瑜希望找到一个安静的去处,然而眼前很多事情要做,她没办法绕开,也没办法躲开,大事小事必须面对。到了晚上,她窝在自己的博客里转悠,写上几段别人都看不太懂的文字,以消释不安的心绪。这样的时候,她真希望能够脱身出来,离开那个伤心苦恼的地方,离开那些看着碍眼烦心的人。

这天晚上,莫晓瑜刚躺下不久就做了一个梦,梦里,所有一切都是模糊幽暗的,她独自走在一个深长的巷子里,突然被一群不明身份的人追杀,她拼命地跑,拼命地叫,快来人啊,启明,启明,你在哪?快来救我!身边的马启明被她叫醒了,爬起来拉开灯,眯缝着眼睛一个劲地问,晓瑜,晓瑜,你怎么了?莫晓瑜一下子睁开了眼睛,看着马启明,捂着胸口,听到心还在怦怦地跳,原来是在梦中遇到了险情,梦境竟然如此诡异恐怖,真是所谓日有所思夜有所梦。这个梦莫非是个不好的预兆?后面的路会是怎样的呢?难道真会发生一些意料不到的事吗?她模模糊糊想起了数年前的事，想到了原来的顶头上司那张狰狞的脸，命运会有第二次重合吗？她不敢往深处想，待马启明关灯重新睡着了之后，她眼睁睁地看着窗户渐渐发白。

4

近日听说，研究所将组织全体干部去大青山，一边度假一边开务虚会。莫晓瑜不知道办公室是否会通知自己？是否还将自己视为病人？据说邀请了胡高成，其时他已经在北京儿子家了，但郑光跃希望他能参加，在郑光跃的观念中，这老头在研究所的重要事情上，是必不可少的。办公室主任曾以平承诺负责帮他买往返机票，胡高成满口答应说马上动身回来。

焦灼不安地等待了几天之后，莫晓瑜终于等到了办公室的短信通知：

各位领导，请于7月20日下午1:00准时在研究所大院门口乘车前往大青山参加专题会议，会期为三天，望尽快做好外出准备，收到请回复。

莫晓瑜捧着手机看了一遍又一遍，心中大喜，看来并未将我打入另册。她欢天喜地立刻回复道：收到，我会按时赶到的，谢谢！莫晓瑜高兴的并非是能参加会议，说实话，她才不稀罕开会呢！最爽的是这次体检风波并未形成实质性的负面影响，以后可以像正常人一样工作与生活了。

莫晓瑜早早做好参会准备，按时在研究所大门口上车。她与老干办主任沈雪华坐在一起。车窗外峰峦如涛，碧空如洗，两个人一路说笑，心情大好。说累了就眯缝着眼睛打盹。三个小时过去，车到了大青山。莫晓瑜与沈雪华约好住一个房间。当她们一起去办理房间手续时，办事员小李面露难色地对莫晓瑜说，莫主任，这次给你安排的是单人房间。

莫晓瑜脑袋"嗡"的一声,她揣测这是照顾我还是嫌弃我?一定是胡高成在捣鬼,她心里又开始隐隐作痛。当理智与冷静得出一个精确的结论之后,莫晓瑜顿时有了一种被侮辱与欺凌的感觉。

沈雪华拿着房卡看看莫晓瑜,唉,我俩住一起多好!可惜,办公室竟然这样安排了……莫晓瑜说,是啊,我也感到好遗憾。晚饭后我们一起去走走吧。她拎了行李,神思恍惚地找到房间,将箱子往床边一搁,懒懒地坐在沙发上发呆。坐了很久,莫晓瑜才起身到阳台上看外面的风景,正好看到一片澄净如镜的湖水,柳枝在风中摇曳,心情慢慢好起来。

这时,胡高成来电话了,问莫晓瑜现在有没有事情?莫晓瑜不冷不热地说,没有呢,我在看电视。胡高成说,我来你房间坐坐?莫晓瑜很不情愿地说,好的。胡高成很快过来了,他并未过问莫晓瑜的身体情况,也不说明为什么要给她安排单间,而是劈头盖脸提起帮西平书记请客买单的事,他眉头紧锁,板着面孔,声音僵硬地指责莫晓瑜说,怎么可以这样呢?他为什么要请客?你难道就不知道该怎样处理?莫晓瑜平静地说,西平书记的客人,也是我们单位的同事,他嘱咐我们接待,我并不知道要我们请吃饭,那天我不是先与您说了吗?何况研究所哪个部门没有类似的事情?您说呢?胡高成横着眉毛粗声粗气,更加高腔高调地说,我当时并没答应你,再说,这不属于我们的工作之列,我们完全可以拒绝的。今天我先批评你,哪天我还要去批评西平书记!

好大的口气啊,你要去批评西平书记?莫晓瑜听着胡高成说话感觉很累,看他越说越得意,实在不想奉陪了,希望他赶快离开。她知道自己是胳膊拧不过大腿,毕竟胡高成是郑光跃言听计从的大红人,戴世辉不是早就提醒过别着急吗?看来只能低眉敛首,委曲求全了。莫晓瑜歉疚地说,胡老,是我做得不对,这样的事是第一次,绝对不会再有第二次了,以后哪怕是领导说请我也不会请了。她看着胡高成的眼睛,您回忆一下,我以前请过谁吗?胡高成看她态度已经转变,又是道歉又是保证的,脸上的横肉才开始一条一条松弛,说了几句话之后就退出了房间。

晚饭后,莫晓瑜与沈雪华到酒店周围的山道上散步。一脉黛绿的群山,笼罩在一片灰蒙蒙的云雾之中,微风过去,分外凉爽。莫晓瑜看看天色,阴沉沉的,似乎有下雨的兆头。果然,一阵闷雷过去,开始有了铜钱大小的雨点。莫晓瑜拉着沈雪华的手一起跑回了酒店。

雷雨交加的一个晚上。莫晓瑜心情很难平静,她闷闷恹恹地坐着,一直在想自己的心事。表妹小敏这时突然来了电话,说远在东莞小表妹家的舅舅病危。莫晓瑜极为不安,很是惦念舅舅,应该说,这位舅舅是她人生的第一位导师,本来打算会议结束后全家去探望他的,哪知道这信息来得太突然了。

第二天上午正开会时,表妹丽子又来了电话,泣不成声地哽咽着说,姐,爸爸已经走了。莫晓瑜听罢,悲恸不已,泪水夺眶而出,这是自母亲走后最亲的一位长辈离世。她顾不得其他,马上出了会场,向领导请假,会务组立即安排车送她回到市里。时间太紧,买不到卧铺,莫晓瑜与马启明一晚坐到天亮。中午抵达广州后,直接转车去了东莞。晚饭时见到阔别多年的表弟芃芃,他才从美国回来,赶上了送父亲一程。芃芃高大帅气,温文尔雅,他走到跟前紧紧地拥抱着莫晓瑜。

第二天是追悼会,莫晓瑜看了舅舅最后一眼,她一直流泪,整个人都蔫了,情绪一直沉浸在对舅舅的追念中。人死了就消失了,消失感越重,回忆的东西就越多。莫晓瑜这次就像回忆母亲那样回忆起舅舅在世的点点滴滴。记得很小的时候,舅舅常来看望母亲,每次都要带上很多好吃的东西,她喜欢舅舅来家里,最重要的并不是有好东西吃,而是舅舅每次要给她讲好听的故事。读高中时,舅舅写了一封长达十几页的信,告诉她作为一个女孩,应该怎么样处理好各种青春期的关系。当时有点似懂非懂,现在想来,多么重要,有很多东西是父母从未说过的人生哲理。

慈爱睿智的舅舅说走就走了!舅舅生前曾经有过许多的辉煌,这一走将他所有的荣誉都带走了!人生一场太过短暂,生前不管怎样蛮拼,所有的一切都是哀荣。莫晓瑜控制不住眼泪,等到舅舅的领导与芃芃等相继发言之后,她在追悼会上含泪断断续续读了一首刚写的诗歌《天堂之门》,字里行间流露出对舅舅的深切哀悼。

送走舅舅,莫晓瑜夫妇与表弟表妹告辞后,又坐了一天火车回到青州,一进家门,人像是要瘫倒一般。太累了,实在是太累了!

舅舅的突然离去,一种巨大的悲痛取代了胡高成与廖水花带来的伤痛,莫晓瑜请了几天假,回一趟老家看望父亲,父亲老了瘦了,她想尽量多点时间陪陪他。在回家的那些天里,莫晓瑜被老同学们拉着三天两头小聚,一起喝点小酒,聊些过去的事情,暂时忘却了种种不快,心情也慢慢归于平复。

第三章　五味杂陈

1

八月的最后一天,阳光炽烈。石级的反射使廊檐下温度升高,屋子里锅炉般灼热烫人。只有到了夜晚,暑气渐渐散去,人才感觉舒适多了。

莫晓瑜在燥热中过了一天。临睡前她凌乱地记下几行字:八月很潦草,除了流水账,荒芜了一个又一个日子。心里虽然着急,却又无可奈何。一直想将书稿重新拾起,差不多丢弃半年了,谈何容易啊!是人不在状态?到底要有怎样的状态?不!这本书不能放弃,毕竟花时间研究了那么久,几篇重要刊物发表的论文为此奠定了良好的基础,一定要坚持,哪怕推倒重来。从九月份开始,好好做吧,一方面要逐渐淡化心里的痛,一方面要打理好日常生活,尽快丢开那些毫无意义的人和事。

九月的第一天正好是周日,莫晓瑜八点准时到了办公室,对面还关着门。八点半胡高成与廖水花一前一后来了,莫晓瑜走出门与他们打个招呼后,回办公室坐下。过了一会儿,她听到王吉亮与戴世辉去了对面,好像与胡高成商量什么事。莫晓瑜忙起身过去,王吉亮马上转过头与她说话,问了一下最近的工作进展情况,戴世辉却依然与胡高成说话,也不搭理她。莫晓瑜想,这人真奇怪,我又没得罪你什么,脸色那么重。

吃过晚饭,莫晓瑜与马启明去宿舍大院外散步。平时,他们都有散步的习惯,一边走,一边说话,尤其是在心情愉悦或者郁闷的时候。两个人信步由缰走进了附近的樟树林,周围有数不清的野花野草,散发出馥郁的暗香。归巢的鸟儿在空中飞来飞去,发出悦耳的叫声。在这样的环境里且走且停,莫晓瑜感到心情大好,周身轻松。

散步回来后,莫晓瑜什么也不想做,连热播的电视剧也不想看。她走进书房,记下几行字:九月,从今天开始,我要尽快恢复状态,虽然对眼前的一些事感到极其厌倦,但我必须面对现实,该淡的淡,该放的放,该忘的忘,学会把复杂问题简单化,简单,或许是技高一筹的生活艺术吧,何乐而不为呢?

马启明看她躲在书房里老不出来,又开始担心了,刚才散步不是好好的吗?他进去把老婆拉到客厅,问她到底遇上什么事了?莫晓瑜突然烦躁起来,不耐烦地说,你不要问了好不好?现在能有什么事呢?马启明有点愠怒,你呀,人家的好心当成驴肝肺了,什么态度?莫晓瑜说,你让我安静点不好吗?白天看到那些人够烦了,你让我回家也烦啊?马启明听罢,语气马上缓和下来,好了好了,我不再烦你了,行吗?他一把抱过莫晓瑜,将她的头搂在怀里,轻轻地吻了一下,低声说,我们今晚早点睡好吗?你呢,什么都不要想,什么也不要做,安心陪陪我吧!

许是天气的原因,莫晓瑜确乎有点烦躁,她甩开马启明的手臂,绷着脸说,你倒想得好,我现在哪还有心思啊?你也不为我考虑一下?这段时间我什么都做不了,感觉周围有许多双眼睛在盯着我,我能够这样子败下阵来吗?你给我说说看?

马启明叹了口气,你呀,何苦这么好强呢?那两个人再怎么样也害不了你的,不用怕,有我呢。你想想,我在外面容易吗?成天都是事,会也多,还时时担心城建工程会出问题。回到家里,希望能够看到你的笑脸,希望得到你的温存,可你呢,如临大敌,愁眉苦脸,天天说不开心的事,我都成你的垃圾桶了,你说有意思吗?他绷着脸站起身去了浴室。

莫晓瑜看马启明不开心，不知道自己到底怎么了，真是我错了吗？她也起身，心神不定地将桌上零七碎八的东西放整齐了，又将中医专业的书与刊物收好，心方安定下来。她暗下决心，将不堪回首的八月尽快丢弃，一切重新开始，认真对待今后的每一天。

等她洗完澡进到卧室时，马启明已经睡着了，发出轻微的鼾声。莫晓瑜在黑暗中坐着，不由得生出很多歉意来，回想一下，这段日子马启明陪着她这里那里的，在她最难过最伤心的时候总是站在她身后宽慰她，而自己是怎么对他的呢？她轻轻抚摸着马启明的脸，抚摸他的鼻子他的嘴，慢慢凑近他躺下，想着想着便沉沉睡去。这个晚上，莫晓瑜做了一个奇怪的梦，梦见与几位国家领导人唱一首激昂高亢的歌，涛哥亲热地对她说，我们来做课间操吧，我跟在你后面做。莫晓瑜答应一声就开始做起来，与这些人在一起，她并未觉得有什么激动和新奇，竟然是很平常的感觉，就像是多年的老熟人一样。

闷热了好几天，终于等到一场大雨，凉爽了很多。两天过后，气温复又回升。周末，女儿说学校有活动，不回家了。吃过晚饭，莫晓瑜感觉有些不舒服，早早上床躺着，七想八想的，总是睡不好，等到天亮时才迷迷糊糊睡着了。莫名其妙梦见一个过世好几年的老同事，带了一群小孩子，手里提了一只鸡。醒来时一身冷汗，莫晓瑜有一种不祥的感觉，不知道这个梦到底是什么预兆？

莫晓瑜醒来时，马启明已经走了，她觉得一个人百无聊赖，收拾一下便出门去美容店做护理。同一间房的两个女人正在叽叽喳喳地聊天。其中的胖女人说，我的两个闺蜜命不好啊，都是四十多岁，先后于年前与年后去世，一个死于肺梗死，一个死于宫颈癌。后死的这个，老公很有钱，过年时送了一辆宝马给她，还买了一件三万多的衣服……这两个女人死后，她们的老公都只送到半路，按迷信的说法，送远了怕对自己不好，据说两个男人现在都快要结婚了。

胖女人停了片刻，继续说，啧啧啧，现在的男人啊，都是些什么人呀，对原配哪有什么真感情呢？

可不是吗？瘦女人接着开始说另一个男人的故事，嗨，那老男人都六十多岁了，还搞婚外恋！第一个女孩子被老婆知道了，被迫分手，第二个女孩给他生了孩子后才告诉老婆，这老货，哼，孙子都已经七岁了。

说完别人的故事，两个女人都不吭声了，房子里顿时安静下来。给莫晓瑜做护理的小萍轻声说，听了她们讲的这些故事心情很不好，现在的人都很实际，宁可要钱也不要感情，以后我都不想结婚了。莫晓瑜笑了笑，她想安慰下小萍，却一时找不到合适的语言，莫不是失语症？

又一个星期过去了。周一，莫晓瑜刚到办公室，看到胡高成与廖水花在亲热地说笑，她不冷不热打了个招呼就开始做事。

一个人的办公室安静舒适，听对面两个人谈笑风生，莫晓瑜仍然感觉有受伤之痛。廖水花一个下午都不来上班，莫晓瑜对着那边问胡高成，水花呢？胡高成忙为她掩饰道，她去……哦，去基础医学部了。过了一会儿，基础医学部的秘书来送材料，莫晓瑜检查之后，有意提高声音说，你们部里怎么还缺一些材料？廖水花正好在你们那吧？打电话让她带过来就是。秘书说，她不在我们那呢，我今天一直没看见啊。莫晓瑜双手交叉在胸前，脸上带着一丝笑意，直勾勾地看看对面的胡高成，只见胡高成脸上青一块白一块，一句话都不说了。

第二天，胡高成将莫晓瑜叫到那边，开始有一句没一句地说话，很快就以玩笑的口吻说，莫主任，你和水花还年轻，都很有前途很有希望啊，以后你们一个做主任，一个做副主任，不要到时候我退休了来看你们，你们都不认识我了。廖水花忙说，我是什么副主任哦。胡高成说，那就做办公室主任吧。廖水花说，做桌子主任吧，哈哈！莫晓瑜心里冷笑一声，嘴上却说，怎么会呢？胡老。

2

下午上班时，对面两个人都不来。莫晓瑜去了一趟科技开发处，想问问项目结题的事，门却关着。正转身想回办公室时，看到了迎面过来的郑光跃。莫晓瑜叫了他一声，郑光跃说，莫主任现在有空吗？到我办公室坐坐吧。

郑光跃请莫晓瑜在他对面的沙发上坐定，看着她的眼睛问，最近一直忙着吗？莫晓瑜说，还好吧，总有些事情要做。郑光跃说，你做事很认真，当然，个性也很强，第一流的强。莫晓瑜心里一惊，郑光跃怎么会这样说？还没来得及回话，郑光跃又说，你心性也很高啊，不是一般地高。莫晓瑜听了这话，更为诧异，笑笑，不知道怎么回答。郑光跃看她有些发窘，忙改了话题，你和胡高成合作不错嘛。莫晓瑜嘴巴张了下，想说话却不知道怎么说。郑光跃定定地看看她，你怎么了？是不是有话要和我说呢？莫晓瑜问，我能说吗？郑光跃说，但说无妨。莫晓瑜叹了口气，郑所长，我现在的处境，有点尴尬。郑光跃听她说话无头无脑的，一怔，笑着说，等机会吧，先别着急，不会太久了。

莫晓瑜似笑非笑，起身与郑光跃告辞。她进了洗手间，打开水龙头，用手捧了点水敷在脸上，轻轻地揉了下，顿时有种凉爽的快意。

第二天上午，研究所召开全体干部大会，人到得很齐，所有座位都坐满了。莫晓瑜看到第一排坐了很多陌生人，不知道会议到底是什么内容。

直到省委组织部一位副部长主持会议时，才知道林静娴书记离任，接任她的是秦建伟。莫晓瑜看一眼这位新来的书记，五十好几的样子，头发稀疏，面容清癯，心下暗想，郑光跃与林书记关系不好，认为她工人出身，学历又不高，上不得台面，处处掐着她干。现在来这么一个老男人，不知道日后搭档又会怎么样？

为了科研课题结题的事，莫晓瑜向王吉亮请了两天假，并向胡高成打了个招呼，到邻近几所医院收集第一手资料。转眼就是中秋节了，她本想安心休息的，恰好收到发小梅子的信息，说她母亲突发心梗，抢救无效，撒手人寰，请莫晓瑜参加其母的追悼会。莫晓瑜马上换了素淡的衣裤，匆匆赶到殡仪馆，百般抚慰悲恸中的梅子，帮她打理丧事，足足陪了两天两晚，回到家后，累得几乎要趴下了。

收假后的第一天，莫晓瑜依然精神萎靡，本想硬撑着先做点不费脑筋的事，不想刚到办公室，胡高成就拿了一叠打印稿过来，莫主任，休息了几天精神不错吧？给你找点事做，你看，这是水花新写的论文稿，你文字功夫好，帮她修改下吧。

莫晓瑜一看那密密麻麻的字，心里就很烦躁，现在好多事都顾不过来，你们还给我添烦。她觉得很困，不由自主打了个呵欠。胡高成看着她，问道，没事吗？莫晓瑜无可奈何地接过那叠稿子，无精打采地说，没事。不过，我想拿回家去，晚上再细细看看吧。胡高成马上笑开了，那不是只看看呢，你要好好帮她修改下，关于我们部门工作的，质量监控，完成了就以我们三个人的名义发表。我和你，都是研究员了，不再需要这些东西，水花还年轻，她的名字就放最前面吧。莫晓瑜暗自冷笑，你放心吧，我会用心修改的。

胡高成高兴地点点头，两道刀片似的眉毛全都舒展开了。

回到家中，莫晓瑜总觉得有事，心里沉沉的。吃过晚饭后困得要命，她很想上床睡觉，可廖水花的稿件还在包里啊。她无可奈何地把稿件取出来，不看不知道，一看吓一跳，莫晓瑜万万没想到廖水花的水平竟然差到这般地步，差到无以复加。除了常识性的专业错误，句子不通，错别字多，连起码的分段都不会。她苦笑一声，自言自语道，我的妈呀，写得这样一塌糊涂，也说是文章吗？胡高成啊，你竟然给我这样的麻烦事做，也只有你了！

莫晓瑜耐着性子，先给文章分出段来，然后一段一段梳理，总体框架打好后，再将文中的病句错别字给改了。等到眼皮打架实在睁不开时，她看看墙上的挂钟，已经快十二点了。

第二天，趁廖水花下楼的当儿，莫晓瑜到对面将修改了的稿件交给胡高成，她对胡高成说，这文章写得太差了，我昨晚改得好苦啊！水花，还得好好努力才行。胡高成面带愧色地点头说，是的，是的，我也说了她，确实需要好好努力。莫晓瑜说，你要她在我修改的基础上再写一稿吧，今晚我继续帮她修改一次。

正说着，廖水花回来了，看到莫晓瑜与胡高成正在说话，两个人脸上的表情都怪怪的，胡高成手里拿着她的稿子，她瞟了一眼，满满的红色修改标记，顿时明白什么似的，从胡高成手里接过稿子，对莫晓瑜说，莫主任辛苦了，谢谢你，我写得不好，不好意思。莫晓瑜说，水花，说实话吧，你这文章确实差了功夫，我昨晚好不容易才帮你把结构做好，另外，摘要、关键词这些，也是不可缺少的。廖水花说，嗯，我都还没怎么考虑呢，这个初稿，也是胡老帮我做的。胡高成听廖水花这么说，老脸青一阵白一阵，快挂不住了，连连说，莫主任，水花的孩子小，也难怪，以后我们多关心和帮助她吧。

莫晓瑜听胡高成这么说，心里怪不是滋味，有话想说却不能说，她堆着笑，说，当然，这是肯定的，你们放心吧，现在我们就三个人，有事都要互相护着的，以后水花就是我们的重点保护对象了。水花，加油吧，你现在将这文章按我的建议好好调整修改下，然后给我，今晚我再认真帮你修改一次，胡老明天把关，估计也就差不多了。

胡高成说，水花，你现在就改吧，我与几个核心刊物联系一下，争取能够发表。不过，这些刊物都要收版面费的，这样吧，莫主任你去找找王吉亮副所长，看能否资助我们一点钱，也就是报销一点版面费怎么样？

莫晓瑜爽快地答应说，好的，明天稿子定好之后，我们一起去找找王所长吧。相信他会支持我们的。

3

廖水花很不情愿地接过稿子，看到莫晓瑜动手术一般在她密密麻麻的黑字上横一刀竖一刀的，心里直发毛。她坐在凳子上捧着稿子看来看去，半天不语。胡高成担心地看着她，不时挠挠头上稀疏的头发。莫晓瑜看他俩这样，颇感滑稽，本来想走的，又觉得不好起身，就傻坐在一旁。

胡高成终于坐不住了，对廖水花说，莫主任给你修改的地方看清楚了吗？你按照她的意思再补充修改下吧。

莫晓瑜说，水花，你先安心修改，确实需要补充一些内容，不然，会感觉太单薄了，缺乏说服力，论文特别要求论据充分。

廖水花低头看着手里的稿子，读着莫晓瑜给她批出的修改意见，一头雾水，却又不好意思明说，只好硬着头皮答应说，好的，我马上修改吧。

胡高成站起来对莫晓瑜说，你去忙你的吧，王所长那里我去说说，看能不能给我们解决点版面费。

莫晓瑜听罢，心里轻松多了，胡老，您出面，绝对没问题。

廖水花说，算了吧，我要评职称才写这论文的，让我自己来出版面费，别去为难领导了。她眼睛老是看着胡高成，似乎有些话不便说出来。

胡高成没有立即表态，他看着莫晓瑜，你看怎么办呢，这事？要不，给她争取报销一半？

莫晓瑜说，那又何必呢，还是争取全部报销吧。

廖水花听莫晓瑜这么说，很是开心，连连说，谢谢胡老，谢谢莫主任。

莫晓瑜回到办公室之后，胡高成便找王吉亮去了。

半个小时之后，胡高成回来了，他把莫晓瑜又叫到对面去，高兴地说，王所长还真不错，他说你们干脆全部报销吧。水花啊，你看你运气多好，所有问题都给你解决了，现在你自己要把稿子修改好，我们负责联系核心刊物帮你发表。

莫晓瑜说，我来联系吧，上次留了他们的电话。她马上给南方一家学术刊物打电话。对方很客气地回答了她的咨询，并同意按最优惠的价格给几个版面。

胡高成一听，脸上立刻泛出红光来，显得比廖水花本人还要高兴。他背着双手，一会儿在办公室踱步，一会儿站在廖水花身后看她改稿。莫晓瑜知道没什么事了，便退回到自己办公室去。

莫晓瑜回到办公室刚接了一个电话，廖水花就过来了，将修改后打印的稿件交给莫晓瑜，麻烦莫主任再给我修改一下吧。莫晓瑜心想，这样快？一个小时都没到，你就三下五除二地搞完交差？到底是谁的事情？她只好坐下来看稿，帮她进行第二次修改，改到下班还没改完。她收起来对廖水花说，我还是拿回家去吧，晚上加班帮你弄好。

天一擦黑，莫晓瑜顾不上去散步，拉亮了灯就开始修改这蹩脚的论文。她找出一摞杂志，翻阅了好几本书，查找一些相关数据，折腾到深夜一点才修改完毕。马启明被她的叹息声惊醒了，含混不清地说，老婆，你何苦呢，他们对你又不好，你还不要命地帮他们，笨啊！快睡吧，别弄垮了身体，那可划不来哦。

莫晓瑜听马启明这么说，心想也是，我不是不知道他们的德行，只是不想老是计较，就当是以德报怨吧，何况，胡高成那般得势，我哪能得罪他呢？曾经有那么多人告诉过我，要千万提防着点他，我能与他拗着来吗？现在我这样宽容善待他们，想必以后他们也会对我好些的吧？

第二天上班，莫晓瑜将改好的稿子给了廖水花，胡高成马上要廖水花给联系好了的刊物寄过去，他笑吟吟地说，水花，有了这一篇，你可要接着写下一篇啊，一篇接一篇地写，以后就有办法了。

莫晓瑜如释重负，她想至少近日这两个人不会再烦自己了吧？这么卖力地帮他们，没有功劳也有苦劳，看看你们以后怎么对我。

然而，翻脸比翻书还快。让莫晓瑜始料未及的是，仅仅隔了几天，她就被胡高成气得半死。

事情是这样的，胡高成与莫晓瑜本已商定了去药学部检查工作，头天莫晓瑜与廖水花已经约好，廖水花的车到后就给莫晓瑜电话，然而，莫晓瑜提前到了办公楼前，却一直未接到廖水花的电话。她正准备打过去时，胡高成的电话来了，一接通就是气呼呼的语气，你怎么搞的吗？都什么时候了，还没见你来？

莫晓瑜一看时间，足足还有十几分钟，到药学部去时间绰绰有余。胡老，我早就到了，只是没等到水花的电话，你们在哪？我马上就来。她急急忙忙赶到廖水花停车的地方，钻进车里坐好之后，胡高成却黑着脸，念念叨叨地说，我们是不能迟到的，跟人家约好了，应该早一点到才行。莫晓瑜委屈地解释说，其实我真的早就到了，因为昨天与水花约好，她一到就叫我，没有她的信息，我不知道她的车到底停在哪里……何况，现在时间还早着呢。

胡高成不再说什么，一脸铁青。莫晓瑜看他那样，很是生气，心想我没错什么，你怎么能当着部下这样训人呢？一点面子都不给。以前你可不是这样的，对我从来都没这样厉害过，现在究竟怎么了？难道就因为廖水花的到来，你不用再为合作的事发愁了吗？想到这里，她不禁战栗起来，猛然觉得自己似乎成了质监办多余的人，鼻子一酸，眼睛也红了，拼命忍住不让眼泪掉下来。

整个上午，三个人都在药学部检查材料的准备情况。莫晓瑜心里气鼓鼓的，她懒得说话，一句话都不想说，始终铁青着脸，只管低头看材料。药学部张主任纳闷地问，莫主任今天怎么了？脸色不太好，是身体不舒服吗？莫晓瑜勉强笑了下，嗯，今天肠胃有点难受呢。

一个上午过去了，回到办公室后，莫晓瑜实在忍无可忍，她板着面孔冲到对面办公室，对着胡高成大声叫道，胡老，胡顾问，你今天太不应该了！为什么那样喋喋不休地教训人呢？人与人之间是要互相尊重的，你应该懂这个道理吧？

胡高成马上像皮球一样从座位上弹起来，两条刀眉一横，粗声粗气地说，我怎么了？你拖拖拉拉老是不来，我不应该批评你吗？莫晓瑜说，如果我错了，你可以批评的，但今天我哪里错了？你自己问问廖水花，是不是她昨天和我约好了的？她是秘书，不与我联系，不告诉我停车在那里，你为什么不说她，为什么老是往我身上撒气呢？

在胡高成的印象中，莫晓瑜对他向来都是低眉敛首的，他从未见过莫晓瑜在他面前这样动火，今天到底怎么了？胡高成怒气冲冲地吼道，你是对我有意见吧？是不是嫌我挡了你的道？你看看你，你现在什么样子了……

莫晓瑜看到眼前的胡高成那张皱巴巴的老脸几乎扭曲得变形了，廖水花站在一旁，一句话都没有说。莫晓瑜本来还想冲着胡高成再说几句的，可现在被他的样子吓住了，那是一张什么样的脸啊，天哪，太恐怖了！她真的被他吓坏了，那老脸上的一道道皱纹活像一条条蠕动的虫子，看着看着，心里作呕，身子发软……

在强大的胡高成面前，莫晓瑜终于妥协了，她像泄气的皮球，慢慢地软下来，讷讷地说，哦，胡老，对不起，今天是我太冲动了，您别生气，好吗？等会，我请你们一起吃中饭。

胡高成绷着脸说，我不去，你们去吧。

莫晓瑜继续劝慰胡高成，胡老，真的对不起，是我一时之气呢。以后，我们不是还要合作吗？走吧，水花开车，找个鱼馆吃鱼去。

廖水花终于开口了，不停地劝说胡高成，胡高成看着廖水花，脸色慢慢和悦起来，跟在莫晓瑜与廖水花后面下楼，弯腰上了廖水花的车。

4

按工作计划，接下来要去检查的二级单位是基础医学部。廖水花最初是从基础医学部调到宣传部的，据说在她做办公室专干时，与基础医学部主任杨爱玲关系处得不好，至于什么原因，莫晓瑜从未向人打听过。

正待出发，廖水花突然停在门口不动了，她问胡高成，今天我可以不去吗？胡高成说，你为什么不去？当然要去，我们质监办是检查督促部门，要代表研究所去了解各个相关部门迎检材料做得怎么样了，走吧。

廖水花仍然不想动，莫晓瑜以为她是偷懒不想去，忙说，水花，还是去吧，我们质监办是一个整体呢，以前陈炜在这儿，都是我们三人一起去的。廖水花看看胡高成，又看看莫晓瑜，不甚痛快地说，好吧。她回头拿上了记录本。

基础医学部离办公大楼不远，仅仅十几分钟就走到了。杨爱玲早已站在办公室门口候着，看上去她今天气色很不错，白里透红，肌肤滋润，齐耳的短发，显出知性女人特有的风姿。杨爱玲看到质监办三个人都来了，忙上前请他们进去坐好，让办公室小刘端上热茶，然后坐下，微笑着对胡高成与莫晓瑜说，欢迎，欢迎两位领导来我们部里检查工作。胡高成一听，满脸不悦，稍稍点了下头，杨主任客气了，欢迎就不必了吧，我们的工作职责和性质，弄不好是不受你们欢迎的。这样吧，请你叫人把材料搬过来，我们看看再说。杨爱玲吩咐助手将早已准备好的十几个材料盒子从柜子里搬到桌上来，胡高成分派莫晓瑜和廖水花每人看几盒。

胡高成查看几盒之后，长叹了几声，他让杨爱玲坐过来，不满地对她说，你们基础医学部还需要加强啊，这样不规范的东西拿出去，会让省卫生厅领导和专家笑话的。你看看，这里的几个硬性指标，话说了一大堆，都说不到点子上去，怎么搞？

杨爱玲一听，着急了，眼睛死死盯着胡高成提及的那几个地方，嗯，是的，胡老，谢谢您的指导，请您多提意见吧，我知道我们还做得很不够，马上按照您的意见认真修改。

胡高成又翻过一页，仍然板着脸，继续说，你再看看这里，对指标内涵基本上还不理解，那又怎么能够把话说得清楚呢？你先记下这三点吧。他一五一十、如此这般地说了好多。杨爱玲一边听，一边用手从后面轻轻捅了捅莫晓瑜的腰，莫晓瑜也轻轻地拉了下杨爱玲的手。

莫晓瑜与杨爱玲向来玩得很好，凡是研究所组织人员到外面学习考察，她俩都相约住一个房间，同出同进，姐妹一般。杨爱玲是北京医科大学毕业的博士，主持过国家自然基金资助的研究项目，被郑光跃挖到青州研究所，最近破格评上了研究员，四十岁还不到，可谓事业发达，年轻有为，深得郑光跃信赖。

廖水花一边看材料，一边低头做笔记，看到杨爱玲一直对她不理不睬，心里怪不是滋味，把几个盒子推到胡高成那边，胡老，我有点急事要处理，请假。胡高成看了一眼廖水花，惊讶地问，你怎么要走？廖水花阴沉着脸，我真有点事。胡高成说，好的，你先走吧。他又继续低头看材料。

从基础医学部检查回来的路上，胡高成气呼呼地对莫晓瑜说，今天真是有意思，明明我们三个人一起去的，杨爱玲却说欢迎两位领导，怎么就是两位呢？难道她没看到水花也在吗？莫晓瑜说，也许是无意疏忽？水花原来就是她部里的人，现在业务也挂在她那里，就像对自己人一般，少了一些客套吧？

回到办公室，胡高成当着廖水花的面，愤愤不平地说，杨爱玲太不应该了，今天应该要欢迎我们三个人的，为什么只欢迎两个人？廖水花似笑非笑地咧了咧嘴，用酸酸的语气说，没事呢，胡老，你何必与她计较？

胡高成说，不行，我得和她说说，不对就是不对，该批评还是得批评。他马上拨了电话过去，开口就说，杨主任啊，你今天有个事做得不对呢，我们质监办明明三个人一起去，你却只欢迎两个人，怎么能够这样待人呢？要懂得尊重人嘛。

杨爱玲在那边说，哦，胡老，对不起，确实是我错了，我当时看到你们来了，也没注意这么细呢，再说……廖水花确实也不是领导，我要怎么说才算合适呢？

胡高成虎声虎气地说，她不是领导，但我们都是质监办的，代表一个集体。你想想看，是不是这样？

杨爱玲说，胡老，您是对的，是我做得不好，这里道个歉吧，以后欢迎你们三位领导多来我们部里检查和指导工作。

胡高成放下电话，得意地咧开大嘴，嘿嘿，我就说嘛，她哪里可以那样，以后谁这样对我们水花，我就要批评谁。不管她什么背景什么身份，我胡高成都不怕的。

莫晓瑜听了，心里一颤，她想，廖水花作为下属，保不定总有做错的时候，难道我就不能够批评她吗？胡高成当我的面说这样的话，是不是有意杀鸡给猴看？先威胁我，把紧箍咒套我头上，让我对廖水花不敢有半点怠慢？喊天了，世上哪有这样处理关系的？莫晓瑜心里到底还是害怕了，害怕胡高成哪天又对自己耍威风甩脾气。惹不起我总躲得起吧？远远地躲开还不行吗？然而，每天有那么多工作必须要面对他们，我能躲得开吗？

以后的一段时间里，莫晓瑜见着胡高成确实像老鼠见到猫一样，不敢正视他，不敢靠近他，尽量躲着他绕着他，能不见他就不见他，能不说话就不说话。她想起自己最初接到人事处通知到这里协助胡高成工作时，曾经有不少于五个人私下里跟她说，怎么要你与他合作？那可是个惹不起的大金刚啊，你可要千万注意，千万注意不要同他说真话，不要同他闹翻了。有个十分要好的姐妹还不无担忧地说，晓瑜，这老头七十岁了，郑所长怎么还留着用呢？我真替你担心呢，他整起人来够毒够狠的，你务必要时时留心才好。

莫晓瑜暗暗记下了这些好心人的告诫，她心里时时藏着一个大写的字：忍。

5

时间过得飞快,季节在渐渐推移,从深秋眨眼间又到了初冬。树上的叶子悄然变黄,再后来又变成褐色,一阵风吹过,叶子一片一片飘落下地,然后,留下深长的寂静。

临近岁末,各部门都在为年终的扫尾工作忙碌。办公室周一发了通知,周二上午八点半召开干部大会,要求不能迟到缺席。

莫晓瑜早早去了会议室,她不知道今天的会议内容是什么,习惯性地翻阅一张文摘报。会议开始了,邓西平向大家介绍出席会议的上级领导,有省、市组织部来的若干人。待省委组织部一位副处长说明来意后,方知是推荐研究所后备干部。会议组织者给每个与会人员发了推荐候选人名单,满满的一长串,莫晓瑜很快瞄了一眼,心里好像被虫子咬了般隐隐发痛。她按名单顺序一个一个看下去,大部分人都比自己工作晚,可现在人家是后浪推前浪地上去了,唯独自己还在原地踏步。她心里十分酸涩,也不愿费神多想,照着喜欢的几个人点了钩。

推荐会议开完之后,紧跟着就是谈话推荐。省市两级组织部轮番叫人到办公室谈话,征求意见,并再次推荐人员。等叫到莫晓瑜时,她仍然推荐上午打钩的几个,其中就有戴世辉与杨爱玲。

这一天,胡高成办公室的门关得紧紧的,原以为里面没人,却又隐约听到有说话声,时不时有人进出,门马上就给关上了。莫晓瑜觉得有些蹊跷,不明白到底是为什么。

第二天,考察组还在研究所找人谈话。对面办公室仍然神秘诡异,好几次开门关门,搞不清楚是些什么人在里面轮番密谈。莫晓瑜揣测一定与这次推荐后备干部有关,具体是什么又无从得知。

这个晚上,莫晓瑜去了趟美发店,她需要做一下头发。其间,杨爱玲来了电话,高兴地说,莫姐,我这次被推荐上来了,现在名列前位呢。莫晓瑜说,爱玲,真为你高兴啊,先祝贺一下,但愿一切顺遂。杨爱玲不无忧虑地说,也不一定能成呢,现在的事都很难说。莫晓瑜劝慰说,别多想了,这么好的态势,应该没事的,等你的好消息吧!

做完头发已经很晚了,回家后又洗头洗澡,至半夜三点还很难入睡。躺在床上,莫晓瑜七里八里地想,她想不明白研究所最近到底怎么了?

次日上班时,对面办公室仍然关着门,里面有嘀嘀咕咕的说话声。莫晓瑜忙着手头的事,总有事做不完似的。约莫十点半的样子,胡高成打来电话,问莫晓瑜现在哪里?莫晓瑜说,我一直在办公室啊。胡高成说,那怎么没见你呢?你过来一下吧。莫晓瑜心想,你们一直关着门,怎么看得到我呢?她一进门就看到胡高成阴着脸,横着眉,满脸不高兴地把一摞材料往莫晓瑜面前一推,你们去做吧,我以后不管这些事了。然后往沙发上一靠,不再说一句话了。

莫晓瑜一愣,捧着那摞材料僵在那里,她不明白这老头到底怎么了?老半天才回过神来,说,好的,您先休息休息,我们来做吧。

捧着沉甸甸的材料回到办公室,莫晓瑜坐在沙发上发呆,回想胡高成刚才的态度,丈二金刚摸不着头脑。是我做错了什么,得罪他了吗?怎么这廖水花来此之后,完全打破了昔日的宁静,搞得人心惶惶呢?往后一天到晚如此忐忑不安,还能够做成什么事啊?

莫晓瑜认真看起材料来,不时用笔做记号。正在这时,廖水花过来了,一屁股坐在旁边的椅子上,漫不经心地与莫晓瑜说话。莫晓瑜没怎么看她,只是机械地哦哦应答着,仍埋头做着手里的事。

廖水花说,莫主任,你不知道呢,今天胡老不知道怎么了,动不动就发脾气,刚才你走后,一直在骂我。

莫晓瑜惊讶地抬起头来,她看着满脸委屈的廖水花,哦?是吗?他怎么会骂你呢?到底怎么了?

我也不知道他怎么了,刚才一直骂我。我不服气,奋起反抗。

莫晓瑜不解,他骂你什么呢?你又没什么错啊?

他骂我不求进步,还劝我不要搞业务了,专心致志做点管理。我自己很犹豫,也不知道该怎么办?

莫晓瑜盯着廖水花的眼睛,一动不动地看了许久,仿佛看到她的眼睛里面还有双眼睛,那双眼睛才是真的。现在,明明知道她是在演戏,莫晓瑜却不想揭穿她,装作真的被她欺骗了,蒙在鼓里一般,很关心很体贴地安慰她说,水花,想开点啊,不要与胡老计较。看到廖水花信以为真的样子,莫晓瑜继续提醒她说,水花,你要想远点啊,他都那么大年纪的人了,还能够做多久呢?就算他说错了什么话,我俩都要多谅解他、宽容他才行。你说是吗?

廖水花听莫晓瑜这样说,脸上立刻笑开了花,频频点头说,是的,莫主任,我知道呢!说实在话,莫主任,你人真的很不错,总是这样默默地做事,也不关心一下自己,唉!我觉得你其实也要想想办法才好。

莫晓瑜听不明白廖水花的话,睁大了眼睛看着她,水花,我能有什么事呢?我没事啊,俗话说,一个篱笆三个桩,一个好汉三个帮,现在我们正好是三个人,我感觉我们的合作是很好的,与你们一起共事,开心就好,你也要多开心。

廖水花说,是咯,谢谢莫主任关心。以后我有什么做得不好的地方,你多批评就是了。

　　莫晓瑜看她那样，心里五味杂陈，暗暗骂道，你是真幼稚还是故意装呢？胡老头与你演双簧，捉鬼放鬼都是你们，还以为我人那么傻头脑那么简单？你还要我批评？我能够批评你吗？你有一道护身符，鬼都上不了身的。

　　想到这些，又联想起这些日子的许多不快，莫晓瑜感觉心里疼痛不已，她不知道以后该如何与他们继续交往。就像身上粘了虫子一样，一时还拿不掉，让人怪不舒服的。她突然不想说话了，也觉得没什么话可说，于是低头继续看材料，十分专注的样子。

　　廖水花坐了一会，看莫晓瑜不声不响，自知没趣，便起身回到那边办公室。刚刚进去，门就嘭的一声关上了。

第四章　举报迷局

1

　　天真的下雪了。莫晓瑜早上醒来，被透过乳色纱窗的白光刺了一下眼睛，她起身披了衣服来到窗口，四周静悄悄的，平时喜欢唱歌的鸟儿，全都不知去向。对面的小树林"千树万树梨花开"。雪花飘在雪花上，在风中飞舞，在枝头微颤。

　　莫晓瑜看着这漫天雪花，思维一时凝滞了，平日里那些纷乱的思绪，此刻完全融入漫天的雪空。

　　马启明早就走了，他在锅里给莫晓瑜留了一碗面条，加了一个鸡蛋。莫晓瑜搓搓手，感受到了一份暖意。这些年来，一直为工作忙碌，还时不时要怄气，多亏马启明善解人意，生活上悉心照顾，情绪上百般安慰，在无数个节骨眼上，能兵来将挡水来土掩，丈夫是功不可没的。莫晓瑜把面条端出来，几筷子就吃完了。她担心今天会很冷，临走时又添了一件薄毛衣，穿上厚厚的墨绿色羽绒棉袄，系了条橙色的碎花大围巾，迎着寒风出门了。

　　对面办公室紧闭着门，莫晓瑜懒得去惊动他们，她也关上门，坐下来打开电脑安安静静做了一会儿事。突然想到女儿准备参加英语培训的事，忙打了个电话去新东方培训学校询问相关事宜，接电话的女孩说，如果打算让孩子来我们这里学习，你最好亲自过来看看，可以根据我们的详细介绍，再具体考虑选班的事。莫晓瑜放下电话，提了小包正准备走时，胡高成推门进来了，一看莫晓瑜要出门，忙拦住她说，莫主任，你别走，到我这边来吧，一起商量商量去杭州开会的事。

莫晓瑜放下小包，不情愿地到对面办公室坐下来，听胡高成如此这般地计划盘算，看得出他处处都在替廖水花着想。原来廖水花想将父母与孩子一起带过去玩几天。莫晓瑜惊讶地问胡高成，我们这次开会都带家人去？

胡高成看着廖水花说，家人的机票都自己出，其他费用，水花你看怎么处理？

廖水花说，你们说怎么办就怎么办吧。

胡高成想了下，说，我们开三个标准间，一家一间，都挤挤吧。

莫晓瑜说，好的，先这样吧，需要自己贴补的费用，到时候水花一起算算，我们补上去，就当是我们部门开会之后组织一次集体活动吧。

晚上莫晓瑜与马启明说起去杭州的事，马启明并不感兴趣，哎呀，你要我的命啊，那地方我都去过好几回了，真不想再去，况且，与他们那两家人混在一起，有什么意思呢？莫晓瑜说，你以为我愿意吗？是因为要参加一个工作会议，他们一再提出来，干脆三家一起搞个集体活动，我也不好拒绝啊，你怎么就不肯配合一下呢？马启明无奈，犹豫了一下，那好吧，我去。不过，你要问问女儿，她乐不乐意呢？芮芮那脾气，你又不是不知道。

莫晓瑜拨了几次女儿的电话，芮芮都不接，快十点时，芮芮打回来了，老妈，有什么急事吗？莫晓瑜将去杭州的事说了一遍，芮芮一听去杭州，倒是很开心，马上答应了，老妈，我去，一来杭州我没去过，很向往，二来我从没坐过飞机，想坐一次看看到底是什么感觉。不过，我不喜欢你们那里的两个人，看着就不顺眼，实在不想与他们玩在一起。莫晓瑜松了口气,芮芮,你别担心,我们玩自己的吧,毕竟是会后才安排集体活动嘛。

天气也真是怪,头天大雪纷飞,第二天阳光灿烂。莫晓瑜将办公室窗帘拉开,感觉身上暖融融的。她动手写部门年终总结,开始还顺手,到后面有点磕磕巴巴的,绕不过去的事还得与胡高成商量下才行。一看对面关紧了门,里面好像有人在低声说着什么。莫晓瑜不想去打扰他们,那些人到底想搞什么名堂,与我何干呢?

正这样想着时,办公室打来电话,说是郑所长有事找。莫晓瑜答应说,好的,我马上就去。

郑光跃好像早已等在那里,莫晓瑜刚一进门,他就迅速把门虚掩了。先随意问候了两句,然后话里有话地笑着说,最近几天你们那里很热闹啊!莫晓瑜笑着说,郑所长,热闹是别人的,我很安静呀!郑光跃又随意说了两句,才开始切入主题。他问,你知道最近胡高成、廖水花他们在做什么吗?莫晓瑜摇摇头。郑光跃说,他们实名举报杨爱玲,说杨爱玲用假发票。这两个人是大炮,被人当枪使,有些内幕你可能不知道,他们这次的举报其实是有组织、有计划、有阴谋、相互勾结的一次活动,牵涉到几个主要部门负责人。而且,胡高成与廖水花的关系非常好,不是一般地好,我曾听人说,他们……具体的我就不说了吧。

莫晓瑜心里咯噔一下,原来这样啊?难怪他们最近神神叨叨的。虽然她估测胡高成与廖水花趁这次机会在报复杨爱玲,想把她从推荐的后备干部名单中拉下来,但绝没想到会像郑光跃说的是一次有预谋的活动。有这么严重吗?还没等她回过神来,郑光跃又说,他们两个人现在已经将杨爱玲告到省、市有关部门去了。莫晓瑜着急地问,郑所长,你能够帮帮杨爱玲吗?郑光跃说,那要看她的问题最后会是怎样的性质。莫晓瑜说，你尽量帮帮她吧。郑光跃若有所思，顾左右而言他地说，他们这样做，最倒霉的可能是廖水花，她还年轻啊。胡高成这样的人以后还能够用吗？你们接下来的工作怎么办？

郑光跃本来是看着窗外说话的，这会儿，他把头转向莫晓瑜，莫主任，我想问问你，质监办就你们三个人，他们俩已经是这样了，天天忙于告状，哪有心思搞工作？如果胡高成一旦退了，你能否全面主持质监办的工作？

郑光跃这番话，莫晓瑜毫无思想准备，她咬着嘴皮，没有马上回答。郑光跃看莫晓瑜面露难色，用十分迫切的眼光期待着她的回答，但莫晓瑜仍然没有说话。郑光跃不安地问，难道你有难处吗？莫晓瑜这才说，嗯，郑所长，这事有些突然，胡高成的性格，您也是知道的，如果这样处理，恐怕……郑光跃知道莫晓瑜有顾虑，接过话头说，他年龄到了，年后会与一批人同时退休。你不要有顾虑，不要害怕，新来的秦书记很支持我。莫晓瑜一听，顿时感觉压力小多了，说，感谢郑所长对我的信任，愿意给我一次锻炼的机会，人有多大的舞台，就演多大的戏。既然这样，我只能说先做一段时间试试吧。如果你感觉没有别的选择，我想我会对您负责，对研究所负责的。

郑光跃脸色好多了，他郑重其事地对莫晓瑜说，我今天将有关情况同你说到这里吧，先交个底，你心里有数就是，不至于到时候感到安排太突兀了。

2

从郑光跃办公室出来，恰好在过道上碰见温娟。温娟是郑光跃的第三任妻子，外联处副处长。温娟说，莫主任有空吗？到我办公室坐坐吧。

莫晓瑜进来后，温娟小心翼翼关上门，轻声说，你知道吗？现在那两个人把杨爱玲告到上面了，那老的还把郑光跃和他的谈话录音交给了纪检书记，没想到他竟然用了这一手。其实郑光跃并没说他什么，只是希望有矛盾尽量在研究所内部解决，劝他别搞到外面去，担心会影响研究所的声誉。

莫晓瑜叹口气说，胡高成嘛，从来就是那样的人，老虎屁股摸不得，郑所长对他一直很好，他还这样，谁敢惹他半点呢？

温娟摇摇头说，杨爱玲是个倒霉鬼，遇上这么两个难缠的人，现在把郑光跃也搭上去了。

莫晓瑜说，有些事是无法预知的，胡高成现在连郑所长的话都听不进去，还不知道以后会怎么样。

温娟说，是啊，胡高成与廖水花是浮在上面的人，他俩出头露面，底下还隐藏着密谋筹划的人，那些人更加可怕。

莫晓瑜突然意识到，自己也许正陷入一个可怕的怪圈里了，以后该怎么办呢？

从温娟办公室出来之后，莫晓瑜在办公室枯坐着，她心里很是惶惑，想找个人说说话，却又想不起合适的人。很久没与梅子见面了，马上拨了她手机，问她有没有空一起吃晚饭？梅子爽快地说，好啊，晓瑜，我也挺想你的，要不，叫上依琳和悦悦？莫晓瑜说，好的，你马上联系她们吧，我手里还有一点事要忙完才行。

快下班时，天空又飘起了雪花，寒气袭人，很快，路面就变白了。莫晓瑜给马启明打了个电话，说今晚约了梅子几个人吃饭，要他下班后马上过来接自己一起过去。马启明来得很快，两个人赶到食如意时，梅子已经先到了。莫晓瑜问，依琳、悦悦两个呢？梅子看了一眼外面，六点了,应该快到了吧?你先点好菜,我们等等就是了。

莫晓瑜点了一个狗肉火锅,说,天这么冷,大家暖暖身子吧。她要马启明和梅子帮忙看看菜,马启明点了一个清蒸鲑鱼,梅子点了一个酱炒牛肉,莫晓瑜点了个狮子头,还点了几个配菜。刚好,依琳和悦悦一前一后到了,大半年没见面,几个人亲热得不行,毫无距离地说说笑笑,搂搂抱抱。

菜上得很快,马启明打开一瓶红酒,服务生给每个人倒了一杯,莫晓瑜看一眼马启明,你喝一点吗?马启明说,你们喝吧,我就意思意思,要开车啊。大家举起酒杯相互碰碰,气氛马上热烈了。

莫晓瑜今天本想同几个姐妹叙叙旧,说说最近的尴尬境遇,然而,看她们一个个乐呵呵的,热烈地聊些吃啊穿的女人话题,又把到嘴边的话咽了下去,本是一个人的烦闷,何苦让别人跟着不开心呢?今天气氛这么好,别煞风景吧。她把杯子添满了酒,猛喝了一大口,凑过去与她们继续说笑话,自然,大家还聊了些最近的新闻与趣事,不知不觉两个多小时过去了。

回到家里,莫晓瑜还有些微醉,她感到今晚很开心,是酒精的作用?是见了梅子几个闺蜜?抑或是郑光跃的话带来的某种希望?压抑,压抑了好多年了,难道说,天真要亮了吗?嗯,也许天真的要亮了。

莫晓瑜趁着酒兴,给杨爱玲拨了个电话。她一直记得杨爱玲曾经帮过质监办的忙,那一年年底评优,行政部门与业务部门分成两个考察组,交叉打分。杨爱玲是业务组考察组组长,负责考察职能部门,在座谈会上听了质监办的自我总结后,杨爱玲当场极为赞赏地说,你们做得真好!之后,在汇报会上她将质监办列在优秀提名的第一位。后来质监办果然被评为年度优秀单位,作为质监办行政负责人,莫晓瑜自然成为年度优秀工作者。多年来的所有评优机会，她全都让给了胡高成，自己从来没要过一次。

电话接通后，两个人谈了好久。杨爱玲说，胡高成这个人是给他自己挖坟墓，你可能不了解他吧？我有个亲戚与他原来在一个单位，别人对他的评价就是几个字：小人一个，好色之徒。莫晓瑜听了，心想，原来还真是这样一个人啊，可惜我原来太不了解他了，不然，早早离开这个鬼地方多好！

这个晚上，莫晓瑜是在微醉下入睡的。第二天上班，她还有点迷迷糊糊的，真醉了吗？奇怪的是，对面那两个人一上午都没来，莫晓瑜看着桌上堆着的材料，不知道该怎么处理为好。以前是三个人做的事，现在他俩天天鬼鬼祟祟地忙，叫也不好叫，说也不好说，心里虽然干着急，却没个地方去说。

快中午时，胡高成与廖水花都来了，胡高成过这边对莫晓瑜说，机票水花已经买好了，是明天下午五点的，我看明天都不用来上班了，在家做好出行的准备，你看行吗？莫晓瑜不安地说，好是好，我只是担心需要审核的材料还没弄完，不能按时发还各部门修改啊。

胡高成想了下，说，那就这样吧，今天中午我请你们吃饭，下午我们几个赶点工，尽量做完，将反馈意见发下去，你看呢？

莫晓瑜对于胡高成今天请吃饭，感到有点莫名其妙，找不出什么充分的理由。她心里很不愿意去，却又不便拒绝，只好答应了。

还是廖水花开车带他们去了她最喜欢的那家餐馆，胡高成要莫晓瑜与廖水花点菜，他说，你们想吃什么就吃什么吧，难得我今天请客。莫晓瑜说，何必胡老你请客呢？我们就吃工作餐吧。胡高成说，今天不要，我请吧，说好了的。莫晓瑜说，胡老这么客气，水花你点菜吧，我一直很懒的，只管吃，呵呵。廖水花就照着平时喜欢的菜点了几个。

胡高成一边吃，一边对莫晓瑜诉说心中对郑光跃的种种不满，埋怨他老是护着杨爱玲。这是莫晓瑜意料中的事。胡高成刚开始说请客，莫晓瑜就猜想他可能想说点什么，说来说去，不就是想发泄一下吗？不过，莫晓瑜现在能说什么呢？既不能帮郑所光跃说话，也不能附和胡高成，她只是安静地听胡高成说，偶尔点点头，一双筷子在几个菜碗里穿梭，貌似很认真地在吃饭。仅仅一个多小时，莫晓瑜胆战心惊，如坐针毡。

胡高成说，世态炎凉啊，郑所长现在对我这样，有些人就跟着来了。昨天有人请吃中饭，王所长、戴处长也在，他们对我都很冷漠，全没以前的热情了。莫晓瑜心里说，就你这德行，谁愿意理你呢？我是没办法躲开你，你以为我愿意与你一起共事啊？当初你们那样狠心坑我害我，我恨不得马上离开这鬼地方。她舀了一大勺汤，不料喝急了点，呛得只咳嗽，脸都涨红了。

下午回到办公室，三个人都埋头修改送审材料。王吉亮突然来了，一脸讪笑，说是来看看胡老的，他将莫晓瑜叫到那边办公室，漫不经心地问了一下近期的工作，提了几点建议之后就匆匆走了。莫晓瑜看着王吉亮离去的背影，有点纳闷，来这儿说几句不痛不痒的话，到底是什么意思呢？世界上任何事情总会潜藏着某些信息吧？

3

下午五点，三个家庭九个人飞赴杭州。

胡高成带了腿脚不灵便的老婆，莫晓瑜带了丈夫与女儿，廖水花带了父母和女儿。家属们见面，彼此之间都打了个招呼。莫晓瑜知道，这样拉在一起确实没什么意思，估计到了杭州，也是各玩各的。马启明到底是场面上混着的人，他友好热情地对待每一个人，一路谈笑风生。女儿芮芮却满不在乎，甚至嘴角都懒得咧开，在候机厅里只管戴着耳机听音乐，上了飞机只管睡觉。

大约一个半小时后，飞机安全抵达杭州，三家人找了个环境好点的地方，围成一桌吃晚饭。胡高成心情似乎特别好，整个过程就是以他为轴心。廖水花忙着点菜，她既要照顾好父母的口味，还要照顾好孩子的口味。莫晓瑜说，辛苦水花了，你全面考虑下菜的搭配吧。

吃过饭后，大家找到开会的宾馆，安排好房间各自住下。莫晓瑜想到杭州还有位经常在一起开会的朋友，很希望能够见见面，拨了她的手机，却说是空号。她看着手机，半天不语，顿时有了一种失落感。朋友还是要经常联系的，隔久了，就会像这样突然失散，无处寻觅。

到底有些累，躺下后很快安睡，一夜无梦。

第二天是扎扎实实一天会，莫晓瑜坐了一上午，觉得腰背有些酸痛。下午没见到廖水花，莫晓瑜看了看凝神开会的胡高成，没事人一般，心想如果是我没来，他又会冒火的，而廖水花缺席，他却可以这样心安理得，不闻不问。正当莫晓瑜不甚开心时，胡高成收好笔记本，轻声对她说，我们先走吧，今天的会看来差不多了。莫晓瑜有点纳闷，怪了，这老头平日里喜欢标榜自己是很守纪律的人，今天怎么会主动提出溜会呢？

回到房间，马启明和女儿正在看电视小品，两个人时不时哈哈大笑几声。马启明看莫晓瑜回来了，不满地说，唉，我是无可奈何跟你跑这一趟，还请假来的呢，你们开会，我们也不好去哪里转，多没意思。女儿也说，老妈，我们明天该去哪里看看风景呢？西湖我们会去吗？莫晓瑜说，嗯，我知道你们会觉得没意思的，不过，开会就今天，明天我们可以放松了。

晚饭后,莫晓瑜一家三口去附近走了一圈,刚回到房间,廖水花来了,手里提了一大盒蛋糕,高声说,莫主任,今天是胡老的生日,我们一起去他们房间庆贺一下吧。莫晓瑜恍然大悟,原来是老头的生日。怪不得……她看看廖水花提的蛋糕,水花,难得你是有心人,赶早准备了这个,真好,我们现在就去吧。

莫晓瑜叫上马启明与女儿,廖水花也叫来了父母,拖着女儿,两家人一起来到胡高成住的204房间。胡高成与老婆正开着门看电视,见莫晓瑜一家和廖水花一家都站在门口,高兴地将所有人迎了进去。廖水花将蛋糕摆上桌子,笑吟吟地说,胡老,祝你生日快乐!莫晓瑜见状,忙招呼大家坐好,笑着说,今天是胡老的生日,我们唱一首《祝你生日快乐》吧。她马上开了一个头,三家人都跟着唱起来。莫晓瑜看一眼女儿,虽然她一直缩在后面,但这个时候,还是开口唱了几句。

胡高成异常兴奋,莫主任,谢谢你,你都陪我过了几个生日了呢,去年搞得那么丰富多彩,我一直记得的。莫晓瑜嘴上笑着说,应该的,应该的呀!心里却在骂他,既然你还记得我对你的好,那你为什么不善待我呢?廖水花一来,你就不认得人了,想一刀子捅死我。她想起了郑光跃的话,希望真如他说的那样,让自己有扬眉吐气、不受欺压的一天。然而,最近不见任何端倪,也不知道最后会是怎样的境况?先不管了,听天由命吧。

第二天,胡高成兴致勃勃带着三家人游了杭州的几个主要景点,还租车去了一趟龙井茶的故乡,三家人既是一个整体,又相对独立。马启明本来带了相机,看到胡高成也带了,他干脆懒得拿出来,只管这里那里有心没心地走走瞧瞧。胡高成兴致极高,不停地给大家拍照,碰到不错的景点，他建议三个家庭一起合影。莫晓瑜心里不乐意，但碍于自己是行政主管，只好积极协助组织。胡高成的老伴一脸慈善，腿脚又不方便，莫晓瑜总是时不时上前搀扶一把。老妇人这些年见过莫晓瑜很多次，每次莫晓瑜都很热情地照顾她，她也颇为感动。

两天时间很快过去了。一个阳光朗照的日子，却给人冷冰冰的感觉。吃过早餐，大家收拾好行李，准备打道回府。

夜幕降临时，一家人平安回到家里，残留了些小兴奋。女儿第一次坐飞机，连连说，好爽，真的感觉好爽！莫晓瑜刚刚洗了个头，温娟的电话来了，问她有没有时间去她那里说说话？莫晓瑜迟疑了下，还是答应了。她将湿漉漉的头发吹干束好，带上手机去了温娟办公室。

莫晓瑜坐在温娟办公室的沙发上，脚底有些凉意。刚寒暄几句，温娟便问及最近的情况，你们外出开会了？莫晓瑜说，是的，刚回家呢！温娟又问，那两人也去了吗？莫晓瑜说，是啊，以前那老的从来不肯出去开会，这次却主动要一起去。

温娟压低了声音说，那伙人太厉害了，天天滚在一起，胡高成与廖水花只不过是他们的枪。你知道他们为什么要这么做吗？

莫晓瑜不明就里，轻轻地摇摇头。

你知道吗？有一个女人想挤兑杨爱玲，只要把杨爱玲挤下去，位置就是她的了，杨爱玲对她构成威胁了呀！

啊？这样？

温娟说了这么多，莫晓瑜听得似懂非懂，但多多少少明白了那些人举报杨爱玲的真实目的。她本来不想多说什么，毕竟这些事与自己也没太多的关系，但是看到温娟眼里流露出某种期待，联想到胡高成与廖水花的狠毒，也就毫无顾忌地说了很多。

莫晓瑜说，你们家郑所长对他们可得要多留意一点才行，俗话说，害人之心不可有，防人之心不可无。

刚开口说了这一句，莫晓瑜想起有天快到中午时，她去对面办公室找份文件，开门进去，那两人已经不在了。胡高成的桌面堆了一叠纸，密密麻麻写了一些字，莫晓瑜有点好奇，他们成天嘀嘀咕咕，到底有些什么见不得人的东西呢？我倒是想看看。她俯身看到了一行歪歪扭扭的小字：昨晚与 N 通了电话，她让我一定要坚持下去，坚持搞倒 Y 就会胜利，我答应了，这个事一定会搞到底的。

莫晓瑜不由得再次提醒温娟，一定得提防着他们，具体什么原因她没有提及。温娟听罢，若有所悟，十分担忧地说，他们对杨爱玲不依不饶，郑光跃无非希望不要把事情闹大，好意劝老头别捅到外面去。当然，我家这个人有些话可能说得欠考虑，也许刺激了胡高成，现在他们对郑光跃很是恼火，步步紧逼了，也许，接下来会越闹越厉害的。

莫晓瑜听了，连连摇头，说，世上的事情真是不可思议，郑所长对他们可是绝对信任绝对友好啊，怎么现在会搞到他头上来了呢？

温娟无奈地苦笑一声，就是啊，郑光跃现在好郁闷的，他不明白他身边的人怎么会这样？为了权力，可以忘却他以前对他们所有的好，人啊，太可怕了，唉！

莫晓瑜看温娟难过的样子，不知道该说什么话来安慰她。告辞时，两个人彼此对望一下，轻轻一握。

第五章　临危受命

1

第二天正好是马启明的生日，莫晓瑜母女陪着寿星到内蒙古人开的"小肥羊"吃晚饭，热气腾腾的火锅端上桌，一家人有说有笑，暖意融融。芮芮在杭州几乎很少说话，她喜欢一个人走在前面，自顾自地浏览风景，吃饭时也不怎么搭理那两家人。

回家后这孩子像变了个人似的，看着父母乐不可支地说，杭州真不错，我拍了好多照片呢！老爸老妈，你们以后有机会多带我到外面看看吧，这次出门收获可大了。

莫晓瑜看一眼女儿，惊讶地说，原来你喜欢出门啊？我以为你不高兴呢，看你那几天都不怎么说话，闷闷不乐的样子，我心里着急得紧！

芮芮噘着嘴巴说，有他们在，我不想说话，那两个人，怎么看都不顺眼。

马启明附和着女儿，嗯，芮芮的直觉也许有道理，我也看出来他们不是等闲之辈，你这样的人，如果与他们扛上了，我看远不是他们的对手，所以，上次他们那样害你，到最后你又奈何？

莫晓瑜说，命运要遇上这样的人，我有什么办法呢？一天到晚都憋气，真想躲开他们。

见妻子一脸忧戚，马启明忙给她夹了一块羊肉，吃点菜吧，我的生日，你们要陪我开心啊。至于单位里那些事，大可看淡些，凡事绕开一点。来，我们倒点饮料碰碰杯吧。他举起手里的杯子，与老婆孩子碰了碰。莫晓瑜与芮芮端起杯子大声说：祝大寿星生日快乐！

吃完晚饭，夫妻俩先送芮芮回了学校，再去超市买了些菜。两个人回家洗完之后，看了会儿电视就进了卧室。马启明轻轻揽过妻子的腰，温情脉脉地说，老婆，我们早点睡好吗？昨晚……好像不是很痛快。你做一只苹果，让我吃掉好不好？嘿嘿！莫晓瑜习惯性地拨开马启明的手，试图抵抗他的情绪。马启明脸一拉，不高兴地说，哼，还祝我生日快乐呢，这点愿望都不让我满足。莫晓瑜想想也是，马上转过脸来温柔地说，哈哈，我不做苹果，做羊吧，让你做回狼好了。她柔顺地闭上了眼睛，任马启明从上到下肆意亲吻抚摸。

清晨，窗外一阵鸟啼声将莫晓瑜惊醒了，她睁开眼睛，没有马上起床，默默回想昨晚的梦境，那么美好，不觉红云浮上了脸庞。一想到要去上班，要面对两个一肚子鬼的人，莫晓瑜心里烦躁极了。

到办公室后，对面一直关着门。廖水花很晚才来，莫晓瑜正奇怪那老的怎么没见人时，廖水花过来了，说胡高成回来的第二天就和老伴去了北京，托她向郑光跃和王吉亮报告一声，再告诉一下莫主任。莫晓瑜纳闷胡高成怎么突然跑了？也不与自己说一声。她猜想一定是为了杨爱玲的事，弄不好去哪里继续告状，莫非真把郑光跃也带出来了？

胡老走了，我一个人坐着没一点意思，连个说话的人都没有。廖水花望着窗外，自言自语地说。

莫晓瑜心里冷笑，嘴上却温和地说，反正现在事情不多，要不，你先回家吧？孩子小，前几天去杭州又感冒了，你好好照顾下她吧。

廖水花果然很高兴，莫主任，那我先走了，说完一阵风似的离开了。

莫晓瑜站起来，推开一扇窗户，凝神看着外面，风吹得树叶微微颤动，一只褐色的鸟跳来跳去。莫晓瑜觉得此刻的自己也像那只鸟一样，无拘无束,好不自在!如果没有对面两个人碍眼,该有多好,哪怕多做点事也没关系。

下午莫晓瑜按时去上班,她半掩着门,在电脑上专心致志写年终总结。算算日子,这一年只剩下几天了,时间如白驹过隙,真快啊!正感叹时,王吉亮来电话要莫晓瑜去他办公室。

莫晓瑜站在门外,轻轻敲了下门,这已经是习惯性动作了。这位王所长最不喜欢谁擅自闯入,据说有一个部里的办事员径直推门进去,请王吉亮签字,王吉亮勃然大怒,瞪着眼睛,指着那女孩说,你有没有礼貌?有没有修养?门都不敲就进来了。吓得那女孩以后再也不敢来了。莫晓瑜听里面王吉亮说了一声,进来吧。她马上推门进去,戴世辉也在那里。两个人神色凝重,莫晓瑜突感不安,不知道他们有什么要紧的事。王吉亮要莫晓瑜坐下,目光犀利,声音怪怪的。

莫主任,今天上午郑所长找我谈话了,以后质监办的工作由你全面主持,希望你有个思想准备。

莫晓瑜一脸愕然,看来郑光跃真要对胡高成下"逐客令"了,至于实质性的东西,估计是让他自己去悟吧。不过,现在王吉亮代表研究所正式谈话,倒不知道该怎样回答了。她用求援的眼光看一眼戴世辉,希望他此刻能点拨一下,或者凑兴说两句话,也许这样会让自己自然些。说起来,戴世辉是莫晓瑜多年的好朋友,平时有什么事都挺关照的。然而此刻的他偏偏半低着头,似听非听的样子,俨然正在想什么问题。这让莫晓瑜大失所望,突然变得拘束不安了。她一遍又一遍问自己,这样行吗?上次郑光跃征询意见,也只是征询罢了,现在确切地把这担子压给自己,能行吗?对于事情本身,莫晓瑜倒是很有自信心的,读书以来,她一直担任学生干部,经历过不少大小场面,凡事只要用心去做,没有做不好的。只是……她再看看王吉亮和戴世辉,他们脸上的表情似乎都很严肃。

王吉亮看莫晓瑜没反应,又继续说,以后你要百分之百投入工作。

莫晓瑜恍然大悟,对,他们不信任我!估计是对郑光跃的决定不很赞同吧。既然如此,倒是要做给他们看看,我莫晓瑜是不是真如你们想象的那般无能。她想到《红楼梦》里的凤姐,贾府安排她打理秦可卿的丧事,排场那么大,虽然王夫人质疑,她却从容自信地说,这有何难?结果出乎大家的意料,她非常用心地将丧事打理得井井有条。

想到这里,莫晓瑜定定地看着王吉亮说,王所长,既然你们这样决定了,那我就试试吧,请相信我,我会对你负责,对研究所负责的。

王吉亮说,那好吧,你先去忙,老顾问有急事去了北京他儿子家,你抓紧时间把年终总结和明年的工作计划写出来,到时候给我看看吧。我和戴处长还有些事情要商量商量,你以后有什么困难可以来找我。

在走出办公室回头关门的瞬间,莫晓瑜看到王吉亮和戴世辉两人都看着她,表情仍然有点怪异,她不由得深深吸进一口气来。

2

莫晓瑜彻夜难眠,马启明时长时短的呼噜声搅得她心绪杂乱,老想着王吉亮与她谈话时的情形,王吉亮的话里好像隐含着些别的成分,到底是什么呢?她揣想得不甚清晰。这样突如其来的事情让她有种说不清楚的感觉,莫非王吉亮排斥郑光跃这样的安排吗?

莫晓瑜的头隐隐作痛,眼看天色微明,她强迫自己尽快入睡,然而闭紧双眼也无济于事,她只好起来吃一粒安定。迷迷糊糊中,莫晓瑜见到了去世多年的奶奶，老太太穿得很妖艳，涂着口红，咧嘴大笑，说，我都二十好几了，要尽快结婚才行。莫晓瑜有些害怕，刚准备转身逃走时，又看到前年过世的二叔迎面走来，越走近越不像他。莫晓瑜愈加害怕，身上沉沉地被什么东西压紧了似的，动弹不得，她恐惧极了，拼命地大喊几声，想叫醒身旁的马启明，坏人来了！坏人来了！快来救救我啊！却老是叫不出声来，她想把马启明拽起来，马启明没有任何动静。莫晓瑜又急又怕，这时，仿佛有人在掀她的被子，她使尽全力右手打"鬼"，左手摸马启明，挣扎了好大一会，才恍然醒来，全身大汗淋漓，胸口怦怦怦地跳个不停。

上班到办公室后，对面两个人都不在。廖水花发信息说要去银行取钱，可能会迟点来。

快十点时，廖水花与胡高成一前一后来了，莫晓瑜揣想是廖水花去接的老头，怪了，不是说去北京了吗？她起身到门口与他们招呼了一声，胡老，您又回来了？

胡高成似笑非笑地说，回来了，才到家的，你过来坐坐吧。

莫晓瑜正准备过那边时，电话来了，她转身接听，是一位老同学来的，问她有没有空？约几个同学一起吃个中饭。莫晓瑜犹豫了几秒，欣然答应。她提上小包，与胡高成说了几句话，出门打车走了。

下午上班时，对面的门开着一半，莫晓瑜迅速瞟了一眼，里面坐着基础医学部已经退休了的唐新民，他原来担任过主任。奇怪，他怎么来这了？平时很少见。胡高成与唐新民正低声商量着什么事，近乎耳语，听不到他们说些什么。莫晓瑜开门进了办公室，装作没看到一样。廖水花晃到门口左右看了一眼，马上把门关上了。

莫晓瑜觉得唐新民来这里有些蹊跷。下班回家后与马启明说起，马启明有些疲倦，也有些厌倦，不耐烦地说，你呀，天天念叨这些，累不累啊？我都被你带进沟里了。管他们的，与你有什么相干？他们又不是整你。唉，不想说这个了，累。他把公文包往沙发上一扔，懒洋洋地躺着看电视。莫晓瑜见状，忙收住话题，赶快到厨房忙着做好饭菜，笑着过来哄老公吃饭，马启明自觉刚刚说话太冲，在妻子最难过的时候，多些安慰才好。饭后，他赶快抢着收拾好碗筷，拉着莫晓瑜到外面走了几圈。

第二天下午，莫晓瑜又接到四川一个老同学的电话，说出差刚刚到了青州市，希望一起聚聚。莫晓瑜马上动身，刚赶到老同学入住的宾馆，见面还没说上几句话，戴世辉的电话就到了，莫主任，王所长刚刚通知，四点半有个重要会议，请你务必参加。莫晓瑜只好满怀歉意与老同学告辞，匆匆赶回了研究所。

会议就在胡高成的办公室里进行。王吉亮弯弯绕绕地对胡高成说，胡老，以后质监办的行政工作由莫晓瑜主任负责，您老做业务指导方面的顾问。莫晓瑜一听，料想胡高成肯定会暴跳如雷，果然，王吉亮话刚落音，胡高成顿时勃然大怒，两片刀眉一横，气冲冲地说，这几年我做了多少工作你们难道不知道吗？什么叫行政？什么叫业务？我们一起才三个人，还分什么行政和业务的？

王吉亮与戴世辉看胡高成这般模样，两个人面面相觑，都不敢说什么了。王吉亮只好让戴世辉说几句话，戴世辉轻轻咳嗽两声，轻言细语解释说，胡老，这是郑所长的意思，希望您以后继续支持工作。胡高成大声嚷道，既然是郑所长的意思，他自己怎么不来与我说呢？王吉亮堆着笑脸说，他委托我们俩来与您谈谈。

待王吉亮与戴世辉一走，胡高成怒气未消，恨恨地大声说，哼，我与郑光跃的斗争远远没有结束。

莫晓瑜坐在那里，一动不动地看着胡高成，想说点什么，却又说不出来。胡高成盯着莫晓瑜的眼睛问，郑所长找过你了吗？莫晓瑜迟疑了一下，轻声说，没有。胡高成依然气呼呼的，嘴里叽里咕噜地在骂些什么。莫晓瑜起身想走开，她一边走一边对胡高成说，胡老别生气了，以后还是我们在一起工作呢！胡高成看她一眼，态度缓和了点，心不在焉地说，嗯。

又是一个难眠之夜。早上醒来时，窗户泛白，莫晓瑜眼前一亮，真好，下雪了！对于从小爱雪的她来说，本可以好好欣赏一番雪景的，然而她现在一点心情都没有。出门后一路走过去，心淡淡的，她问自己，这是我吗？是我站在雪地上吗？怎么不像啊？以前面对雪景，总是掩不住内心的喜悦，今天怎么了？是不是最近经历得太多，什么都变得云淡风轻了？

刚到办公室，郑光跃就来了电话，让莫晓瑜马上去他办公室。郑光跃开门见山问她昨天的事，莫晓瑜如实叙述了一遍，她特别强调胡高成最后说的那句，提醒郑光跃要防着点。郑光跃一听，愣了一下，神情变得有些严峻了，张了下嘴，想说什么却没有说。莫晓瑜看他那样，劝道，郑所长，别太放心上了，人在气头上说什么话都当不得真的，我估计他也只是说说而已，你一定要冷静对待啊。何况，平时你们关系那么好。至于工作上的事，既然你相信我，我会对你对研究所负责的，尽全力做好。郑光跃点点头说，好的，在这样艰难的情况下，感谢你勇挑重担，为我和研究所排忧解难，给你一个指标吧，你去物色个人来，争取把质监办的工作做好。

郑光跃这里刚谈完话，王吉亮又来电话让莫晓瑜过去一趟。待莫晓瑜坐定，王吉亮说，郑所长要我和戴处陪他一起与胡高成谈话，你知道为什么如此安排吗？莫晓瑜摇摇头。王吉亮说，郑所长担心胡高成又给他录音，想有两个证人。莫晓瑜哦了一声，算是明白了，她问，胡高成不高兴吧？王吉亮笑了一下，当然了，胡高成极其不满，尽管没说什么别的，但一直满脸怒容。

王吉亮停了下，又对莫晓瑜说，郑所长让我给你压担子，要求你以后要百分之百投入到工作中来，其他的活动尽量不要参加了。莫晓瑜听得心里一阵阵发紧，她知道领导给自己加了这道紧箍咒，以后就再难得自由了，却又苦于不能流露出过多的情绪来。

回到办公室，看到对面两个人正在说着什么。莫晓瑜进去与他们打了个招呼，她知道这种人是得罪不起的，不希望最后一把火烧到自己身上来。胡高成一看到莫晓瑜，就叫她去了那边，不厌其烦地大谈其谈郑光跃的种种不是，把上午与郑光跃的对话叙述了一遍。莫晓瑜在心里说，我的天啊，你竟然这样骂郑所长？他可是你的恩人呀，你曾在很多场合公开说，郑所长是我的再生父母，没有郑所长，就没有我胡高成的今天。人啊，怎么可以这样呢？

这时，宣传部的谢琳琳来了电话，说有急事找她。莫晓瑜正好趁机离开。等她再回来时，对面的门已经关紧了。

3

莫晓瑜家窗台上有一盆水仙花，在肃杀的冬日开得极有生气。晚上，水仙花在灯光下向四周伸展着枝叶，颜色虽不甚分明，轮廓却清晰可见。莫晓瑜一个人坐在客厅里，随意看一台文艺晚会，歌舞小品，热闹逗趣。她魂不守舍，心不在焉，眼光时不时往窗台的水仙花移去，看到水仙花不畏严寒，不畏黑夜，只管开放，不觉自惭形秽了。她问自己，这样的联想是否有点牵强呢？

这个晚上，莫晓瑜辗转反侧，至下半夜方慢慢入睡。梦中出现了几个表情夸张的孩子，看不出是哪个年代的人。一个人穿着古怪的衣服，手持陌生的兵器，犹如魔幻游戏中的场面，正与一伙来历不明的人打斗。这种玄幻般的梦境，让莫晓瑜仿若穿越时空，不知今夕何夕了。

天还未亮，莫晓瑜从梦中惊醒，她捂着突突跳着的胸口，回忆刚才见到的那些惊悚场面，余悸未消，不知道梦里所见到底隐藏着怎样的玄机。她微微闭上眼睛，本来还想再睡会儿的，但无论如何都睡不安稳，脑子里时而装满了乱七八糟的东西，时而又是一片渺茫的虚空。

莫晓瑜最焦虑的是身边没有助手，对面那两个人注定是不能继续合作的，他们曾经射过来一支毒箭，严重地伤害过自己，以胡高成那样的性格，如何能够安于自己之下？总有一天，他们会与自己对抗较劲的。而年后就有艰巨的任务，省卫生厅将组织专家来全面检查研究所新项目的质量，眼下正在紧张地准备，该如何一步步推进呢？她不由得细心盘算着物色个合适的人来。

莫晓瑜一上班就去找郑光跃与戴世辉，想与他们商量几件事，然而一个人都找不到。正沮丧时，温娟来了电话，莫主任有空吗？过来坐坐？莫晓瑜正想找个人说说话，马上过去了。温娟看她心事重重的样子，问她怎么了？莫晓瑜说，我现在心里着急呢，担心完成不好郑所长的任务。温娟说，也不要急啊，你尽快找个好帮手，应该没问题的。莫晓瑜说，我就是身边没人，一时又找不到合适的，你看急不急？他们那两个人什么性格？没准我刚做几天就要找我吵找我闹的，你看……

温娟说，你别管他们，以后开会，你都要自己参加，别给胡高成任何机会，他算什么呢？没有行政职务，还那么霸道。

莫晓瑜心里一动，感觉温娟这几句话真是说到心里去了。与胡高成合作这么些年，所有的机会几乎都被他给抢了，无论什么场合，他都是一个人包打包唱，不给自己留一点机会与空间。每一年的评优，莫晓瑜慷慨地全给了他，对他从来都是谦让。听罢温娟的话，莫晓瑜感觉好解恨，心想，这温娟说得很有道理，估计也代表了郑所长的意思。既然事已至此，我还有什么顾虑呢？该怎么样就怎么样，从某种意义上说，胡高成，你压着我打击我的年代已经成了过去时。在当下这样一段不甚明确的时间里，一定要好好把握机会，把握未来。莫晓瑜沉浸在一种虚幻的想象中，想象自己在公众场合如何酣畅淋漓地陈述己见，如何指挥千军万马所向披靡。

温娟看莫晓瑜神思恍惚，以为她意志消沉，或者内心怯弱，不觉担心地问，莫主任，你没事吧？是不是顾虑太多？

莫晓瑜即刻从虚幻与揣想中清醒过来，她接过温娟的话头说，没事呢，放心，我有把握，既然接受了研究所的这项任务，我自会认真做好。何况，现在是研究所最为难的时候，也是郑所长最为难的时候，作为员工，我们任何人都理当担起重任。请你转告郑所长，不用担心我，现在的我，时时刻刻都在考虑怎么样把工作做好。

温娟脸上挂着笑，你现在物色到合适的人了吗？

莫晓瑜摇摇头，还没有呢，就这事让我揪心，脑子里来来回回像放电影一般，闪现出很多张面孔，却还没有具体圈定到人。

温娟说，别着急，你再好好访访，到时候，面包会有，牛奶也会有的。

莫晓瑜笑了，但愿如此吧。她突然想起曾经有人提过，躲在胡高成和廖水花背后那个身居要职的女人，现在为什么要对杨爱玲下手，就是为她自己能够升上去？而这个女人曾经也搞过温娟的名堂，在温娟准备提升正职时，从中作梗将她拉了下来。莫晓瑜问温娟，你是不是早就知道躲在胡高成后面的那个女人太厉害了？温娟一听，脸上阴云密布，嗨，你还提这个啊？陈谷子烂芝麻了呢，我都不愿意想了，事情已经过去了，无所谓了，副处就副处，也不指望再上了。

莫晓瑜听罢，心里又开始隐隐作痛，犹如揭开一块伤疤一般，联想到自己的际遇，不免伤怀。她尽力撇开这个沉重的话题，说起了服饰、美容、食品、养生，等等，两个人都靠近说些女人感兴趣的事，就这样你一句我一句地说了一阵子话后莫晓瑜便告辞了。

从温娟那里出来后，正好遇见王吉亮从楼下上来，莫晓瑜忙上前叫了他一声。王吉亮看莫晓瑜一脸迷茫，有点不解，便叫她进自己办公室坐坐。王吉亮满脸堆笑，你很不错啊，去年的民意测评你优秀率很高！他递给莫晓瑜一张测评表看。莫晓瑜上下瞄了一眼，说，王所长，我还做得很不够呢，以后会时时记着你的嘱咐，辞去几项社会兼职，全心全意搞好质监办的本职工作。王吉亮高兴地说，好的，我看你现在进入角色很快，大胆地去工作吧，相信你一定会做得很好的。

听了王吉亮这一句话，莫晓瑜心里踏实多了，她感觉就像一道光线开启了一个黯然的盒子，很显然，王吉亮今天对自己的态度比那天要明朗多了，以后的工作若能得到主管领导的信任与支持至关重要。

从王吉亮办公室出来之后，莫晓瑜心里颇感温暖，尽管天依然寒冷，有下雪的征兆。

第六章 浦山会议

1

果真一场大雪降临。莫晓瑜早早起床,八点钟准时到研究所门口上了大巴。她特意坐在最后一排靠窗口的座位上,看着窗外纷纷扬扬的雪花,一朵,一朵,蝴蝶般不顾一切扑向车窗玻璃,轻轻一撞,碎碎地融化了。莫晓瑜看得满心怡然,似乎漫天大雪把内心的焦灼也消融掉了。这个时候,她只想安静安静,不想与任何人说话。

四十分钟之后,车就到了浦山。研究所领导特意挑了一个周末,组织中层干部来这里开务虚会,顺便给大家提供一次休闲放松的机会。

车刚停好,大家纷纷下车,一个个显得很亢奋,在几公分深的雪地里搓手跺脚,蹦蹦跳跳,三人两人抢拍了一些雪景照片,随后,径直去了会场。研究所的领导们已经端坐在主席台上了,众人见状,很快找了座位坐好。

莫晓瑜一边听台上领导说话,一边取出本子写发言提纲。按照人手一册的会议通知,所有参会人员都要发言。虽已打好腹稿,莫晓瑜还是有些忐忑。她不是不相信自己的表述能力,而是精气神尚未提起来,唯恐对会议主旨理解不够,万一话说岔了如何是好?

上午的会议由秦建伟主持,研究所几位领导依次发言。莫晓瑜似听非听,感觉他们都是些台面上的套话,基本没涉及研究所的实际问题。她有些失望,倘若领导班子都持这种态度,对研究所未来的发展与建设恐怕于事无补。

午餐很丰盛，据说是秦建伟充分利用多年来在市政府工作的资源，由浦山镇政府安排接待。桌上，觥筹交错，气氛热烈。肤色黝黑、身材矮胖的向镇长充满激情地致了欢迎词之后，领导们下位到每一桌敬酒。

莫晓瑜左边是杨爱玲，右边是温娟，三个人正说说笑笑时，领导们过来了，一桌人忙起身，机械地笑着举起酒杯回应。在与领导们碰杯的过程中，莫晓瑜体味到这种场合不过是一种程式化的套路，缺乏发自内心的真诚，所有人只不过表演般意思意思罢了，远不如到乡下农家做客，自酿的米酒饭菜虽说简陋粗糙，上不得大雅之堂，然而，原汁原味，醇厚啊。

正胡思乱想时，郑光跃端着杯子过来了，与莫晓瑜轻轻碰了下杯子，说，莫主任，我敬你吧，辛苦了！喝了一口之后，郑光跃压低了声音说，以后你安心工作，有些问题会尽快解决的。莫晓瑜听得似懂非懂，她面带微笑，把杯子凑到嘴边，一口喝完了。郑光跃看了下她的杯子，点头笑笑就走开了。

下午的会议由郑光跃主持，他看着台下说，今天参会的人太多了，恐怕时间不够，我看不必人人都发言，点几个部门做代表吧。莫晓瑜有点紧张，生怕郑光跃点她。好在郑光跃跳过了她，只点了一半的部门发言。莫晓瑜如释重负。

会议中途，莫晓瑜上趟洗手间，看到戴世辉也出来了，她马上迎上去，轻轻地说，戴处，我想同你说几句话，找个安静的地方。他俩来到一间小会议室，周围人声杳然。

莫晓瑜问，你们那天找我谈话，要我来主持工作，我感觉压力很大，还有很多阻力。让廖水花调出质监办，戴处，你看可以吗？

戴世辉略一沉思，先别这样，哪天你请胡高成吃个饭，我来作陪吧。以后，你还是要尽量对他好点。

莫晓瑜有点诧异，戴世辉是郑光跃调来的，他们之间关系一直很铁，记得有次到大青山开会，在晚上的联谊会上，戴世辉任由郑光跃调侃戏耍，甚至郑光跃为逗乐逼得他脱掉了衣服，光着身子被众人围观，莫晓瑜当时真为他感到羞愧。到现在他怎么这样没原则呢？郑光跃正处在困境中啊！她摇摇头，明确表态说，是胡高成对不起郑所长，做人做得太不地道了，我就算对他客气也只是表面的。

戴世辉看了一眼莫晓瑜，嘴角挂着笑，笑得莫测高深。

莫晓瑜说，郑所长对他们不薄，为什么恩将仇报呢？我看不来这种人。戴处，我肯定会支持郑所长的，你和郑所长在我最困难的时候曾经帮助过我，我应该还算是记情的人吧？

戴世辉说，嗯，我能够理解你，那就先看看情况再说吧，以后有什么事我们多商量。

听戴世辉这样说，莫晓瑜心里轻松多了，她想，我一个女流之辈，在面临困难时，肯定需要有人撑一把的，戴世辉是多年的朋友，相信他会适时给予帮助。

晚上会务组安排联欢会。莫晓瑜看到王吉亮一个人坐在角落里，便轻轻走过去，说，王所长，能否请您出来一下？我有急事想请示。王吉亮随莫晓瑜来到一个安静的过道上。莫晓瑜迫不及待地说，王所长，可否请您出面与人事处说说，把廖水花调出质监办呢？她留在这里，阻力太大，我不好工作啊。

王吉亮一听，连连摇头说，不行不行，郑所长应该不是这个意思吧？我觉得这样不妥，人家会说我们的，你刚刚上来，就把人家廖水花赶走？

人事处那里我是不便去说的。

莫晓瑜看王吉亮这个态度,很失望,又很尴尬,她不好继续再说,于是换了话题,同王吉亮一边说话一边回到了歌舞厅。

晚会正式开始了,秦建伟兴致勃勃,载歌载舞,场上的气氛很快热烈起来。郑光跃也去晃了一下,用美声唱完一首高亢的《我的太阳》之后,没与任何人打招呼,一个人先行离开。

莫晓瑜唱了一首舒缓悠扬的歌之后,歌厅暗场放起了摇滚音乐,大家纷纷起身跳起了节奏明快的现代舞。趁着有点乱的当儿,莫晓瑜来到温娟身边,低声说,关于廖水花的去处,我已与戴世辉达成共识,但是王所长不配合,他觉得有难处,对面的办公室暂时空不出来。温娟看一眼周围,低声说,那就先看看再说吧。莫晓瑜无可奈何地摇摇头,嗯,目前也只能如此了。

晚上莫晓瑜与中成药研制部金羽灵主任一个房间,她俩一直是很好的朋友,前两年金羽灵曾经被胡高成找碴儿狠狠地整过一次,他借着外面专家的名义,对金羽灵部里出现的一些小问题无限上纲上线,搞得金羽灵几次落泪,心里很不舒坦,从此打了一个心结。

两个人洗漱完毕,坐在床头一边看电视一边闲聊。说到胡高成,金羽灵恨恨地骂道,什么狗屁顾问狗屁专家,他也知道有今天?莫晓瑜开心地笑了,是啊,他人品不好,喜欢搞阴谋算计别人,最后总有被人戳穿识破的时候。

金羽灵说,我早就料到那老东西不是好人,一直担心你与他共事怎么相处。现在好了,摆脱他,自己做事更爽快,不是吗?

莫晓瑜认可地点了下头,又不无忧虑地摇摇头,唉,现在说还为时过早呢,也不知道他以后会怎么样?我太了解他的脾性了。

金羽灵说着说着，慢慢入睡了，一会便响起了轻微的鼾声。莫晓瑜却久久未眠，她老是想着眼前这些扯不清楚的事情，隐隐感觉到有一种危险正在向自己逼近。

2

第二天雪尚未融化，安安静静的一个空间，全让雪给填满了。远处的山林布起一道雪幔，周围的山峦凸成若干冰峰，在暗淡的天空底版边上，衬出锯齿形状。

莫晓瑜一早站在阳台上，看着眼前这壮观的雪景，心里很安静。看来，雪还没有融化的征兆，母亲早就告诉过她，这是雪在等伴，在等一场更大的雪。

早饭后，大家三三两两来到会议厅坐好。上午是两位党政一把手发言。秦建伟抹一把稀疏的头发，扶一扶褐色眼镜框，慢腾腾地说，我来研究所时间不久，很多工作不太熟悉，幸好郑所长和同志们，尤其是我们在座的中层干部都很努力，希望今后各位继续发扬研究所的优良作风，全身心投入到各项工作中去。

莫晓瑜认真听这位新书记发言，感觉他儒雅温和，谦逊持重，不失为一位内敛敦厚的好领导。研究所有他与锐意改革、敢于创新的郑所长搭档，一定会联手打造出崭新的未来。莫晓瑜有些兴奋，她似乎从秦建伟身上看到了研究所的希望。

接下来是郑光跃讲话。他环顾一下会场，用右手调整好话筒，轻咳了一声，说，很长一段时间没和大家说话了，今天畅所欲言吧。我想从两个方面来说说我自己。第一个方面，我这个人很有成就感。来到青州中医研究所八年时间里,我可以说,没有我,就没有青州中医研究所的今天,至少可以说,我在其中扮演了一个重要的角色。各位应该也看到了我的殚精竭虑、亲力亲为吧?是不是这样,我相信你们可以给出一个公正的评价。

莫晓瑜看看台上的郑光跃,他脸上洋溢着一种激情,从眼镜片里透射出来的目光炯炯有神,看得出过去的岁月留给他的是满足与荣耀,一个人曾经付出过许多,并且收获了沉甸甸的果实,他的内心定然是丰盈、充实的。

郑光跃稍稍停了下,又开始说起来。现在想说的第二个方面是,我很有一些挫败感。这些年来,我跑了很多个单位,来青州中医研究所的八年时间里,一直处在"被告状"状态中,最先是唐晓莹的事,后来是我老婆温娟的事,现在又是杨爱玲的事。我真是弄不明白到底怎么了?难道真是我的失败吗?为什么总是有人在关键时候要采取告状的方式呢?

台下寂然无声,几乎所有人都在屏声敛气听郑光跃说话。郑光跃看了一眼台下,刚才激昂的神情变得怆然伤感了。他继续说,根据目前的实际情况,我建议要大力加强研究所的文化建设,力求提高每个人的文化素质,而且,为了造福于民众,为了我们光荣的事业,我们要有一个共同的奋斗目标,要有正确的价值观,只有为我们研究所定好位,为我们自己定好位,确定未来的走向,才能够同心同德、同舟共济。

郑光跃说这几句话时,似乎对研究所的未来充满了向往和憧憬,他脸上重新洋溢着一种光彩,甚至有点青年人刚刚走上人生之路时的激奋。莫晓瑜的心被他说动了,联想到郑光跃这么些年为研究所付出的心血,她坚信这位领导确确实实是真心在为青州中医研究所着想。

一位面带微笑的女服务员这时走到郑光跃面前,掂开杯盖给他添茶,郑光跃暂时停住不说了。待女服务员走开之后，他端过茶杯喝了一口，又接着说，做人啊，还是要地道点，大家都知道的，当年唐晓莹与陈丽萍是死对头，后来接任陈丽萍的张祥林不仅十分尊重他的前任，只要有机会就请陈丽萍到场，陈丽萍有事他亲自帮忙，而且后来与唐晓莹工作上的合作也很不错，并不会因为他的前任与唐晓莹关系不好自己也搅和进去，这就是张祥林的高明之处嘛。

说到这里，郑光跃停住了，他看了台下一眼，有几个人开始窃窃私语。莫晓瑜大为惊讶，郑光跃在这种场合公然指名道姓暴露研究所里的情况，恐有些不妥吧？这样做很容易激发矛盾，当事人听了，心里会怪不是味的，他怎么这样控制不住自己呢？莫晓瑜朝贾里梅那边看了一眼，发现她圆盘子般的肉脸涨得通红。

郑光跃又自顾自地说开了，语言愈加犀利。我看啊，现在有人躲在暗处搞阴谋诡计，煽动我们研究所一位老同志告状，我在这里要提醒某些人别搞得太厉害了，人家的家人也是有本事、有能力的人，如果他们真要搞起来，估计也不会比你们差。说到这里，郑光跃似乎很有些动气，恨不得在此将憋闷了很久的负面情绪统统释放出来，甚至升腾起火山爆发般的烈焰。

台下一阵轻微的骚动，郑光跃的话像在平静的水中扔下了一块大石头，一刹那泛起了层层涟漪，水下立刻有了动静。莫晓瑜料想不到郑光跃会这样说话，也许是他一时冲动，只顾自己的痛快？也许是想发泄一下此刻的情绪？也许是趁此对某些人提个醒？不管出于什么目的，在莫晓瑜看来，郑光跃作为一个研究所的主要领导，怎么样都要克制才行。在大会上这样说话，会让人觉得缺乏风度，也缺乏胸襟。莫晓瑜不免为郑光跃感到失望，也为他感到担忧。倘若真如郑光跃原来提议的那样，有些人出于个人目的企图把火烧到他身上，那么，很有可能那些相关的人从此以后不会放过他的。郑光跃的这番话确实伤人，做领导的若是对人有看法，可以私下交流沟通，哪怕是严肃批评也是可以的，谁都忌讳在大庭广众之下像只苍蝇一般被悬挂在高处示众，何况，他们都是研究所多么了得的人物啊。万一那些人是弹簧，其反弹的力量是不可小觑的。

邓西平在研究所素有"金牌主持"之称，他对两位主要领导的发言作了简要的小结，言语中有意撇开了郑光跃讲话的负面影响，从正面肯定了郑光跃这些年来对研究所建设与发展的付出与贡献。他满面春风地说，今天，郑所长的讲话真诚、深情，我深深感受到了郑所长对我们研究所的一份关爱与希望，相信在座的每一位都有同感。今后我们都要积极地化解各种矛盾，同心同德，携手共进，为铸造我们青州中医研究所新的辉煌而努力奋斗。

3

邓西平说了不少，说得很煽情很感人。他分管研究所干部工作与思想工作，平时负责协调各种关系，说白一点，就是做和事佬与黏合剂。只要哪里冒出矛盾的秧子来，他就得想方设法及早掐掉。众所周知，一个单位没有矛盾是不可能的，有人的地方就会有矛盾，矛盾一激烈，保不准还会燃烧爆炸，邓西平经常要扮作消防队员去救火。

莫晓瑜被邓西平的话感染了，她很赞同同事之间相互宽容，尽量营造和谐温馨的集体氛围的观点，毕竟在一起工作是一种缘分。只不过……莫晓瑜暗想，今天邓西平说的话估计不会有什么效果吧？矛盾的双方暗流涌动，这场火可不是一般地猛烈，也许潜藏着某种十分危险的因素。

散会后已经过了十二点，与会人员纷纷朝餐厅走去。郑光跃一个人走在前面，临床研究中心的曹霖雨与龙喜玉一左一右与郑光跃边走边说话。曹霖雨不解地问，郑所长，我们研究所怎么有那么多邪气？真像你说的那么复杂吗？龙喜玉接上说，郑所长，你今天说话很动情啊，我们坐在一起小声议论了几句呢。郑光跃问，哦？你们真感觉我今天很动情吗？是不是说得不太合适呢？曹霖雨不置可否地说，是真的很动情，我们从未看过你这样呢。当然……唉，其实也没关系，说了就说了，想说就说呗。郑光跃好像有所触动，其实，说了也不太好，也许，我以后再不说这些了。

莫晓瑜随着大家来到餐厅，里面的几张大圆桌坐满了人，看来个个都饥肠辘辘的。上午的会开得太久，估计都熬不住了。莫晓瑜找了一个靠边的座位坐下，仍然不想说话，她将包住碗筷的塑料纸扯开后，端着一杯茶低头慢慢地喝，若有所思的样子。

这顿饭依然是当地政府宴请，向镇长到场给所有人敬酒，还给每个人送了一张礼品卡。莫晓瑜与几个人组合一起，也去领导席和各桌敬酒，平时她只喝点红酒，孰料今天连续喝了几杯后，到底不胜酒力，竟然有点晕乎乎的。莫晓瑜赶忙逃开敬酒的队伍，独自回到座位，吃了几大口蔬菜。

还没等她安静下来，敬酒的人接二连三过来了，莫晓瑜只好频频起身，被动地回应他们。待一拨人走开，正想坐下时，生化研究部主任徐水东来了，大概他已有几分醉意，举起酒杯就说笑话，逗得桌上的人哈哈大笑。莫晓瑜刚想与徐水东说话，问问他部里有没有合适的人选，戴世辉过来了，莫晓瑜干脆拉着戴世辉，一起找徐水东要个人。徐水东说，我也没有多余的人啊，手头紧呢。

莫晓瑜突然想起生化研究部去年有个男孩子做材料很不错，人也长得很帅，莫晓瑜与他不是很熟，但只要路上遇见了，那男孩子都很有礼貌地与她打招呼。为何不点名要他来呢？问题是，她不知道他叫什么名字，只好拐弯抹角地问徐水东，徐主任，你们部里去年做材料的那个男孩子叫什么名字呢？

徐水东蒙蒙的，你是说……闫亚培吗？

莫晓瑜说，我不知道他名字，估计是的吧。徐主任能否支援一下，把这个人借给我们质监办用用？

徐水东恍然大悟，急急地说，我们部里人都不够用呢，你还是到别的部门去要人吧。

莫晓瑜急了，转头看着戴世辉说，戴处，你快过来帮我说说，做做工作吧。

戴世辉对徐水东笑笑，你别太小气了，就借个人给莫主任吧，你知道美女一般是喜欢帅哥的，呵呵。他诡秘地一笑。

徐水东忙说，莫主任，我另外给你一个人行吗？闫亚培我舍不得，一直不想他出头露面。咦，奇怪，你是怎么发现的呢？

莫晓瑜哈哈大笑，说，你也别藏着掖着了，年轻人，要给他机会展示自己，一个全方位敞开的平台对于他来说多么重要啊！

徐水东想了想说，你们找过他谈了没有？

莫晓瑜说，徐主任，我给你敬酒吧，要先打通你的关节，我才能够与他谈啊。她端起酒杯与徐水东碰杯，感谢你的支持，其实是支持研究所，支持郑所长呢！你没看到郑所长现在遇上困难了吗？

徐水东不好再说什么，一口饮下杯里的酒，算是答应下来了。莫晓瑜看他松了口,高兴得不知道说什么好。她心里满是感激与欢喜,这么长时间来,第一次有了当家做主的机会,第一次可以决定人员去留,第一次不必在乎别人的态度,第一次……她准备回家后尽快与闫亚培联系,征求他的意见,争取他的加盟。

回到家里,马启明已经准备好了饭菜。莫晓瑜一边吃饭一边迫不及待将这次会议的情况一一告诉了丈夫,与莫晓瑜的感觉差不多,马启明也认为郑光跃那些话说过头了,没准祸从口出,哎呀,难道不可以忍忍吗?晓瑜,你们那位郑所长太不冷静了,搞政治的人,要多向曾国藩学习,老先生说过一句,德成以谨言慎行为要,郑所长遇事真要三思而行啊!

莫晓瑜说,嗯,郑所长来研究所的时间长,确实为单位的发展做出了贡献,有点居功自傲,何况他本来就是刚愎自用的性格,于是……唉,我也担心他会惹出麻烦来。如果他一直这样,我以后的工作也不好做呢。

当天晚上,莫晓瑜本想给闫亚培打个电话的,但实在太累了,头痛得很厉害,和马启明散步回来,早早就躺下睡了。

这个晚上她睡得很香。

早上醒来,天已经放晴了,但积雪尚未融化。想到还有几天就是春节,落下很多事还来不及做,心里未免着急,现在偏偏头痛欲裂,还得先去看看医生才行。马启明看她难受的样子,赶快向单位请了假,陪老婆去了趟医院。医生给莫晓瑜做了几项检查,并无什么实质性的问题,莫晓瑜问医生自己的病因是什么?那位半秃顶的医生看了一眼莫晓瑜,一边开处方一边说,没什么大问题,估计是你思虑过多的原因,以后无论遇上什么事,都要学会放下,尽量丢掉不开心的事,功名利禄,确实很有诱惑力，其实到最后，什么都比不上健康的身体，人嘛，平平淡淡才是真，你说呢？他抬眼看看莫晓瑜，又补充说了一句，用简单的生活保持纯净的心境，你的身体就会好多了，不妨试着调理一下。

医生像个哲学家，深有感触地说了这么多话，莫晓瑜觉得不无道理，暗想，我自己就是医生，为什么看不了自己的病呢？当医生把处方单递给她时，她感激地对医生说，其实，您的药已经进入我身体了，金玉良言，句句受用。

天下起雨来，绵绵不断。

雨雪竟然没怎么影响莫晓瑜的心情，再不像以前那样容易伤怀忧戚了。她想，我虽然少有成熟老练的时候，也许以后也不会做得很好，但避免冲动总是好的。逝去的往事永远逝去了，很多人和事只能够成为废墟，用一句最时髦的网络语来说，神马都是浮云。忘却，放弃，埋葬，深藏，该是涅槃重生的时候了。

第七章　另起炉灶

1

腊月二十七，莫晓瑜一家三口踏上了回老家探望父亲的路途。对这个生于斯长于斯的边隅小城，莫晓瑜对所有的一切都怀有一种亲切感。父亲一直站在阳台上等他们，迎进家门后，老人家喜不自禁地拉着芮芮的手说，半年不见，又长高了啊！芮芮亲热地拥抱了一下外公。

父亲找着话题与女婿说话，都是些大题目。老人家退休后每天看报看电视，时时关注国内外大事，平日里总喜欢与人聊聊，女婿是场面上的人，在老人家眼里，是一个真正能交流的人。马启明连续开了几个小时车，本有些疲倦，看老丈人兴致勃勃的，不忍心扫他的兴，耐心地陪着一边附和一边解析。

阿姨在厨房里闷声闷气准备饭菜，莫晓瑜忙挽起袖子进厨房帮忙。这个女人寡言少语，不喜与人亲热，自母亲去世后，父亲承受不了孤独，经人撮合，将这女人接进家里，自此，亲戚故人很少上门。莫晓瑜对她虽然感到别扭，但事已至此，也只好顺着父亲的意思来。

一会儿，嫂子梁玉来了，莫晓瑜与嫂子亲热地聊起来，她担心地问，我哥怎么还不见回呢？都快吃晚饭了呀。嫂子冷冷地对阿姨说，你去休息一会，我来吧。她接过阿姨手里的锅铲，将茶籽油倒进锅里，再用菜刀将砧板上切好的菜撮起往锅里放，叹口气说，晓瑜，你不知道你哥呀，一天到晚都是忙，忙，忙，我看也忙不出个名堂来，你哥他不如妹妹精明能干呢。爸爸有你这样的好女儿，是他们的福分。

莫晓瑜手里一根根地掐着菜心，苦笑一声，嫂子，你说外家话了，你妹妹我有多大能耐你还不知道啊？不过是混碗饭吃啰。梁玉笑呵呵地说，你现在是有身份的人，不是我们寻常人可以得到的。莫晓瑜听嫂子这么一说，暗自叫苦，唉，家人看到的是风光无限，可真正的难处他们哪里知道。常情下都是报喜不报忧的，平日哪敢将烦恼说与他们听呢。

吃晚饭时，哥哥莫晓亮回来了，说话气喘吁吁的，唉，马上要放假了，单位的事情要尽快做完才行。梁玉和莫晓瑜一起将菜端到桌上，一家人围在一起边吃边聊，气氛浓郁。父亲乐呵呵地说个不停，儿子女儿两个家庭和睦温馨，健康平安，在他看来，比什么都重要。他稍稍有点遗憾地说，可惜福生回不了家，现在就差他了呢！哥哥忙说，福生现在是走不开，他说三月份可能空一点，到时候会带女朋友回来看您的。父亲眉眼笑成一条缝，那就好，那就好，我就想看看我们福生的女朋友呀！你们个个都搞得好，我就高兴了，一个家嘛，就要健康平安，顺心顺意。唉，我是不是真老了？这些话到底说了多少次？哈哈，来，吃菜，你们多吃菜呀！

莫晓瑜听父亲这样说，幽暗的心好像被电石擦亮了一般，我又何尝不是这样认为呢？她从来都把家人的健康平安视为最重要的事。不过，在这样欢喜的同时，她心里总在飘飘洒洒地下着小雨。脸上虽然挂着笑与父亲兄嫂说着话，脑子里却总是浮现出一些不尽如人意的事情。细细想来，这些年里回家过春节，从未像今年这样让她郁闷烦忧。

最揪心的是，质监办实质上已经分崩离析，差不多瘫痪在那里了。眼下必须尽快物色到合适的人选，尽快组建新的工作班子，尽快建立新的合作关系，尽快进入新的工作状态。年后就要抓紧时间做好四月份的迎检准备，如今还是光杆司令一个，怎么办呢？

莫晓瑜劝慰自己说，先不管工作吧，父亲年事已高，能陪他一年算一年，这几天就安心与他多说说话吧，其他的等过完年再说。

除夕，梁玉主厨，莫晓瑜打下手，做了满满一桌子菜。按照当地风俗，吃饭前要放鞭炮，要用心祈祷许愿，为一家人的来年。莫晓瑜在香炉前点燃三支香，默念着逝去的亲人，此刻尤其想念母亲，她虔诚地为家人祈祷幸福平安，也祈求上苍为自己充满艰辛的未来铺平道路。

饭菜不停地夹进嘴里，脸上带着祥和的笑容，莫晓瑜不想让一家人为自己担心，她预感后面的路或许不会很顺利，对面那两个人的存在，将会是她最大的障碍。

2

过完年之后，莫晓瑜一家初四准备回青州市，父亲十分不舍，莫晓瑜也很希望多留几天，但想着有那么多事等着做，只得忍痛告辞。父亲拄着拐杖，步履蹒跚地送他们上车，他倚在车窗上，不眨眼地看着女儿一家人，莫晓瑜见状，鼻子一酸，泪水忍不住流下来，她拉着父亲的手说，爸爸，我们很快会回来的，您多多保重身体啊。

阴雨绵绵已经好些日子，天终于放晴，一路还算顺利。莫晓瑜晕晕乎乎正在瞌睡时，胡高成来了信息，说是正好与家人在北京，想顺便去卫生部拜望下相关领导，问莫晓瑜能否买点烟酒作为礼品？莫晓瑜回复说，辛苦您了，您看着办吧。

回家的当晚，莫晓瑜感觉很疲倦，正想早点休息，胡高成又来了信息，说想买一对五粮液酒和两条中华牌烟，行不行？莫晓瑜感觉这么贵重的礼品，有没有必要呢？你不是才去了一趟卫生部吗？已经给那位领导送了礼品，何况，你现在说去就去？代表单位还是代表你自己？鬼知道！她突然觉得不能让胡高成去，但必须找个人商量下，找谁呢？唯一只有找戴世辉了，他在家吗？也许只有戴世辉才能够提点建议。莫晓瑜马上给戴世辉打电话，戴世辉说，我在外面，十点以后吧。莫晓瑜只好等，打算与戴世辉商量之后再给胡高成回复。

十点以后，莫晓瑜与马启明带了点礼物到了戴世辉家里，她将胡高成要去看卫生部领导的事说了，请他帮忙参考下该怎么办才好？戴世辉惊讶地说，他怎么能够自己去呢？要去也是你去呀！莫晓瑜说，是啊，他从来都是这样，自己想去就去，说买礼物就买礼物，谁管得了他呢？戴世辉说，现在情况不同了，要去也必须是你安排他去，或者你们一起去。莫晓瑜说，我现在真的很发愁，你看，他这样霸道，不知道能不能很快退休？廖水花还能够留在质监办吗？郑所长现在给了我一个指标，我只能够用新人办事，也就是说，现在的质监办我必须从头做起，戴处，你想，他们以后能够配合我吗？不可能的，估计处处设置障碍，你说怎么办？

戴世辉嗯嗯两声，低头想了想，说，我与胡高成的私交其实很好的，但是在这件事上他做得太过头了，我也感到很为难啊！

莫晓瑜轻轻说，郑所长对你那么信任，你们合作一直很好，在他最为难的时候，我觉得戴处你理当毫不犹豫支持郑所长。胡高成和廖水花对郑所长确实做得太过分了呀！

戴世辉说，这是毫无疑问的。莫主任，说实话，我不是不清楚。如果你现在能够把廖水花调开，对你以后开展工作肯定有好处的，但必须先找个充分的理由，记得，理由一定要充分！然后再到人事处去，先与周处长沟通好。

莫晓瑜点点头，十分认可戴世辉的建议，又说了一会儿话，看时间已经快十一点了，马上拉了马启明与戴世辉告辞回家。

第二天一早,莫晓瑜给胡高成发了一条短信,胡老,能否过段时间我们一起去拜望卫生部的领导?因为您最近才去了一趟,目前似乎也没有很重要的事需要咨询,您看怎样?孰料胡高成马上回信息说,我已经请示了王吉亮所长,他同意了。莫晓瑜心往下一沉,索性将手机放进包里,懒得再回信息。她对胡高成与王吉亮两个人都有气,你胡高成既然无视我的存在,我何苦多管呢?你爱怎么就怎么吧。至于王吉亮,莫晓瑜也觉得他不应该这样爽快答应胡高成,你个主管领导,不是把我架空了吗?

也许胡高成一直等不到莫晓瑜的信息,确实很是郁闷,到了中午,他又发来了信息,解释说,莫主任,因为昨晚一直等不到你的信息,所以只好请示王所长了。莫晓瑜看着手机,心里怪不是滋味,仍然不想回复,你目中无人惯了,那就继续郁闷去吧。

3

莫晓瑜想起眼下孤孤单单一个人,心里分外着急。她马上给徐水东电话,互道几句新年问候之后就直奔主题。徐主任,上次浦山会议请你帮忙找找闫亚培,他是否愿意来质监办呢?徐水东说,莫主任,你一直没与闫亚培联系吗?上次散会后我找他聊了几句,转达了你的意思,可他好像不乐意啊。

莫晓瑜一听,急了,怪我没及时联系呢,我马上给闫亚培电话吧。电话通了,可对方没接,莫晓瑜有些失落。她觉得第一次联系就没有接通,还不知道是什么征兆?过了好半天,对方回了电话,莫晓瑜情绪立刻提上来了,彼此寒暄几句后,莫晓瑜邀请闫亚培一起聚聚,闫亚培很爽快地答应了,莫主任你客气呢,谢谢啊。莫晓瑜高兴地说,我要谢谢你呀,等我联系好了地方再给你信息吧。

莫晓瑜恨不得此刻就能见到闫亚培,同他谈妥工作的事,好卸下沉重的心理负担。但她看看挂历,今天恰好是情人节,孤男寡女在这个特殊的日子一起吃饭,恐怕不妥,那就明天吧。她挑了个环境好点的酒店,预订了个小包厢,然后发信息给了闫亚培。

第二天下午,莫晓瑜穿了一件玫瑰色高领毛衣,她白皙的脸上泛出了红晕,气色不错。外面罩了一件深蓝色呢外套,将披着的一头长发绾起来,显得精神干练。她提着白色小包,赶早去了心悦楼酒店,一个人坐在包厢里发愣。她在考虑今晚该怎么与闫亚培说话。对于这个人,毕竟不是很熟,他的性格、脾性都不了解,日后能否合作愉快,还是一个未知数,多少是冒了点险的,可是有什么办法呢?

刚到六点,闫亚培来了。他像平时一样,仍然穿了件黑色夹克,着深蓝色牛仔裤,戴一副深度近视眼镜,中等身材,俊朗儒雅。莫晓瑜其实想不起他到底什么模样,只记得有次曾经在路上碰到了,闫亚培很有礼貌地叫了她一声,所以留下了良好的印象。现在两个人面对面坐着,彼此都感到有些拘束。

莫晓瑜点了几个菜,一份清蒸鳜鱼,一份菌菇炒肉,一份白灼虾,一盅鲍鱼汤,再点了豆制品、口味菜与蔬菜,还要了一瓶红酒。一个漂亮的女服务员分别给莫晓瑜与闫亚培倒满一杯。莫晓瑜举起酒杯说,闫博士,来,我们碰碰杯。闫亚培忙站起身说,莫主任,你客气了,应该我敬你的。两个人各自喝下了小半杯。

包厢里的灯光有点幽暗。莫晓瑜看到闫亚培的眼睛里透出一种不安和期待,她明白他的心思,慢慢揣测着他的心理,如果他真如徐水东说的不愿意来质监办,他必定不会接受我的邀请,既然来了,应该八成没问题的。

闫博士，本来我年前要给你电话的，因为当时接近春节，想着你也许在忙，不好意思打扰你，所以一直拖到现在。你过年回老家了吗？

嗯，我回了一趟老家，看看那边的亲人，初三就回来了。

莫晓瑜给闫亚培夹了一只白灼虾，我记得你是做材料的高手啊，上次你们部里的材料做得相当不错，据说是以你为主做的？

闫亚培有点高兴，睁大了眼睛问，莫主任看过我做的材料？

莫晓瑜说，是啊，去年你们部的不是你在做吗？真的相当好呢！

闫亚培更加兴奋，你们来检查的时候做得还不是最好，后来专家检查时确实还不错，听你们提了些意见后，我们又修改补充了不少，可惜专家没有抽查我们的材料呢。

莫晓瑜说，哦，那确实太可惜了，应该再来你们那里看看的。这样吧，下次我带人专门去学习学习。

闫亚培点点头说，好的，到时候欢迎大家批评指正。

莫晓瑜不想再拖下去了，她是个急性子，希望尽早把事谈妥，彼此都好放心，估计闫亚培心里也在揣度自己到底会对他说些什么？或许他期待把事情说得更明白一点，这很在理，毕竟徐水东只是探探他的态度，具体的还得我来。莫晓瑜单刀直入，闫博士，我想诚邀你来质监办工作，你有难处吗？

闫亚培有点疑惑，莫主任，质监办现在不是有人吗？原来指导我们的那位胡顾问呢？

莫晓瑜听闫亚培这么一问，心里的反应是，闫亚培是否知道胡高成的事？或者说是否知道研究所最近的事？按说都会知道，现在他这话不是明知故问吗？为什么要这样？一定是心里有顾虑，只是很多实情不便明说。莫晓瑜笑了笑，夹了一点菜放进嘴里，轻描淡写地说，胡顾问啊，他可能马上会退休，都七十多了，早过了退休年龄。

闫亚培端起酒杯，双手托着站起身来，恭恭敬敬对莫晓瑜说，莫主任，我敬你，谢谢你这么看得起我，邀请我去你们那工作。我感到你待人很亲切，就像自己的大姐姐，我敬你，敬你一杯吧，他一口先喝完了杯子里的酒。

莫晓瑜也喝空了杯子，她看着闫亚培方正的脸，看着他眼镜框里一双清澈的眼睛，虽说是单眼皮，却炯炯有神，心里暗自喜欢，打算不管有多大的困难，都要把眼前这个人的思想工作做通，她认为自己应该是有眼力的，凭直觉闫亚培应该值得信赖。至于他，会不会有想法呢？到底愿不愿意来质监办？

闫亚培的嘴巴翕动了一下，想说什么又好像不便说，好一会才讷讷地问，莫主任，我才来研究所不久，听说质监办这个机构是新成立的，算不算正式部门呢？

莫晓瑜再一次从闫亚培的眼睛里读出他内心深处的不安，马上说，闫博士，这个问题你不用多虑，尽管放心。研究所之所以成立这个新机构，足以说明它的合理性与必要性。你想，研究所现在这么重视质监办的工作，郑所长目前又处在困难中，如果你能够过来，等于是帮了研究所，帮了郑所长，以后研究所肯定要不断发展，质监办会担负起极为重要的任务，你很年轻，还愁以后没有发展机会吗？我个人认为，你专业基础这么好，其实可以考虑往行政方面发展的。

闫亚培似乎有点动心了，点点头说，谢谢莫主任如此看重我。

莫晓瑜说，你看，还有什么难处吗？希望你与徐主任好好说说，推掉那边的工作，全心全意来质监办这里做，以后主要就我们俩做事，会很辛苦，眼下就有重要任务呢。

闫亚培想了想说，好的，我再找找徐部长吧，尽力推掉那边的工作，全力以赴协助你。

莫晓瑜听了十分开心，当然，如果你那边实在需要，你兼做点什么工作也可以的，万一有时候来不及过来，告诉我一声就是。

闫亚培忙说，莫主任放心，工作上的事没问题，我时间可以保证的。

莫晓瑜露出欣慰的笑容，太好了，谢谢你关键时候支持研究所，支持我。来，我们干杯，以后合作愉快！

闫亚培也笑了，谢谢莫主任，以后还希望得到你更多的指导。

顺利物色到这么一个理想的人，莫晓瑜心里踏实多了，她回家后一五一十告诉了马启明，夸闫亚培如何如何好，如何如何能干。马启明爱听不听地说，你呀，以貌取人，日久才见人心呢！又不是相亲，还一见钟情啊？早着呢！莫晓瑜嘴一撇，你呀，说什么话？难道不知道我现在的难处？

这个晚上，莫晓瑜解决了一个最为困扰的大问题，眉眼都很放松，她想到了法国诗人艾吕雅的一句诗：睡吧，一只眼中是月亮，另一只眼中是太阳。

4

清晨，一只鸟在窗前啼叫，清脆悦耳。莫晓瑜带着昨夜梦里的痕迹，慢慢睁开惺忪的眼睛。一束淡白的光线透过乳白色的窗纱落在窗前，叮叮当当，碎玉般清脆。她遏制不住内心的喜悦和冲动，披衣，起身，推窗，远近交错的高楼倔强地耸立着，最高处直指云端；草木繁茂葳蕤，万物沐浴着朝阳，看起来整个世界绽开得有如一朵耀眼的花。

莫晓瑜心情不错，早餐后先到树林里转悠了一会，花草的芳香沁人心脾。她漫不经心走走，转身去邮政代办所。一个五十来岁的胖女人正在忙着分发报纸。莫晓瑜亲切地叫了一声，姚姐，正忙啊？姚姐看她来了，马上摘下老花镜，撑在桌前，定定地盯着莫晓瑜问，你怎么让廖水花去你那？莫晓瑜看她眼神有些异样，口气也怪怪的，问道，姐怎么问这个呢？姚姐压低声音说，那女人要不得，正在搞杨爱玲的名堂呢，我也是听别人说的。莫晓瑜听罢，只是笑笑，她不想在这种环境中多嘴多舌。与一个不了解内心的人谈是是非非，没准会惹出麻烦来，何苦呢！

下一步如何与闫亚培开展工作？莫晓瑜的工作思路渐渐描出了轮廓。虽说只一个闫亚培，人明显少了，但目前只有这样的条件，那就看菜吃饭吧，再争取聘个人短期帮帮忙，或许以后条件会改善呢？

哪知道下午徐水东发来一条很长的信息：莫主任新年好，不好意思，直说吧，闫博士告诉我说他很为难，其实我也很为难，当然你也很为难。与其两难，不如一难，我建议你还是去别的部门找个人或者新调一个人算了，你们行政部门比我们基层单位办事方便多了，我们多次请求进人都是竹篮打水一场空，好不容易有个急需人才，实在难舍，见谅了！

莫晓瑜看着徐水东这条信息，待在那里半天不语，她想这是怎么了？昨晚上闫亚培不是答应得好好的吗？怎么一个晚上就变卦了呢？那不行，做人总还是得有个讲究吧，既然这样，我也不会松口了。她马上给徐水东电话，说了闫亚培昨晚的态度，说了自己工作上的难处，还表态说如果以后你们生化部有了困难，一定会尽力帮助的，等等。莫晓瑜一再强调，自己就看准了闫亚培，别的人一个都不考虑，请徐主任一定玉成。

徐水东那头见莫晓瑜态度如此坚决，总算答应说再做做闫亚培的工作，看他自己的态度怎么样。关键是目前生化部还有些工作需要闫亚培继续做，希望莫晓瑜能够兼顾考虑下，莫晓瑜爽快地说，放心，我会为你着想的。

莫晓瑜马上给戴世辉电话，详细说了这事，戴世辉要莫晓瑜尽快给人事处周处长打个电话，关于闫亚培工作量的事要征求下他的意见，并且了解下闫亚培调入质监办的相关手续。莫晓瑜马上又给周处长电话，提出闫亚培调动的事，周处长倒是很随和，答应得也很爽快。

刚刚放下电话，闫亚培来了信息，很长，先向莫晓瑜表示歉意，然后解释说可能由于表述的问题，造成一些误解，请莫主任谅解。莫晓瑜马上给闫亚培电话，将已与人事处联系好的事情告诉了他，让他不要有后顾之忧。闫亚培听了，爽快地答应说，莫主任，谢谢你的信任，以后我听你安排吧。莫晓瑜与闫亚培约定，第二天到办公室商量下一步的具体工作。

第二天上午十点，闫亚培按约定时间准时来到办公室，莫晓瑜喜不自禁地说，闫博士来了，请坐，请喝茶。她给闫亚培搬了椅子请他坐下，还给他倒了一杯茶。两个人面对面坐着，都不知道先说些什么。还是闫亚培先开了口，莫主任，昨天是我不好，向我们徐主任汇报了那晚我们谈话的内容，因为你要求我以后全心全意来这里工作，而徐部长还要求我兼任点部里的工作，我不能不与他商量，想征得他的同意。说实在话，他心里不是很愿意放我，但我听说你只考虑我一个人，而且那样真诚地待我，我觉得我不能拒绝你，所以，我要向你道个歉，表明我的态度，也请你放心，以后我会安心来这里协助你的工作。

莫晓瑜笑着向闫亚培表示谢意，感谢他在质监办最困难的时候来到这里，给了自己最大的支持。她向闫亚培介绍了质监办的一些情况，也交代了一些目前的工作任务。莫晓瑜正想细说时,姜莉莉来电话请吃午饭,莫晓瑜答应了,说一会就到。刚挂了电话,杨爱玲又来电话,说,我们下午一起喝茶好吗?莫晓瑜也答应了。

莫晓瑜与闫亚培匆忙告辞,闫博士,还有两天就要上班了,我们另外约个时间好好谈谈吧,今天真是对不起,连续两个电话邀请小聚。闫亚培说,没事呢,莫主任,以后我们会天天在一起了,我听你通知吧。

姜莉莉约的餐馆就在研究所附近,莫晓瑜赶到时,已经聚了一桌的人。郑光跃的老婆温娟也在。莫晓瑜估计今天大家说话都会涉及研究所目前的状况,果然,几杯红酒下肚,大家你一言我一言地说开了。温娟直接开骂胡高成,正好桌上几个人都受过胡老头的气,很快应和,纷纷诉说他的霸道与狐假虎威。这些话在莫晓瑜心里荡开了涟漪,她感谢大家说了自己这么多年想说而不敢说的话。

中饭之后,几个人又来到杨爱玲定好的向月茶楼,谈话的主题就是如何赶走胡高成。说到后面,几个人都感到纳闷,郑所长为什么不让胡高成早点退休呢?那么大把年纪了,还留着做什么?惹出这些事来,麻烦不麻烦?杨爱玲更是没好气地说,廖水花也是郑所长做工作要我接受的,都是些什么人啊?温娟听了,满脸的不自在,知道大家对郑光跃都有情绪,她也不生气,反而顺着说,我也说过他了,是搬起石头砸自己的脚啊。

几个人说话没遮没拦,十分痛快。不知不觉就到了傍晚,温娟点了菜,几个人简单吃了晚餐,之后,姜莉莉又请大家到足浴城休闲,莫晓瑜回到家时,快十一点了。

莫晓瑜躺在沙发上,随意与马启明闲聊,她想着眼前的处境,情绪焦灼不安。窗外好像起风了,树叶摩挲着树叶,发出细微的声音。有一只夜鸟在远处轻轻地叫着，不知道它自言自语在说些什么话。莫晓瑜感觉很累，是心累，电视里的主人公们到底在说些什么台词，她听不真切，恍恍惚惚只看到有个人行走于一片茫茫的沙漠中，天地悠悠，了无尽头。

5

　　人的心情有时候像个怪物，乖张多变，捉摸不定。莫晓瑜亢奋了一两天，随之又是心事重重。她一直为质监办的人员发愁，刚刚搞定一个闫亚培，多少还是有了底气，这闫亚培应该是能够做事的人，只是就这一个帮手，还是很紧张，何况胡高成与廖水花还在这里，他们到时候为难自己怎么办？毋庸置疑，这是完全有可能的。

　　莫晓瑜不停地问，到底该怎么办？到底该怎么办？如果真像郑光跃说的那样，胡高成马上退休，那倒没事了，只是廖水花还留在这里，以后说不定会给自己惹麻烦。不行，廖水花必须得离开这里，所谓长痛不如短痛，要赶快想办法将她调离质监办。

　　莫晓瑜上班时马上就去找了戴世辉。在她心目中，只有这位戴处长考虑问题周到。莫晓瑜将想法和盘托出，戴世辉明确表示支持，并再三叮嘱莫晓瑜必须要找到一个充分的理由，然后向人事处提出来。戴世辉说，明天我们出去开会你正好把质监办的工作和大家说说嘛。莫晓瑜高兴地说，好啊，难得有这么个机会，一边谈工作，一边散散心，谢谢戴处总是为我着想。

　　第二天上午，研究所三十余人驱车来到了距市区二十公里远的莽山六福山庄，这里清雅幽静，景色迷人，山水相映，刚柔相济，更有很多叫不出名字的鸟儿，在枝头飞来飞去大声啼叫，为这里增添了令游人向往与流连的种种野趣。

研究所主要部门都来了人,每个人就新年的工作认真发表了意见。轮到莫晓瑜发言时,她迅速扫视了一眼整个会场,看到几乎所有的人都以期待的眼光看着她,不由得有几分紧张。她翻开工作记录本,看了一下昨晚准备的发言提纲,抬起头有条不紊地将今年的工作计划作了简要介绍,要求各相关部门按时做好迎检准备。会场里几乎所有人都在凝神听她说话,她有些感动,看来大家还是很在乎我的话,当然,在乎的并非我这个人,而是在乎这项工作对于研究所来说有多么重要。

天空湛蓝,阳光很好。会后大家三三两两绕着农庄的山水看风景。孙桂英拉着莫晓瑜沿一方鱼塘散步,她用亲切的眼光看着莫晓瑜,像是想说话的样子,莫晓瑜期待着她说点什么,但孙桂英一直没说要紧的话。莫晓瑜看孙桂英有点刻意遮掩,估计她可能知道些什么内幕,平时见她与郑光跃夫妇关系很不错,恐是不方便说罢了。莫晓瑜索性直截了当地问,孙主任,你好像有话想同我说?

孙桂英笑笑说,没什么呀,我是想难得郑所长这样信任你,你能力强,一定会做得很好的,这份工作对于你来说是举重若轻呢。莫晓瑜说,感谢你在这样的时候给我鼓励,我心里没谱,难度很大啊。孙桂英说,没事,你有能力干好,以后我们都会支持你的。

正说着,已是午餐时分,那边有人在叫吃饭了。丰盛的农家菜摆了满满四大桌,戴世辉一边笑呵呵地给大家敬酒,说着逗乐的段子让大家开心,一边让秘书给每人打了个四百元的红包,新年刚刚开始,算是一点心意,开门红图个吉利吧。莫晓瑜暗想,这戴世辉就是会协调关系,会笼络人心,难怪他的人缘那么好,相形之下,自愧弗如了。

上班的第一天,莫晓瑜忐忑不安,担心见到对面那两个人,她很不愿意见到他们，但总归还是要见的，暂时还绕不开呢。八点刚到，胡高成与廖水花一前一后来到办公室，莫晓瑜站在门口与他们打了个招呼，问了一声新年好。

胡老什么时候回来的？夫人最近身体怎么样？还没等胡高成回答，莫晓瑜已经退回到了自己的办公室。

坐下来的第一件事，就是给闫亚培打电话，约他下午来办公室一趟，商量新一年的工作计划。闫亚培满口应承。莫晓瑜又给郑光跃打了个电话，说有事想向领导请示汇报，郑所长时间是否方便？郑光跃请莫晓瑜马上去他办公室。莫晓瑜坐下后，将闫亚培愿意来质监办的事说了，郑光跃问了下闫亚培的相关情况，满意地点点头。莫晓瑜着急地问，郑所长，我对面那两个人怎么办？他们肯定不会配合我工作的。郑光跃说，你别管他们就是，你做你的，如果人手不够，再给你一个指标吧，你与人事处联系下。莫晓瑜一听，喜出望外，再有一个人来，那就更加从容了。

快到中午时，王吉亮来了，一进门就很委婉地批评莫晓瑜越级、不贴心，莫晓瑜心里一沉，怎么了？我没做错什么也没说错什么呀？难道是郑光跃刚才又找王吉亮谈话了吗？在郑光跃面前我没提及王吉亮任何事，难道是王吉亮不喜欢我找郑光跃汇报工作，凡事必得先找他吗？找他有什么用？既不考虑给人员指标，也不考虑我工作的难度，你让我后面的工作怎么办？

莫晓瑜知道了王吉亮生气的真实原因，但是她假装听不懂，一脸无辜的样子，口里只哦哦地应着。王吉亮又说了她几句，看莫晓瑜态度很诚恳，自觉无趣，很快就走了。

郑光跃意外地又给了质监办一个指标，实际上是专门支持莫晓瑜的，这让莫晓瑜十分兴奋，兵强马壮，不愁搞不好工作。只是，谁来这里合适呢？

下午闫亚培准时来了办公室，莫晓瑜把门虚掩了，待闫亚培坐下后，告诉他说今天郑所长又给了个指标，闫亚培一听，也很高兴，笑道，那就好了，我们有三个人，一定能把工作做起来的。莫晓瑜说，是呀，这下心里踏实多了。我们得尽快投入工作，现在的任务就是找一个人来。你的熟人中有合适的人吗？闫亚培想了想，摇摇头说，我新来不久，还不太了解这里的情况呢。要不，我们到外面找找看？聘用一个临时的也可以，先把工作做起来。莫晓瑜摇摇头说，找外面的恐怕不妥，我们必须要尽快进入，时间很紧，速度要快，最好还是在研究所里物色吧。

莫晓瑜脑子里瞬间跳出一个人来，她心里恍若被电光火石擦亮了一般，对，就是她！夏薇薇！

晚上，莫晓瑜给夏薇薇打了电话，一开口两个人都很亲热，夏薇薇听到莫晓瑜的声音马上笑开了。寒暄了几句后，莫晓瑜问，你最近忙不忙？夏薇薇说，不忙呢，我闲人一个，没什么要紧的事做。你想，一个基础医学部，哪里需要那么多人呢？我又不是能干的人，也好，正喜欢窝在家做宅女呢。

夏薇薇是莫晓瑜以前的老部下，当年大学毕业后来研究所工作，是莫晓瑜帮忙牵线出的主意。她们关系甚笃，交情不浅。关键的时候，莫晓瑜自然想起她来，在这样复杂的情况下，有信得过的人在身边，才可以放得下心来。

薇薇，你来我们质监办工作如何？

不会吧？怎么会这么巧？我昨晚与杏子聊天时，她还劝我来你那里呢！今天你就找我了。

你以为是杏子找我说的吗？呵呵，确实也很巧，我和她想到一起去了。

难道不是杏子与你说的？你等等我，这事我得问问我们家赵旭。

嗯，先征求下你老公的意见为好，我等你的信息。尽快哦。

莫晓瑜一直等，等了好久，夏薇薇的电话和信息都没有来，莫晓瑜很是着急，怕这事黄了。但她还是耐心地等，在她看来，这不是什么难以选择的事情呀，不明白夏薇薇怎么要拖这么久？现在等待中的每一秒钟都显得十分漫长。

等到快十一点钟时，莫晓瑜又给夏薇薇电话，夏薇薇说，你还在等呀，我是想明天问问我们主任的意见后再给你答复的。再说，我现在还是有些顾虑，孩子小，就要上小学了，接送她还是个麻烦呢。如果我来了，可能做不到按时上下班呀！

莫晓瑜说，那好吧，明天你上午一定得给我信息哦，时间很紧，我不能久等。薇薇你一定要来啊！我希望你能够来！以后我会照顾好你的，孩子需要你接送，你不要按时上下班就是了，好吗？

夏薇薇迟疑了一下，嗯，我会认真考虑，你先放心吧，一般情况下应该不会有大问题的。

莫晓瑜听到夏薇薇这句话，很是欣慰，这个晚上，她想到自己开局的第一步就这么快把人的问题解决好了，这是最重要的第一步，也是争取成功的第一步，现在等于是重组了一个新的质监办，能够这么痛快地搞定，她感到很安然，一上床就呼呼酣睡了，一夜无梦。

第八章 门锁风波

1

第二天，莫晓瑜刚到办公室，王吉亮就来了。平时他总是站着说话，停留的时间不长，站着说话的好处就是可以随时走开。今天有点异常，一进门他就把门掩上三分之一，然后坐下来郑重其事地对莫晓瑜说，对面办公室里的档案资料，你一定要保存好啊，千万不能有半点闪失。莫晓瑜不明其意，王所长的意思是……

王吉亮眼镜片有点混浊，莫晓瑜看不清楚他的眼睛，只是感觉两道不甚分明的光从里面透射出来，尖锐锋利，灼灼逼人。莫晓瑜瞬间不安起来，她希望王吉亮说话的指向更明白一点，然而王吉亮还是闪烁其词，你还不懂吗？怕他们现在心态失常，如果万一……

莫晓瑜总算听懂了，她感到这事忒麻烦，怎么个保存法？放到哪里保存？她盯着王吉亮的眼睛，期待他能指点指点。王吉亮说，具体办法你自己去想，反正要做好档案资料的保护工作。说完这几句话，王吉亮收束了仅有的一点表情，站起身来，走了，留给莫晓瑜一大串的疑问和感叹，她暗自叫苦，遇上这样的事真的好无奈。

想到十点钟省中医学会有个会议要参加，莫晓瑜赶快联系车队，要了辆车匆匆出门了。

赶到会场时间正好，莫晓瑜坐定之后，与周围熟悉的人打了招呼，马上低头给闫亚培发信息，问他中午是否方便来燕岭宾馆接一下自己，然后一起去家具市场看看办公桌椅。闫亚培回信息说，没问题，莫主任放心，我会提前一点来接你的。莫晓瑜心里一暖，欣慰地笑了。

这个会在莫晓瑜看来枯燥极了，她觉得分分秒秒都很难挨。台上的领导你方唱罢我登场，喋喋不休，没完没了，莫晓瑜却在考虑质监办很多亟待解决的事情。最要紧的是王吉亮今天一再嘱咐，千万保存好档案资料，保存？保护？怎么做才好？王吉亮给自己出了个极大的难题啊！无异于要与对面那两人兵刃相见，怎么办？还有，夏薇薇愿不愿来？她的部门负责人会否同意放她走呢？

想到这里，莫晓瑜又给夏薇薇发了个信息：薇薇，考虑好了没有？你们主任同意你来这里吗？赵旭是否支持？

夏薇薇一直没回信息，莫晓瑜真的着急了，又发一条过去，薇薇，怎么了？

等了半天，夏薇薇还是不回信息，莫晓瑜开始坐立不安，她想离开会场去给夏薇薇打电话，可是台上说话的人是一位熟悉的老领导，莫晓瑜不好意思起身走开，坐在那里煞有介事认真听报告，心里却在一阵阵地发紧。昨晚夏薇薇说八成会来，莫晓瑜心里很踏实，莫非现在情况有变吗？

好不容易等到散会，与会人员一起聚餐。莫晓瑜半推半就喝了点红酒，心里有点烧灼感，每道菜都做得很咸，她一边与人说话，一边心不在焉地吃饭。快下午一点钟时，闫亚培来信息说车已经到了宾馆门前，莫晓瑜马上离席出门。

莫晓瑜走到门口，没看到哪里有车，正东张西望时，手机响了，莫主任，你出来了吗？我在宾馆右侧呢，你过来吧。莫晓瑜往右边看去，果然，闫亚培在笑着向他招手，莫晓瑜忙大步走过去，闫亚培彬彬有礼地为她打开车门，将她让进副驾驶座，然后轻轻地关上车门，再转到驾驶员座位坐好。莫晓瑜看着身边的闫亚培,心里瞬间升腾起一种温暖,思忖以后身边有了这样的人,还愁做不好工作吗?她对未来的自己充满了信心。

莫晓瑜在车上给夏薇薇打了个电话,问她到底怎么了?夏薇薇接了电话很是不安,对不起啊,让你久等了,我一早就去找我们主任,一直等不到她回来,发信息过去一直不见回复,刚刚才来信息说下午会回来,我在等她呢,等她同意了再给你电话。莫晓瑜心想,薇薇呀,你就不可以先给我回个信息吗?急我呢。

车很快到了东湖市场,莫晓瑜与闫亚培在里面转了几圈,办公桌椅大小不一,两个人同时看中了一种款式,与老板谈好价之后,预购了两套,老板答应六点半送研究所来。莫晓瑜拉开手袋准备给订金,闫亚培马上掏出钱来,莫晓瑜轻轻推开他的手,不用,我来吧。

莫晓瑜来来回回走了好几趟,今天偏偏穿的是高跟鞋,脚痛得不行,她不能再继续走了,顺势坐在身边的沙发上休息,嘱闫亚培去挑选沙发。闫亚培很快回来了,高兴地说选好了一组,让莫晓瑜去看看,莫晓瑜跟着他过去,觉得闫亚培很有眼光,这组沙发造型美观,物美价廉,她很是满意,马上敲定了,老板说,要晚上八点半以后才有空送货。

两个人正忙着时,夏薇薇来了电话,说她们主任回来了,已经同意了她的调离申请。莫晓瑜高兴得大声笑起来,太好了,太好了!薇薇,等会到我办公室来吧,我们一起去吃晚饭,晚上有事要做呢!夏薇薇说,好的,我五点钟过来吧。

莫晓瑜与闫亚培办好预购手续后,急急上车返回研究所。在路上,莫晓瑜兴冲冲地对闫亚培说,闫博,今天要来的夏薇薇是个大美女呢,以后我们三个人一起合作,要好好相处,相信我们一定会做得很好的。下一步工作该怎么进行,我心中有数。闫亚培也高兴地说,莫主任,能够与你们在一起,也是缘分呢。莫晓瑜说,是的,彼此彼此,我们好好珍惜吧。

回到办公室时,快五点了,莫晓瑜安心等着夏薇薇来。五点刚过,夏薇薇来了。她三十出头的样子,肤色白皙,眉眼俏丽,面容温雅,穿一身深蓝色运动服,披肩长发,一副休闲的样子。莫晓瑜马上为他们俩作介绍,闫亚培向夏薇薇点点头,笑笑说,你好。夏薇薇也笑笑说,你好,帅哥啊!莫晓瑜看他们一见如故,很自然很亲近的样子,颇感欣慰,说,等会送办公桌椅的要来,我们先去外面吃晚饭吧。

三个人上了闫亚培的车。在去餐馆的路上,夏薇薇问莫晓瑜,好久没见芮芮了,她还好吗?

还好呢,今天周末,应该回家了吧?

叫马大哥与芮芮一起来吃饭吧。

好,我打电话给他们看看。

莫晓瑜接通了马启明的电话,在家啊,芮芮回来了吗?已经回来了,你们出来吃晚饭吧,薇薇来了,一起陪陪。好的,等你们,"水月鱼城"。

车停在"水月鱼城"前面坪子里。三个人下车进了餐馆,在一楼大厅里找了靠边的位置坐下。莫晓瑜此刻感到身心疲惫,心里火烧一般难受,她对闫亚培与夏薇薇说,辛苦你俩点菜了。夏薇薇说,我并不在行啊,博士点吧,闫亚培接过菜谱看起来,他问莫晓瑜,莫主任,你们家先生与孩子喜欢吃什么菜呢?莫晓瑜说,只管点你们喜欢的菜,不用管他们的。

闫亚培正点着菜时,马启明与芮芮来了,她站起来招手让他们过这边来,然后将闫亚培介绍给他们。看到马启明带着欣赏的眼光与闫亚培亲切握手,莫晓瑜感到很开心,马启明的脸像面镜子,莫晓瑜从中看到了他对闫亚培的认可。

夏薇薇拉着芮芮的手,问她一些学校与学习的事,因为和莫晓瑜是多年的老熟人，她们之间很是随意，彼此没有半点拘束。莫晓瑜注意到芮芮虽然没和闫亚培说什么话，但她却暗暗留意着闫亚培的一举一动，莫晓瑜想，难道女儿也在帮自己考察新来的这个人吗？

莫晓瑜看看闫亚培，再看看夏薇薇，两个人都洋溢着呼之欲出的活力与热情，不由得被他们感染了，是的，以前那个不尴不尬的质监办应该解体了，取而代之的将是今晚第一次聚在一起的三个人，这个新组阁的小分队将要生机勃勃地承担起研究所的重任，哪怕再苦再难，也要做出个样子给大家瞧瞧。

吃过晚饭，莫晓瑜让马启明带女儿先回家去，自己与闫亚培、夏薇薇回到办公室。莫晓瑜此刻踌躇满志，今后再不会与那些腐朽的前朝遗老同处一室、同谋一事，有了全新的组阁，主动权掌握在自己手里，这就意味着以后工作上方便多了。

刚回到办公室不一会儿，送办公桌椅的人就来了，莫晓瑜忙叫闫亚培与夏薇薇一起将办公室重新布局一下，又请送办公桌椅的两个人帮忙挪动一下原有的几个资料柜。孰料那两个人双手抱胸半天不动，大概他们一天到晚忙着送货，也累得不行了，将货扔在门口请莫晓瑜在送货单上签个字就跑了。莫晓瑜见状，只好请楼下的门卫赵师傅上来帮忙。赵师傅人高马大，挺能吃苦，听莫晓瑜说会给点酬劳费，十分卖劲地帮忙抬出抬进。几个人费了很大的气力，总算把两套桌椅搬进办公室安放好。

莫晓瑜看到并排的三个资料柜上空空如也，猛然想起上午王吉亮来办公室说的话，一定要保存好所有的资料啊！那眼神足够灼人的，让人不寒而栗！她想下周一预购的电脑就要送到了，而且清理档案的工作必须马上进行，何不乘此机会让这几个人帮忙调整好呢？她取出钥匙打开对面办公室的门，看到那边三个资料柜里齐齐整整摆放的档案盒，一时很是犹豫，如果不与胡高成、廖水花打个招呼就擅自搬到这边办公室，他们肯定要生气的，胡高成很有可能会暴跳如雷；如果现在就与他们商量这事，胡高成是绝对不会同意的，那么，后面的工作将无法进行，王吉亮嘱咐的事也无法完成。怎么办？到底该怎么办呢？保存好资料，如何才可以保存好资料？难道要搬进我家里去锁起来才保险吗？

看来，唯一的办法也只有走一步险棋——先斩后奏，周一上班再去向他们说明解释下，万一他们不高兴，再诚恳地向他们道个歉吧。何况，胡高成与廖水花当初是怎么害人的？那样不留余地欲将自己置于万劫不复的境地，那样冷酷无情不打招呼就搬出办公室，我今天这样做，他们还有什么想不通的呢？不管了，真的不管了，权当是他们不仁不义收获的一种报应吧。

办公桌椅已经整齐地摆放好了，莫晓瑜对闫亚培与夏薇薇说，下周一你们俩重点清理档案，为了工作方便，我们把那边办公室的所有档案搬到这边来吧。赵师傅力气大，也请一起帮帮忙。闫亚培、夏薇薇与赵师傅三人二话不说，马上行动，把对面办公室资料柜里的资料一摞一摞地搬了过来。莫晓瑜也费力地搬了一次又一次，到后来累得快要动不得了。闫亚培看她一脸疲惫，关切地说，莫主任你快休息，我们来搬吧。

两个送沙发的人来了，他们在走廊上拆开包装盒子，然后将沙发搬到办公室空出的位置上，很快就安装好了。莫晓瑜坐在那里，看看办公室新的格局，无比欣慰，她想，以后这里才是真正属于自己的天地，从某种意义上说，这是研究所迎检指挥部的神经中枢，所有的指令将从这里发出。一种责任感与荣耀感杂糅一起，在极其劳累的同时又极其亢奋。

闫亚培他们三个人还在继续搬资料。莫晓瑜突然想到闫亚培与夏薇薇没有办公室钥匙，忙打电话给常年在研究所打零工的梁师傅，请他马上过来换锁,正好现在的那把锁也时时出问题。梁师傅很快背着工作包上来,三下五除二地换上了新门锁,并将一串新钥匙给了莫晓瑜。莫晓瑜马上解下两把分别给了闫亚培与夏薇薇。

待重要资料全部搬过来之后,莫晓瑜要闫亚培与夏薇薇简单地进行清理与分类。忙到十点过后,才大体收拾好了。闫亚培与夏薇薇对视了一眼,有点不安地对莫晓瑜说,莫主任,我们这样把那边的资料搬过来了,说不定他们知道了会生气的,怎么办?莫晓瑜表情复杂地说,也许吧,不过,我们也不要怕,惹不起总躲得起吧。时间不早了,你们快回去休息吧,今天刚来,就这样辛苦,真不好意思。

莫晓瑜拖着疲惫的身子回到家里,刚一进门就有郑光跃的电话。莫晓瑜说,郑所长,好巧呢,我刚回家你电话就来了。郑光跃问,这么晚你上哪里去了?莫晓瑜一五一十将今晚的事说了,郑光跃哦了一声,也没说什么,只是交代莫晓瑜说,如果以后胡高成找你要事做,你告诉他只能够去各部、室问问情况,查查资料,别的一概不能做。莫晓瑜听了,一面觉得快意,一面觉得为难,好啊,你个胡高成,平日里威风八面,拉大旗作虎皮,现在也有你好看的了。问题是,这老东西可不是吃素的,一旦惹火了他,没准会在我这里撒野,我可不是他的对手。不过,郑光跃既然这么说了,我还惧怕胡高成什么呢?莫晓瑜说,郑所长放心吧,一切都是我自己决定做的,不会往你身上推。

郑光跃说,以后类似这样的事情,还是先同他打个招呼吧,省得惹麻烦。你看,现在工作上还有什么难处吗?

莫晓瑜说,来质监办的人我已经找好了,下周正式开始工作,暂时还没什么困难,如果真遇上不顺利的事,当然还是要找郑所长的。

郑光跃说,真好,你推进得很快嘛!别怕,以后大胆工作就是。现在你是质监办真正的领导了，胡高成不能再在你面前指手画脚，你自己把握好吧。

刚挂了郑光跃的电话，杨爱玲又打了电话来，情绪很低落，说，今天王所长找了我，说了好多话。莫晓瑜以为杨爱玲特意打电话过来，是不是王吉亮说了自己什么事？忙问，哦？王所长有什么重要事情吗？

杨爱玲停了几秒钟说，王所长告诉我，郑所长到他办公室坐了半小时，大概是批评他了吧，说是什么理解有误，我听得不是很明白。

哦？理解有误？理解什么？是关于谁的理解？或者是关于什么事的理解？唉，都无所谓了，很多事想起来真没意思呢。

莫晓瑜觉得没必要去搞清楚到底是因为什么，她今晚头痛得厉害，心火旺盛，身子发软，整个人要瘫倒一般，与杨爱玲说了一会儿话，安慰她几句之后，就挂掉了电话。莫晓瑜不知道自己到底是累了还是病了，脸都顾不上洗一把就爬到床上躺下了。

2

莫晓瑜睡得很沉，梦也是深色的。在梦里，她看到一些乱纷纷的景象，正辨识回家的路时，却遇见几个穿玄色衣服的陌生人，走路摇摇晃晃，脸上表情怪异，口里念念有词，听不清楚到底在说些什么。莫晓瑜感觉这些人像醉鬼，又像是江湖中人，不禁怵然。她想迅速离开他们，掉头就跑，偏偏腿重得像灌了铅一般抬不起来，心里一急，呜呜哇哇一顿乱叫。

莫晓瑜惨烈的叫声像一只找不到窝的鸟在房子上空盘旋，马启明从睡梦中惊醒过来，他拉开了灯，伸过手轻轻地抚摸着莫晓瑜，把脸贴在老婆面颊上，不怕，不怕，有我在这呢！

莫晓瑜终于从噩梦中醒来了，她睁开眼睛，深深地呼出一口气，看到马启明不安地盯着自己，有点不好意思，哎呀，好吓人呢，我刚才是不是在乱叫啊？

嗯，听起来像受了惊吓，你到底梦见什么了？

莫晓瑜直着眼睛朝若明若暗的角落里看去，满腹惆怅地自言自语道，我怎么老是梦见一些阴气很重的东西呢？你摸摸我的头是不是有点发热？感觉像病了一样，好难受。

马启明坐起身来，在莫晓瑜的额头上摸了摸，温度倒是不高，感冒了吗？

不知道啊，我感觉没有一点力气，全身发冷，头痛得厉害，肯定是病了。

马启明忙抱紧了老婆，温存地说，我的小猫咪，你现在好好睡吧，天亮了我陪你看医生去。要不，干脆我们来做一回？发点汗对你有好处的。

莫晓瑜将马启明一把推开，骂道，你个没良心的东西，我都这样了，你还做，做你个头啊！

马启明嬉皮笑脸地说，啧啧，你看你，连我都不懂？我哪里舍得呢？不过是想让你开心点嘛。不过……我们确实也好久没做了，你还记得上次……什么时候吗？

莫晓瑜拉了被子往身上一盖，嗔怪地说，你自己去做吧，我要睡了，真的很难受。

马启明轻柔地拍拍莫晓瑜的脸，关切地说，嗯，好好睡吧，睡着了做个好梦。

莫晓瑜转过身来，亲了丈夫一下，幸好有你，不然，我真是苦了呢。

莫晓瑜看看墙上的挂钟，已是凌晨三点，她关掉灯，想重新入睡，却怎么也睡不着。马启明看老婆翻来覆去睡不好，下床取了一粒安定让她服下，不一会儿，莫晓瑜便在马启明的臂弯里沉沉睡去。

　　第二天是周六，莫晓瑜醒得很早，却不急着起床，她感到身子软软的，嗓子眼冒烟，有点灼痛，知道自己确实是病了。九点多钟，马启明和女儿都起床了，做了面条等她起来吃，莫晓瑜赖在床上不想起来，你们吃吧，我还想再睡会儿。

　　快到中午时，莫晓瑜感觉肚子叽叽咕咕直叫，便叫马启明扶自己起来胡乱洗漱了下，想吃点面条充饥，哪知道刚吃进去一点就全吐了。马启明和女儿都劝她去看看医生，莫晓瑜说，不想动啊，你们帮我去买点药来吧。马启明说，我去，我马上就去。一会儿，马启明买药回来了，莫晓瑜有气无力地问，你买了些什么药呢？马启明说，感冒的、安神的、肠胃炎的，我买了好几种，你都吃点吧，总有一样对你的病症。

　　莫晓瑜让马启明扶着自己，吃了几片胃肠炎的药便躺了下来。整整一个下午，她就这样迷迷糊糊地睡着。白天做梦更是不可思议，莫晓瑜梦见混在一群人中间，手里拿了一根长棍，对着前面大声吼叫，正在寻找突围的路时，后面追来好几只恶狗，汪汪汪叫得很凶，长长的舌头伸在外面，张牙舞爪，煞是吓人。莫晓瑜夺路而逃，不料一脚踩了个空，掉进一条深沟，她拼命抓住一根枝条，希望能够攀爬上来，不想又掉了下去，等她再次扯住一根枝条往上爬时，那几条恶狗一起跑过来，对着她一阵狂叫，急得她大叫一声救命之后，人就顺着斜坡滑了下去。

　　马启明做好了一桌饭菜，正准备叫老婆起来吃饭时，突然听到莫晓瑜在卧室大声嚷嚷，他忙进来，看到莫晓瑜睁着眼睛发呆，问她身体是不是好点了？劝她怎么样也要起来吃点饭。莫晓瑜叹道，唉，我又做噩梦了，不好。我起床吧，硬撑着也得起来，不然这样下去怎么办呢？质监办刚刚完成了新的组阁，还有那么多事等着我做，千万不能倒下啊。

马启明帮莫晓瑜穿好衣服，扶她来到餐桌旁坐好。

刚刚吃了半碗饭，闫亚培就来了信息，很长。他建议莫晓瑜给胡高成发个信息，告诉胡高成关于搬档案的事，最好向胡高成解释下原因。莫晓瑜看了两三遍，感觉闫亚培是个细心的人，但他并不知道自己这样做的真正理由，一时也无法向他多做解释，于是很友好很委婉地回复了好长一条信息，按了发送键之后，人要瘫倒了一般。

莫晓瑜无比感伤，恨自己的身体在这节骨眼上如此不争气。她在心里呼喊着，不能倒，不能倒啊，我还有梦，我还想抵达远方——我想去的地方也许真的很遥远，我不知道我能否掌控自己的命运，摸爬滚打这么些年，却一直居无定所，留存内心的绿洲，会成为怎样的精神方舟？人生，仿若一面镜子在转弯处破碎散落一地，发出撕裂的呻吟。这一切莫非也是命运使然吗？

莫晓瑜奇怪今天竟然用诗一般的语言感叹人世，但她不敢继续往下深想，内心在纠结不安，难道命运之神在有意捉弄自己吗？为什么每一个节点总会撞上魔鬼，让你无法安然呢？

此刻，一种不祥的预感袭上心头。

3

第二天是周日，天气骤然转凉，春寒难当。莫晓瑜头痛得很厉害，肠胃翻江倒海闹腾不已，肠鸣音亢奋。马启明做好早餐，叫她起来喝点粥再睡，她懒懒地说，你别吵我了，让我安心睡一天吧，明天上班会有好多事呢。马启明着急地说，起来吧，我马上陪你去医院吧，看你现在这个样子，明天还能去上班吗？莫晓瑜说，求你别再说了好吗？我现在只想好好休息下。马启明无奈地摇摇头，你不肯动，我有什么办法呢。那好，你睡吧，安心睡。他轻轻拉上门，退出房间。

莫晓瑜眼睛微合，似睡非睡，像是在听什么，又像在想什么。当然，想得最多的是明天上班之后，胡高成看到他办公室的材料被搬走后会是怎样的反应？暴跳如雷？歇斯底里？指责谩骂？他这样的人绝对不会善罢甘休的。以后该怎处理与他们的关系呢？

正在苦思冥想时，手机响了，是廖水花的，莫晓瑜犹豫了一下，还是接了，她和气地说，水花好。廖水花问，莫主任，刚才胡老问我，说我们办公室的档案被人偷了，这是怎么回事？莫晓瑜说，呃，不是被偷，是我开门取过来的，因为周一要开始工作了。廖水花说，你那边的门锁好像换了？莫晓瑜说，是啊，因为新来了两个人，他们没钥匙呀，我只好换了一把新锁。

莫主任，你现在到办公室来一下好吗？

水花，我今天身体有点不舒服，周一吧。

王吉亮的电话跟着来了，说，刚才胡老给我电话，说他办公室的档案盒子全部不见了，而且，你们办公室也换了锁，他很生气，说你对他怎么像对敌人一样，他准备去公安局报警，你现在能否去办公室向他解释一下？

莫晓瑜一听，惊得立时从床上爬起来，她很不情愿地对王吉亮说，王所长，能否请你去帮我解释一下？我真的怕他们，不敢去。

王吉亮说，还是你去吧，马上去一趟。我正在外地开会，来不了，你去说清楚没关系的。

莫晓瑜无奈地说，好吧，我马上去。

莫晓瑜穿好衣服，梳了下蓬乱的头发，摇摇晃晃准备出门。马启明与女儿忙过来问她什么事？莫晓瑜一一告诉了他们。马启明说，你现在就去？胡高成那脾气你受得了吗？芮芮也关切地说，老妈，我看你还是别去了，要去的话，我和老爸陪你一起去吧。

莫晓瑜心里忐忑不安，这样棘手的事，她是头一次碰到，怎么办呢？马启明与女儿一左一右分站在她两边，看他俩的架势，像是要扮演保护神一样，绝对不允许莫晓瑜一个人前往办公室。

莫晓瑜想到了郑光跃，她马上给他去了个电话，将刚才的事告诉了他，郑光跃说，你看这个胡高成什么思维？还报警，让他报吧。你不要去了，现在他不是领导，你是领导，以前他可以让你去你就得去，现在他怎么可以指挥你呢？今天是休息日，你不必去的。不过，以后事前与他通个气更好点，可以省些麻烦。莫晓瑜说，嗯，是有些不妥，我前天晚上调整办公室，看到人多，就顺便让他们将材料搬过来了。真担心会给你带来什么麻烦！郑光跃说，搬都搬了，算了吧，以后注意点。莫晓瑜说，我周一去向他们解释一下，再道个歉吧。

廖水花又来了电话，说胡高成要莫主任赶快去办公室，档案必须办理移交手续。莫晓瑜看胡高成还像以前那样蛮横，心里不免烦躁，语气僵硬地对廖水花说，周一我来向你们解释说明一下吧，今天我在外面，来不了！

莫晓瑜实在不想说话了，此刻头重脚轻，天旋地转，马启明和女儿把她扶到沙发上躺着，递上一小碗稀饭，莫晓瑜慢慢喝下去，手软软地搭在沙发扶手上。她看到马启明与女儿都担心地看着她，说，没什么大不了的事，我不会害怕的。

王吉亮再次来了电话，说已经向郑光跃汇报了相关情况，他也不再逼莫晓瑜去办公室了。莫晓瑜顿时松了一口气。

待莫晓瑜心安理得躺到床上去时，郑光跃又来了电话，说，王所长刚才在电话里告诉了我一些情况，我对王所长说，莫晓瑜今天的行为不违规，但以后要注意方式方法。他们质监办平时就是这样的，胡高成有事也不先打招呼。莫晓瑜听郑光跃这样说，心想，这样也好，不至于让人家认为我势利，翻脸不认人。胡高成与廖水花曾经那样对我，想必大家都还记得很清楚吧？

芮芮对莫晓瑜说，老妈，你这次必须换锁，就是要让他们难受，他们怎么不想想当初是怎么对你的呢？我支持你趁机报这一箭之仇。感觉好爽啊！

莫晓瑜点点头，是啊，自从他们合谋害我以来，我的心里一直憋闷着呢，哪知道老天开眼，让我有了一次发泄的机会，看来老天还是公平的。好了，芮芮，我知道你的意思，小孩子家，别太掺和大人的事，快去看看书吧。

晚上莫晓瑜勉强吃了点东西，还是总想呕吐。马启明让她再吃几片药，你这几天必须坚持吃药，我真担心你会累垮了。莫晓瑜看看马启明，安慰他说，没事，睡几天就会好起来的。我是前天与闫亚培一起买办公桌椅，口渴了，回来又搬东西，那么晚才休息，累了，加之天气转凉，伤风感冒，几方面的因素合在一起，人就这样了。你别着急，过几天会好的。

正说着话，夏薇薇来了电话，说明天准备去部里找主任签字，正式办理调动手续。莫晓瑜高兴地说，薇薇，我们分开了好多年，现在又在一起了，真是开心！夏薇薇说，是你我才来的，其实我一点都不喜欢在机关工作，原来有几个部门想要我来，我都婉拒了。莫晓瑜感动地说，当然了，我们是老感情嘛。夏薇薇说，我同章伟林说到了这个事，他一个劲地劝我来你这里，很支持你呢！莫晓瑜欣慰地说，那你先代我感谢下他吧，找机会我请他吃饭。

莫晓瑜看夏薇薇调动的事有了眉目，心里轻松了许多。她慢慢走到浴室，想冲个澡再好好睡一觉。大木桶放满了水，莫晓瑜在热气腾腾的水中，舒展着软软的四肢，尽力想放松自己。泡了好一阵子，当她想爬出木桶时，不料一个趔趄，差点摔倒在地上。莫晓瑜这才感觉自己是真的病了，病得像一个初生婴儿般软弱无力。她想，明天我该怎么办呢？

4

莫晓瑜本来约了闫亚培周一上班时来办公室商量工作，现在看来不行了，王吉亮肯定会拉上自己去向胡高成和廖水花作解释说明，胡高成会是什么态度和模样，莫晓瑜现在完全可以想象得到。她不希望自己的窘态被闫亚培看到，也不希望这事波及他们，有什么责任自己一个人担起来就是的。她给闫亚培发了一个信息，闫博，我明天上午要外出开会，你下午再来办公室。闫亚培马上回复说，好的，莫主任，我正好还有些事要去部里一趟，下午过来吧。

莫晓瑜稍稍缓了一口气。她在揣摩明天见到胡高成的情形，那一定会是让人害怕的场面！我会怕吗？当然怕，怕得不行，谁愿意挨骂呢？只是……无可奈何地冒险了，不这样处理，王吉亮给的任务怎么完成？弄不好是郑光跃让他要求我这样做的。

一个晚上，莫晓瑜都在不安中度过，到后半夜才恍恍惚惚眯了一会。

第二天一上班，莫晓瑜就去找王吉亮，然而门紧紧地关着，叫了几声也没人答应。

莫晓瑜折身回到办公室，赶快将门关了。她什么也不想做，只专心听着对面有没有动静，好半天没有任何响动，难道他们没来吗？莫晓瑜不安地站起身来，在办公室来回走动，这时候她很想找个人说说话，找谁呢？上楼看看温娟在不在。

温娟正在忙事，看莫晓瑜来了，客气地请她到沙发上坐下，倒了一杯茶端给她，这两天受惊了吧？

莫晓瑜说，真是遇上鬼了，还不知道能否脱身。

温娟一边喝茶一边看着莫晓瑜，这个老的是很厉害，谁都不敢得罪他，现在你惹火了他，估计是有些麻烦呢！你当时先同他打个招呼要好些，省得他以后对你发难。

莫晓瑜头往沙发上一靠，心里有说不清的苦，长叹了一口气说，是倒也是，只是那晚时间太紧，正好有人帮忙，就这样临时决定了，现在想来是欠考虑。王所长要我保存好档案，怕出万一，我也没有更好的办法。昨天郑所长也批评了我，我担心会不会给他惹上麻烦。

两个人正说着话，莫晓瑜手机响了，是郑光跃打来的，她马上接听。郑光跃说，你如果有空来我办公室一下吧。莫晓瑜站起身，对温娟说，我得告辞了，你们家那位领导找我。

莫晓瑜来到郑光跃办公室。郑光跃先问了一下昨天的事，然后对莫晓瑜说，你不要管他们两个，如果他们找你要工作做，你就安排他们去各个二级部门督查督查，胡高成年纪大了，也不宜出远门，以后就不安排他外出开会了。又说，明天下午开一个部门负责人会议，你的工作情况我在会上宣布一下，你做一个工作发言，回去好好准备下。

刚回办公室没几分钟，工会宋主席来了电话，说三八节快到了，请莫晓瑜代表工会为全体女职工写封慰问信，莫晓瑜很高兴工会能给自己一份这样的差事，马上开始在键盘上敲起来。

下午闫亚培来了，莫晓瑜便将最近要做的工作与他大体上谈了下，闫亚培很用心地记在本子上。莫晓瑜看他这样，很是欣慰。四点钟时，王吉亮来了，约了莫晓瑜到对面办公室去。莫晓瑜有点忐忑，她知道一场恶战就要开始了,要骂就骂他的,以不变应万变吧。

胡高成与廖水花两人都在。看到王吉亮来了,很热情地与他打招呼,廖水花给王吉亮泡了一杯茶,然后背对着莫晓瑜坐下,铁青着脸不理不睬。莫晓瑜很生气,这两个人连点面子都不给自己!她也懒得吭气,自己拉过一把凳子坐下来。

王吉亮说,现在我们的任务十分压头,近一两年要接受卫生部的各种检查与质量评估,包括科研项目、建设管理、药品质量,等等,同时还有省卫生厅的各种督查,所有人只有全力以赴、加倍努力才能够搞好,我们要站在全局的高度来做工作。

莫晓瑜用心听王吉亮说话,都是些套话,她在等着他下面会说些什么。

果然,王吉亮捂着嘴咳嗽几声就开始了。他语言流畅地说,郑所长要求明确质监办的工作分工,以后胡老作为顾问就不用坐班了,可做一些调研、督查的事,由莫晓瑜全面主持工作。如果有什么需要协调的,可以找莫主任。各二级单位有事也要找莫主任,当然,如果有困难可以找我,或者去找郑所长。今后困难很多,任务繁重,希望大家团结一心,和谐相处。

胡高成开始一直低着头听王吉亮说话,后来猛地拿起一把剪刀,将桌上工作牌自己的照片咔嚓咔嚓剪了下来,愤然地说,我拥护王所长刚才的发言。不过,我要问一句,我算不算研究所的员工?从刚才王所长的发言看得出,我还是的呀。可是把档案就这样搬走了,还谈得上研究所对一个老同志的尊重吗?

莫晓瑜本来不想插话,只是静静地听着,她脑子里飞快地闪过周五晚上的情景,难道我有错吗?我是无可奈何啊,当然,我也想让你们难受一番,你们过去对我也太狠了呀!看胡高成情绪越来越激动,莫晓瑜只好接过他的话头，心平气和地说，胡老，我把情况向你说明下吧，周五那天我们买了新办公桌椅，正好人多，想到周一就要清理档案，所以叫他们顺便搬过来了。因为新来的两人都没有钥匙，我只好把锁换了。当然，这事我做得不妥，事先来不及与你商量，我本来打算周一向你们道个歉的。

胡高成眉毛眼睛皱成一团，怒不可遏地指斥莫晓瑜说，你可以打电话给我，也可以发信息给我，况且，周五我一直在的，你为什么不说呢？我感觉你过完春节像变了个人似的，对我们都不怎么理睬了。

莫晓瑜马上反驳说，咦，您忘了吗？上班第一天我不是过来问候您和您夫人了吗？怎么说我不理睬你呢？胡高成说，反正你对我们很冷淡。莫晓瑜心里冷笑一声，还好意思说我，不想想当初你们怎么对我的，那才真是杀人不见血啊！难道你们都忘了吗？

看胡高成还在骂骂咧咧，莫晓瑜索性懒得说话懒得理睬。她看着胡高成身后的窗户，看着窗外树上几只跳来跳去欢快的鸟儿，心想，你们也尝尝受伤的滋味吧，难道总是让我一个人受伤？

胡高成看到莫晓瑜这般倨傲和冷漠，向来那种不可一世的好感觉终于受到了极大的刺激，他从屉子里取出一叠纸，一把抓在手里往上扬了扬，瞪着眼睛对莫晓瑜说，告诉你吧，我已经写好了公开信，我要把这件事公布出来，请大家来评评理。

王吉亮赶快阻止胡高成，您老千万不能这样做，关于转移档案的事，是研究所领导有指示，对于莫主任来说，是在她的职责之内，只是移交的时间与方式欠考虑。希望这件事不要扩大到外面去，大家还是相互谅解吧，齐心协力做好以后的工作。

说完，王吉亮起身往外走，莫晓瑜马上跟着一起出来。王吉亮回头连连称赞说，你今天表现得很好，相当克制，不错！

下班后莫晓瑜拖着沉重的身子回到家里，马启明将饭菜端上桌子，莫晓瑜刚吃了几口，感到很恶心，哇的一声全吐到洗手间了。

正在这时，郑光跃来了电话，语气凝重地说，他们已经开始动手了，把公开信散发到了各个部和处室。莫晓瑜心里一惊，到底写了些什么呢？郑光跃说，我念几句给你听吧。看，他们已经举起了屠刀，正准备扑向我们……

莫晓瑜顿时感觉脑袋嗡的一声就要炸开了，她捂着发痛的胸口和发酸的肠胃，撑着身子往沙发上一躺，人差点晕了过去。

5

第二天莫晓瑜忙一个上午，准备好了下午开会发言的讲稿。她刚放松地呼出一口气，谢琳琳在QQ里叫了她，发出一个出汗的表情。莫晓瑜回复一个问号，谢琳琳马上说，廖水花在群里发东西，将你搬走档案、换了门锁的事说了好多。莫晓瑜心里一惊，啊，看来他们真是动手了，这么狠？

谢琳琳说，好在谁都不理睬她，群主马上把她踢掉了。

莫晓瑜哦了一声，无力地往后面一靠，什么也不想说了，只给谢琳琳送上一束花，打了谢谢两个字。

吃过中饭，莫晓瑜按习惯上床午睡，刚迷糊了一会儿，谢琳琳来了电话，说廖水花到处发信息骂人，关心地劝莫晓瑜不要生气，莫晓瑜忙向谢琳琳解释当时是怎么回事。挂掉电话后，她心里难以平静，也不想再睡了。

下午的会四点钟开始，会议室坐满了人，全是各个部门的正职。莫晓瑜叫上闫亚培和夏薇薇早早来到会场，她本想让夏薇薇给大家倒点茶，可夏薇薇红着脸不敢进去。莫晓瑜正着急时，闫亚培提了水瓶，大大方方走到每一个人面前，从从容容为他们倒上热茶。莫晓瑜没料到闫亚培竟然这样主动地为自己分忧，心里颇感温暖。等到会议正式开始时，夏薇薇拿了笔和本子怯怯地进来做记录。

郑光跃主持会议，他神色凝重地与大家打了个招呼，然后客观地说了胡高成很多好话，称赞他在研究所的发展过程中做了不少工作，有一定的贡献。说到这里，郑光跃端起茶杯喝了一口，然后话锋一转，不过呢，老顾问现在年纪大了，不适合再做压力大、负担重的工作，以后质监办的工作由莫晓瑜主任全面主持，请大家支持她的工作。

接下来，郑光跃要莫晓瑜将相关的工作情况向与会人员通报一下，包括新一年的工作计划。莫晓瑜有些不安，以前胡高成几乎不给她说话的机会，她一直窝在后面，现在有了机会，倒有几分怯场，但今天没办法躲过，只好硬着头皮说，从从容容地说，说到后面，什么都不顾了，按照自己的思路一五一十说下去。

会议结束后，莫晓瑜让闫亚培与夏薇薇填写部门调动申请表，请他们分头找各自的部门领导签字。她回到办公室，无力地靠在椅子上。过了一会，闫亚培与夏薇薇都回来了，夏薇薇说她的主任已经同意她来质监办工作，很快签了字。闫亚培却说他的主任不肯签字，只同意借调。莫晓瑜说，那就再等几天吧，最好你们的一起办理。

夏薇薇坐在一边，一脸不安，眼睛只管朝莫晓瑜看过来，莫晓瑜看她那样，知道她有话要说，果然，夏薇薇不很流畅地说，今天有人讲我呢，现在这样的局面，你来蹚这浑水做什么？我，我是不是不该来啊？能不能迟几天再说呢？

莫晓瑜想，夏薇薇的话不无道理，现在的人都很实际，面临不利，很多人选择避开、绕开，没人愿意雪中送炭。正发窘时，闫亚培走到近前，对夏薇薇说，不要怕啊，我们做我们的事，怕他们做什么呢？

夏薇薇看了一眼闫亚培，笑了笑，你当过兵的，胆子大，我是胆小鬼，真是怕事啊。

闫亚培说，不要怕，以后有我在，你们都不要怕。

莫晓瑜看到眼前的闫亚培这般坚定，顿时有了勇气，她对闫亚培与夏薇薇说，感谢你们在非常时期来到这里，以后你们也不要怕，有事我会担担子的，与你们都没关系。

就在这时，邓西平来电话请莫晓瑜去他办公室。莫晓瑜马上过去，刚刚进门，邓西平就开门见山批评她说，你不能这样激怒他们呀，遇事要冷静思考，不要草率行事。等邓西平说完，莫晓瑜才将事情的始末告诉了他，说到后面，莫晓瑜有意补上一句，西平书记，这位老顾问也太厉害了，你以为他会买谁的账吗？他连你都不放在眼里，上次吃饭那张发票他骂了我好多次，还说找机会要来批评你呢！

邓西平听莫晓瑜这么说，没再出声，脸上发窘，房子里顿时有些沉闷。等莫晓瑜准备告辞时，邓西平淡淡地自言自语道，有时候善始却是不能够善终的。

莫晓瑜心想，邓西平说这样的话，说明他还是把自己的话听进去了。这样好，说明我不是没有道理。

下班回到家里，冷冷清清的，马启明和女儿都没回来。莫晓瑜懒懒地坐在沙发上，感到肚子很不舒服，看来人确实是病了。她现在一点欲望都没有，连吃的欲望都没有。眼睁睁看着窗外慢慢暗下来，她也不想开灯，任夜色弥漫进来，人仿佛沉到了海底，很快就被海水淹没了，听不到一点声音，心也拔凉拔凉的。

手机响了，是杨爱玲，她轻轻叫了一声，莫姐，我为你感到半喜半忧呢。

喜的是他们对着我来，却让你有了主持工作的机会；忧的是怕他们以后伤害你。你看今天他们那样做，不知道你是不是知道了？今天开会时有人说，莫主任从容若定，没事人一样。

莫晓瑜苦笑了一下，我知道了又有什么办法呢？他们就是这样狠毒的人，那时候想搞走我，现在又来找你的碴儿。我不怕呢，以后就这样，我要为你出出气才行。

杨爱玲感动地说，谢谢姐，遇上他们，真是无奈！

莫晓瑜关心地问，他们告你的状，现在情况怎么样了？

杨爱玲说，他们哪会善罢甘休？不过审计室与监察办都说不会有太大的问题，只是很烦躁，老是查过去的账，我哪里还记得那么清楚？

两个受到攻击的女人在这样一个寒冷的夜里说着关怀彼此的话，时间不知不觉过去了，莫晓瑜的心情慢慢好起来。她不知道后面会是怎样，不管摊上什么事，要能够扛得起才行，没什么大不了的，她为自己暗暗鼓劲。

莫晓瑜肚子痛得十分厉害，她窝在沙发上不想动弹，一点东西也不想吃。偏偏马启明应酬到很晚才回家来，看莫晓瑜脸色惨白，不停地呻吟，忙过来扶起她愧疚地说，唉，今晚实在没办法脱身，来了几个重要人物要陪。我们现在赶快去医院好吗？

未等马启明说完，莫晓瑜不停地摇头，不去，不过是肠胃炎罢了，哪么严重？你帮我搞几片药吃。马启明说，那就先吃几片胃肠宁吧，如果没效果，天亮了我们去医院，好好检查一下。

莫晓瑜有气无力地说，明天我哪能去医院，现在很多人都在看着我，我得硬撑啊！

天刚一亮，莫晓瑜就起床了，她喝了几口稀饭，吃了几块饼干。还没等全部咽下去，又全部吐出来了。马启明很不放心地看着她出门，一再叮嘱说，如果感觉不行，给我打电话，马上送你去医院。

到办公室时，闫亚培已经来了，莫晓瑜便告诉他先考虑去各个部检查的事，看看后段怎么安排比较合适。闫亚培打开电脑，马上开始查找各个部的网页，了解目前各自的工作状况。

莫晓瑜也开始浏览研究所的网页，看到主页上有几项最近获奖的报道，一时心血来潮，拿出手机给几个当事人发信息表示祝贺，好半天才有两个人干巴巴地回复了一句，谢谢。莫晓瑜的脸开始发热，心里产生了很大的落差，感觉自己是热脸贴在冷屁股上，痛下决心以后不再做这样丢脸的事了。今天的行为说不定是潜意识里的指令，难道是因为处在困境中想取悦于人吗？何苦呢？

夏薇薇也来了，帮着闫亚培一起整理材料。莫晓瑜看看她，发现她的表情比昨天淡定多了，估计回家得到了赵旭的鼓励与安慰，如此，她放心多了。

过了一会，闫亚培说想请下假，母亲刚刚来电话说，孩子不太舒服，得马上回家看看，莫晓瑜说，你快回去吧，如果需要的话，赶快带孩子去看看医生。

闫亚培一走，夏薇薇马上放下手里的事，坐到莫晓瑜身边来说话。莫晓瑜现在才有机会详详细细告诉夏薇薇对门那两个人如何加害自己的事，夏薇薇听完大为吃惊，他们竟然这样对你？也太狠毒了！我原来不知道呢！莫晓瑜感叹地说，是啊，你现在理解了常听人说的那句话吧，世上没有无缘无故的爱，也没有无缘无故的恨。

两个人正说着时，赵旭来了，亲热地对莫晓瑜说，昨晚薇薇回家，说起现在的事心里很害怕，不知道该怎么办。我给她鼓劲说，有什么好怕的？这样的非常时候，必须要来支持你。莫晓瑜心里很是温暖，夏薇薇两口子到底不一样,多年的朋友在关键时候还是很靠谱的。危难时刻,有他们坚定地站在自己身边,心里踏实多了。

下午研究所召开全体中层干部会。邓西平主持会议,首先是秦建伟的主题发言,他反复强调研究所的和谐文化,反复强调良好的人际关系。郑光跃最后总结,说是说了很多,但丝毫未提最近发生的事,也不带明显的个人情绪,一再强调秦书记对这次会议很重视,大会报告都是他自己认真写的。

莫晓瑜回家后,马启明和女儿已经回来了,马启明建议全家到外面吃晚饭。他们找到一家口味清淡的餐馆,点了几个可口的菜,莫晓瑜总算开了点胃口,吃了一小碗米饭。饭后又到附近做个足浴,回家后感觉轻松了不少。

第二天是周六,莫晓瑜一早就被马启明叫起来去了医院。几项检查之后,并未发现什么实质性的问题,医生说可能是劳累与感冒引起的胃肠功能紊乱。莫晓瑜心想,还怄气呢,心情不好也是原因之一,很可能是重要原因。医生一再嘱咐,以后千万注意保养,开点药回去吃几天,看看效果怎么样。

莫晓瑜回家就吃药,恨不得病很快好起来,晚上与马启明又去了昨天那家餐馆吃饭,她说,我必须得多吃点,争取尽快恢复健康,面对现在这样的严峻局面,我不能够倒下啊,千万不能够倒下!

周日莫晓瑜在家睡了一天。马启明早早出门,回到家后,说,刚在门口遇到你们研究所的几个人,他们聚在一起议论纷纷的,大骂胡高成,说他哪像一个老知识分子,还什么顾问呢!一大把年纪了还做那样的事,真下作!

莫晓瑜听了,心里很是安慰,可见群众的眼睛是雪亮的,不过,她现在懒得说话,唯一希望身体赶快好起来,沉下心,少管事,多做事,做好事,别的暂且不理不问,相信是是非非日后自有评说。

周一早上,莫晓瑜强打精神起床,按时赶到办公室,嘱咐闫亚培和夏薇薇坐到一起,第一次煞有介事地开了一个"三人会议",将本周的工作任务作了安排。之后,各就各位地忙开了。

莫晓瑜原以为只要尽心尽力做好工作就 Ok 了,或者以为郑光跃会去忙别的大事,顾不上管这里的。孰料晚上十点以后,郑光跃来了电话,一开始就问莫晓瑜,胡高成病了吗?莫晓瑜说,我不知道啊,一天都在做事呢,也没人告诉我。

王吉亮邀了戴世辉去看胡高成,戴世辉刚才告诉了我。

那怎么办?

我告诉他们俩了,胡高成又没有住院,要去看什么?

莫晓瑜认同地嗯了一声。

廖水花现在上班吗?你是不是检查了她的工作?给你权力,管好了是你的本事,没管好是你没本事。现在你有了权力,为什么不去管呢?

莫晓瑜听郑光跃语气这么严厉,忙分辩说,郑所长,先不要着急,过十来天看看再说。

这两个人不过是枪杆,后面有人在指使。他们已经很后悔,很害怕了。

莫晓瑜看郑光跃不依不饶地老是说对面两个人,只好答应说会尽快去检查廖水花的工作。她感觉郑光跃现在似乎很希望清理掉廖水花,看来以后他会盯得很紧的,明天去检查下廖水花的工作记录吧,然后向王吉亮汇报,看看他的态度如何。

第九章　网络硝烟

1

郑光跃催着要检查廖水花的工作情况，莫晓瑜以为未免逼得太紧了点，而且，这把砍刀要自己给扛着，她心里实在不很情愿。一大早赶到办公室，静坐着等对面开门。八点过几分钟后，廖水花来了。看她没关门，莫晓瑜走到门口，面无表情地说，你把最近工作的记录给我看看吧。廖水花冷着脸侧过头问，什么工作记录？你又没分配我做什么，我能有什么工作记录呢？

莫晓瑜看一眼廖水花的脸，没好气地说，怎么是我分配呢？那天王所长不是对你们说了吗？你该做什么你应该清楚啊。她联想到廖水花近日在很多群里发布信息辱骂自己的事，气不打一处来，想借这个机会狠狠斥责她一顿。

正这样想时，廖水花突然跑出办公室，站在过道上对着莫晓瑜破口大骂，你一直没来管我们，现在又想要检查，检查什么呢？以前检查过吗？你也是做父母有子女的人，告诉你吧，不要做得太过分了，我们大家都是明白人……

廖水花越骂越起劲，声音越来越大，她有意让更多的人听到。正在这时，闫亚培来了，他马上将莫晓瑜拉进办公室，然后好言好语劝阻廖水花。莫晓瑜自小不喜欢与人吵架，对着这样的女人也犯不着与她吵，不然，自己的品行也会与她一起被人看低了。闫亚培正在与廖水花说话，莫晓瑜干脆掉头走开了,转身对廖水花淡淡地说一句,看你这个样子,我懒得同你说话。

莫晓瑜心里翻江倒海般难受,稍稍镇定了一下,她便下楼去找王吉亮,但王吉亮不在办公室。她见郑光跃办公室开了门,便进去将廖水花撒泼的事说了。郑光跃说,你暂时不管她,看她又能怎么办,等会儿你找王所长说说这事吧。

莫晓瑜回到办公室,马上给王吉亮电话,一五一十告诉了他这件事。王吉亮似乎没有任何态度,只推说正有事,等会再来。

廖水花依然在骂骂咧咧的,闫亚培站在她身边,仍在不停地好言相劝。看莫晓瑜回来了,闫亚培走过来将门关上再回到那边办公室去。这一细小的动作,让莫晓瑜好感动,她明白闫亚培的心思,不希望自己听到那只母狼的咆哮,免得坏了心情。

好半天,王吉亮才来到办公室,告诉莫晓瑜说他和戴世辉马上外出有事,下午也来不了。莫晓瑜看他那超然度外的神态,颇有几分失望,觉得他的表情深不可测,暗藏玄机。可是,有什么办法呢?千般难受万般无奈也只好忍了。

廖水花的漫骂还在继续,时高时低地从对面办公室传过来,其间,似乎发出东西碎裂的声音,好一阵子才消停。闫亚培回到办公室,马上把门关上,对莫晓瑜说,我是怕你听到了不舒服,所以刚才把门关上了。据我刚刚观察,这个女人非同小可,我从她的眼睛里看到了一种凶光,让人不寒而栗。夏薇薇说,我也有同样的感觉。闫亚培说,我刚才说了她,莫主任是我们部门的行政主管,你怎么样也应该尊重她的,可她只管一个劲地骂,真没办法。

闫亚培与夏薇薇两人说起了廖水花,莫晓瑜时而点头,时而发呆。

这时，谢琳琳在 QQ 里说，网上有人发帖子骂郑所长。

在哪里？有骂我的吗？莫晓瑜急切地问。

好像没有，只是骂郑所长。

莫晓瑜说，你找出来我看看。

谢琳琳马上将网址发过来，莫晓瑜点开一看，惊呆了，没想到这些人将郑光跃骂得十分厉害，不是一般的厉害，而是一种剥皮抽筋的狠毒。她开始为自己担心起来，推测这样的狠劲说不定正在一步步逼向自己。

到了下午，研究所内网上出现了浦山会议书记与所长的发言实录。莫晓瑜不知道这样做的结果会怎么样。郑光跃那次的讲话很是尖锐，尖锐得让几个人抬不起头来。现在公开于此，会不会太刺激他们了呢？

想到这里，莫晓瑜惶恐不安，城门失火殃及池鱼，保不定这场火会烧到自己这儿来，现在身上已经沾了火苗，或许瞬间会燃起大火。不过，对面这两个严重伤害过自己的狠毒男女，莫晓瑜决定不管付出怎样的代价，也要与他们抗争到底。

次日上午，莫晓瑜刚到办公室，王吉亮的电话就来了，莫主任，有空来我办公室一下。莫晓瑜放下电话马上下楼。

未等莫晓瑜坐定，王吉亮就问，昨天上午你找我有事吗？莫晓瑜说，是啊，王所长，我昨天被廖水花气坏了。

王吉亮问，怎么了？莫晓瑜就将昨天上午廖水花找自己吵架的事情一五一十告诉了他。王吉亮只管低头听莫晓瑜说，一句话也没有说，莫晓瑜看他态度全无，急了，王所长，你知道胡高成与廖水花以前怎么害我吗？王吉亮抬起头，迷惑地看着莫晓瑜，摇摇头说，他们害你？我不知道啊？怎么害你的？

莫晓瑜将对面两人如何利用体检误差对自己所施的毒计和盘托出。

王吉亮恍然大悟地哦哦了几声，说，他们还这样啊？莫晓瑜立刻说，是啊，王所长，我永远也不想再见到这两个凶狠歹毒的男女，哪怕不做这个副主任了也不想去面对他们。

王吉亮看看莫晓瑜，若有所思地点点头，半天没出声。莫晓瑜看王吉亮没有继续说下去的样子，就打住了，王所长忙吧，我先走了。

莫晓瑜回到办公室，看到闫亚培与夏薇薇都在等她，说，我们去各部门检查一下，看看他们的材料准备得怎么样了？闫亚培说，好的。夏薇薇看着莫晓瑜说，我就不去了吧？等会有点事我要先走一下，行吗？莫晓瑜说，好的，下次再一起去吧。

到两个部检查回来后，已经快到下班时间了。莫晓瑜坐在办公桌前，好像在想着什么事。闫亚培没有急着离开，他坐到莫晓瑜身边的沙发上，很关心地与莫晓瑜说着最近发生的事情，并且对以后态势的发展做了一番详尽的分析。莫晓瑜感觉他的分析与自己的思考几乎一致，不由得慨叹他思维的缜密。

说了大概一个小时之后，闫亚培准备告辞了，他站起身说，莫主任，看你这样难过，我真想拥抱下你，但是……怕别人说我们怎么样了。

莫晓瑜惊愕地看着闫亚培，不太相信这个大男孩怎么会说这样的话？她不仅感动，还体悟到了温暖，心里怦怦地跳，胸腔里弥漫着看不见的柔情。但她抑制住了自己一刹那的冲动，仍然一动不动坐在那里，定定地看着闫亚培，红着脸对他说，小闫，天色不早了，快回家去吧，我也该走了。

闫亚培看着莫晓瑜的脸，点点头说，嗯，好的，你一定要开心，我……先走了，明天见。

莫晓瑜看着闫亚培走出办公室的身影，听到他在楼道里走路的声音，看看空无一人的办公室，突然觉得一种失落感和空虚感兀然袭来。

2

天色渐渐暗淡下来，夜幕即将落下。莫晓瑜怀着一种异样的感觉回到家里。马启明正在等她吃晚饭，看莫晓瑜神不守舍的样子，不安地问，晓瑜，今天怎么了？有新情况吗？

莫晓瑜摇摇头，不说了吧，都是些烦人的事，真不想影响你的心情。

马启明不解地看着莫晓瑜，我们难道还分彼此？你不开心，我能开心得起来吗？

莫晓瑜感慨地说，这倒也是，谁让你是我老公呢？只是，事情总是不顺利，那些人太厉害了，我以后真不想再面对他们。

马启明一边将饭菜搬上桌子，一边说，不管他们了，我们先吃饭，至少身体不要垮下来。来，安心吃饭吧。

莫晓瑜刚吃了几口，郑光跃来了电话，一接通就说，今天有人在外网发帖子了。莫晓瑜马上问，是不是骂了我？他们肯定不会放过我的。郑光跃说，你看看去吧，看了就知道是谁干的。

按郑所长提供的网址，莫晓瑜找到了那个帖子，好家伙，虽然主帖是攻击郑光跃的，但自己的名字也被带进去了，说怎么怎么配合郑光跃打击胡高成与廖水花这两个勇敢的举报者。莫晓瑜看那说话的口气与晒出的内容，马上明白是什么人写的。她问自己，生气吗？值得生气吗？

莫晓瑜翻开日记本，将这几天的事情一一记下来，最后加上一句：我的日记本怎么就不能干净一点呢？周围的环境污浊不堪，我难道就这样弄脏了自己的干净页面？

想到明天要去卫生厅参加一个会议，莫晓瑜给闫亚培发了个信息，请他送自己一趟。闫亚培马上回复，好的，明天我会按时来接你。

夏薇薇来了电话，说，今天廖水花给我一个清单，说要我们帮她买点办公用品，我对她说，你先找一下莫主任吧，发票到时候要请她签字。她不愿意，还一直骂你。

廖水花连起码的礼貌与尊重都没有，那我就懒得管她的事。

嗯，也好。她太不像话了，说话好毒，骂你骂得好狠。我真的不想理睬她。

薇薇，不想理就不用理吧。

第二天一早，莫晓瑜赶快起床，刚吃过早餐，闫亚培就来了电话，说车已经在楼下等她了。莫晓瑜马上穿上外套，提了小包出门。

莫晓瑜坐在后排，看着专心致志开车的闫亚培，感叹地说，小闫，我运气怎么这样好呢，最困难的时候遇上了你，我常常想，这世上怎么会有你这样好的人？

闫亚培略微转了下头，柔和地说，缘分吧，当然，这样的缘分不一定都能够碰得上的。

不好意思，每次都要辛苦你接送我。

莫主任，你别客气，我能为你做点事，感到很幸运呢！

莫晓瑜心里温暖极了，她感叹人生路上何其有幸，在命运的拐角处竟然与闫亚培如此优秀的大男孩相遇，应该珍惜啊！

车一路顺利地开到省卫生厅，下车后，天下着小雨。闫亚培从包里取出一把格子雨伞递给莫晓瑜，莫主任你拿着吧，怕万一出门需要。莫晓瑜看着闫亚培那张方正而充满生气的脸，满是感激，好的，谢谢你！

会议九点钟进行，刚开了一会儿，王吉亮来电话说戴世辉正好有空，能否几个人一起碰个头？莫晓瑜说，王所长，我在开会，要不要请假回来？王吉亮说，哦，我都忘了你去开会，那算了吧，另外再找时间。

这个电话之后，莫晓瑜心里开始不安，感觉王吉亮的言语中有些含混不清的信息，到底是什么呢？不知道，不过，一定与眼前的事有关，说不定是些麻烦的事。她没有情绪与心情继续开会了，想马上回家。好不容易挨到会议结束，吃过晚饭赶快收拾打车往家赶。

预感还真是准确，莫晓瑜回家后马上开电脑上网，百度自己的名字，果然一篇触目惊心的帖子赫然在目，题目为《青州中医研究所最卖命的走狗》，分别发在最热火的江北论坛与天涯论坛。虽然用的是马甲，但无须判断就知道是对面两个人所为。从他们的角度，林林总总，絮絮叨叨，不厌其烦地将莫晓瑜骂得一无是处，字里行间满是羞辱、丑化的语言。莫晓瑜一刹那天旋地转，里面很多子虚乌有的东西是他们杜撰的，刻意歪曲、无限放大，连马启明与芮芮都一起骂了。她感到屈辱，感到愤怒，但又无可奈何。帖子底下有人回复说了几句公道话，也被他们大骂一通，还质疑是不是莫晓瑜回复的。这种事虽然都在莫晓瑜的预料中，但她对这些人竟如此下作也是不能不服了。

莫晓瑜这会儿心理快坍塌了，身体里的应激细胞变得纷乱无绪，四处乱窜，搅得她心慌意乱，胸口隐隐作痛，身子酥软无力。她担心身体会出什么问题，忙要马启明找了几粒速效救心丸服了。马启明安慰她说，你别太急，也别太气，我们想想办法，看怎么可以把那些东西删掉。

莫晓瑜睁大了眼睛，直勾勾地看着窗外的暗夜，仿佛自己掉进了一片深海，时沉时浮，苦苦挣扎。万万想不到人生的某一个节点，会突兀地冒出这等事来。那就信奉自己的格言吧，没有事不惹事，有了事不怕事。现在要尽快与江北论坛与天涯论坛等两个网站联系，让他们尽快删除帖子。或者,与他们打一次侵害名誉权的官司。

对,打官司吧。莫晓瑜想到这里,马上给一个做律师的朋友打电话,将所遭遇的事告诉了他,咨询如何才能够胜诉。对方认真听完之后,不无忧虑地说,这样的网络攻击取证麻烦,介入很耗心力,你可要想清楚呀。我劝你最好不采取打官司的办法。

莫晓瑜听了朋友的话,顿时蔫了,她当然也怕惹这样的麻烦事,看来唯一的办法是尽快与两个网站联系上,请他们删帖。她马上起身,按照论坛客服提出的要求,将投诉资料一一发给了他们。

3

马启明也不赞成她打官司,他说,不到万不得已都不要介入官司,官司不是个好东西,会遥遥无期地耗着人,你想,我们能耗得起吗?当然不是怕他们,而是没必要时时刻刻陷入。这样吧,我有一个朋友在江北论坛工作,明天就去找找他,请他帮忙把帖子给删了,以后不能够再出现类似的帖子。

莫晓瑜稍稍定下心来。

第二天一上班,莫晓瑜去了王吉亮办公室,再次向他表明态度。她说,王所长,这两个人太恶毒了,以后我与他们之间不会再有任何工作联系,除非你们马上要我离开。还没等到王吉亮开口说话,莫晓瑜已经转身走了出来。

昨晚与马启明约好,今天去江北论坛找找他的朋友林建飞。莫晓瑜回到办公室,告诉闫亚培与夏薇薇,马上要出去一趟,为了帖子的事。闫亚培与夏薇薇担心地看着莫晓瑜一脸的憔悴,闫亚培劝慰说,莫主任,不要太气,赶快去想想办法吧。夏薇薇拉着莫晓瑜的手说,快去吧,这里有我们呢。

马启明已经开车等在楼下了。莫晓瑜心事重重地上了车,对马启明说,我刚才去找了王吉亮,表示再不会理睬那两个混账男女。马启明一边开车一边说,不气了,好吗?我们赶紧去找人删帖子,林建飞已经在等我们了。

车开到闹市区一家超市时,莫晓瑜让马启明停下车来,拉着他进去买了两条好烟,说,一条送林建飞,一条送给论坛的负责人,再请他们一起吃个中饭吧。

林建飞在江北论坛编辑部等着他们。马启明上前与林建飞打了招呼,林建飞直接带他们去找了论坛编辑部主任唐云。莫晓瑜将研究所里发生的事情以及胡高成与廖水花对自己的无端攻击一一说给林建飞与唐云听了,她急切地说,唐主任,本来不好意思麻烦你们的,但是他们这样做给我的声誉与心灵带来了莫大的伤害,哪里有像他们那样无端毁谤、辱骂一个人的?请唐主任严格控制网络暴行。

唐主任马上点开了那个帖子,看到里面的语言极其污秽、下作,当即表态说,嗯,他们这帖子带有侮辱人格的文字,按要求是不允许出现在我们论坛上的。请放心,我们会处理好的。你现在先填写一个申请删帖的表,编辑部会尽快将帖子修改或者删除的。

莫晓瑜不安地望着唐云说,唐主任,那帖子不能只是修改啊,还是请你们全部删掉吧。

唐主任说,你放心,我知道该怎么处理好的。

林建飞在一旁说,没事呢,相信我们唐主任会认真处理好这个帖子的。

莫晓瑜感激地对唐云与林建飞连连道谢。看看时间已近中午,她邀请唐云与林建飞一起去外面吃中饭。唐云说,事情太多了,真走不开,让建飞陪陪你们吧,我下次再说。莫晓瑜看他确实忙,也不好勉强,便将一条烟悄悄塞给他,要马启明拉了林建飞到门外一家餐馆吃午饭。

下午回到办公室,莫晓瑜赶紧上网,发现骂自己的那个帖子已作修改,所有带辱骂攻击的词语和句子全部被删掉了。莫晓瑜有些失望,心想这唐主任怎么搞的,明明要求他全部删除的嘛,怎么帖子还留着呢?她让马启明给林建飞打电话,请求林建飞再找找唐云。林建飞说,好的,我去问问情况。

闫亚培与夏薇薇都在电脑前紧张地做事。莫晓瑜看看他们的认真样,心里略感欣慰。但她现在什么都不想做,坐在椅子上呆呆地想事。闫亚培与夏薇薇也不想惊扰她。

下班时间快到了,夏薇薇匆忙告辞,说要去学校接孩子回家。闫亚培却留在办公室没有走,他坐到莫晓瑜面前,陪她说些理解与安慰的话,一边宽解一边开导。看到莫晓瑜默默落泪,闫亚培忙起身抽了几张纸巾递上,然后走到莫晓瑜身后来,轻轻地扶住她的双肩。莫晓瑜心里微微颤动,她感受到了这双大手的热度与力量,电流一般通到身体的各个部位。这一时刻,她很想返身抓住这双手,紧握在自己手里,可是,她,她的脑子似乎很冷静,冷静得像一块生铁。空气似乎凝固了好几秒钟,莫晓瑜没有说一句话,也没有任何反应。又是好几秒钟过去后,她听到身后那双大手轻轻离开了她的双肩。

闫亚培坐回到沙发上去,他什么话也没有说,只是默默地陪着莫晓瑜。看看已是六点多了,莫晓瑜说,小闫,不早了,快回家去吧。

闫亚培说,莫主任,别想那么多了,我们都在你身边呢,不怕他们。你也快回家休息吧。

莫晓瑜看看闫亚培，泪水就要溢出来了，她点点头说，我知道的，谢谢你了，你先走吧，我这就回去。

闫亚培站在原地，我们一起走吧。

莫晓瑜马上起身，与闫亚培一起离开办公室。整栋楼都空了，只听见他们两个人的脚步声。到楼下时，才知道下雨了，闫亚培从包里取出雨伞，要护送莫晓瑜回家。莫晓瑜说，不用了，我自己走吧。闫亚培不由分说地撑开伞，将莫晓瑜拉到伞里，然后靠在一起朝莫晓瑜的家走去。莫晓瑜似乎听到了闫亚培胸腔里心跳的声音。走到自己家楼下，她转身向闫亚培告辞，闫亚培几次回头向莫晓瑜挥手。

等到晚上，莫晓瑜再上网看时，那帖子已被锁定，并未删掉。莫晓瑜急了，直接打电话给林建飞，请求他一定再找找唐云删掉帖子。林建飞说，啊？还没删吗？下午他答应了的！好的，我马上找他。

莫晓瑜在房子里来回走动，坐立不安。她在等林建飞的电话，可是快十一点了还没等到，她感觉情况也许不妙，难道那帖子不能够删吗？等她上网再去看时，发现又出现了骂郑光跃的新帖子，标题很醒目：《郑光跃，你想将研究所带向何方？》莫晓瑜迫不及待看下去，看得心惊肉跳，洋洋洒洒几千字的长文，将郑光跃在研究所几年里的点点滴滴全部写了进去，列出几大罪状，从文字上看，郑光跃简直是罪大恶极了，但最大的过错就是庇护杨爱玲和打击胡高成、廖水花。莫晓瑜感到气愤的是，里面竟然又多次提到自己。看来，我真成了郑光跃的帮凶，可我们之间的事情是风马牛不相及的呀！

我的天，这些人疯了吗？

4

莫晓瑜时刻关注着江北论坛和天涯论坛。江北论坛等着唐云随时删帖,天涯那边也电话联系了,并按客服要求发了电子申请表去。在焦躁不安中,莫晓瑜连催了唐云好几次,请求尽快解决。两天之后,才看到两个论坛都删除了帖子。

恰好在这时,莫晓瑜发现两个网站同时出现了一个坚决拥护郑光跃所长、严厉打击组工处处长贾里梅的帖子。看到这里,莫晓瑜明白了,这贾里梅莫非就是郑光跃提及的幕后策划者和组织者?关于帖子里提到的一切,莫晓瑜都不了解。她现在最希望的就是有人出来骂一骂对面那对"野鸳鸯"——至少她目前认为这样损他们方才解恨。

连日有人来电话,多是安慰莫晓瑜的,他们非常气愤,指斥那对男女为何如此狠毒?最让莫晓瑜感动的是,原来关系一直很好的老汤,打电话再三宽慰莫晓瑜,大骂胡高成本来就不是东西,你不知道吧?我的一个学生曾经被他活活整死了,他这个人什么事都做得出来的。他上次跑到我屋里兴高采烈地说,莫晓瑜现在有病,她以后什么都做不了。

放下电话,莫晓瑜想,这次的事情不是一般的争斗,而是一场你死我活的斗争。我不能陷入其中,也不能继续折磨自己,一定要脱身出来。

自此,莫晓瑜不想再去关注江北论坛和天涯论坛。

树欲静而风不止。就在莫晓瑜准备忘掉这些不快、沉下心来做事时,郑光跃却在研究所网站首页上发了一个"通知",公开了浦山会议的讲话,列出了攻击他和莫晓瑜帖子的网址,要求研究所全体人员都点开看看,还贴出了他一篇澄清事实的文字,一再声明里面攻击他的全是子虚乌有、有意毁谤。

莫晓瑜看到自己的名字被郑光跃以这样的方式在内网高高挂起，就像被人五花大绑推到高台上示众一样，心里一阵阵抽搐疼痛，她不理解郑光跃为什么要用这样的方式来处理目前的尖锐矛盾。难道这样的澄清、这样强硬的态度会让他的对立面低头吗？弄不好，那伙人被刺激了，疯狂之后更加疯狂。

对于一向爱惜羽毛的莫晓瑜来说，这次的网络事件不啻为一个晴天霹雳，巨大的痛苦很快击垮了她，本就有些文弱的身体再难承受起精神与肉体的双重折磨。莫晓瑜再次病倒了，躺了两天水米未沾。马启明心疼地说，看你这样子，真让人担心啊，眼下只剩下半条命了。

事不凑巧，偏偏这时候师兄谭志敏来电话，说约了几个同学一起去看看导师，问她去不去？莫晓瑜感觉爬起来都没力气，但是这事不好推啊，只好答应下来。谭志敏要她一起去超市买礼物，莫晓瑜说，你们几位辛苦下吧，我七点半钟直接赶去学校门口等你们。

莫晓瑜慢慢从床上爬起来，梳洗装扮了一番后出门。等她赶到中医药大学门口时，离原来谭志敏约定的时间还差几分钟。她松了口气，感到全身乏力，便靠着一棵树歇息。好大一阵子，还没看到谭志敏他们，已经快八点了，怎么还没来呢？打电话过去，谭志敏说，我们还在吃晚饭呢，刚刚导师电话告诉我说，他还在外面，要九点半才会回来。莫晓瑜顿时快晕过去了。

天下起了小雨，冷风飕飕，扑面而来。莫晓瑜感觉自己真的快倒下去了。她离开刚才那棵可以倚靠的大树，朝着灯光明亮的图书馆走去。图书馆的阅览室里坐满了埋头看书的学生，莫晓瑜来来回回地走，楼上楼下地走，她没有找到适合去的地方，只是在这里挨时间，在等待的分分秒秒里，真有度日如年的痛苦。在一次又一次的晕眩中，终于等到了九点半钟，谭志敏来了电话，他们几个人已经等在导师家的楼下，莫晓瑜赶快过去与他们一起上了导师居住的五楼。

与导师见面交流总是很愉快的。司马南青教授满面红光，精神焕发，畅谈着自己的学术成就，莫晓瑜十分羡慕导师能够这样心无旁骛地做学问，而自己，正处在一场劫难中。她与几位同学安静地听着，心里一阵阵发冷，好几次都要昏倒了，但她强打精神坐着，偶尔还插上几句话——她不愿意被别人看出内心的苦楚与身体的不适。大约半个小时之后，几位同学才起身与导师告辞。

下楼后进入寒风中，莫晓瑜不停地打冷战，她知道吹了一个晚上的冷风，病情又加重了。

回到家里，莫晓瑜仍然不放心网络的动态，她喝了几口热水，点开那两个该死的网站，不出所料，廖水花用真名发了新帖，对郑光跃的"澄清"进行再"澄清"，里面又多次提到郑光跃指使莫晓瑜如何如何打击迫害她，还貌似公允地质问道，莫主任，我们的关系一直很好，可是你为什么要这样对待我们呢？莫晓瑜从鼻子里哼了一声，你们对我好吗？急切地想鸠占鹊巢是对我好吗？现在还有脸说这个话。

廖水花的这个帖子几乎没人支持。倒是有一个叫"江北智者"的开导她说：看得出你年纪不大，为什么不踏踏实实工作，而要卷入这么复杂的人际关系之中？……对与错于你而言重要吗？我以为重要的是你如何避免在以后漫长的人生当中，尽快从人际旋涡中解脱出来，毕竟你太年轻了，不然的话，会毁了你的后半生。希望你能够听听过来人的话，做一个安分守己的人。你的行为如在官场，我说得严重点，会使你自己死无葬身之地。

看到这里，莫晓瑜的心在隐隐地痛，她恨不得赶快逃离这个是非之地，恨不得对廖水花甩上几个耳光。所幸的是，还是有人出来说公道话，她觉得那个叫"江北智者"的人确实睿智，开导教训廖水花的话句句在理。她希望能够有更多的人出来说说公道话。至于自己，现在连站起来的力气都没有了，哪有时间与精力来回复反驳呢？

5

头天晚上临睡前，莫晓瑜喝了一碗马启明特意为她熬的小米粥，又吃了一片安定，好好睡了一觉，早上起来感觉精神好多了。她照照镜子，发现脸盘子明显瘦下去了一圈。

上班后莫晓瑜叫上闫亚培与夏薇薇，一起到五个部室检查送审材料。每个二级单位都很支持工作，这让莫晓瑜感到欣慰，处在这样的特殊时期，他们还是一如既往，真不错呢。整个检查过程中，闫亚培与夏薇薇始终与莫晓瑜站在一起，这让莫晓瑜倍感温暖。

到了晚上，莫晓瑜在江北论坛、天涯论坛发现了胡高成实名新发的举报帖子，与廖水花的遥相呼应，可谓淋漓尽致地罗列郑光跃如何乱用科研经费、如何打击报复他的罪行，还肆意歪曲事实，无限放大地将莫晓瑜再一次晒出来。莫晓瑜长叹一声，狠狠地骂了一句，真是一对好人物啊！

第二天莫晓瑜忍着心里的痛，与闫亚培一起组织召开了五个部室的会议。莫晓瑜先将一些要求向与会人员提出来，然后由闫亚培具体做一些安排。闫亚培挨着莫晓瑜坐着，他从容地将早就准备好的稿子摊开在桌前，有条有理，侃侃而谈。莫晓瑜看着阳刚俊朗且精明能干的闫亚培，心底漾起层层涟漪。中午下班以后，她要闫亚培等等自己，赶快跑回家提了一些礼物送给他。

下午王吉亮突然来到办公室,一坐下来就问工作进展情况,然后开始说正题:今天郑所长约了我们几个人谈话,让我们与胡高成和廖水花说一声,允许他们自己换锁。廖水花老是在帖子里说有人进他们办公室偷看什么。我想先同你说说这事,最好让闫亚培与夏薇薇去那边协调一下,帮他们买点办公用品,交交电话费。你看行吗?

莫晓瑜一听与对面协调之类的话就很生气,她看了一眼闫亚培与夏薇薇,不顾一切地打断王吉亮的话,王所长,这一切与他俩无关,只是我一个人的事,他们只认目前的工作,不要为难他们。王吉亮很不高兴地抢白莫晓瑜说,你听我说完啊。莫晓瑜忙停下来,任由王吉亮说话,再也不插嘴了。王吉亮说完之后,就起身去对面敲门。

待王吉亮进了那边的门之后,闫亚培马上把门关上。莫晓瑜憋闷着脸,委屈地说,大不了我走人,不做了就是。

闫亚培马上附和地说,算什么呀,大不了我也什么都不要了,说实话,我已经卷入了。

莫晓瑜听闫亚培这么说,很是惊讶,看来,他已经看了那些帖子,知道他们怎么恶毒地骂了自己。

晚上,莫晓瑜枯坐在灯下,很想记下点什么,却又无从下笔。好半天才有了如下几行文字:

我相信自己正被浓雾紧锁,一时还钻不出来,深深的压迫感无时无刻不让人心情抑郁。

在这浓雾中,我感受到了侵蚀的伤痛,但我相信这雾终究会散去,因为春天的信息已经分明了。我听见鸟儿快乐地从这棵树飞到那棵树,它们绝对是在唱歌，发自内心的声音破茧而出，很快会传递到很远的地方。鸟儿们一定比我快活，它们应该不会藏有什么心事，更不会品尝忧郁，忧郁只属于人类，只属于一些还看不破世事的人。

今年，是不是真遭遇到了一个陌生的春天呢？在这个陌生的春天里，莫晓瑜做着一个极不安稳的梦。

第二天上班，莫晓瑜想先去见见王吉亮，可他办公室的门却关着，她只好回了办公室。一会儿，人事处周彪处长来了电话，要莫晓瑜赶快去郑光跃办公室。莫晓瑜马上下楼，王吉亮和周彪都在。郑光跃看莫晓瑜来了，说，我们刚才与廖水花谈了三点，第一，自己换锁；第二，自己挑一个部门调走；第三，自己去买办公用品，经费可以到生产管理处报销，可她对这三条都不肯接受。以后，你不要直接与他们联系，由你的手下人出面吧。

王吉亮说，依我看，莫主任最好亲自出面与他们协调一下。

郑光跃摆摆手，不用了，实在没这个必要。反正，三个月内不要让廖水花疯掉就是了，我看目前她那样子已经在疯与不疯之间了。

莫晓瑜正想离开，王吉亮说，莫主任留一下吧，我有话说。

莫晓瑜刚一坐下，王吉亮就板着面孔说，我昨天同你讲过，劝你与他们协调一下，你态度那样强硬，这事弄不好就是你的责任，关于这一点，你自己心里要清楚。

王吉亮语气这么重，莫晓瑜吃惊地抬头看看他，只见从他的眼镜片里透出一股寒气。莫晓瑜知道自己昨天顶撞他，他一定生气了。可是，你这个当主管领导的，为什么要一味将责任推给下属呢？

莫晓瑜闷闷不乐地离开了郑光跃的办公室。

快到中午时，邓西平来电话要莫晓瑜去下他办公室。莫晓瑜刚一进门，邓西平劈头盖脸一顿批评，你为什么要另外搞一种《质监简讯》呢？原来不是有一份《工作简报》吗？一旁的王吉亮冷冷地说，这样的时候，不要太刺激他们了，为什么你还要这样？莫晓瑜简直惊呆了，她在心里问，王所长，你怎么会这样？这不是你那天启发指导我做的吗？现在竟然不认账了？上次搬资料是听了你的，后来办这份《质监简讯》也是听你的呀！难道说你都忘了？她感到十分委屈，索性摊开说，王所长，那天是你启发我做的呀！王吉亮却瞪着眼睛一口否认，我启发的？不不不，这事我一点都不知道，我怎么会启发你做呢？

莫晓瑜愣住了，眼前的王吉亮简直变成了另一个人，一个完全陌生的人。明明是你王所长的"指示"，这会儿却不认账，这是做领导的胸襟与风格吗？世故啊，太世故了！可自己能与他争执下去吗？以后的日子怎么办？会吃不了兜着走啊！万般无奈，她只好收敛自己，无可奈何地认下了。邓西平此刻的态度仍然十分强硬，急巴巴地说，你赶快将那些东西处理掉，矛盾要化大为小，化小为了。

莫晓瑜知道绕不过去了，只好把账算在自己头上，怪当初考虑不周，轻信了王吉亮。这是她最不愿意做的事，不停地在心里骂自己没骨头没骨气。

午饭后，莫晓瑜违背内心地给邓西平和王吉亮分别发信息表示歉意，然后与夏薇薇到超市帮胡高成与廖水花买了几大包办公用品，还去电信局缴纳了对面办公室的电话费，回来之后马上给王吉亮发了短信告知。

夏薇薇提着那些东西敲开了对面办公室的门，胡高成对夏薇薇笑笑，说，我与赵旭的姨妈是同学呢。其实，我与莫主任的关系本来很好的，可是……夏薇薇忙打断胡高成的话，想说几句协调关系的话。莫晓瑜在这边看着着急，闫亚培忙出门到那边将夏薇薇叫了过来。夏薇薇却不以为然地说，其实没什么呀，我正好沟通一下嘛，这么快催我回来做什么呢？闫亚培说，没必要沟通了，有些伤害是不能够原谅的。

下班之后，雨还在下，夏薇薇接孩子去了。闫亚培等着莫晓瑜，到了办公楼下面，他撑开雨伞，细心地护送着莫晓瑜回到宿舍楼下。

莫晓瑜一边搞饭菜一边想些乱七八糟的事。刚做好饭时，马启明回家了。两个人相视一眼，都不急于说话。莫晓瑜想，最近我怎么很像祥林嫂了？说来说去就是那几句话，她暗暗告诫自己不要再多说什么了。

马启明看她这番表情，急切地问，今天有新情况吗？

莫晓瑜说，吃饭吧，不要问这事好吗？我都很烦躁了。

马启明说，也罢，吃饭吃饭，希望你早点丢开这一切。

莫晓瑜暗暗叫苦，我的天，还正在麻烦中，能够丢开吗？

晚上，莫晓瑜还是给郑光跃去了个电话，谁料还没来得及说什么，郑光跃就在那边批评说，你那个《质监简讯》为什么要另搞一套？研究所几个领导都看到了，他们问我，我哪里知道呢？莫晓瑜很想告诉郑所长，这是王吉亮的指示，他要我做这事，难道是个阴谋吗？可是她不能说，郑光跃的特点就是藏不住话，你一说，他马上就会去批评王吉亮，那王吉亮还不恨死自己？如今百口莫辩，只能做冤大头，自认倒霉算了。

停了一下，郑光跃又说，廖水花不承认发帖子骂你。莫晓瑜说，怎么不是？那天她给夏薇薇电话，说要买办公用品，夏薇薇要她找找我，她死活不肯，在电话里恶狠狠地骂了我，第二天就发了帖子，语气用词都与帖子里的一样。

郑光跃说，你且耐心等待，胡高成一个月之内会退休，廖水花会调走，等杨爱玲的问题处理好了之后。

莫晓瑜心里略略感到安慰，她期待眼前这黑暗的日子赶快结束。

第二天在去办公室的路上，莫晓瑜遇见了退休干部老姚，他是胡高成原来所在部门的一位老搭档。老姚迎面拦住莫晓瑜，问及胡高成告状的事，当他听到莫晓瑜简单介绍情况之后，愤然地说，那是个小人，最无耻的老家伙！不过——郑所长是搬起石头砸自己的脚哦！

莫晓瑜听到这样的评论，心中多少得到些安慰，胡高成是个什么东西，看来研究所的人心中自有杆秤呢。

网络攻击还在继续，尤其是廖水花和胡高成两个人都是实名发帖，很快引起了网民的关注，加之他们一帮人注册了无数马甲，轮番上阵回帖叫骂，什么下流低级、粗鄙恶俗、不堪入目的话全都出来了，真个是秀才遇上兵有理讲不清。

闫亚培与赵旭同时要评职称，莫晓瑜与研究所每一个评委都联系了一下，请求他们的帮助。她本来最不喜欢这样打招呼的事，自己的事情不管大小从未找过人，但为了这两个在关键时刻站在身边支持她的人，她豁出去了，不管别人买不买账。

莫晓瑜很希望研究所的领导能够出来主持公道，然而每个人病猫一样都蜷缩着不肯露面。每一间办公室的门都是紧闭着的。关键时刻，大家都明哲保身。莫晓瑜心里有太多的煎熬，不吐不快，实在忍不住了，她来到研究所领导所在的二楼，希望找几个头说说心里的苦闷。

下楼后遇见了科技开发处何新平处长，此人是胡高成的宿敌，一开口就说，我早就想看他的下场，现在终于看到了。老家伙本应该感恩的，郑所长对他那么好，现在竟然这样对他的恩人，太缺德太没良心了！

莫晓瑜说，是的，别人都可以说郑所长的不是，可是他胡高成不能说。郑所长可是他的大恩人啊！

走出何新平的办公室,来到曹灿副所长的办公室,曹副所长态度暧昧地说,尽量不要激化矛盾,矛盾哪里都有的。莫晓瑜听出了弦外之音,她不敢久留,赶快告辞。随即来到马东副所长办公室,马副所长倒是很有耐心,陪着莫晓瑜慢慢聊,他说,胡高成被惯坏了,一个投炸弹想炸死别人的人,自己最后也会被炸伤的。

从马副所长办公室出来,莫晓瑜径直来到戴世辉办公室,戴世辉说,你不要得罪王吉亮啊。莫晓瑜说,唉,我太性急了,没办法!

正说着,王吉亮的电话来了,要莫晓瑜赶快去他那里。临走时,戴世辉看着她,加重语气说,尽量注意与他搞好关系。

王吉亮看到莫晓瑜来了,请她坐下。郑所长告诉我说他批评你了?

莫晓瑜说,是啊,那天说了我好久呢。

王吉亮没有马上说话,只是用一种捉摸不透的眼光看着莫晓瑜。莫晓瑜心想,这王所长到底想知道什么?

下午,研究所的所有人员都接到办公室的临时通知,说三点钟马上去会议厅开会。大家面面相觑,不知道到底是什么事。等到坐下开会时,才看到是郑光跃主持会议,他一上场就说,你们都在看吧,郑光跃怎么还没双规?郑光跃不是已经双规了吗?

台下的人看着郑光跃,都没吭声。接下来有三个人发言,一个是邓西平,宣布候选后备干部名单;一个是纪检龙书记,说明杨爱玲的处理意见;一个是秦建伟书记,关于网络事件的说明,他说,网络是双刃剑,可以成全人,也可以毁掉人。对于目前出现的问题,可以采取更合适的办法,希望所有人能够积极维护研究所的形象,维护研究所领导的形象。至于杨爱玲,她已经写了辞职书,上面暂时还没有批下来。

散会以后,没有谁发表什么意见,都低着头只顾走自己的路。莫晓瑜也匆匆离开了研究所,很快与马启明会合,一起到春林子酒店,她已经约好了夏薇薇,请她全家一起吃晚饭。

春林子酒店在这一带很有名气,生意一直火爆,一是环境好,掩映于合抱粗的一片树林子里面,四季如春;二是口味好,厨师南北皆有,时间一长,融合了全国各种菜系的特点,顾客选择余地大;三是服务好,店内的帅哥靓女成堆,个个长得精神水灵,顾客就是见着他们,心里也美滋滋的,何况那些礼貌用语甜丝丝地响在耳畔,更是让人留恋。

夏薇薇很快带着赵旭与女儿天天来了。夫妻俩都很诧异莫晓瑜为什么要在这么阔气的地方请他们?莫晓瑜看着他们,一脸的笑,全然没有了最近的伤感与痛苦,她从容地点了一大桌子菜,而且特别注意给天天要了她喜欢的小吃与饮料,把天天高兴得时不时哈哈大笑。夏薇薇夫妻俩看女儿那么开心,心里对莫晓瑜甚是感激。赵旭情不自禁地说,别管那些人,自己多开心才是。

莫晓瑜叫服务员给每个人倒了点红酒,她举起酒杯站起身来,对夏薇薇与赵旭说,真的很感谢你们全家对我的支持,没有你们,我说不定撑不下去呢!她一杯接一杯地喝了不少,有些亢奋,很想说点什么话,硬是强迫自己什么都不说。

6

莫晓瑜早上睁开眼睛,看到从窗帘的缝隙透进来一道淡紫色光线,她料定今天是个晴天。起床后到阳台上一看,果然,阳光浅浅地照着,空气里飘浮着稀薄的雾气。

一个安静而焦躁的上午。办公室里三个人都在低头忙事。闫亚培上午要去为一个评奖项目做 PPT 汇报，然而他似乎并不完全沉在里面，时不时抬头对莫晓瑜说一些安抚的话，时不时分析一下以后事态的发展。莫晓瑜心里很是不忍，她劝闫亚培赶快安心准备汇报材料，闫亚培却老为莫晓瑜目前的处境和情绪担忧，一直静不下心来。

莫晓瑜停住了手里的事，取出手机专心致志地给几个评委发信息，请他们一定扶助一下闫亚培，其实是在帮闫亚培拉票。等到闫亚培去会议室时，莫晓瑜坐立不安地等着评审结果。到中午才有几个人先后发信息来，说投票结果有点遗憾，闫亚培只差一票！莫晓瑜听了很是失落，把这事当成自己的事一样，她是真心希望闫亚培能够上去的。无奈，她只好给闫亚培发了信息，告诉了他这事，劝他不要泄气，争取明年再上。闫亚培只简单说了一句没关系，并没有向莫晓瑜说一句感谢的话，莫晓瑜觉得有点不解，心想他也许是内敛吧。

同事梨子来电话请莫晓瑜中午一起聚聚，莫晓瑜正想换换环境调节一下心情，马上爽快地答应了。快到十二点时，梨子夫妇来车接了莫晓瑜去附近一家农家小店，随后又来了几位梨子部门的人，很快一桌菜上来了，大家喝了一瓶红酒，谈兴甚浓。

饭后，梨子夫妇邀请一起到附近的百果园看她新买的别墅，小院里果树成林，阡陌小道，亭台楼榭，池鱼戏水，莫晓瑜行走于其中，似乎到了世外桃源，心情顿时好起来。

梨子的丈夫是一所大学的副校长，他说，你们青州研究所这几年发展好快啊，郑所长功不可没。莫晓瑜叹道，他现在被人泼污水了。梨子忙安慰莫晓瑜说，你别害怕那些人的毁谤，那个老家伙是人格分裂。莫晓瑜听梨子这般善解人意，心里甚是安慰。一个受伤的人，多么需要敷上一些止血消炎的药，这样的时候，莫晓瑜确实需要更多的温暖和安慰。

下午在回办公室的路上,莫晓瑜碰见了科技开发处的副处长肖丽萍,她亲热地拉着莫晓瑜的手说,莫主任,这些日子你瘦多了,注意保养身体哦。以后还要注意点方式方法,别给领导增加压力,那两个人很厉害,而且很坏,什么事情都做得出来。莫晓瑜知道肖丽萍与郑光跃关系不错,这番话也是出于对自己的关心,心里甚是感激。

与肖丽萍告辞后,莫晓瑜径直往办公室走去。她一推开门,闫亚培与夏薇薇正在说话,他们俩感觉莫晓瑜今天心情似乎好些了。莫晓瑜突然看到茶几上摆了一个大红底色碎花的花钵,里面站着一株青葱的君子兰,这让她眼前一亮。她问闫亚培,是你买来的吗?闫亚培起身定定地看着君子兰,点点头说,是的,我今天中午买的!以后你累了烦了的时候看一看,或许心情会好些。

莫晓瑜心里一热,她突然觉得这君子兰不就是闫亚培和夏薇薇吗?他俩在最关键的时候支持自己,安抚自己,宽慰自己,保护自己,弥足珍贵!她的脑子里马上涌出这么几句来:早就有闻,兰似君子,君子如兰。其形如剑,其味如菊,其品如莲,其气如竹。美而不妖,贵而不华。如今得以近前一睹,果真其然!君子兰,你不早不迟适时到来,就像人与人之间的缘分一样是可遇不可求的。君子兰,你卓然入室,不惧寒雾,不畏牺牲,有你立于其间,空气会变得越来越纯净、清新,人也会变得越来越忠正、诚挚。

闫亚培看莫晓瑜一脸呆滞,以为她又不开心了,忙问,莫主任你怎么了?看你脸色不怎么好。莫晓瑜愣了下,马上回过神来,自言自语地说,原来世界上还是有很多公正的人呢!她把今天听到议论胡高成与廖水花的那些话转达给闫亚培与夏薇薇听,愤然地说,我以后不想再去看那些破帖子了,看一次痛一次,看一次伤一次,为什么不绕开一些呢?

闫亚培说，对，莫主任，你真是不要去看，何必伤自己呢？我现在都不看了。有时候真想狠狠地回击他们一下，如果我真要出手，我会让他们气得跳楼！可我老婆劝我先不要动。

莫晓瑜睁大了眼睛看着闫亚培，没想到温文尔雅的他还有这凛然的一面，听他说这样的话好解恨啊！

夏薇薇也说，别理睬他们，都不是好东西。我家赵旭的姨妈是胡高成大学同学，说胡高成那时候在同学中就有很多丑闻呢，现在还老是吹嘘他自己怎么怎么厉害，一个老婆都找不到的家伙，会是什么好东西！

莫晓瑜看着眼前这两张鲜活的面孔，觉得自己像一艘航行在茫茫黑夜中的船，随时有可能在波涛汹涌的大海中倾覆撞礁，甚至沉没。闫亚培与夏薇薇就像保护神，在非常时期坚定地与自己站在一起。她唯恐连累了他们，她担心他们会不会怨恨自己，以后的日子，他们能一直这样善待自己吗？

闫亚培似乎看出了莫晓瑜的心事，说，莫主任，我们三个人在一起多好，不要再为他们生气了，我只希望你能够开心一点。你想想，如果没有他们这样乱搞一通，我们三个人怎么会有机会走到一起呢？我还想感谢他们呢，真的。我爱你们，其实，办公室也有一种特殊的爱。

夏薇薇看着闫亚培，惊讶他怎么能够想得到说这样动情的话，她其实也想说点什么，但不知道说什么好，只好笑着点点头，表示认同。

经闫亚培这么一说，莫晓瑜突然想通了，她想，谁说不是这样呢？那么些年，我被胡高成压在底下，什么机会都不给我。现在也好，机会靠自己争取，虽说要付出昂贵的代价，甚至沉重惨痛的代价。值！

7

还没等到莫晓瑜将情绪调整过来,两个网站又同时贴出了一个新马甲为"鱼在水里"的新帖,除了指控郑光跃有受贿之嫌外,还列出若干研究所女子姓名的第一个拼音字母,说是与郑光跃有染,明眼人一看就知道是谁谁谁。

这事莫晓瑜本来不清楚的,当她拖着疲惫不堪的身子回到家里时,看到马启明铁青着脸坐在沙发上,她诧异地问,你怎么了?脸色很难看!

马启明一个劲地抽烟,满面愠怒地看着她,也不说话。莫晓瑜疑惑不解地放下手里的包,怎么了?我惹你什么了吗?

还没等莫晓瑜回过神来,马启明腾地站起身来,眼光刀子般逼视着莫晓瑜,你还装糊涂?还想在我面前继续装下去?你说说,你与郑光跃到底是什么关系?

莫晓瑜被马启明这些话吓蒙了,她丈二金刚摸不着头脑,你到底说什么呀?你知道你在说什么吗?

马启明依然怒目圆睁,你还问我?你还好意思问我?你看了那些帖子没有?你知道他们怎么骂你吗?你让我的脸往哪里放啊?他发出一串连珠炮后,戛然而止,慢慢坐下去,捂着头使劲揉搓着头发。

莫晓瑜恍然大悟,马上跑进书房,打开电脑,点开那要命的两个网站,再点开那个叫"鱼在水里"发的新帖,屏住呼吸看下去,顿时气得血往上涌。原来他们在帖子里对研究所的十几个女子,一顿狂轰滥炸,无端毁谤,说这些女人都与郑光跃不干不净,郑光跃的情妇成群。其中,重点攻击的是杨爱玲、孙桂英等人,连一些细节都描述得淋漓尽致,对莫晓瑜只是点了一下名字。让莫晓瑜稍稍安慰的是,他们在前面的帖子里多次提到郑光跃对自己并不欣赏、从未重用，只有胡高成一路扶携，如此说来，不正好是前后自相矛盾吗？真是一帮蠢驴，她暗暗骂道。

可是，现在马启明不明就里，挑了一头就跑，如何是好？当然，作为一个男人，他的难过也是可以理解的，谁都怕戴绿帽子，谁愿意自己的老婆被人说成是某某人的情妇呢？

莫晓瑜想向马启明好好解释一下，可马启明窝着一肚子气，根本不听解释。晚饭都不吃就出门去了，一晚未归。莫晓瑜打他电话，不接，再打，关机了。莫晓瑜越想越气，什么都没吃，闷闷地哭了一个晚上。

莫晓瑜通宵不眠，第二天强打精神去上班。刚到办公室，王吉亮就来电话要她去开会，是二级单位有迎检任务的部门请她去指导。莫晓瑜本来没有心情，但又不能不参加，她只好硬着头皮去。轮到她发言时，只简明扼要地说了几句。

散会后，王吉亮邀了莫晓瑜去看望杨爱玲，他们是研究生时的同学。杨爱玲清瘦了很多，说，唉，本来都没事了，现在却闹得这么大。莫晓瑜感觉她是在怨自己换了那把锁，激化了矛盾，所以才祸及了她的主任位置。

杨爱玲不停地说，其实我们都要大度点，如果见了他们，我会道歉的。

莫晓瑜大吃一惊，杨爱玲的态度怎么会这样？被人家骂得狗血淋头，还如此大度？难道全无一点血性吗？我可做不到。莫晓瑜表态说，只要不见他们，我什么条件都答应，调开也可以的。

杨爱玲哀哀地说，我现在只想救条命了，别的都不重要。

王吉亮对杨爱玲说，以后多注意身体吧，也就那么回事，别太在意了。

在回来的路上，王吉亮对莫晓瑜很客气，连连夸赞说，你找到的两个人不错，真有眼光。又说，当初你不要答应接这工作就好了。看莫晓瑜没说话，王吉亮担心地说，我们都应该关心你的身体，这段时间，你确实很不容易。

回到办公室，莫晓瑜本来不想再去看帖子的，可又忍不住，何况王吉亮说他们现在已经停下来了，于是又去点开网站，却见那伙人依然对着莫晓瑜发难，质监办通知中掉了两个字，也大加指斥，说是"弱智"。莫晓瑜不能不叹道，真是旷日持久啊！从明天开始，什么都不去看，也不改丢掉的两个字。

莫晓瑜最担心的就是身体，万一出什么问题，那就亏大了。

按约定，下午要去迎检部门看看材料的，莫晓瑜与闫亚培一说，闫亚培马上陪她一起去了，但有两个部门好像不是很配合，莫晓瑜有点郁闷。闫亚培也觉察到了，他很着急，建议晚上请他们几位领导吃饭，沟通一下。

莫晓瑜出面邀请，对方马上答应了，莫晓瑜要闫亚培找了一家环境好的饭店，点了几个客气的菜，还要了一瓶好酒，才算是将两个部的主任镇住了，满口答应后段将尽力配合、精心准备。莫晓瑜说，很感谢你们，再给你们各自增拨五千元工作费用吧。两个部的主任高兴得连连道谢。

搞定了这两个部，莫晓瑜心里踏实了很多，她想今年的第一步工作绝对不能够输，一定要搞出效果来，省卫生厅的检查一天天接近了，现在必须倒计时等日子才行。

闫亚培对莫晓瑜说，莫主任，原来我一直不放心，今天看他们的态度，应该会动起来的。莫晓瑜说，这些人啊，你看看，有钱能使鬼推磨，一听说有钱，他们就很开心。看看他们的下一步会不会用心去做了。

本来心情还好，谁知刚准备回家时，王吉亮又来了电话，急巴巴地问，你们现在做的材料与以前不一样吗？莫晓瑜说，是一样的，怎么了？王吉亮闪烁其词，没再说什么。莫晓瑜颇感不安，王所长，到底怎么了？

王吉亮并不解释，只是说，你出面给他们两人安排工作吧，这是郑所长的意思。

莫晓瑜想到那两人恶狼般对自己的撕咬，想到马启明对自己的误解，不免悲从中来，眼泪忍不住地流淌，她一字一句地对王吉亮说，这两个人，我只有两个词，丧心病狂，穷凶极恶。王所长，我不是一个很坚强的人，我精神上已经到了临界点了，或许很快会崩溃坍塌。我这辈子再也不愿见到他们，你们哪怕开除我，我也不会见他们的，除了这个，其余的，我全都答应……

王吉亮没再说什么，安慰了莫晓瑜几句就挂了电话。莫晓瑜的眼泪还在大雨滂沱，她希望找一个没人的地方大哭一场。想到马上就是清明节了，对，回家一趟，到坟前看看妈妈去，守着妈妈哭一顿吧。妈妈若是知道我如今受到的折磨，一定会心痛不已的。

第十章　流年风雨

1

清明节在即，莫晓瑜打算回老家为母亲挂清，她希望马启明能陪同一起，多少年两人都不离左右。马启明却推说单位有事，你自己去一趟吧，正好可以安安静静考虑考虑，你以后该怎么办的好。莫晓瑜听出他话里的意思，一时窘在那里，欲哭无泪，万箭穿心。

临走前，莫晓瑜叫上闫亚培与夏薇薇一起吃中饭，她将近日的工作简单安排了一下，对质监办的处境做了简要分析。我得与你们说说，这里目前压力很大，那一对男女会时时盯着我的，他们试图要王所长来逼我就范，郑所长好像也向他们屈服了，还不知道接下来是怎样的局面。

闫亚培与夏薇薇相视一眼，再将目光落在莫晓瑜脸上。闫亚培宽慰说，莫主任别想那些不开心的事，现在有我们在你身边，不管以后会发生什么，你都不会孤独的。

莫晓瑜眼角有点湿润。闫亚培忙抽了一张纸巾递给她，夏薇薇体贴地给她杯里添了点热水。

莫主任，你最近瘦多了，快吃点菜吧。闫亚培给莫晓瑜夹了一块排骨、一块鸡肉、一块鱼。莫晓瑜轻声说了声谢谢，低头慢慢吃起来。

莫主任，如果王所长还来逼你与那伙人和谐，我们也不会再干了。薇薇，你说呢？

当然了，我才不愿意与他们相处呢。万一情况有变，我会离开这里的。

夏薇薇毫不犹豫地说。

看闫亚培与夏薇薇这般贴心，莫晓瑜倍感温暖，她感激地看着眼前这两个充满活力的年轻助手，对未来的日子充满了信心。

吃罢中饭，莫晓瑜提着轻便的行李出发了，四个多小时车程便回到了老家。

刚一进家门，阿姨就说父亲前两天住院了，莫晓瑜一急，马上赶往医院。看到父亲无力地躺在床上，人瘦了很多，心里不觉沉重起来，自责不能经常守护老人。她坐在床边陪着父亲说话，父亲颇感安慰，不停地问这问那。尽管这段时间里被单位的事情搅得心里很不畅快，但看着日渐衰老的父亲，莫晓瑜只得强作欢颜，绝口不提不快之事。

次日，莫晓瑜赶早到医院照顾父亲。她买了一碗热乎乎的馄饨，一勺一勺地喂给父亲吃。这时，夏薇薇来了电话问候。一会，闫亚培也来了信息，问候老人家情况之后，还谈了些关于目前形势的思考，希望能与莫晓瑜在电话里详细说说。莫晓瑜说，我中午给你电话吧。

吃过午饭，莫晓瑜给闫亚培挂了电话，闫亚培认真谈了自己的一些想法，他现在很担心如果事态恶化，莫主任，假使有万一，你能否扛得住？莫晓瑜说，不怕，你不用太担心，再苦再难，我都不会放弃阵地的，我们一起坚守吧。

晚饭后闫亚培又来了信息，说这几天正在看几个部的材料。莫晓瑜未及时读到信息，很晚才回复了他几句。闫亚培没再回信息过来，莫晓瑜寻思，他是不是生气了？

莫晓瑜整个晚上无法安睡，天刚亮，她独自搭车去了双溪山，不想惊动附近山里的堂兄一家，一个人直奔母亲的坟地，在母亲坟前烧了几挂纸，点上几炷香，然后长跪不起，絮絮叨叨地向母亲诉说自己的遭遇。

妈妈，你怎么那么匆忙地离去呢？我怎么舍得你走？以前有什么话我总是与你说，现在我向谁去说呢？妈妈，你怎么会忍心丢开我啊？

山里很安静，只有枝头几只鸟儿在无忧无虑地唱歌。莫晓瑜一个人不停地对着母亲说话，想到目前的处境与委屈，不由得放声大哭起来，她的哭声惊扰了树上的鸟儿，它们纷纷扑棱扑棱飞走了。

照顾了父亲几日，老人家心情甚好，病也日见好转。定居澳大利亚的舅舅来电话说近几日回国，届时会过来看望父亲，莫晓瑜也很想见见久违的长辈，可一想到眼下的工作，未免焦虑不安，实在等不得舅舅舅母了。她陪父亲说了很多话，嘱咐他好好照顾自己，然后告辞踏上了返家的路途。

到家后已近黄昏，马启明尚未回家。莫晓瑜挽起袖子开始做饭，一个小时之后，马启明仍未回家，她心里很是不安，拨了他的电话，通是通了，但他没接，再拨过去，还是没接。莫晓瑜沮丧地坐着，好半天了，才勉强吃了几口。

马启明一夜未归。也许太疲倦了，莫晓瑜随意往床上一躺，很快迷迷糊糊地入睡。早上醒来时，已是七点多钟，她忙翻身起床，做了一碗面条吃了，匆匆赶至会议室。

部门负责人会议有序地进行，与会者畅所欲言，气氛异常热烈。王吉亮显然十分满意，他笑着说，莫主任，会开得差不多了，今天你请大家吃中饭吧。莫晓瑜回问一句时，王吉亮却又躲闪着不表态，推诿地说，今天不早了，以后让莫主任给大家发评审费吧。与会人员见状，哗的一声散开走了。

莫晓瑜对自己很有些不解，以前这些事可以安排得妥妥帖帖的，今天是怎么了？中午她约了闫亚培与夏薇薇一起吃饭。夏薇薇说，今天我碰见总务处黄处长，他说研究所会给对面两个人安排工作，可能是暂时的吧。

闫亚培一声不吭，心事重重的样子。莫晓瑜问，小闫你怎么了？是不是有点情绪？

闫亚培前言不搭后语地说，莫主任，不瞒你说，是有点情绪。我觉得我还是做一粒沙子更好些……今天要不要请他们吃饭，我怎么也没有一点感觉呢？

莫晓瑜听得似懂非懂，心里颇为不安，不知道他到底在想些什么。她揣测闫亚培与夏薇薇现在也许都很后悔来了这里。莫晓瑜想，我自己是无可奈何，别无选择，他们倒是可以随时离开的呀。

下午莫晓瑜约闫亚培一起去了省卫生厅，了解检查组什么时候来研究所，卫生厅领导说，目前还没联系好专家，恐怕要到五月份吧。

莫晓瑜与闫亚培刚回办公室不久，王吉亮与戴世辉两人一起来了。王吉亮又提到给对面两个人安排工作的事，莫晓瑜说，所里的意见我不反对，但我不会再与他们一起合作了，这是底线，除非他们公开向我道歉。王吉亮和戴世辉彼此对望一眼，一脸无奈，不知道对莫晓瑜说什么好。莫晓瑜又补充说，郑所长曾经答应过我的。

下班回到家里，马启明意外地坐在沙发上抽烟。莫晓瑜喜出望外地叫了他一声，可马启明依然阴沉着脸，一言不发。莫晓瑜扑过来坐到他身边，你呀，还在想着那些难听的话吗？我们这么多年了，难道还不相信我是个怎样的人？说真的，他们还算是有良心，只是点了我的名字，毕竟没说我与别人如何如何，难道这样你也当真吗？

马启明抬眼看了莫晓瑜一眼，冷笑一声说，无风不起浪。我总是在想，他们无缘无故会这样说你？而且，你为什么要冒着被这般辱骂的危险来帮助郑光跃呢？这里面难道真没有猫腻？好了，好了，这事我真不想再说了。

莫晓瑜看着马启明那决绝的目光，一时万念俱灰，感觉这个世界实在太可怕了，可怕得像是一团黑雾瞬间要吞噬自己。连一向关心爱抚自己的丈夫现在都变得不可理喻了。她转身冲进卧室，将门关上，趴在床上不停地啜泣。倘是以前，莫晓瑜稍使点性子，马启明会马上进来又是亲又是哄的，可今天他任由妻子伤心落泪，下半夜才推门进来，躺下后就呼噜呼噜大睡。

2

伤心了一个晚上，破晓时分，莫晓瑜才迷迷糊糊睡了一会。猛然醒来，时钟已快八点了，她赶快爬起来，匆匆忙忙洗漱好就往办公室赶。

闫亚培与夏薇薇看她神情异样，眼睛有些红肿，想问又不好问。莫晓瑜感觉他俩在观察自己，有点不好意思，红着脸说，你们先忙吧，我要起草一个发言提纲。她埋头在电脑上敲起字来。

还没到一个小时，莫晓瑜就感觉身体不支了。她即刻松开鼠标，起身，下楼，想到研究所大院里转转。天正下着小雨，细细密密的，莫晓瑜围着那片湖水与花圃走，看到之前一向开得正欢的桃花现在差不多都已枯萎了，花瓣凋零，而掩映于绿树丛中的"小木屋"餐馆，早已人去楼空，废墟一般。旧时风景哪里去了？莫晓瑜不禁睹物伤情，泪水哗啦啦地往下淌。

昨晚几乎一夜未眠，午饭之后，莫晓瑜往床上一倒，竟然很快入睡。下午起来去办公室时，闫亚培和夏薇薇已经来了，三个人先说了几句话，然后分别做事。莫晓瑜继续写发言提纲，写着写着，忍不住又说上几句。闫亚培今天也很想说话，他起身轻轻走到门前，弓着身子想从猫眼里看看对面什么情形，转身说，恨死他们了，如果我发帖，会骂得他们吐血！

真是不知进退的东西!

莫晓瑜眼睛很痛,尖锐地痛,钝伤地痛,她感慨万端地说,我现在真的快要撑不住了,小闫,如果能够撑到明年,万一我有什么不测,你也能够接下来了。

闫亚培说,莫主任,看你说的,一定要撑起来,我们与你一起干就是了。

下午莫晓瑜到办公室时,胡高成也进了他的办公室。闫亚培不在,去哪里了呢?看他挂着QQ,忙呼他一下,闫亚培说,莫主任,我马上就回。他回来后,莫晓瑜与他商量近期工作,两个人达成高度共识,OK,不惜千难万难,我们一定要确保过关。

这个晚上,马启明还是没回家,莫晓瑜现在懒得去管他了,她给女儿打了电话之后,早早睡了。不过,手机放在枕边,她不敢关掉,生怕马启明来电话自己接不到。

第二天上午,莫晓瑜坐闫亚培的车去了一趟省卫生厅,找到了主管领导徐处长,了解他们什么时候组织专家来研究所。徐处长说,今年也许只要抽查,你们不必着急,准备好材料就是了。

回来的路上,闫亚培有些兴奋,莫主任,看来我们提前准备、及时联系还是对的呢。

回办公室后,莫晓瑜与闫亚培一起忙着修改书面汇报材料。王吉亮与戴世辉突然来了,通知说明天到几个部去看看迎检准备工作。王吉亮说,我们刚才到胡高成办公室,约了他明天一起去。

莫晓瑜听了心里好烦,可又有什么办法呢?

夏薇薇下午将三份书面材料分别送到郑光跃、王吉亮和戴世辉办公室。回来,她告诉莫晓瑜,我刚才到郑所长办公室时,郑所长问了下对面办公室的情况,我如实告诉了他。郑所长自言自语地说,他们疯了,真的很疯,现在后台的已经走上前台了。我听不明白,赶快告辞回来了。

莫晓瑜去洗手间回来,上楼时正好遇见贾里梅下楼,撞了个正着,她看了贾里梅一眼,只见她嘴角咧了咧,绷着脸低头走了。莫晓瑜想,你何苦对我这样呢?我们之间又没有什么,爱咋就咋吧,与我何干?

早上莫晓瑜醒来时,太阳出来了,她吃了几片饼干,喝了一小瓶牛奶,赶紧跑到办公室。九点前,莫晓瑜与闫亚培随同王吉亮与戴世辉一起去几个部里看材料。莫晓瑜心里惴惴不安,唯恐胡高成与廖水花也会去。

还好,他们并没有来。莫晓瑜安然多了,他俩要是真来了,还不知道怎么个窘法呢!说不定是王吉亮给予他们的一种心理安慰。

王吉亮和戴世辉认真查看了几个部的支撑材料,连声说今年的材料比去年做得更好。莫晓瑜与闫亚培听了自然高兴。多少天的心血,总算有些回报了,尽管对面那两个疯子一顿乱骂,但事实总归是事实,只要所有的项目都顺利通过检查,他们还敢无端攻击吗?

不过,最后到药学部时,戴世辉却极不满意,差不多骂起人来。他脾气有点暴烈,弄得人家很不好意思。一个负责做材料的女孩子都要哭脸了。莫晓瑜倒是希望他厉害一点,自己陷入特殊处境,话也不宜说得太重,借点戴世辉的力量未尝不好。也可以将他们的态度逼出来,说不定后面的效果会更好。

下班后莫晓瑜拖着沉重的步子回到家里,偌大的客厅空空荡荡,她多么希望马启明能够像以往那样坐在沙发上等她回来一起吃饭,可是,现在看不到他的影子,他会在哪里呢?莫晓瑜越想越难过,她在心里骂马启明为什么这样糊涂,我到底是个什么人你还不知道吗?

莫晓瑜煮好饭之后,打开冰箱,里面还是几天前马启明买的菜,只剩下一小块肉了,她取出来有气无力地切成小块,再取出一个鸡蛋,还有一个白萝卜，做好后端到桌上，一个人闷闷地吃了。收拾完后，又慵慵懒懒地到院子里走一走。

马启明不在身边，莫晓瑜感到整个世界格外冷寂，这样的时候，多么需要人安抚慰藉啊，可马启明你竟然这般狠心！莫晓瑜不由得恨起自己的男人来。哼，你爱咋地就咋地吧，我心里没鬼，才不会去求你呢！

莫晓瑜郁郁寡欢地朝前走去。黑幕沉重，一弯残月挂在高空，照得前面一片树林影影绰绰的。一棵又粗又高的樟树站在莫晓瑜必经的路旁，这棵树到底有多少年了，谁也不知道。樟树的身子弯弯曲曲，树脑袋只剩了半个，像个驼背的老人，伛偻着身子，歪着头喘息。莫晓瑜摸摸它的身子，树皮裂开了，有点刺手。她不免心酸起来，哪一天我也会变成老树这样，多没意思。人生太短暂了，如果天天都快乐，也罢，而偏偏波波折折的，有何意义呢？

莫晓瑜背靠着这棵大樟树，仰头看着天边的一弯残月，叹道，人生苦短，流年似水。

3

又到了体检的时候。莫晓瑜一早到了省人民医院，若是以前，马启明自会送她去，可现在，他人还不知道在哪里。莫晓瑜不知道马启明这次较真，到底会到什么时候才清醒？不过，她坚信，身正不怕影子斜，他总有后悔的一天。

排在队伍前面的，正好是研究所经常见面的几个女人，她们看到莫晓瑜来了，亲热地转身与她招呼。谈及眼下的事情，情绪上都向着莫晓瑜，至少在面子上让莫晓瑜分外温暖。徐晓梅拉着莫晓瑜的手说，平心而论，胡高成的工作态度还是很认真的,但他现在采取这样过激的方式真是太不应该了,直接损害了我们研究所的声誉。

徐晓梅刚说完这句话,莫晓瑜马上想到昨天碰到一位刚退休的老同事,评价胡高成时说,你看,他哪里像个长者?还说是高级知识分子,我看简直像个下三烂,十足的小人!

莫晓瑜对徐晓梅几个人说,唉,你们还不知道这个胡高成怎么个狠法,去年我的体检结果出了点误差,他与廖水花就想把我的饭碗给端掉,这事在我心里留下了深深的阴影,怎么抹都抹不掉。

徐晓梅说,你别太在意那些人,谁会相信呢?自己过自己的就是,凡事总会有人主持公道的。

莫晓瑜感激地说,谢谢你们的理解与安慰,好在我还能扛得住!

体检的所有项目差不多三个小时全部结束。莫晓瑜回家随意吃了点东西就躺下休息了。下午上班前,她先去收发室取报纸,药理部的秘书王姐也在那里,莫晓瑜本想闪开的,因为王姐的丈夫与胡高成关系甚好,不料王姐竟主动与她亲热地招呼说,莫主任,最近读到你的几篇论文,很有分量啊,我老公说,你是很有科研潜力的。莫晓瑜有点纳闷,这王姐不避嫌吗?还这样说我的好话?估计也是看不惯胡高成的做法吧?

莫晓瑜说,谢谢王姐鼓励,这么看得起我。可是你老公的那位朋友,恨不得要置我于死地!太可怕了。

王姐看看莫晓瑜,叹口气说,唉,其实真没必要那样做,不理解他们到底为了什么?

刚刚到办公室,就有戴世辉的电话,请莫晓瑜去他那里一下。莫晓瑜以为戴世辉又要逼她与对面和谐。她忐忑不安地去了,戴世辉正等着她,说,郑所长问到迎检的事,你准备得怎么样了?莫晓瑜松了一口气,说,没事,都已经作了安排,应该没问题的。戴世辉点点头,那就好,我找时间和郑所长说说吧,你这段时间真的很辛苦。

莫晓瑜回到办公室,点开那几个帖子,依然看到一个又一个马甲歇斯底里地在狂叫,甚至连她丈夫与女儿都一起骂了。莫晓瑜眼前一黑,她估计马启明肯定看到了,这个辱骂全家的帖子,他应该会感到愤怒的。可是,马启明呀马启明,你为什么要躲着我呢?为什么不与我站在一起抵抗这些流言蜚语呢?这样的非常时期我多么需要你的支持,你得在关键时刻成为我可以倚靠的大山啊!

下午有一个工作会议,莫晓瑜没有一点情绪,可又不能不参加。她最害怕遇上一些冷漠和鄙视的眼光,那样的眼光会像刀子一般刺痛她的心。还好,会上几乎所有的人都很友好,等到她发言安排工作时,每个人都很认真地记录,这让莫晓瑜倍感欣慰。

会议结束回到家,女儿正坐在沙发上看书,莫晓瑜高兴地问,芮芮,你怎么回来了?

老妈,今天周末了呀!我们明天没什么活动,所以我就回来了。

你看我都忙糊涂了,确实是周末了。你肚子饿了吧,我马上做饭。

我爸呢?怎么还不见他回来?

芮芮,我们家里已经没什么菜了,要不,我们去门口的餐馆里吃点什么?

老妈,问你呢,我爸呢?这几天一直没有他的电话和信息。他去哪了?

莫晓瑜惊讶地问,怎么?你也没有他的信息和电话?我也没有啊,真的,他去哪里了呢?你现在给他打个电话吧,问问他什么时候回家?

芮芮马上取出手机,这次,马启明接听了女儿的电话。老爸,你怎么了?妈妈说你好多天没回家了,你去哪了?

那一头突然沉默了,什么都没说,也没挂掉电话。

芮芮大声喊起来,爸,你说话啊,你怎么了?要不,你现在赶快回家来,好吗?是不是想急死我和我妈呀?

马启明终于说话了,芮芮,爸爸没事,你妈她……现在怎么样了?

芮芮轻声问莫晓瑜,妈,听老爸的口气,你们是不是吵架了?

莫晓瑜嘘了一声,摇摇头说,没呢,你要你爸爸回家吧。

爸爸,我想你了,你快回来吧。

好的,芮芮,我还在外地有事要办,过几天我就回来,你要认真听课,做好作业哦。好女儿,爸爸也想你。我现在还有点事,空了我联系你吧。

芮芮本来想要爸爸和妈妈说几句的,可是爸爸在那边说完之后就挂掉了。芮芮无奈地将手机收好,冲着妈妈苦笑了一声。莫晓瑜看马启明这样冷落自己,一点精神都没有了。刚刚他与女儿说过几天会回来,真的会回来吗?一切都在期盼与疑虑中。她太了解他的脾性,是一个容不得半粒沙子的人,凡事追求一种纯粹与真诚。如果现在这个哑谜找不到结果,他注定是不会回来的。怎么办呢?得想个办法才好啊。

莫晓瑜与芮芮到外面吃饭回来,马上打电话与天涯客服部联系,是一个女孩子接的电话,声音温婉友好,莫晓瑜将最近的遭遇对她说了,请求删掉恶毒攻击自己的帖子,那女孩听说发帖者如此卑劣,也很同情莫晓瑜,表示会尽快反映到论坛管理那里,希望他们能处理好这个问题。莫晓瑜心里对那素不相识的女孩子千恩万谢,心里充满温暖和感激。

4

周末芮芮回来了,莫晓瑜有女儿陪着,时间不知不觉一晃而过。芮芮内心有许多疑问,她隐约察觉父母之间最近有些不对劲,不过莫晓瑜绝对不愿意把实情告诉女儿,她相信,实情总有大白于天下的时候,一切自会好起来的。马启明是个较真的人,只有让事实说话,他才会回心转意。

只是,怎么样才能让马启明不相信那些流言蜚语呢?莫晓瑜想,先给他点时间吧,也许以后他会明白的。

周一去上班的路上,保卫处王正喜处长主动与莫晓瑜打招呼,一口气说了好多,莫主任,胡高成那个老东西,真是不知好歹,郑所长引进他来我们研究所,名利双收了,一年给了那么多钱,还要做这些缺德的事,他以后会有什么好下场?现在已经弄得身败名裂了。莫主任,你别理他们,做自己该做的事。

莫晓瑜听了王正喜的话,不知道该说些什么感谢的话才好,遇见一份难得的理解与抚慰,心存感谢,弥足珍贵。

刚走到办公楼前,从车里下来一个人,是基础护理部一个普通员工,平时打交道不多。他看到莫晓瑜,马上竖起大拇指说,莫主任,你好棒!挺过去就是条好汉!

莫晓瑜心里泛起层层涟漪,心酸、苦涩、温暖、感动、感谢,可谓五味杂陈。欣慰的是,庆幸身边还有这么多人在默默支持自己,安慰自己,鼓励自己。她即刻想到了两句歌词:

为所有的爱执着的痛
为所有的爱执着的伤

晚上,莫晓瑜为了调节心情,一个人跑到悦心馆做美容护理。她半死不活地躺着,任由美容小姐轻柔地按摩着她的头,她的脸,她的胸部,她的颈背,浑身散了架一般,酥软酥软的。她听着萨克斯管吹奏的轻音乐,仿佛站在月光下的竹林子里,已然忘却了红尘的烦恼,忘却了自己险恶的处境。

回到家里,莫晓瑜上网,发现几个老帖子全部被删掉了,又冒出了几个新帖,把原来骂莫晓瑜的几大段全部复制上去了。莫晓瑜的好心情即刻荡然无存。看来今晚又会失眠。

天放晴了。

莫晓瑜百事无心,闫亚培与夏薇薇看她心情沉重,恍兮惚兮,一直陪着她说话。谈到研究所目前的严峻形势时,闫亚培说,我真不明白这些领导怎么了?用我们北方的一个字,尿。

说着说着,很快就到中午了,莫晓瑜说,我们出去吃饭吧。

饭桌上,莫晓瑜也没怎么吃东西,夏薇薇给她夹了一些菜,她只吃了一点点。之后,三个人沿湖边散步,莫晓瑜不停地落泪,夏薇薇看她那样,眼睛也湿润了。

回到办公室,莫晓瑜还是没心情做事,她感觉今天真是快扛不住了。不由自主地出了门,来到温娟的办公室。温娟也是一脸忧伤,两个人你一句我一句地说话,说到后面,温娟说,君子报仇十年不晚,我看他们最后会有什么好结果。停了一下,温娟说,秦建伟太软了,研究所这么重大的事,他都不出来制止调解,有什么办法呢?

莫晓瑜马上想到闫亚培说的那个"尿"字,现在看来,确实是如此。她想,不要再去管他们之间的恶毒撕咬了,郑所长本来是他们的恩人,他们还要这样对待,可见他们是些猫狗都不如的东西。我怎么能够与他们一般见识呢?以后我要好好照顾自己,不然,身体出了问题,那就是亲者痛仇者快了。

这个晚上,莫晓瑜意外地睡得很好。第二天上午,研究所召开职代会,邓西平代郑光跃做工作报告，之后分小组讨论。莫晓瑜坐在后面一排靠边的地方，她本打算不发言的，看到胡高成以前的一个女学生坐在旁边，平时见面都很客气的，现在却铁青着脸看着她，莫晓瑜佯装不见，泰然自若地坐着。

所有人都发言了，莫晓瑜脑袋转了一下，突然侃侃而谈，这是一个为自己树立形象的好机会，幸好还都说到点子上去了，莫晓瑜暗暗为自己叫好。

下午是代表投票。郑光跃的主题报告以绝对优势通过，仅一个反对，两个弃权。这样的结果算是狠狠地打击了胡高成一伙人。最后，秦建伟总结发言，他特意提到网络风波，朗声说，不要以为出现这样的事天就要塌了，我们不会不管的。党委的态度是冷处理，现在已经报上级同意了。网络事件从一定程度上影响了研究所的工作与形象，以后若是有意见，可以采用更合适的办法进行嘛。

莫晓瑜看看胡高成，只见他坐在那里低着头不停地记笔记。她想，秦建伟这么一说，你们还有何颜面呢？

这会儿，与莫晓瑜坐一排的几个人谈笑风生，好不热闹。胡高成却只与身旁的一个老人说话。莫晓瑜看着胡高成没人理睬，颇为得意，真像有人说的那样，看到了他的下场。认真说起来，确实每个人都有各自的命，想改变也改变不了的。

闫亚培到底心思细腻，特意陪莫晓瑜去选购了一台苹果平板电脑，以备出差用，还耐心地告诉莫晓瑜怎么个用法。莫晓瑜沉寂的心被调动起来了，她看到里面那么多新鲜玩意，不由得亢奋起来。正开心时，突然看到闫亚培的电脑上跳出一个女人的照片，她凑上去一看，是隔壁办公室的档案员，斜斜地躺在一片草坪上，正甜甜地笑着。莫晓瑜奇怪地问，你怎么会有她的照片？闫亚培脸一红，尴尬地说，我也不知道她为什么要发照片来？

天气开始燥热，莫晓瑜发现闫亚培的表情与心绪有点烦躁，她感到不安，也内疚自己的情绪老是提不上来，尽管如今一边痛苦，一边快乐，但目前的工作环境与合作对象比以前是好上了一百倍。

好好珍惜眼前吧。莫晓瑜对闫亚培与夏薇薇说，下午我们自己放假，走，到外面转转去。三个人马上动身，先去商店买了点办公用品，然后去烟湖公园划船、散步。阳光柔和，微风轻拂，水色澄清，三个人说说笑笑，莫晓瑜此刻惬意极了，可谓宠辱皆忘、云淡风轻。

这个下午是一段时间以来最为开心的一天。

5

戴世辉认真看了准备上报的材料，满意地对莫晓瑜笑着说，今年你们做得比以前好多了。莫晓瑜指着闫亚培说，小闫沉在里面做呢。戴世辉说，都辛苦了，哪天请你们质监办几个人吃饭。这些天，胡高成他们来上班吗？

莫晓瑜摇摇头，一脸木然地说，我不知道。

戴世辉说，我以前想着这事有点紧张，现在不怕了。

下午王吉亮来办公室指指点点的，莫晓瑜看着他就心烦，暗暗说，你真不行，太马虎的一个人，太会偷懒的一个人。

王吉亮说，你们一定要保证把这次迎检工作做好，绝对不能够出任何差错。马上是五一节了，是不是考虑加加班呢？

莫晓瑜说，王所长，我们只有加班才能够完成所有的工作呀，至少需要两天时间。

王吉亮满意地笑笑说，那你们就辛苦一点吧，等这项工作完成后再好好休息几天。

莫晓瑜以为夏薇薇放假要带孩子，不能来加班的。闫亚培却说，薇薇，你还是来吧，我们一起做。

夏薇薇说，好的，我争取来吧。

四月最后的一天，正好是周六，好难得的一天休息，却有这样那样的事烦人，莫晓瑜有气无力，她为自己深深忧虑，不知道处在这样的境况下到底还能够撑多久。

五一节，莫晓瑜三个人都来办公室加班。早几天为了做到报送的材料万无一失，请中医科大学几位专家帮助审阅两遍，与他们约好了，中午之前与闫亚培、夏薇薇一起过去取回来。看到专家们认真的批改与点评，莫晓瑜对这次迎检的结果有了相当的把握。

回来的路上，三个人找了家小餐馆，点了几个口味菜，要了一瓶红酒。席间，夏薇薇慢慢说起刚参加大学同学聚会，有两对男女同学酒后回忆起当年彼此相恋的生活，还有点死灰复燃的兆头。莫晓瑜喝了几杯红酒，有点神思恍惚，也说起了中学同学聚会时，有人提到暗恋过自己的事，她有点津津乐道，不停地说，我那时哪里知道？一点儿都不知道！还有，我的另一位男同学好不容易找到了我，他请我吃饭，告诉我说，我是他的初恋，唯一的。多年来，我也一直蒙在鼓里，毫不知情。现在想起来，这两个男人都傻傻的，一片真情，却从来不让我知道。

闫亚培不停地给莫晓瑜添酒，莫晓瑜越说越收不住了。夏薇薇看她眼里好像滚动着泪水，忙扯了下闫亚培的袖子，暗示他不要再劝酒，站起身说，好了，我们快回办公室吧，好多事等着做呢。

莫晓瑜醉眼蒙眬地说，嗯，是的，我们现在回去吧。

回到办公室，夏薇薇赶忙给莫晓瑜倒了一杯茶，莫晓瑜喝了几口之后，慢慢清醒过来,她满脸愧色,不断地问自己,我怎么了?我今天是怎么了?酒喝多了吗?不行,以后绝对不能够这样了,一定得改变一下自己的办公室形象。怎么可以当着他们的面,大谈其谈暗恋自己的男同学呢?这样的事,谁都会有,可人家说了没有?我怎么连他们都不如呢?

五月二日,雨很大,三个人又加班了一天。

在楼下的打印室,莫晓瑜遇上了刚刚升任中医临床研究中心主任的孙桂英,这个女人精明强干,她当着莫晓瑜三个人的面说,最初的副主任人选我考虑的是闫亚培,小闫现在还没评副高吧?莫晓瑜看一眼闫亚培,说,小闫在我这里是受委屈了。孙桂英又说,你们别管那两个人,李敖老是攻击余光中,人家问余光中怎么不还击?余光中说,他的生活中少不了我,可我的生活中没有他。

莫晓瑜听了这话,很受启发。回到办公室与闫亚培说起,闫亚培说,我们以后都忘掉这事吧。经历了这次的事情,我以后什么也不怕了。

接下来又忙了好几天,总算把材料全部做出来。三个人严格审阅每一张内页,反复设计、调整、修改封面,包括字体、间距、色彩等均不厌其烦地调适,直到满意为止。印制完后,看上去十分雅致精美。莫晓瑜与闫亚培去郑所长办公室请他签字,然后再去盖章。戴世辉看了看,赞叹地说,你们这次的材料做得比以前好多了。

王吉亮来了办公室,喜形于色地对莫晓瑜说,我上午向郑所长汇报说,现在质监办的工作做得有条有理,莫主任,你物色到了两个很不错的人呢。

莫晓瑜听到几位领导对质监办这次的工作评价很高,颇感安慰,她想,我的苦楚你们知道多少呢?我可是顶着天大的压力,忍受着天大的委屈在做事啊!

莫晓瑜与闫亚培将材料送到省卫生厅之后,下午马上到相关的几个部检查支撑材料。结束后,莫晓瑜与闫亚培一路走回来,但见蓝天白云,阳光明媚,不由得神清气爽,心情愉悦,她深深地吸进一口气,又缓缓地呼出去。

下班回到家里,面对空空荡荡的房子,她想,检查结果最后会是什么样的,还未可知呢。

管它去,先好好睡一觉再说。这个晚上,她睡得很香,一梦到天明。

第二天上午,莫晓瑜与闫亚培、夏薇薇三个人一起到药学部检查支撑材料,意想不到的是药学部所有人对他们都很冷淡,部门领导一个也不在,没人打招呼,没人倒茶,没人说一句话,他们处在很被动的状态中。等了好半天,才来了个做材料的,一进门就满腹牢骚。莫晓瑜惊讶他们为什么这般冷漠、无礼?是因为这次的网络攻击吗?她无奈地看看闫亚培,闫亚培也连连摇头。莫晓瑜与闫亚培迅速对了一下眼色,坚持坐在那里,一本一本地细细查看,有不合适的地方,他们直接提出来要药学部尽快修改。

回办公室后,三个人叹气不止,闫亚培说,药学部太没意思了,难道这样的事情是为我们做吗?是为他们自己啊,何苦要来为难我们呢?

莫晓瑜面带愧疚地说,小闫,薇薇,让你们受苦受累,还要这样受气。

夏薇薇说,我没什么,主要是你们辛苦了。

闫亚培说,莫主任,以后我哪儿也不去了,就跟你一起混吧。

莫晓瑜听了他俩说的话,心里漾起层层暖意,她希望这次检查快点到来,只要能够顺利过去,自己的基础就扎实多了,以后再也不会受人轻蔑和诋毁。

第十一章　首战告捷

1

莫晓瑜上班时径直去了戴世辉办公室。戴世辉情绪不错，抬头看到莫晓瑜，高兴地说，好消息，胡高成要退休了，所里刚开了重要会议。莫晓瑜听罢，心脏突突突连跳了好几下，她睁大眼睛问，是真的吗？这会是真的吗？

戴世辉笑笑说，应该是真的，你去看看所里的网页有没有公布会议记录。

莫晓瑜心里一阵狂喜，她三步并作两步回到办公室，马上告诉了闫亚培与夏薇薇，闫亚培兴奋地站起来，与莫晓瑜拍掌庆贺，耶，老东西终于要滚蛋了。

夏薇薇说，我听人讲，胡高成上个月还说，我别的什么都不要，只要回来做质监办领导。

莫晓瑜轻轻笑了一下。

也许是心情的原因，憋闷了这么久的事突然有了结果，大悲后大喜，情绪转换太快，莫晓瑜头痛欲裂、手足麻木，有欲生欲死的感觉。好不容易挺过一天，晚上回到家里，吃了安定，昏睡了一个晚上，早上起来感觉好多了。

次日中午，莫晓瑜心情很好，她叫上闫亚培和夏薇薇，到湖边一家餐馆吃午饭，一边吃，一边聊，畅所欲言，无所顾忌。阳光很好，饭后三个人围着湖畔走了一大圈。

刚回办公室，顾莉莉来电话说，有空吗？有空你来我家吧，好几位朋友在这呢。莫晓瑜马上答应了。她正想找人说说话，这一段时间几乎是一个人扛着一座大山，太孤寂太无助了，她需要适时倾诉与宣泄。

等她赶过去时，几个人正在很有气氛地玩麻将，其中就有这次受攻击的唐晓莹。莫晓瑜向来不喜欢玩这个，只是凑趣地坐在一边看她们玩，随时有一搭没一搭地说话。顾莉莉热心地说，别人都讲你会选人呢，可恨的是那两条疯狗骂得没名堂，什么一个老丑带着两个小丑，这伙人太恶毒太无聊了，只会让别人更加小看他们。莫晓瑜嗯嗯应道，笑一笑，感激地看着顾莉莉。

坐了一会后，莫晓瑜先告辞回了办公室。闫亚培说，刚刚王所长去了对面办公室。莫晓瑜想，王所长去找他们做什么呢？不是说胡高成要退休了吗？她突然惶惑不安，担心事情有变，不由自主来到戴世辉办公室。戴世辉说，昨天胡高成讲，他不想再管什么了，王所长怕他到时候出来干扰，所以请他一起看材料。这样吧，我们一起去找找王所长，商量一下迎检的接待与会务。

两个人来到王吉亮办公室，三个人将迎检的所有事宜都商定好了。晚上，莫晓瑜给相关的几个部负责人一一打了电话，要他们务必精心做好准备。与杨爱玲接通电话后，杨爱玲反复说，对胡高成、廖水花要宽容、谅解，对他们的所作所为不要太介意了。莫晓瑜想不明白，这次他们是向着你来的呀，你怎么对这般狠毒之人还要宽容？

关于胡高成退休的文件终于出来了。这两天，胡高成慌了神，一会儿去组织部，一会儿去人事处。

省卫生厅迎检的正式通知下来了，整个研究所进入积极迎检的一级战备中。莫晓瑜等三人忙着做好各项准备，她楼上楼下一趟又一趟地跑，累得喘不过气来。虽然已是周末了，但她还是通知闫亚培和夏薇薇周六来加班。

周六加班一天，事情还是做不完。莫晓瑜面露难色地对闫亚培和夏薇薇说，真不好意思，让你们这样受累，没有办法，明天还得请你们来加班一天。

闫亚培和夏薇薇已经累得说话都没有力气了，闫亚培说，莫主任，我们不说客气话了，一起加油吧，肯定能够做好。

周日，莫晓瑜与闫亚培、夏薇薇又继续到办公室加班。戴世辉电话通知说王吉亮想去几个部里检查PPT汇报材料与支撑材料，要莫晓瑜与闫亚培一起过去。莫晓瑜答应了一声，叫上闫亚培一起出门。

整个上午，几个有迎检任务的部轮流作PPT汇报，每个汇报者都极其认真，有些部的紧张得声音颤抖。听完汇报，王吉亮和戴世辉分别予以点评，他们认为总的情况还不错，戴世辉说，照这个样子看，这次迎检应该没什么问题的，但我们不能掉以轻心，还得把准备工作做得更充分才行。

检查结束之后，莫晓瑜请参加汇报工作的所有人到研究所门前的餐馆吃午饭，大家有说有笑，相互敬酒。莫晓瑜颇感欣慰，她从那么多人的笑容中，体味到了他们的一种信任和友好，所有人并未因为莫晓瑜正受到强烈攻击而轻看了她，更没有人落井下石。莫晓瑜斟满了酒，给两桌的人一一敬酒。

席间，莫晓瑜悄悄问温娟关于胡高成退休的事，温娟情绪低落地说，他现在又发飙呢，死活不肯退。莫晓瑜问，那怎么办？温娟说，这事也由不得他吧？

午饭过后回到家里，莫晓瑜忽然想起今天是女儿的生日，她马上打电话给芮芮，乖宝贝，今天是你的生日呀，你下午上完课请个假回来，晚上我们一起出去吃饭吧！我都忙晕了，差点忘了！

女儿说，老妈，谢谢你，你下班后等等我吧，我回来。老爸他……他会回来吗？

莫晓瑜愣住了，是啊，女儿的生日，马启明难道不闻不问吗？

女儿可能察觉到了母亲的情绪有点不对劲，说，算了吧，老妈，老爸不来就不来，有你就行。

莫晓瑜擦了下眼角的泪水，好的，芮芮，我等你回来，到时候我们一起走。

放下电话，莫晓瑜倒在床上大哭了一场，哭得天昏地暗的。她怨老天不公平，为什么要如此折磨自己？她怨马启明心太狠，在不辨真伪的情况下，竟然躲着不回家来，连女儿的生日也不当回事。罢，罢，罢！等忙过这一段工作，一定要找你说个透彻，我要还自己一个清白，不能这样不明不白地被你误解。

很快到了上班时间，莫晓瑜洗了一把脸，照照镜子，眼睛红得很厉害，她赶快抹了点眼霜，还涂上一层粉底霜，总算掩饰掉一部分。幸好闫亚培与夏薇薇都忙着做事，没有谁顾得上看她。过了一会儿，闫亚培上网看了下帖子，恨恨地说，这群疯狗又在咬人了。莫晓瑜马上点开看了看，果然，他们还在疯狂地行动。她忍不住和闫亚培、夏薇薇说起这个话题来。过后，不停地责备自己，我为什么老说这些呢？已经说得够多了，以后如何是好？

2

黄昏时分,光线开始逃遁。天边渐渐染成一片霞红,窗外高耸入云的大楼遮蔽了半个天空,另一半天空上有一大片云彩镶着金边,映衬得分外耀眼。慢慢地,金边黯淡下去,那一大片云彩像用旧了的棉絮挂在灰暗的天空。

暮色在莫晓瑜的眼里迅速扩散,她焦急不安地等到下班,急忙掏出手机给芮芮电话,问她现在到了哪里。芮芮说,老妈,我找到了一个好地方,包你喜欢,你快来吧,我已经在等你了。莫晓瑜感到有点意外,以前女儿对过生日从无兴趣,要好说歹说才能拉动她出门。

今天倒是奇怪,她竟然自己先去找好了地方!

好的,我马上出门,你在哪里呢?

湖心鱼城,就在雨湖,你找得到吗?这地方风景很好,我喜欢。

哦,那里啊,确实环境不错,我知道的,你等下我吧。

莫晓瑜到研究所大院门口拦了一辆的士,要司机掉头往雨湖公园那边赶去。她唯恐让女儿等急了。芮芮是个没什么耐心的孩子,对于做母亲的她来说心里是很清楚的。

按说要给女儿买点什么礼物才好,可今天晕乎乎地忙了一天,真是无奈。莫晓瑜想,今年的情况不同,想必芮芮也是理解的,等会好好陪她吃顿饭吧。

如果马启明在,父母一起为女儿庆贺一下生日该有多好!想到这里,莫晓瑜心如刀割,泪水险些又要夺眶而出,但她拼命克制住自己,不能,不能,不能啊,等会见了女儿,还得强作欢颜,谁让马启明那样不通情理呢?

正当莫晓瑜沉浸于自己的痛苦中时,车子突然停住了,司机轻轻地说,到了。莫晓瑜马上回过神来,将钱付给司机就弯腰下了车。

太阳完全落下去了,朦胧的光线从岸边弥漫到了湖上,湖水由蔚蓝色变成了青灰色,整个雨湖公园此刻已经完全融进了茫茫夜色中。湖周围零落地亮起了一些灯,远远看去,若明若暗。

莫晓瑜在夜色中辨识着方向,她希望在众多的餐馆中尽快找到湖心鱼城。可是找来找去,总是看不到那几个字。天已经黑下来了,她只好打女儿电话,问到底在哪个位置。女儿问,你在哪里?莫晓瑜看看自己站的位置,我在儿童游乐场。女儿说,那你继续朝前走五十米吧,往右侧靠边的地方就是。莫晓瑜按女儿指点的地方走去,果然看到了"湖心鱼城"几个大字,她加快步子走进餐馆大门。

服务小姐在门口热情地迎接她,问她有没有预订的包厢,莫晓瑜说,我问问吧,刚才忘了问!她正想给女儿拨电话时,冷不防有人从后面抱住了她,正在惊讶中时,回头一看,原来是芮芮!

芮芮满面笑容,看上去气色很好。莫晓瑜心里高兴,庆幸自己努力将不快藏了起来,不然,真是冲淡了女儿的兴致。

芮芮说,老妈,我已经订好包厢了,你跟我来。她亲热地拉着莫晓瑜的手,走进一间叫"湖心乐"的包厢。刚一进门,莫晓瑜大吃一惊,顿时愣住了,怎么,你……你也来了?

芮芮把莫晓瑜拉到父亲身边坐下,她对莫晓瑜说,老妈,老爸其实一直惦记着你呢!

莫晓瑜看了一眼马启明,百感交集,泪水忍不住夺眶而出,她极力想忍住,但怎么样都忍不住,想到最近一段时间所忍受的种种痛苦和悲伤,她控制不住地放声哭了起来。在亲人面前,她什么顾忌都没有。

马启明一把搂住了她,把脸贴在她的耳边,不停地对她说,晓瑜,亲爱的,我对不起你,错怪你了,你打我吧,我知道你恨我了。

莫晓瑜还在呜呜地哭着,哭得天昏地暗,哭得荡气回肠,哭得喘不过气来。芮芮也过来抱住母亲,泪如雨下,老妈,不哭了,不哭了好吗?你看,我老爸回来了,还向你道歉了,你就原谅他吧。我们一家人在一起多好!

马启明抱着两束鲜花,拉着莫晓瑜,说,快别哭了,像个孩子似的,今天是我们女儿的生日,你再难过也要开心起来才好,俗话说,儿的生日,娘的苦日,我们能有芮芮,还多亏了你,为芮芮庆贺生日的同时,也要为你庆贺一下。看,我今天特意为你俩买了鲜花,一人一束,送上我的祝福!

听马启明说得这般诚挚,莫晓瑜止住了哭声,她抬起头,擦干了眼泪,被动地接过马启明送过来的献花,看了女儿一眼,终于破涕为笑。

芮芮说,妈妈,老爸已经点好菜了,应该快上来了吧?我建议今天都喝点红酒,我要敬你们俩一杯。

莫晓瑜说,你小孩子家喝什么酒呀?什么时候看你喝过酒?

马启明说,没事呢,今天破例吧,我要给我老婆敬杯酒,算是罚酒,你看行吗?

莫晓瑜把脸扭向一边,噘着嘴说,哼,你还好意思说啊,我真恨死你了!恨得想揍扁你!

服务小姐陆续把菜端上来,还送上一瓶红酒,一扎鲜果汁。芮芮先给父母各自倒了一杯红酒,又给自己倒了一小杯。还没等爸爸妈妈开口,芮芮先举起酒杯说,今天是我的生日,可是我不能够忘了我的爸爸妈妈,是你们给了我生命,让我先给你们敬上一杯酒吧。

三个人一起碰碰杯子，整个房间叮叮当当热闹起来。

莫晓瑜奇怪地问芮芮，咦，你怎么学会喝酒了呀？

哦，这有什么奇怪的，我们同学只要谁过生日，大家都会参加，每次必须喝酒呀！如果你今天不叫我回来，我就和同学一起聚会了，他们早就说要为我庆祝生日的。不过，我今天还是想回家来，爸爸下午去学校找我，我就拉着爸爸一起回来了。

马启明说，晓瑜，女儿现在懂事了，一路上和我说了很多，我感到很惭愧很惭愧，活了这么一大把年纪，还不如女儿呢，我们芮芮小小年纪啊！惭愧，真的惭愧呢！说完他猛地喝完一大杯酒。

莫晓瑜听马启明说这话，气不打一处来，你个老迷糊，真不想和你说什么！

马启明为莫晓瑜夹了一块羊排，体贴地说，晓瑜，我知道你现在不容易，以后别再斗气了，女儿已经教导我们了，日子还要继续下去，不然，我们对不起她的。听说胡高成他们的闹剧愈演愈烈，长期这样下去，你会耗不起的，我担心你的身体。

唉，我有什么办法呢？

省卫生厅不是要组织专家组来检查吗？到底哪天来？

后天就来，最关键的一天。

哎呀，幸亏我回来了，不然，你……

你来有什么用呢？这么些天，没有你我照样过。哼！

那倒也是……都怪我不好。以后我一定洗心革面，生死相随。

芮芮又给父母添了点酒，举起杯子说，老爸，老妈，今天是我的生日，如果你们真为我好，那就听我一句吧，我希望以后你们不要再斗气了，我们一家人，要健健康康，开开心心才好。老爸，现在那几个坏人像虎狼一样想吃了我老妈,你应该要好好保护我妈才行,以后可不许再这样对待我妈了。你们能答应我吗?

莫晓瑜与马启明面面相觑,都想说点什么,却不知说什么好。

芮芮看了一眼父亲,又看了一眼母亲,放下酒杯板着脸说,你们不答应我是吧?那好,我现在马上回学校去,不再回家了。说完她起身就往外走。

莫晓瑜与马启明不约而同地去拉芮芮回来,莫晓瑜说,傻孩子,你还不相信你妈?

马启明说,芮芮,我要好好对你妈妈的,放心,我以后会一直陪着她,为她鼓劲,做她的坚强后盾。

芮芮笑了,重新举起酒杯为父母敬酒。

莫晓瑜与马启明心领神会地与芮芮碰杯,亲爱的宝贝,我们祝你生日快乐,健康成长!

3

一家人吃过晚饭,芮芮提议到雨湖公园散散步。莫晓瑜夫妇随着女儿一起走,心情特别放松,好久都没有这样的情绪与情调了。

芮芮走在父母中间,显得十分高兴,她指着天边的一弯月亮说,多好的天气,多好的月色,我们不用急着回家啊。

女儿与马启明聊得很投机,莫晓瑜感觉老插不上嘴,只好机械地跟在后面,折一支树枝听他们父女俩说话。与马启明隔膜这么久,莫晓瑜的情绪一下子上不来,心理上多少有点怪怪的距离。

马启明看莫晓瑜老不说话,侧身问,这些天他们还那么凶猛吗?

莫晓瑜无奈地点点头，如狼似虎的，本性就那样吧，还指望他们能够善良起来？

马启明说，这样拖下去也不是办法呀，秦建伟不出来管管事吗？

老妈，我早就看得出那两个人不是好东西，你看果然吧。那时候你还劝我和他们搞好关系，对于这样的人，犯得着吗？芮芮露出一脸的鄙夷。

莫晓瑜说，我现在是硬着头皮在做事，不做怎么办呢？事情逼在那里了，专家马上要来研究所检查，一天都不能够懈怠。我这样忙累这样受气，你这做丈夫的还要与我斗气，幸好我还坚强，不然早跳进这雨湖喂鱼了。她停住脚步，看着湖水发呆，将手里的叶子一片一片扔进水里，看着它们在水中漂移开去。

马启明一脸窘态。芮芮对莫晓瑜说，老妈，我爸他已经认错了，你就不说了好吗？要怪就怪那两个坏东西，我现在真恨不得咬他们一口。他们骂了你还不算，竟然连我和老爸也骂了，连我们全家都骂了。去死吧！她恨恨地踢了一块路边的石头，一脚踢到湖里去了，平静的水面溅起了水花和涟漪。

三个人边走边说，转了几大圈之后，一起回到家里。

这个晚上，因为马启明和女儿都回来了，冷清了很多天的家顿时热闹了许多。莫晓瑜潮湿了很多天的心好像也被烘干了。她想，既然马启明已经意识到了他的错，也当着女儿的面道歉了，自己以后也要大度点，这事不要老是提起，像往常那样，一如既往地过日子吧。到了节骨眼上，身边有一个亲人时时关心你，安慰你，就是最大的福分。

等芮芮睡了之后，马启明一把搂过莫晓瑜，亲昵地说，老婆，今晚我要好好犒劳下你，要吗？算是我的一点补偿，好不好？他不管莫晓瑜愿不愿意，转身趴在莫晓瑜身上，动作麻利地帮她脱掉了睡衣。莫晓瑜也不挣扎，任由马启明时紧时松地行动，两个人很快绞在一起，空气里飘散着轻微的气息。

马启明完事后满足地松弛下来，几分钟后便呼哧呼哧睡着了。莫晓瑜睁大了眼睛看着黑漆漆的房间，七想八想地收不住野马般的思绪。天快亮时，才迷糊了一会儿。

又是紧张的一天。

莫晓瑜本来要去外面参加一个学术会议，下午，戴世辉来了电话，邀她一起去省卫生厅，找检查组了解一下次日检查的具体安排。莫晓瑜在检查组成员中意外地见到了一位老熟人柳建成，他正好担任本次检查组秘书长。看他亲切和蔼地与自己打招呼，莫晓瑜真是喜出望外，天助我也！这次检查，必胜无疑！

戴世辉将江北研究所最近的背景情况如实地报告给了检查组组长、中医药大学副校长吴运波。开始莫晓瑜很是不安，哪知道吴校长笑着说，你们放心吧，这些问题我们不会管的，为什么要管呢？我们又不是组织部的。

听吴校长这么说，莫晓瑜心里顿感轻松，她取出做好的迎检计划请吴校长指导一下，吴校长要求将原来的一天半时间改为一天，又对其他地方作了些修改和调整。临走时，莫晓瑜说，几位领导和专家今晚好好休息吧，明天一早我过来接你们。

回到研究所之后，莫晓瑜马上向王吉亮汇报，王吉亮指示，组织相关人员马上在研究所办公室集合，即刻对迎检方案进行修改。戴世辉安排孙桂英来帮忙。莫晓瑜昨晚没睡好，折腾了整整一天，累得快要趴下了，幸好有孙桂英来协助。虽然孙桂英有点颐指气使的，但自己身体就是这样不争气，又有什么办法呢？

时间已快八点，大家忙成一团，都顾不上吃晚饭，莫晓瑜饿得头昏眼花的，快看不清楚字了，她建议大家吃过晚饭再继续做，可孙桂英不同意，说，做完再吃吧，现在吃也不安心，还有这么多事没做呢。

莫晓瑜看他们几个饿着肚子加班，也只好饿着肚子做。看孙桂英在帮助修改计划，便给相关几个部领导打电话，请他们马上过来一趟。这几个人坐在会议室等着，孙桂英把计划修改好之后，向在座的所有人通报了一下，莫晓瑜后来又再三强调，请他们明天务必做好一切迎检准备。

待一切搞定，已是八点半了，食堂将预订的盒饭送上来，加班的人一个个狼吞虎咽吃起来。

一切收拾停当，回到家后，已是十点半了，马启明像往常一样坐在沙发上一边看电视一边等她。莫晓瑜看到马启明眼里流露出万般柔情，心里很是温暖。

马启明问，今天怎么才回来呢？忙吗？

莫晓瑜懒洋洋地坐下来，有气无力地嗔怪，是啊，忙了一天，累死了，就怪你昨晚还那样整我。

你哪天不忙呢？天天这样啊。

省卫生厅专家检查组明天要来呢，你偏偏不选时间。芮芮呢？她回学校了吗？

马启明说，是的，芮芮说今天学校还要上课，她一早就走了，留了张纸条给我们。

莫晓瑜将女儿的留言展开：

老爸，老妈：

我今天有课，所以一早得赶回学校去。昨晚我的生日，你们都来了，我很开心，谢谢你们给了我生命，谢谢你们给了我温暖和爱。我爱这个家，也爱你们，希望老爸老妈以后别再闹别扭，我希望你们每天都能够大笑三声。老爸，在我老妈承受压力的时候，你要坚定地站在她身边鼎力支持她，女人需要男人的关爱和庇护，老爸，你说对吧？如果我说错了，你别怪我，因为我是女人，我要站在老妈一边，帮她说话。

爱你们的芮芮

莫晓瑜读到女儿的留言条，内心涨满的水汇成一条河流，眼泪情不自禁滚落下来。马启明忙递上纸巾，老婆，还是你女儿好，我不及她一半懂事，好女儿，我们以后有望了，你应该感到欣慰的。

莫晓瑜担心自己因为激动和紧张会失眠，明天还要早起，忙吃了两粒安定就上床休息，很快就晕晕乎乎进入了梦乡。

4

最关键的一天到了，这是莫晓瑜最害怕也最期待的一天。

昨晚幸好吃了两片安定，一上床就进入梦乡。心里有事，天刚蒙蒙亮就醒了，睁眼一看，周围还黑乎乎的。看看时间，才六点多。莫晓瑜不敢恋床，唯恐去迟了给专家留下不好的印象。今天这一仗一定要打赢才行！想到这里，好一个鹞子翻身起了床。

马启明还在迷迷糊糊睡觉，听见响动，嘟囔着问道，就起了？

莫晓瑜说，嗯，马上去卫生厅接领导和检查组成员。

马启明翻了个身，闭着眼睛说，哦，那快去吧，今天会很紧张，万一有什么忙不完的，叫我就是，今天我在家休息。

莫晓瑜心里一暖，她想马启明回来得正是时候，至少有他在身后做个强有力的支撑，自己会安稳强劲一些。她赶快煮了一碗面条狼吞虎咽吃了，抹了把嘴巴，漱漱口，照着镜子涂了点口红，回头看了一眼马启明，拉开门走了。

昨天约好的商务车已等在楼下了，莫晓瑜猫着腰钻了进去，车马上启动，朝卫生厅方向驶去。车窗外飞驰而过的房屋与树木，在莫晓瑜眼里似曾相识，她感叹时间过得真快，转眼就过了一年。去年这个时候，也是这样的清晨，也是这样的路线，也是这样的任务，然而，苍山已老，物是人非。那时风平浪静，而今暗流潜涌。

二十分钟后，车就到了省卫生厅。莫晓瑜老远看到省卫生厅医药管理处副处长张少兵站在门口张望，兴许是等自己吧？莫晓瑜急走几步上前与张处长打了招呼，几位专家就在张处长身后。

商务车载着检查组成员很快到了青州中医研究所。王吉亮、戴世辉等一干人已经等候在研究所大门外了。检查组成员一下车，王吉亮等人忙上前一一握手问好，然后引领他们进了大门，沿着林荫大道慢慢走到了办公楼的会议室。

一切按拟定好的议程进行。

郑光跃首先致辞，然后王吉亮汇报，最后是五个被检部门主任的PPT汇报。大约一个小时之后，研究所人员全部告退，只留下检查组成员查看相关材料。

莫晓瑜安排与此有关人员到对面的几间办公室休息。所有人都惴惴不安，唯恐哪里会出差错。莫晓瑜在几间办公室走进走出，她在心里一遍又一遍地喊着母亲，希望在这样的特殊时刻能够得到母亲的佑护，因为今天对于她来说实在是太重要了。疯子们一直辱骂自己无能，那就让他们看看事实如何吧，难道我莫晓瑜真像你们说的那般不堪吗？

招待检查组专家吃过中饭回来，有人传来消息，胡高成又在天涯发了新帖，他说哪怕是献出宝贵生命，也要同郑光跃斗争到底。

又来了，又来了。莫晓瑜最担心的事还是不期然而然地出现了，早就猜到他们会趁机添乱的，处在疯狂状态的他们怎么会让自己顺顺利利过关呢？不怕，不怕他们，我们今天一定会取得胜利！

闫亚培与夏薇薇也很紧张，他们一直竭尽全力地围绕着检查组成员工作，一会儿进，一会儿出。闫亚培轻轻地对莫晓瑜说，好像酒不够了，怎么办？要不要再买点来？莫晓瑜说，好的，我给我先生打个电话，请他代劳吧，你看还需要买点什么？马启明接过电话很快开车出门，一会儿就把酒和水果等买来转放在闫亚培的车上。

下午，检查组成员先到五个部门作现场调研，王吉亮与戴世辉一左一右陪着张处长与各位专家，好在五个二级单位配合得相当到位，每个环节衔接密切，丝丝相扣，专家们有问必答，滴水不漏，直到他们满意地返回会议室。最后一个程序是交流检查情况，做检查结论。他们似乎根本就不关心网络上的风云变幻。研究所的几十个人很不安地等在会议室外面，时间过得好慢啊，慢得似乎有一年之久。好不容易等到下午五点，张处长才请研究所的人赶快进入会议室，等检查组组长反馈检查情况，宣布检查结果。

莫晓瑜忐忑不安地坐在那里，认真听检察组组长、中医药大学副校长吴运波总结检查情况，这些话对于莫晓瑜来说都不重要，她现在急于想听到的是结果，五个部门到底会是怎样的检查结果呢？可是吴校长老是磨磨叽叽说这说那，现在的每一秒钟对于莫晓瑜来说都是那么漫长！

吴校长终于宣布结果了，他一字一顿地说，从材料准备和现场考察来看，青州中医研究所这次做得无可挑剔，无论是工作流程、材料质量，还是现场考察，均已达到了国家级检查的水平。经检查组所有专家评议和投票，青州中医研究所五个部门的检查全部合格，向你们表示祝贺！

莫晓瑜心里一阵狂喜，身子一软，如释重负，长长地呼出一口气，无力地瘫坐在椅子上。她听到周围一片欢呼声，似乎所有人都在兴高采烈地庆贺今天的胜利，所有人都在庆幸检查过程的天衣无缝。莫晓瑜的泪水盈满了眼眶，她努力忍着，忍着，第一时间掏出手机给马启明发了条信息说，过了，全部顺利通过了！马启明马上回了一个信息，哈哈哈哈哈哈！

晚餐定在研究所附近的龙沙井酒家，大圆桌上摆满了亮铮铮的杯盘碗碟，戴世辉亲自点菜，亲自斟酒，红酒白酒一起上。闫亚培、夏薇薇本来与几个工作人员一起坐到另一个房间的，郑光跃问莫晓瑜，你部门的那两个人呢？请他们来这里一起吃饭吧。莫晓瑜马上把闫亚培与夏薇薇叫过来，让他们坐在自己身边。

席间，检查组几个专家说说笑笑，对研究所这次组织的检查大加赞赏，郑光跃听得心花怒放，举起酒杯站起身走过来对莫晓瑜、闫亚培、夏薇薇说，感谢你们，感谢你们为研究所付出的辛勤劳动，辛苦了！

莫晓瑜太兴奋了！她举起酒杯，为每一位检查组专家一一敬酒，也为郑光跃、王吉亮和戴世辉敬酒。最后，她走到闫亚培和夏薇薇面前，轻轻地说，我们胜利了，我们成功了，谢谢你们！来，我们一起干杯！三个人喜不自禁，红光满面，举起杯子一饮而尽，然后三双手叠在一起，拊掌以示庆贺。

等到把检查组成员和研究所领导都送走之后，闫亚培建议三个人外出搞点活动。他们找了个足浴城，放松地躺在那里说笑逗乐，这是莫晓瑜很长一段时间以来最享受的一个美好夜晚。

5

昨晚，是莫晓瑜最开心最痛快最兴奋的时候，她与闫亚培、夏薇薇在足浴城说个不停，笑个不停，这样极其开心极度放松的情绪对他们来说很久都没有了。等到两个小时的足浴结束后，闫亚培开车与夏薇薇一起送莫晓瑜回家。

莫晓瑜与闫亚培、夏薇薇挥手告别以后，沐着清凉的晚风、顶着璀璨的星星，哼着小曲一路小跑回到家里。

马启明坐在沙发上等她，看她推门进来，用关爱的眼神迎着她，回来了？累了吧？

回来了，你在家真好！莫晓瑜精神亢奋地将小包往沙发上一扔，脸上挂着喜悦的笑容。

祝贺你们了，今天终于出了一口恶气，让那两个男女去死吧，这样的结论是对他们最大的打击。

莫晓瑜坐下来，急切地对丈夫说，你这话说到点子上去了，那老东西以为只有他在场才会做成事情，你看，我一样能做好，而且做得比以前更好。你不知道今天专家对我们的评价有多高啊，说我们达到了国家级水平呢！以前老家伙总是把我挡在外面，我一直没机会展示自己，今天总算是扬眉吐气了一回。

马启明开怀大笑地说，看来，我们的强硬还是上策，让他们去谩骂打击，不然，老是被他牵着鼻子跑，你什么时候才有机会表现出个人才干呢？

莫晓瑜与马启明边看电视边聊天，两个人今晚都很兴奋。马启明说，一定很累了吧？忙了一天。莫晓瑜慵懒地说，嗯，确实累得快趴下了。

马启明说，快去洗个澡休息吧，我已经为你烧好水了。明天不要急着起床，睡个够。刚刚才打了个大胜仗，也要犒劳下子自己嘛。

莫晓瑜马上起身去了浴室。她把龙头打开到最大，让水哗啦啦地冲下来，荡尽了浑身的疲倦和困顿，用大毛巾裹了身子，到卧室吹干了头发，才慢慢躺下来。

时间已经到了半夜十二点半。莫晓瑜原以为会兴奋得睡不着，谁知道连续好几天太疲倦了，刚躺下一会就酣然入睡。她迷迷糊糊地做梦，梦见自己独自走在一条陌生的小路上，看不到一个人，也看不到一栋房屋。她疑心是不是到了异域，觉得有几分害怕，想大声叫人来帮帮自己，可老是叫不出，急得她拼命乱抓，抓了好半天，也没人来帮她，恍然惊醒时，浑身都是汗水。她忙起身来到客厅，开了灯坐了一会，刚才的噩梦让她一时静不下心来。

莫晓瑜擦干身上的汗水，蹑手蹑脚回到床上。马启明的呼噜打得异常猛烈，她捂着耳朵，但刺耳的声音还是连续不断。她心里好是烦躁，挨到天亮才重新入睡。

第二天，莫晓瑜睡到九点才醒过来，马启明临走时没有叫她，想让她多睡会。锅子里给她留了煮好的面条。莫晓瑜慢腾腾地洗漱后才去吃早餐。

刚到办公室，郑光跃就来了电话，昨晚休息好了吗？开始打你电话，没接呀？莫晓瑜拿出手机一看，郑光跃已经打了好几个电话，手机调到静音，难怪听不到呢。她忙向郑光跃说明一下。

郑光跃说，如果有空，来我办公室坐坐。

莫晓瑜刚进到郑光跃办公室，郑光跃就笑逐颜开地请莫晓瑜坐下，并倒了一杯茶端过来，连连说，莫主任，感谢你，祝贺你！从昨晚开始，很多人不断地告诉我，都说这次检查非常成功，检查组专家对我们研究所评价很高。

听到郑光跃的这些话，莫晓瑜自然很高兴，忍不住接上去说，郑所长，昨天专家的评价确实很高，应该是历年来我们研究所做得最好的一次。我说过要对你负责，对研究所负责，现在算是完成任务了吧？

郑光跃脸上挂着笑，当然，你做得很不错，工作能力也在这过程中充分体现出来了。

莫晓瑜微微一笑，难得郑所长这样表扬人呀，后面的工作还得要精心安排才行。

郑光跃说，你们也就三个人，能够将工作做得这样突出，确实是费了心力的，相信你们会做得更好。停了一下，郑光跃说，还有个事情要和你通个气，你得有个思想准备。省市联合调查组马上就要来了，是应我的要求来的，希望研究所目前这样乱糟糟的事情尽快结束。

郑所长，是要早点结束才行啊，现在的研究所成什么样子了？那么多领导都不出面，这后面的工作好难做呢。

你先别管那么多，做好自己面上的事就是。调查组来了会解决好的，放心。

莫晓瑜充满期待地点点头，嗯，那就好了。

郑光跃说，等这一段风波过去之后，我会考虑一些问题的，到时候还会请你们吃饭。

从郑光跃办公室回来后，莫晓瑜一直在琢磨他的话，"考虑一些问题"是什么意思呢？难道是一种心理暗示吗？是不是说要解决我的正职问题？如果照目前这样的情形是绝对不可能的，关键是调查组来了能否拨乱反正，等到风平浪静，一切恢复正常后，也未可知。电影《拆弹部队》的女导演有句话，一切皆有可能。一切真的皆有可能吗？

莫晓瑜并不在乎郑光跃一句无头无尾的话，对于莫晓瑜来说，已经毫无意义了，做了这么多事，憋了这么多气，受了这么多伤，难道就是为了那个位置吗？不，更重要的是有个平台展示自己，说白了，自己到底有没有才干，倘若没有机会，怎么能够发挥出来呢？不是对不起别人，而是对不起自己。现在好了，有机会走在前沿，走在被人重视的地方，像一个作战指挥员，振臂一呼，应者如云。从小就喜欢领着孩子们在大院里玩战斗游戏的莫晓瑜，第一次感觉到了自己存在的价值。

第十二章 神秘房间

1

目前的形势对于莫晓瑜来说似乎很有利。刚刚完成的迎检工作得到各方面一致肯定,她心里安然多了,脸上有了久违的笑意,说话也越来越平心静气。以前常常怀疑自己怎么像祥林嫂一般,与人说话一不留神就唠叨了。现在不再多说,愈加喜欢沉默,说那些有什么用呢?就像一个人走夜路,谁能保证不会遇上不测?

总算从种种凶险中突围了。郑光跃说,为了平息这场祸乱,为了扶正社会风气,他出面请来了省市联合调查组,相信他们一定会主持公道,还研究所一片清朗明洁的天空。

就在郑光跃找莫晓瑜谈话的第二天,研究所突然召开全体干部会议。莫晓瑜估计与调查组的到来有关系。果然,会场气氛不一般,肃穆而庄严。莫晓瑜迅速扫视了一眼全场,除了研究所领导与中层干部之外,胡高成竟然也在!莫晓瑜大为不解,他一个不伦不类的人,满脸横肉,面无表情,为什么要让他参加?

郑光跃多次提到的贾里梅,是这次事件的幕后策划者与组织者,此刻她横脸坐在第一排。这个女人不简单,在几年内被郑光跃器重提拔,身为组工处处长的她,可谓风光占尽,莫晓瑜实在不明白她为什么要如此狠毒、恩将仇报地对待郑光跃?借用胡高成与廖水花这两门大炮,欲将郑光跃置于死地。难道就是为了能爬上最高位置吗?莫晓瑜想,诚如前人所云，贪心不足蛇吞象。你贾里梅不是与我一同上的副职吗？才几年工夫，你青云直上，占据了研究所最好的码头，所有的干部都掌控在你手里。说起来，你要才没才，要貌没貌，一个非业务人员，到底凭哪一点取胜呢？

莫晓瑜想起几年前郑光跃带了几个部门负责人去山西中医研究所考察学习时，曾与贾里梅同住一室，贾里梅时任办公室主任，对郑光跃照顾得无微不至，既能陪酒，又能赔笑，深得郑光跃青睐。后来还以考察学习之名陪同郑光跃去了一趟美国。莫晓瑜心想，真是一块善于逢迎的料啊，换成是我，绝对做不了。

看着眼前的贾里梅，莫晓瑜气不打一处来，我本来就看不惯你，你还做出颐指气使的样子，得势时恐怕还是要多考虑以后该怎么办吧。不管你，我管不着你，你现在一副冷脸，给谁看呢？

正这样想着时，莫晓瑜抬头一看，主席台上坐满了一排溜的人，个个表情凝重，眉眼冷峻。正中间是一个五十来岁的胖女人，绷紧了脸上的肌肉，眼睛锐利有神。下面的人发出轻微的声音，很多人在交头接耳，议论纷纷。

大约两分钟后，胖女人咳嗽一声，开始说话了，声音低沉而嘶哑。青州中医研究所的领导和同志们好，我是省纪委信访处的陈英，这次省纪委对青州中医研究所出现的异常情况高度重视，专门成立了省市联合调查组，委派我担任调查组副组长兼秘书长，首先我来介绍一下调查组所有成员吧。

陈英将台上的十几名检查组成员一一予以介绍，莫晓瑜听是听清楚了，可她一个都记不住。

陈英接着说，下面，请我们调查组组长徐永波同志将有关情况作一个说明，大家掌声欢迎。

台下稀稀拉拉响起一阵掌声。

徐永波脸上没有任何表情，他睁着鹰一般的眼睛，环视了一下全场，不紧不慢地说话了。同志们好！最近一段时间，青州中医研究所出现了极其混乱的局面，有违中央提倡的和谐社会理论与精神。据我们初步了解，与研究所领导层管理不严、缺乏监督有关系。如果不及时处理好各种关系与相关问题，势必会影响研究所今后的建设与发展。省市领导十分重视这次事件，委托我们在一定的时间内，充分调研、了解，找到问题的症结，像医生一样，及时帮助你们搞一个体检，有问题查问题，查到问题及时解决，希望得到在座各位的协助。

徐永波的话刚一讲完，台下响起一阵热烈的掌声。

陈英说，刚才徐永波同志已经将我们此次调研的目的与意义做了说明，那么，要求青州中医研究所从现在起，一切工作要进入正常轨道，网上所有的帖子全部要删掉，不能够再出现类似的情况。我们会陆续找人谈话，如果你们主动想向调查组反映问题，我们非常欢迎，现在公布一下我们工作办公室的电话号码吧。

陈英翻开本子，念了几个电话号码，有座机，也有手机。

当陈英把工作办公室的地点告诉全场所有人时，莫晓瑜恍然大悟，原来就在我们家楼下的203、204两个房间啊！怪不得前几天看到研究所办公室的人指挥几个工人在粉刷墙壁，打扫卫生，还买来了新桌椅和电脑等办公用品。莫晓瑜当时觉得好奇，这房子已经空了很久，一直没人住，现在看那架势，又不像新的住户，原来是为调查组准备的！我每天会从那里经过，没准会碰到调查组的人，不管他们找不找我，我一定要找机会与他们说明一下真实情况。

会议结束之后，参会人员退场时都不说话，三三两两只管匆匆走出会场。这样的情形与以往大不一样，所有人都心知肚明，接下来会有一场较量，郑光跃自然是主角，他在明处，暗处却躲着不知数量的人，都是些谁呢？有的可以猜测得到，有的却很难估料。至于明处的胡高成与廖水花，只不过是被人利用冲锋在前的枪炮。当然，枪炮有枪炮的厉害，如果发发子弹连续射出去，也具有极强的杀伤力。这样的时候，就看郑光跃能否躲得过了，他首当其冲成为被那伙人瞄准的重点射击对象，而自己遭遇到的攻击与伤害又当别论，看上去与郑光跃虽有一定联系，实则却是自己与胡高成、廖水花的另一段恩怨。

莫晓瑜想，到了一定的时候，我不能不将真实情况与调查组成员说明。她觉得自己是在理的，而且理由很充分，主管与客观，有时有联系，有必然的联系，有时又未必，主观是一回事，而客观是另外一回事。她讨厌有些人说的，淡定，淡定，面临深渊，谁能做得到淡定呢？

2

晚上莫晓瑜接到一个电话，来自拉萨，是多年未见的表妹冬雨。当时莫晓瑜正与马启明在商场购物，冬雨一直和她说话，莫晓瑜不忍心挂掉，捂着手机在耳边陪着说话。冬雨说，姐，我后天坐飞机去你那里。莫晓瑜高兴地说，好啊，幸好你现在来，早几天我没有一点时间陪你呢，刚刚完成了一项重要任务。

第二天，莫晓瑜做好冬雨来这里的一切准备。她有点不好意思地对闫亚培说，我想请你帮我去机场接个人，你方便吗？闫亚培说，没问题，什么时候呢？莫晓瑜说，周六。她又对夏薇薇说，薇薇你到时候带了孩子一起过来吧,我请你们一起作陪。

连续下了几天雨,温度下降不少,已经立夏了,却寒风凛冽。闫亚培一早过来,接了莫晓瑜就往车站跑,因为还有一位冬雨的朋友香香要来,也是莫晓瑜与冬雨的姐妹。莫晓瑜穿了一条浅灰色印花真丝裙,套了一件浅灰色小马甲,脚上是一双白色半高跟鞋。下车时风吹过来,冻得身上瑟瑟发抖,头发被一绺一绺地撩起,看上去有点纷乱,却别有一番纤秀柔婉的气质。接到香香之后,又一起去机场接了从拉萨来的冬雨与她的男朋友。

刚一见面,三个姐妹抱成一团,说说笑笑间,一会儿就到了预订的房间住下。夏薇薇带着女儿也来了,正好是中午,莫晓瑜安排所有人吃午饭,满满的一大桌人,席间大家谈笑风生,气氛轻松。饭后闫亚培开车送了两趟,莫晓瑜陪着客人们到雨湖公园转转,闫亚培用专业相机为客人拍了很多照片。湖面波光粼粼,岸上高楼林立,五月份的花花草草正是气氛热烈的时候,照片效果很不错。

随后,一行人又来到研究所大院里。花红柳绿,小桥流水,景色宜人。大家姿态各异地拍了很多照片。连续走了好长的路,莫晓瑜穿着高跟鞋,感到脚脖子痛得很厉害,又不好出声,只好忍着陪同一起说笑。

时间过得真快,转眼就到了吃晚饭的时候。闫亚培早已安排好地方,在雨湖公园丹阳餐馆。客人们受到这样的礼待,自是高兴。莫晓瑜要了两瓶红酒,大家说说笑笑,碰杯敬酒,好不热闹。在这样的氛围中,莫晓瑜暂时忘记了身边的烦恼与面临的危机,她庆幸几位客人今天能够光临,有了他们,才有了欢笑与快乐,情谊与酒,都是可以麻醉神经的,莫晓瑜霎时间有点迷醉了。

天黑以后,闫亚培开车将客人送回房间休息,莫晓瑜本想再陪同说说话的，闫亚培关心地说，莫主任，我先送你回家，早点休息。他的语气坚定，不容商量，透出几分关切之意，莫晓瑜不可抗拒地听从了他的安排。

这个晚上，莫晓瑜有些兴奋，未解酒意，在床上翻来覆去好一阵子，难以入眠。

次日起床后，天气骤然凉了，风大雨急的。闫亚培准时来到莫晓瑜楼下，然后一起去接客人。先将拉萨来的冬雨与她男朋友送至机场，再送香香到长途汽车站。在回来的路上，闫亚培不怎么说话。莫晓瑜只管看手机，先后收到了冬雨与香香的信息，她俩说了很多感激和赞扬的话，莫晓瑜一高兴，情不自禁念给闫亚培听，传达她们的谢意。闫亚培似乎不以为然，只管看着前面的路开车。莫晓瑜有点诧异，抬头故意笑着问了一句，闫博，你是不是感到这些信息有点酸酸的味道？闫亚培率真地说，嗯，是有点呢，我是不习惯发信息说这些话的。

闫亚培说完这一句，不再说话。车开到莫晓瑜宿舍门口，莫晓瑜对闫亚培说，今天辛苦你了，明天你就不用来上班了吧，安心休息休息。闫亚培此刻情绪十分低落，点点头，没说什么话就开车走了。

莫晓瑜第一次看到闫亚培露出这样的表情，一刹那，感觉不悦，感觉昨是今非，感觉自己做错了什么，感觉暂时谁也不想见。看来，要及时调整自己了，怎样调整呢？

回到家里，莫晓瑜翻开日记本，记下了这么几点：少说话；少说废话；少说工作以外的话；少说敏感的话；避开一点；尽量避开；至少下周避开；不要再夸自己。我怎么都把缺点暴露在外呢？难道是为了表现一个真实的自我？藏拙都不会吗？以后将每日三省，改头换面，洗心革面。好吧，一切从明天开始。

第二天，闫亚培果真没有来。莫晓瑜想让他休息一天，但看不到他，心里又有些失落，担心他时间一长会厌倦这里的一切。为了提醒自我改变，莫晓瑜开始写"自励语录"，力求日后能脱胎换骨。

周二这天，三个人都在，莫晓瑜本想沉默的，又担心他们多心，还是时不时说上几句，结果一说又说开了，啰啰唆唆还是同以前一样。等到猛地意识到之后，她又继续自励，不过……她想，自己恐怕是本性难移了。

闫亚培看了一眼莫晓瑜，眼光突然定住了，说，莫主任，你今天打扮得很漂亮。莫晓瑜有些愕然，我没有刻意打扮呀。闫亚培笑笑，那就是天生丽质吧。莫晓瑜也笑笑，你怎么想到说这个呢？闫亚培说，我觉得你头发盘起来要好些。夏薇薇也看了一眼莫晓瑜，嗯，我也觉得这样更好。莫晓瑜上下看了一眼自己，既然你们两个人都说好，那就给我拍几张照片吧。

闫亚培马上从书柜里取出相机，帮莫晓瑜从各个角度拍了很多照片，莫晓瑜拨弄着相机，从头到尾翻看了下，感觉没有几张满意的。她转身坐下来，找出卫生部的评估指标体系，计划从现在开始，要认真全面地了解和阅读一下。凡事都要早作准备，日子一天天逼近了，这才是件大事啊。莫晓瑜记得闫亚培曾经充满期待地说，如果我们三个人能够一起做卫生部的质量评估，而且最后能取得成功，那该是一种多大的享受啊！

然而，研究所这场人祸尚未结束，也未见结果，令人堪忧，不是说调查组来了一切会好起来的吗？怎么这几天没人找我谈话呢？

莫晓瑜失神地看看窗外灰色的天空，暗自焦灼。

3

关于楼下那两间神秘房间,莫晓瑜不知想象了多少次,具体怎么摆设?他们工作程序怎样?找自己谈话的会是些什么人?谈话的内容会涉及哪些话题?会不会给自己造成威慑力?走进去的一刹那会产生畏惧感吗?

早上到办公室刚刚泡好一杯茶,纪检室的邱主任来了电话,通知莫晓瑜马上去203房间。莫晓瑜倒抽了一口气,她渴盼而又害怕的时候终于到了。

203房间的门敞开着,一男一女在门口候着她,将她引到房间后面的阳台内坐下。女的身材微胖,四十多岁的样子,表情严峻,目光犀利。从她言行举止看,像是一名负责人。莫晓瑜深深吸了一口气,告诫自己一定要淡定、冷静地面对。她不愿意被别人说成像戴世辉那样,"心理素质差"云云。

莫晓瑜在指定的位置坐好,她目不转睛地看着对面刚刚坐好的一男一女,等着他们发话。那个瘦高个男人约莫三十几岁,正低头打开手提电脑,准备随时记录,女的双臂抱在胸前,直勾勾地盯着莫晓瑜。

瘦高个开始说话了,请问你叫什么名字?

莫晓瑜。

在哪个部门工作?

质监办。

现在担任什么职务?

专职副主任。

……

莫晓瑜对他们这样形式的问话很不适应,这场面怎么像是审讯犯人呢?

瘦高个将刚才问及的情况全部输入笔记本电脑之后,开始切入正题。他问,你们研究所出现了这样的纷乱事件,你在其中有什么做得不当的事情吗?比如搬走档案、换掉门锁,能不能解释一下?

莫晓瑜早就料到了,绕不开躲不过,她马上就此事说开了:

说起来有两个理由吧,其一,那天是周五,我与新来的两个工作人员一起购买了两套办公桌椅和沙发,商家送过来时已经很晚了,所有的东西摆放好了后,为了周一能顺利进入工作,清理一下材料,我顺便让新来的两个工作人员去对面将部分需要的档案材料搬过来了,我有钥匙,我自己开的门。其二,研究所领导为了预防不测,曾多次要我保全资料,并未提出具体方法。所以,这一切都是我的个人行为,与领导没有直接联系。

莫晓瑜认为自己的客观叙述,一定可以驳斥那些人诬陷的"偷盗"之说。

瘦高个一边听一边敲字。周围很安静,窗台外的一树葱翠正在风中摇曳,阳光透过窗纱暖暖地照进来,置身此间,莫晓瑜的心里仿若"东边日出西边雨"。

胖女人突然问,你为什么要这样处理问题呢?

莫晓瑜开始顾左右而言他,突然反问道,你们知道他们害我的事吗?

胖女人用手捂着嘴,嗯,听说过。

莫晓瑜马上将胡高成与廖水花怎样坑害自己的事一五一十和盘托出,胖女人恍然大悟,连连点头说,难怪呢,是他做了初一,你才做十五啊。莫晓瑜看她的表情,似乎很能理解自己,不免感到有几分欣慰。

瘦高个已经记录好了,这时候又开始发问,你为什么不给他们买办公用品呢？

莫晓瑜轻轻笑了下，嘴角带了些微的轻蔑，我同意他们买，只是要给我一个清单，可是廖水花招呼都不与我打，而且在群里发辱骂诬陷我的文字，对人缺乏起码的尊重，言行恶劣，我心里总在隐隐作痛，也懒得去管他们了。

胡高成的电脑是怎么回事？你没给他配备吗？瘦高个又问。

莫晓瑜扑哧一声笑出声来，这胡高成真是个老无赖啊！

我和胡高成的台式电脑是一起买的，另外还有一台笔记本，胡高成将他那台台式电脑给了廖水花用，把放在家里用科研经费买的一台搬到办公室来，这与我有什么干系呢？好笑！

胖女人仍然直勾勾地盯着莫晓瑜看，眼光更加犀利，像是要探究清楚莫晓瑜的内心。莫晓瑜不眨眼地看着她，毫不畏惧，像是在告诉她，我所有的话都是真实可信的。

瘦高个继续问话，谁让你保存资料的？

莫晓瑜说，郑所长和王所长。

胖女人问，什么时候说的？

莫晓瑜想了想，具体哪天我记不得了。好像，好像……就是那天上午吧。

瘦高个不相信地看着莫晓瑜，不可能吧，这就记不清楚了？

莫晓瑜无奈地笑笑，你们不相信我，是吗？

胖女人与瘦高个对视一眼，打住了这个话题。

瘦高个又回到前面的问题，你搬走档案是谁让你做的？

我自己。

你好好回忆下，真是你自己吗？

当然，为这事我还被郑所长批评了呢！

胖女人接上来问，你为什么不给他们两人分配工作呢？

莫晓瑜愤然地说，他们那样伤害我毁谤我，我还有必要与他们打交道吗？我已经向研究所每位领导表明了我的态度，什么我都可以不要，但要我与他们讲和是万万不可能的，除非他们到攻击我的地方去公开向我道歉，这是底线。在这个研究所里，我的人格和尊严没人来帮我维护，只有靠我自己了。

胖女人和瘦高个都不说话，两个人死死地盯着莫晓瑜的脸。莫晓瑜也和他们对视着，她的眼光没有丝毫怯弱，暗暗告诫自己千万不能软下来，不能退缩。就这样僵持了好几分钟，那两个人终于将目光移开了。莫晓瑜估测他们训练有素，找人谈话多采用攻心术，今天也想用在自己身上，可是现在，他们已经先败下阵来了。莫晓瑜暗自得意，我竟然很能挺啊？

莫晓瑜后来记不清他们还问了哪些问题。接近中午时，莫晓瑜说，我还没吃早餐，饿了，头晕得厉害。胖女人忙削了个苹果给她，她也不客气，大口大口吃起来。吃完之后，瘦高个又开始提问，莫晓瑜从从容容一一回答。

胖女人问，你对胡高成印象是什么样的？

莫晓瑜一时悲从心来，愤愤然地说，他以前做事还是很认真很有责任心的，万万没想到突然人格分裂了，变成了一条阴险狠毒、穷凶极恶、丧心病狂的疯狗。

瘦高个噼里啪啦敲打着键盘。最后，他将所有的记录打印出来，要莫晓瑜看了之后签字，还要求按个手印。莫晓瑜一一按要求做了，情绪杂糅，一方面感觉今天的谈话自己是胜利者，另一方面又蒙受了一次天大的委屈，谁愿意被人咄咄逼人近乎审讯地问话呢？

晚上，莫晓瑜给郑光跃拨了电话，将调查组谈话的情况告诉了他。郑光跃气愤地说，我到省里找了领导，当着领导的面发火了，本来是请调查组来主持公道的，结果被胡高成他们带歪了。今天省里领导马上打电话给调查组，批评了他们的违规操作。

莫晓瑜听说后有种很爽的感觉，以后事态会朝哪个方向发展，还得继续走着瞧了。不管怎样发展，我还是我自己，莫晓瑜。

也许是联合调查组出面调查的原因，网上那些谩骂攻击人的帖子一夜之间全部被删掉了，也不复出现新帖，研究所恢复了以往的安宁。有人庆幸组织及时出面，有人却感觉生活中少了些刺激。

莫晓瑜的心稍稍安定下来，她很想把这段时间来的感遇和心情记录下来。如果能用文学的方式更好，到底怎么写为好呢？这场熵变无非像一场犬祸，一群疯狗凶狠地撕咬无辜，就以"犬祸"为题来写吧。

转眼端午节到了，下了一天的大雨，莫晓瑜坐在窗前，浮想联翩，感受万千，她零零碎碎敲了几行文字，端午节，端午雨，端午水，端午情。

正沉浸在一种情绪中时，闫亚培来了信息，说他已经出发去龙城参加培训。莫晓瑜知道闫亚培这几天有点感冒，担心他身体不舒服，忙回复信息要他好好照顾自己。

下午有一个业务会议，王吉亮神秘兮兮地问莫晓瑜，现在没事了吧？莫晓瑜笑笑，好像没什么了吧？王吉亮点点头，也没说什么话。

莫晓瑜邀请研究所几个投缘的姐妹到水城玩了一个晚上，几个人提及那几个惹事的人，嬉笑怒骂，好不痛快，疯玩到半夜才想起要回家。莫晓瑜躺下来想，今晚是开心了，不过，明天还会开心吗？

闫亚培回来了，带来了重要的任务，卫生部需要的基本数据马上要报上去。莫晓瑜心里一紧，又有事得忙了。闫亚培说，昨天戴处告诉我，有天胡高成跑到他办公室极其张狂嚣张地说，你要老老实实交代才行！

接下来是紧张的加班，周末两天都搭上了。莫晓瑜累得说不出话来，晚上又是七想八想，彻夜未眠，天亮时赶快吃两粒安眠药，谁知睡过了头。闫亚培的电话响起，莫晓瑜才从梦中惊醒，她匆匆忙忙赶到办公室，看到王吉亮和戴世辉坐在沙发上。莫晓瑜与他们打了声招呼，想到竟迟到这么久，一脸的尴尬。

王吉亮说，马上开会，你做好发言的准备吧。莫晓瑜点点头，心里一阵慌乱。

会议九点半钟开始，几个重要部门的负责人都来了。大家在会上讨论数据收集到底由哪个部门牵头做，各执一词，好半天还没定下来。王吉亮叫上戴世辉与莫晓瑜到郑光跃办公室汇报和请示，郑光跃似乎很不高兴，耷拉着眼皮，你们怎么老是变来变去的？这事给综合办做最好。莫晓瑜想到会上大家提出的专项经费问题，顺便提出来请郑光跃解决，郑光跃虎着脸说，事情还没做就要钱，这是我最反对的事。

几个人觉得很无趣，正要告辞，郑光跃提醒说，你们要尽快将上次检查的结果发到主页上去，最好今天就发。莫晓瑜回到办公室要夏薇薇马上写稿件，请王吉亮和郑光跃签审后送宣传部，没几分钟就发出来了。报道还配了几张上次会议的照片，有两张凸显了莫晓瑜，气质优雅，表情怡然，看不出是在严重受伤的情况下出现在众人面前的。

晚上，这个专题报道帖子的点击率直线上升，很快就到七百多了。莫晓瑜有些兴奋，心想，关注的人还不少呢！

第二天上班时，莫晓瑜又点开研究所网站看，点击率突破一千大关，莫晓瑜很开心，嘴里不停地叫好。夏薇薇不解地看她一眼，你怎么很在乎这个？莫晓瑜说，我们一起这样艰难地走过，连你们还被骂成是小丑，挺过来不容易啊。夏薇薇噘起嘴巴说，都怪你啊，被你害的。莫晓瑜诧异地看着夏薇薇，不相信她会说这话，哪知道夏薇薇又重新说了一遍，就怪你，被你害的。莫晓瑜顿时晕眩起来，一刹那百感交集，她喃喃地说，是啊，从某种意义上来说，我是害了你们呢。

夏薇薇走后，莫晓瑜老大不快，一个人坐着发呆。闫亚培回到办公室，看莫晓瑜那样伤心，忙安慰说，莫主任，刚才薇薇是无心说的话，你别太在意。他走到莫晓瑜身边，递了一本养生的书给莫晓瑜。莫主任，这本书也许对你有帮助。莫晓瑜看看闫亚培，又看看书名——《不生病的智慧》，刹那心生感激，接过书慢慢翻看起来。

回到家里，莫晓瑜对马启明与女儿提起这事，检讨自己说，我确实不会拿架子，不会装假，平时与他们太过随意，以后得有点距离感才行。女儿愣了一下，说，妈妈，你对他们太关心，太当朋友看了吧？莫晓瑜觉得女儿的话不无道理，意识到自己错了好多，哪有与他们相处得这般不伦不类的？我得改变一下才行，明天不去办公室了吧，看看医生去。留一份安静给他们，如果能够隔开一点，多好？就是亲人，老挤在一堆，时间长了，也很难相处的。

第二天，马启明陪莫晓瑜去了医院。莫晓瑜有些惭愧，自己就是医生，怎么就不能治疗自己的病呢？一位中西结合的刘大夫看了看莫晓瑜的脸，肯定地说，你有抑郁症。

嗯，我现在是有气无力，要死不活，难道就是抑郁症的表现吗？

我给你开点补气血的药吧。

闫亚培和夏薇薇都来了短信问候，莫晓瑜懒得回复，心里有一种怪怪的感觉。夏薇薇又来了电话，问身体怎么样？莫晓瑜简单说了一句，没事呢。

马启明叹口气说，你呀，估计这性格也是改不了的。

莫晓瑜感到身心交瘁，累得没有一点力气，她胡乱洗了个澡，爬到床上沉沉地睡了。迷迷糊糊中，梦见自己一个人在暗夜里行走，一不留神掉进了一个肮脏的水塘里，她拼命地挣扎，拼命地喊救命，周围一个人都没有，她继续大声喊叫，还是没人来救她，猛然醒来，全身都是汗水。

莫晓瑜坐起来，呆呆地回想着刚才的梦境，有种不好的预感，莫非……她不敢深想。干脆轻轻地下床，走到书房，拉亮灯，打开电脑，开始敲《犬祸》。

柳沟的每一个清晨都很安静，就像日子复制着日子一般，看上去今天与昨天没什么大的区别，但节骨眼上的事却是一桩算一桩的，甚至相互不能替代，昨天不是今天，今天也不是明天。你站在今天能够料到明天吗？

伊荷觉得自己似乎进入某种情绪中去了，她感叹最近似乎什么都没做，是没时间还是没情绪呢？现在终于能够静下心来，除了安排好这次的采访任务，余下可以做点想做的事了，比如，读点想读的书，写点心灵文字，一切可以按自己的思路进行，到底写点什么呢？隐隐地伊荷感到诗歌在走近她，是的，很久没有写诗歌了，那就先写点诗歌吧。当然，诗歌并不是说来就来的，完全要靠自己的感悟，就像爱情一样是可遇不可求的。

……

第十三章　悬而未决

1

闫亚培与夏薇薇到底是聪明人，莫晓瑜说去看医生，一天不来办公室，他们料定是心情问题。第二天上班时，两个人约好一般，表现得十二分热情殷勤。莫晓瑜当然不是傻瓜，完全明了他们的心思，脸上挂着笑意，没事人一样与他们随意交谈。

王吉亮召集一个碰头会之后，几个人马上到郑光跃办公室汇报。郑光跃对王吉亮说，杨爱玲马上要调走，商调函已经来了，她那个部门你们要尽快安排个人负责。

莫晓瑜很想问问郑光跃，杨爱玲会调去哪里？又不便开口，心里有种重重的失落感，想起自己与杨爱玲是无话不谈的朋友，人生无常啊！

闫亚培在准备数据收集培训的事情，莫晓瑜没再安排他做别的杂事，让他安心在一旁忙碌。

第二天早上，莫晓瑜没到七点就醒了，她提前赶到研究所报告厅。闫亚培已经站在门口，夏薇薇还没到。莫晓瑜要闫亚培将最新一期《工作简报》分发到各部门负责人手里，闫亚培开始很配合，中途却说，可以暂时不发吗？我担心会分散大家的注意力。莫晓瑜犹豫了下，说，还是发吧，不能再拖了。她看闫亚培不怎么想动，只好自己到每个座位上去发。闫亚培跟着又发了一部分，后来突然停止了，莫晓瑜看他表情僵硬，略感不快。

莫晓瑜从第一排郑光跃面前走过时，看到他流露的眼神似乎很亲切，与王吉亮的全然不同。上次评估顺利圆满，一直让他感到十分满意。本来被那些人攻击得很受伤，却在这件备受责难的事情上完满收官，他自然颇感欣慰。

会议开始了，王吉亮主持，一再说明这次数据收集的重要性，然后请闫亚培上台做辅导。闫亚培今天特意理了头发，穿了一件白色隐格衬衫，显得更加帅气精神。他从容不迫地讲了二十来分钟，现场感觉很不错，莫晓瑜看着台上容光焕发的闫亚培，满面笑容地使劲地为他鼓掌。

闫亚培说完之后，王吉亮请郑光跃上台。下一个环节是递交责任书。各部门负责人上台依次向郑光跃递交责任书。当一个个捧着签好名字的责任书交给郑光跃时，郑光跃的脸上散发出无以言喻的光芒。

郑光跃讲话了，他在反复强调数据收集的意义和要求之后，加强语气说，我今天要特意表扬一下质监办，他们就只有三个人，将这次迎检工作完成得非常顺利圆满……当然，还有生产管理处以及其他部门的大力支持。

会后，戴世辉请莫晓瑜参加了他主持的一个会议，建议质监办马上去上海和江苏调研，回来一起做个二级单位的质监方案。莫晓瑜回办公室后，立刻与上海和江苏方面的负责人电话联系，对方均十分热情，表示欢迎。莫晓瑜马上向王吉亮和郑光跃汇报，嘱咐闫亚培预订质监办三个人与生产管理处副处长孙立等四人的机票。

晚上正想早点休息时，电话响了，是郑光跃打来的，自然说起了眼前的事情，莫晓瑜依然担忧，郑光跃却自信满满地说，他们这些人做事不留退路的，看他们以后日子怎么过。

放下电话，莫晓瑜感到很疲倦，极度疲倦，她什么都不想做，只想好好睡个觉。今晚还好,刚合眼就沉沉入梦,梦到自己在一座山里转来转去,总找不到出路。正疑惑时,忽听到滴滴答答的雨声,莫晓瑜睁开眼睛,黑暗中雨声更清晰了。她静静地听着,睡意全无。干脆披了件衣服起身到阳台上,推开窗户看着黑魆魆的外面,愣愣地好像在想着什么,又好像什么也没想,好一阵子才又躺下。马启明翻了下身,嗯嗯两声又睡着了。

第二天雨还在哗啦啦地下。按约定时间,四个人在研究所门口上车直奔机场。运气不错,尽管天气不好,飞机还是如期起飞。瞌睡一会,很快抵达上海机场。一下飞机,莫晓瑜感到寒风扑面,看来衣服穿少了。转乘五趟地铁之后,才到达闵行酒店,莫晓瑜马上拉着夏薇薇去买衣服。

太疲倦了,一夜无梦。

第二天到上海中医研究所时,刚刚八点半,质监办贾林主任就来了电话,莫晓瑜等四人已经到了楼下。贾主任走下楼来,热情地将他们带至四楼小会议室,待坐定后,也无过多的客套,只是被动地回答这边的问题。莫晓瑜希望能搞到些可以借鉴的材料,转弯抹角开口之后,对方才勉勉强强给了几本小册子。

莫晓瑜如获至宝地让夏薇薇赶快收好。

与上海中医研究所质评办贾主任等人告辞之后,莫晓瑜一行四人马不停蹄赶路,直奔江苏常熟中医研究所。傍晚时分才到。放好行李,孙立看江南满眼都是景色,提议一起去游游常熟有名的虞山。此刻,微风轻拂,夕阳西沉,景色宜人。走着走着,孙立回头说,我帮你们拍几张照吧。闫亚培急忙闪开,你们照吧,你们照吧,我不喜欢照相的。孙立有点愕然,莫晓瑜也很吃惊。

几个人都不说话,默默往前走着。

到了虞山脚下，莫晓瑜抬头看了一下山峰，提议几个人来张合影。闫亚培却站着不动，冷冷地说，你们拍吧，我来帮你们拍。莫晓瑜这次睁大了眼睛看着闫亚培，她不相信眼前这个一向温文尔雅、彬彬有礼的人竟然会这样？一点面子都不给？不是说当过兵到过部队吗？怎么可以采取这样无礼的态度？与过去的他简直判若两人！

莫晓瑜像遭了雷击一般，蒙了，心一下子跌入谷底。她闷闷怏怏的，有气无力机械地走着，夏薇薇一步不离地陪在她身边，骂骂咧咧地指责闫亚培，哼，真是个怪胎！不可理喻的怪胎！孙立见状，只好自己一个人四处拍照。夏薇薇上前说，孙主任，我来帮你拍吧。接下来，莫晓瑜与孙立、夏薇薇三个人不停地照，夏薇薇解恨地说，不管他，我们多拍点吧。

天色完全暗下来了，几个人就近找了个饭店，孙立提出喝点常熟的鸡血米酒，闫亚培问莫晓瑜怎么样？莫晓瑜不想睬他，只管低头想今天的事。闫亚培也不再问，自己做主要了一瓶暗红色的鸡血米酒，给每个人都倒了些。

莫晓瑜心里郁闷，喝了两杯之后，竟有点微醉了。她亢奋地说，再弄点酒来吧！闫亚培见状，知道莫晓瑜情绪不佳，而且已经醉了，他不敢再要酒。莫晓瑜站起身，东倒西歪跑到前台，掏出钱包。夏薇薇和闫亚培连忙跑过来劝阻，莫晓瑜用手挡住他们。闫亚培只好再要了一瓶，给莫晓瑜加满了，莫晓瑜一边喝酒一边流泪。孙立不知道她到底因为何事，以为莫晓瑜想起了最近的委屈，心里难过，忙劝慰说，莫主任看开点吧，那些东西算什么呢？你自己要多开心才好。莫晓瑜不与任何人说话，只管一个人喝，倒了一杯，喝完，再倒一杯，喝完，直到彻底醉了，又哭又笑，所有的积郁与伤心这会儿都彻底释放了。

2

夏薇薇将莫晓瑜扶到车上，让她靠在自己身上。到了酒店后，莫晓瑜依然在说醉话。夏薇薇扶着莫晓瑜，进房间后劝她洗把脸再睡觉，莫晓瑜哪里管得了自己，往床上一倒迷迷糊糊睡着了。夏薇薇心里清楚莫晓瑜是被闫亚培惹生气的，问题是，闫亚培心里清楚吗？按说他不可能浑然不知，可现在他竟然那般冷静、淡漠，难道是佯装不知？

半夜，莫晓瑜醒酒了，起身上洗手间，夏薇薇忙拉亮灯，问莫晓瑜感觉好些了吗？莫晓瑜这会儿完全清醒过来了，想起昨晚的事情，有点不好意思，淡淡地说，没事呢，薇薇你睡吧。

夏薇薇看了一眼莫晓瑜，躺下去很快就睡着了。莫晓瑜半天难以入睡，心里叹道，你们两个，轮着伤我，痛彻心扉啊！

第二天大雨滂沱，莫晓瑜心中隐隐不快。她不管那几个人，自个儿吃了早餐后，与他们一起到了常熟中医学院。接待他们的是质监办蒋素萍主任。这位蒋主任容貌端正，着装精致，口齿伶俐，语速很快，思维敏捷，表述流畅。莫晓瑜本也想说点什么，但死活插不进一句话，任凭蒋主任一个人从头说到尾。

莫晓瑜强打精神，与这位蒋主任软泡硬磨，总算要到了几份资料，不然，回去怎么向王吉亮交差？她与闫亚培、夏薇薇暗暗交换了意见，不在这里吃饭，找了个要去赶飞机的理由，匆匆与蒋主任等人在雨中告辞了。

在去虹桥机场的路上，莫晓瑜双手搂着胳膊，一句话都没说。闫亚培与夏薇薇坐在大巴车的最后一排，两个人嘀嘀咕咕不停地说话，莫晓瑜估计他们在说自己。到了虹桥机场，闫亚培时不时回头想帮莫晓瑜提提箱子，莫晓瑜心里一阵恶心，一次又一次婉拒，闫亚培自觉无趣，后来也懒得再管了。

到机场还很早，几个人坐着喝咖啡。孙立提议玩玩扑克，闫亚培马上去买来两副，莫晓瑜主动与孙立玩对家，心不在焉地摸牌出牌。起飞时间到了，却迟迟不见动静，好一阵机场才通知说，本次飞机晚点。开始以为不过就一会儿，谁知竟然晚了六个小时！回到家里时，已是深夜一点。

莫晓瑜身子软软的，倒头就睡。

次日吃过早饭，莫晓瑜忙着洗头、洗衣服，收拾完毕后才去办公室。闫亚培与夏微微已经先到了。看莫晓瑜来后，夏薇薇提起质监办的现状，很不乐观地说，我们可能以后会很艰难呢！莫晓瑜亦不无忧虑，却毫无办法。她电话孙立，两个人约了戴世辉去向王吉亮汇报。说到质监办的情况，王吉亮的语气与夏薇薇的分析判断相差无几，莫晓瑜想，竟然一语成谶！

莫晓瑜有种大大的失落感，她尽力控制情绪，尽力做到一切如故，不想让他们看出什么来。夏薇薇下午谈了她对闫亚培的感觉，真是不理解他那个人呢，以为他自己很有道理，一点差错都没有。莫晓瑜至此恍然大悟，闫亚培原来是个如此自以为是的人，实在是隐藏得太深了，短时间内是看不出来的。到了下午，夏薇薇因为孩子的事提前走了，莫晓瑜与闫亚培两个人坐在办公室里，竟然无话可说，一句话都没有！

莫晓瑜情绪极其低落，这次闫亚培的表现，让莫晓瑜看到了人的另一面，以后，该如何去面对他的存在？

若是以前，莫晓瑜又会辗转反侧，但奇怪的是，这个晚上她睡得很好，只不过早上醒来，还是有气无力。到办公室后，闫亚培与夏薇薇都在忙着，她本想与他们招呼一声说说话，却又不知道说点什么，索性埋头做自己手头的事。

就这样不尴不尬地挨了一天。马启明回家听她细说了这些事,为了淡化妻子的不良情绪,晚饭后拉着她去了一趟服装商城,不厌其烦地陪她试穿衣服,各式各样的,一件又一件,终于帮她挑到了几样合适的,莫晓瑜的心情略微得到了改善。马启明看着妻子的脸说,你呀,以后不管遇上天大的事,一定要记得多开心才行!人的命运有时候并不按常规与套路出牌,不过,总有峰回路转、柳暗花明的时候。

莫晓瑜点点头,想起听过的两句话,心若计较,处处都是雷雨,心若放宽,时时都是春天。心量大了,福报更大,心气转了,柳暗花明。

自此以后,闫亚培的情绪与态度明显有了根本性的变化,再也不将莫晓瑜放在眼里,只管我行我素。莫晓瑜听任他的放肆与无礼,也懒得理睬。

几天都是大雨,办公室的气氛完全变了味。

有天中午,几位朋友约请莫晓瑜到附近的农家乐餐馆小聚一下,大家嘻嘻哈哈,谈笑风生,冲淡了近日弥漫在莫晓瑜心里的种种阴影与不快。

下午有个工作会议。会议开始前,戴世辉气愤地大骂道,那群鸟人们又在叫嚣,要求彻查,他奶奶的!莫晓瑜心想,戴世辉是真生气了吗?难道他也有生气的理由?那把火烧得他心里发烫吧?

会议结束回到办公室,闫亚培与夏微微已经走了。莫晓瑜气不打一处来,她明白他俩的意思,可是又不知道怎么去管住他们,管得了吗?闫亚培的真实面目全部暴露出来了,看着他那阴冷的样子觉得很可怕,莫晓瑜突然想起闫亚培曾经说过,莫主任,我其实是个坏人呢。现在看来,果然有点像!莫晓瑜不由得冒出一身冷汗来,没准自己哪天会栽在他手里。

第二天下午是七一表彰大会,郑光跃笑意粲然地主持会议。从表面上看，他若无其事，但明眼人还是看得出来他眼里的忧伤与无奈。又能怎么办呢？撕咬他的是他曾经极力推崇、极为信任的人，在很多人眼里，他是他们的恩人，可是，这些得他好处的人都变得极其冷酷无情。虽然那些帖子全部被删除了，但能否说明血淋淋的伤疤已经弥合了呢？好了伤疤忘了疼，伤疤真那么容易被掩盖吗？

莫晓瑜摇了摇头。

3

一个上午，莫晓瑜坐在办公室搜肠刮肚、绞尽脑汁，总算写完了下半年的工作计划，洋洋洒洒几千字，都是些老套话，要将下一步必须做的事情一一说清楚，也是颇费心思的。办公室催得紧，质监办又处在非常时期，哪敢有半点懈怠？

午饭后，莫晓瑜想眯一会，孰料一倒下很快睡着了。闫亚培突然来电话，她立刻惊醒过来，刚进办公室，王吉亮和办公室连连来电话，说马上有个会议。莫晓瑜匆匆往会议室跑，里面坐满了人，她觉得有些狼狈，正好闫亚培旁边有个空座位，她本不愿意坐那，可现在已别无选择。闫亚培轻轻将本子和笔推过来，莫晓瑜煞有介事地低头记写着什么。

阳光炽烈，温度很高。会议结束后，王吉亮来电话对莫晓瑜说，等会我们去向郑所长汇报工作吧，你等我电话。半小时之后，王吉亮又来电话，说他刚刚已经去向郑所长汇报了。

莫晓瑜这会儿很想找个人说说话，她上楼去了温娟办公室，温娟很亲切，提及联合调查组的事，说戴世辉几乎被"严刑拷打"，心理素质极差，吓得不得了。又说到王吉亮谈话时否认与胡高成的矛盾，而且为胡高成作伪证，公开表明他与胡高成关系甚好。

莫晓瑜傻眼了，她不明白郑光跃做了这么多年一把手，为什么关键时刻竟没几个为他声援与呐喊的人？如此看来，以后情况会对自己很不利，事已至此，又奈何？当初无非也是想趁这个机会，解心头之恨罢了。至于以后事态会朝哪个方向发展，且不去管，也实在管不了。

数据收集接近尾声，闫亚培每天在电脑前忙碌。

这天，王吉亮突然来了办公室，一进门就问，莫主任，我二十号带人去温州考察，下半年郑所长会带人到黄山考察，你自己选择吧，去哪里都可以的。莫晓瑜觉得很尴尬，在正职面前自己是副职，在副职面前自己是正职，在所有部门的正职活动中，自己都会参加。现在选择去哪里都不合适，干脆都不去了吧。

第二天一早，莫晓瑜接到办公室电话，通知下午参加一个重要会议，不能缺席。莫晓瑜估计是联合调查组公布相关调查结果，看来确实非常重要。她一直期待着这个会议，又害怕这个会议。

中午莫晓瑜想休息一会，可全无睡意，她起来读报纸，看新闻，心不在焉，忐忑不安。虽然结果或许对自己大为有利，但世上的事有了结果才算结果。等吧，等下午的会议。

果真是个肃穆的会。莫晓瑜去迟了点，前面两个门，左边被"封死"，右边也被"封死"。她踌躇了一下，还是"杀"进去了。后来想起，真傻，为什么一定要从前面进呢？从后门进不是很好吗？

会议开始了。联合调查组组长徐永波发言。莫晓瑜屏住呼吸，想听清楚他的每一句话。她一眼看到坐在前几排的胡高成，低头用本子认真记录徐永波的发言。徐永波表情严肃，言辞周正，语调低沉，先是大谈青州中医研究所这些年来的发展、变化、成绩，然后再指出不足，接着对胡高成实名举报的九个问题一一做了说明，让莫晓瑜惊讶不解的是，徐永波宣布说胡高成的举报大都属实！莫晓瑜心潮起伏，她不明白郑光跃这么长时间竟然全无对策？这么多事情都没能解释清楚，让对方轻而易举占了便宜。她感到很失望，很失落，甚至绝望，在这样严峻的形势下，不知道自己接下来到底该怎么办？

会议结束时，差不多到了下班的时间，闫亚培与夏薇薇还在办公室里等着她，待她一进门，他们就迫不及待地想知道会议内容与调查结果。莫晓瑜有苦难言，看着他俩的眼睛说，走，我们一起出去吃饭，我慢慢说给你们听。

三个人坐了闫亚培的车，找到一个僻静的地方，是家味道不错的鱼馆。莫晓瑜让他俩点菜，自己靠窗坐下，静静地看窗外树枝在风中拂动起伏。她现在全没心思说话，心里像打碎了几个玻璃瓶子，散落一地。闫亚培与夏薇薇看她脸色不对，也不问她什么，一边点菜一边聊点别的。

饭菜上来后，莫晓瑜说，来，我们喝点饮料。她给自己先倒了一小杯。

闫亚培嘴巴翕动了下，但没开口。还是夏薇薇打破了沉默，直接问道，莫主任，今天下午开会的结果怎么样？

莫晓瑜摇摇头，神色凝重地说，有点麻烦呢，他们的举报，调查组竟然说大部分属实，只是没具体说郑所长有什么问题，这把火似乎还没烧到他那里。

闫亚培开始只是听着，心不在焉地吃饭。到后来，他到底憋不住了，老是逼问莫晓瑜以后该怎么办？莫晓瑜看着他的脸，眉宇间郁结了浓浓的阴云，明白他现在担心和害怕以后质监办的前途。莫晓瑜暗自冷笑了下，她看不起这样的男人，在一场风雨面前惊慌失措，算个男人吗？

夏薇薇看闫亚培用硬硬的语气逼着莫晓瑜，急了，打断他的话，你老是问莫主任该怎么办，她现在又能怎么样呢？关键还是要看研究所能不能解决好现在的矛盾。

闫亚培听夏薇薇这样说了他，马上收回了锐气，没再开口，只闷闷地低头吃饭。

三个人不欢而散。回到家里，莫晓瑜觉得很烦闷，却又无法消释。便从书柜中取出一本小说看起来，米兰·昆德拉的《生活在别处》，单说这书名，莫晓瑜就感觉心里一动，若是能够到一个人所不知的地方去生活，该有多好！

幸好第二天是周六，莫晓瑜睡到很晚才起床。她磨磨蹭蹭这里那里搞卫生，洗衣服，做家务，一天时间很快过去了。晚饭后，马启明希望调节下她的心情，约她去看一个朋友的画展。那些画中斑驳沧桑的印迹让莫晓瑜心里为之一动，尤其是一幅题为《痕迹》的画，让莫晓瑜联想到了自己的处境，那么多伤痛，那么多疤痕，一种郁积已久的情绪在这张画中得到了充分的宣泄与释放，她想这个夜晚的收获是不言而喻的。回到家里，莫晓瑜详细记下了此刻的真切感受：

如同现在的我，也懂得痕迹尤其是刀划过的痕迹会让人刻骨铭心地痛，然而，我必须要像马志明那样，用心灵幻化出的画面覆盖住曾经有过的印痕，再种上一株株蓊蓊郁郁的树。

这些天，莫晓瑜心里像藏了一条来历不明的虫子，咬得怪难受的，抖不掉，甩不开，烦人。她很不想去办公室，很不愿意见到闫亚培，却又苦于没有退路。闫亚培在她心里，似乎也变成了一条来历不明的虫子，或许是自己带进来的一条更为可怕的狼？

又是一个难眠之夜。

莫晓瑜半夜还很清醒,她悄悄爬起来,唯恐惊动马启明。马启明还好,他从未有过失眠的时候,只管呼呼大睡。自从知道中医研究所现在已经风平浪静后,他悬着的心就放下了,不再担心莫晓瑜的心情受影响。然而莫晓瑜到底身在此山,她比马启明看得明白,知道这短暂的平静下面潜藏着很可怕的东西。

吃了两粒安定之后,莫晓瑜晕晕乎乎很快入睡,这一觉竟然睡到次日中午才醒过来。

下午见了闫亚培和夏薇薇,与他们有一搭没一搭地说了几句话,觉得好是无趣。

晚上莫晓瑜给郑光跃打了个座机电话,无人接听,估计家里没人在,她又不想打他手机。莫晓瑜给人打电话老有一种心理障碍,唯恐打扰别人。她马上给王吉亮与郑光跃分别发了个信息,他们很快回复了,都说正在浙江考察。莫晓瑜想,也好,中医研究所目前已经到了淡季,我也可以找个地方去休息几天了。去哪里好呢?

周五晚上,莫晓瑜邀请质监办三家人一起吃饭,闫亚培与夏薇薇两人看上去情绪还不错,闫亚培的老婆和夏薇薇的老公,情绪也很配合,似乎大家都无甚芥蒂之心。饭后大家一起去KTV唱歌,两个小女孩玩得很开心,抢着话筒唱一些儿童歌曲,把大人们的情绪都带动起来了。莫晓瑜看到这样的气氛,心动了一下,我们之间莫不是可以破冰了?

几天后,几个要好的姐妹相约去一家音响效果好的KTV唱歌,莫晓瑜敞开心扉唱了好几首,唱着唱着,她突然感到很不舒服,胸口憋得慌,难道心脏不好吗?这样的情形以前从未有过。莫晓瑜有些不安,她马上下楼,到门口透透气,深深地呼吸,这时心跳加速,人有点眩晕,她不免慌神了,担心身体会不会出什么意外?马上向前台管理人员求援,请他们叫了一辆的士去医院，请他们上楼去通知那几个姐妹。

　　的士到医院门口时，莫晓瑜不好意思地告诉司机说，匆忙中包没带出来，身上没有一分钱。那人说了声倒霉，开门让莫晓瑜下了车。莫晓瑜跌跌撞撞走到急救室，向值班医生说明了情况，医生马上要她躺下，赶快量血压，竟然高到180！以前从未有过！还好，姐妹们很快赶过来，帮她挂了号，照顾她住进了留观室。夏薇薇看她那样难受，急得眼泪都快出来了。这一瞬间，让莫晓瑜深为感动，她想，自己人到底是自己人，关键时刻才看得分明。

　　马启明很快赶来了，莫晓瑜见天色已晚，劝那几个姐妹赶快回家。马启明陪着她检查了好几个项目，又挂了一夜的点滴，到天亮时医生确定她没什么大问题，这才放下心来。想想原因，莫晓瑜估计是严重失眠带来的伤害。虽然花掉了好几千元，但并无心痛的感觉，只要身体没出什么问题就算万幸了，而且关键时刻看清了人心。

　　上午回家后，马上收到办公室的会议信息，要求第二天去浒山参加干部培训会议。莫晓瑜想到目前研究所悬而未决的局势，心里一片迷茫，以不变应万变吧，大不了也就那么回事，车到山前必有路。

　　第二天一早，莫晓瑜坐上孙立的顺风车，与戴世辉一起去浒山参加会议。一路上，戴世辉感叹不已，连声说，他们太疯狂了，真的，太疯狂了！

　　莫晓瑜嘿嘿笑了一下，是吗？难道你也这样认为？我可比你清醒得早些。

　　戴世辉尴尬地说，呵呵，我心里怎么不知道呢？

　　一天的会议。秦建伟与郑光跃煞有介事地坐在台上说着场面上的事，如果一个不知道底细的人听了，丝毫觉察不到中间的不和谐音符。当然，今天在座的都是研究所的干部，谁会认为这是一个团结的会议、和谐的会议呢？

晚上是联欢活动，莫晓瑜与大家晚饭后散散步便往舞厅跑。她安静地坐在后面，原以为这样的非常时期别人都会躲着自己的，不想接二连三有人请她跳舞。秦建伟也请了她，一边跳一边夸她多才多艺。莫晓瑜有点诧异，她奇怪秦建伟怎么知道呢？又不好问，只好说，哪里哪里，工作有不当之处，还请书记批评。秦建伟说，你做得很好呢！

这当儿，有个电话来了，一位朋友请莫晓瑜帮助联系一下王吉亮。莫晓瑜找到了王吉亮，顺便与他说说话，并邀请他跳舞。王吉亮很快起身，他一点都不会跳，基本是走路，莫晓瑜就带着他走路。王吉亮今天对莫晓瑜很亲切，不停地与莫晓瑜说话。他说，我们又要忙了，研究所准备明年迎接卫生部的大检查。莫晓瑜说，我们马上进入状态，跟着王所长好好做就是的。

接下来，莫晓瑜唱了三首歌，王吉亮高度评价说，专业的歌，专业地唱，专业地说"学唱"。这个晚上，莫晓瑜出尽风头，她心里满是欢喜。入睡前与同室的两人说起研究所的事情，都感慨说研究所是碰到鬼了，郑所长也是碰到鬼了。好在目前风平浪静，但愿以后再没什么事了才好。

从浒山回来后，安心休息了一天。第二天上班时，三个人在一起，彼此都很亲热，似乎以前的不快已经烟消云散了。

正说得高兴时，听到对面有些动静，原来胡高成和廖水花来了。莫晓瑜不明白他俩现在来做什么？听到他们的声音，莫晓瑜心里就像爬满了虫子一样恶心，她不知道接下来的日子该怎么办？这样门对门的，到底不是事啊！他们还会故技重演吗？莫晓瑜不敢往下深想了。

第十四章 波澜再起

1

莫晓瑜又在梦中吃饭,一碗接一碗,老是吃不饱。打小听母亲说过,梦见吃饭预兆着会怄气,她寻思又会遇上什么口角与不快。果然,上午给打印室电话时,那个叫雪雪的女孩说,莫主任,现在有空下来吗?我有重要事情要告诉你。莫晓瑜心里咯噔一下,估计与廖水花有关系,她马上下楼去了打印室。雪雪轻声对她说,莫主任,好气人的呀,昨晚廖水花找我要记账本看,我不肯,她就打电话给我们老板,老板开始要我给她,后来看我死活不肯,也就拒绝她了。莫晓瑜想,看来这小母狼盯上我了,好在我没做什么亏心事,怕什么?她笑着对雪雪说,没事呢,你只管让她看就是,我们部门无非文稿打印得比较多而已,随她怎么看。雪雪说,嗯,本来也没什么,只是看着她那样子好讨厌,上次在QQ群里那样骂你,我就知道她是个坏女人!

面对眼前复杂的局面,莫晓瑜慨叹不已,她想,如果研究所因为质监办打印多了而不让继续做下去的话,正合我意,摆脱眼前的种种劳累与烦恼,逍遥自在多好啊!她的心情莫可名状好起来,就这样吧,有了事不要怕事,横竖总该有个归宿。

半夜莫晓瑜从梦中惊醒,她知道是心绪烦乱的表现,马上想到那两只恶狼,虎视眈眈盯着自己,想掏出我的五脏六腑,新一轮的格斗即将开始,我得亦步亦趋,步步为营。

难挨的一天过去了。莫晓瑜夜里又梦到一群孩子哭闹,这梦真是准啊,新的一天果然又有事了。

莫晓瑜去了戴世辉办公室,戴世辉建议莫晓瑜去常熟开会,又建议去向郑所长汇报。莫晓瑜回到办公室,马上给郑光跃长发信息,郑光跃回复说,你九点十分过来吧。莫晓瑜按时去了,汇报了眼前的几项工作。郑光跃问,你最近怎么样?莫晓瑜不置可否,着急地问,对面那两人怎么办?郑光跃说,他们,爱怎么就怎么,还想回来做?没门。停了一下,又说,他们那几个人一直在告我,现在告到省长那里了,想搞走我。你看,昨天是我的生日,他们又去网上发了攻击我的帖子。

莫晓瑜一听,急了,回来一搜,几乎所有的网站都是那一篇,全是恶毒谩骂郑光跃的,铺天盖地,天涯的那篇后面又附上了骂莫晓瑜的那一大段。莫晓瑜顿时天旋地转,天真的要塌下来了?她急忙关了电脑,不想看,也不想气。

莫晓瑜去找王吉亮,将郁积的情绪与他全说了。王吉亮稍稍安慰了莫晓瑜几句,并不想多说什么。莫晓瑜回到办公室,坐在窗口,半天不语。

下午开会时,郑光跃谈了几个问题,说到经费使用,说到杨爱玲,说到自己科研经费使用不规范,要求审计处重新审核,愿意退回一部分钱。莫晓瑜听得出来,郑光跃这是被迫无奈的一步棋,希望以实际行动来缓和矛盾。这样有用吗?莫晓瑜暗想。

回来后,莫晓瑜与闫亚培提起这事,闫亚培突然变得很不耐烦,他说自己准备回基层单位去,不想在这里辛辛苦苦地做事,却被人背后捅刀子。莫晓瑜听了心里好生难过,心里一方面看不起这个曾经在部队摸爬滚打过的男人,遇事这么脆弱,这么不敢担当,一方面又对他抱有歉疚感,是自己将他与薇薇拖到浑水里的。

退休研究员老汤给莫晓瑜打来电话，说有几个同事到家里看了他，提起研究所的事情，大多数人认为胡高成没必要去搞郑光跃，毕竟研究所的迅速发展与郑光跃有很大关系。老汤还说，胡高成放言一定要将郑所长送进监狱这个人，真是太可怕了！

刚放下电话，王吉亮的电话来了，要莫晓瑜去他办公室。戴世辉也在。王吉亮神情复杂地说，莫主任，我们今天来个交心谈心吧。莫晓瑜听他语气不对，一下愣了。王吉亮开始责怪莫晓瑜在郑光跃面前提起他与戴世辉要去看胡高成的事，两人都被郑光跃批评了。戴世辉也拉着脸很不高兴地说，我并没有去见胡高成。也好，现在正不想做这个处长了。莫晓瑜忙分辨说自己并不知道胡高成有病，也不知道王所长与戴处长去看过胡高成。

莫晓瑜回来与闫亚培轻描淡写提起这事，闫亚培似听非听，只是看着莫晓瑜，铁青着脸，十分凝重地再次表态，莫主任，我不想在这里做了，不想在这样复杂的环境里生存，人生短暂，仅有的脑细胞都要耗费在这些事里，不值得。

下午，夏薇薇拉着莫晓瑜的手，在办公楼后面的小树林里来来回回走了好多圈，她说自己看到了新帖子，那伙人这次还骂了她和闫亚培，把他俩说成是莫晓瑜的打手，一个为官来，一个为利来。夏薇薇看着莫晓瑜的眼睛，坚定地说，越是这样的时刻我越不能走开，你也不能够辞职，如果你现在辞职，对郑所长不好，你离开质监办，就相当于我离开你一样。

莫晓瑜顿时感到内心温暖，她突然发现夏薇薇很有政治智慧，又很贴心，关键时刻，最能见一个人的内心，当初真没有看错人呢。

两人回到办公室时，闫亚培正傻傻地坐着，五心不定的样子。莫晓瑜很快瞟了他一眼，看到他在电脑面前写相关质量检查方面的论文。莫晓瑜有点不解，以为他只不过是一时的情绪，总不至于现在就跑吧？难道要让人看到他内心的怯弱？真是这样，他以后还要在研究所混吗？

随他去吧，爱怎么就怎么，如果真是要走，我也不强留，或者，自己干脆也一起撤退算了？此地不宜长留。

想到这些事，莫晓瑜心乱如麻，头痛欲裂。幸好是周末，不用第二天急着上班，女儿也没回家。莫晓瑜叫上马启明找了家足浴城去休闲放松，想缓解一下疲劳。尤其是头痛的症状，到这里找盲人技师按摩一下，会轻松很多。她懒懒地躺着，任由按摩师点、按、推、揉。

回到家里，已经快十一点了，莫晓瑜的心情突然好起来，她很想说点什么，说什么呢？翻出日记本，记下了几行文字：

秋风有时是凛冽的，凡是它经过的村落、河流、小路，都会扬起沙尘。我们尽可以避开这样的侵袭，甚或是伤害，合力筑一道防风堤坝，哪怕是太平洋突如其来的飓风都能够抵挡。人的意志在秋风中可以得到锻炼，等到你走向冬天的严寒时，你可以从容若定，冰天雪地中，你笑得那样爽朗，温暖了整个冬季。

难得休息两天时间，莫晓瑜觉得精神好了许多。周一，三个人到中医科大学去了一趟，之后到附近爬秦山。天气很好，阳光朗照。闫亚培依然心事重重，说，我还是想回去做点基础工作，等质监办工作不困难的时候吧，现在也不好撤退啊。

莫晓瑜说，看看下一轮聘任会是怎样的形势吧，你到时候可以看情况而定。我不会为难你的，放心。

下午上班时，戴世辉叫莫晓瑜与闫亚培去了他办公室，说正在筹划郑所长带队去外面考察的事，机关只去四个人，我们三个，还有一个办公室副主任。

莫晓瑜与闫亚培回来后马上开始做方案。

那些疯子还在继续发帖子骂人。莫晓瑜回家与马启明一说,马启明却催她赶快想办法。莫晓瑜很伤心,缩在沙发上叹道,我能想什么办法呢?不进则退,我现在是进退两难啊!难道你不知道吗?说话还这样伤人,你说,我怎么办呢?难道要让我去跳楼?

第二天上班时,莫晓瑜心思全无,只是零零碎碎地做事。

下午莫晓瑜与闫亚培到郑光跃办公室时,感觉他已经没什么底气了,文件也不想看,提及外单位人评价他的好,他竟无动于衷,叹口气说,你们不要说我好话了,人啊,今天是朋友,明天就是敌人。莫晓瑜说,郑所长,不要一日被蛇咬,十年怕井绳,不可能都是他们那样的人啊。

从郑光跃办公室出来,莫晓瑜与闫亚培去了王吉亮办公室。王吉亮好像还是不高兴,耷拉着脸,爱理不理的样子。莫晓瑜打了个招呼马上退出,顺便又到了戴世辉办公室,戴世辉也不高兴,疑心莫晓瑜是不是在王吉亮面前说了他什么,或者是去之前没有与他通气。他阴冷着脸说,你们要征求王所长的意见,以他的时间为主。戴世辉指着正坐在他办公室的一位部门负责人,话里有话地点拨莫晓瑜说,你看曹主任做得多好,要找人说事,先告诉了我,她来我这里有茶喝,你们来了没茶喝。

莫晓瑜浅浅地笑笑,与闫亚培回了办公室。三个人一起品评王吉亮与戴世辉之间的关系,夏薇薇说,他们面合心不合,看起来客客气气的,其实彼此心存芥蒂。莫晓瑜点点头,夸道,薇薇,你把事情看得很透彻啊,厉害!

几天后,郑光跃带了十几个人到安徽皖西中医研究所考察,结束之后去了一趟大别山,这是莫晓瑜选的点,也是她向往多年的一座山,现在这样的时候,她希望寄情于山水,暂时忘却身边那些烦恼。不料走多了路,脚背被鞋子伤了，肿痛得很厉害。徐水东见状，停下来等着她。恰好闫亚培从身旁过去，不闻不问，一脸冷漠，与过去热情殷勤的他判若两人。

从大别山下来，一行人又去游了九华山。在山顶一座老庙里，莫晓瑜抽了两张签，其中一张有两句："流年风起多风雨，梧桐叶落自相合"。莫晓瑜将这签捂在胸口，呆呆地看着天边游走的云，默默念叨，什么时候才是梧桐叶落呢？

晚上赶回合肥，喝酒之后，有点亢奋。一行人找了家KTV，疯玩了一个晚上。所有人又唱又跳，结束时女人们在田主任的提议下逐一上前拥抱了闫亚培，几天时间里都是他在做组织工作，几乎获得了所有人的称赞。莫晓瑜最后一个上去与他拥抱，只有她最清楚闫亚培是个什么样的人，待人全在表面，无任何真心。他本是一个不懂感情的人，还是有意而为之呢？二者皆有可能，或者兼而有之。

莫晓瑜叹道，伤不起啊伤不起！

第二天一早，大家提着行李赶到机场。莫晓瑜为闫亚培和夏薇薇的孩子各买了一些礼物，价格不菲。她想，现在算我个人欠他们两个人的情了，毕竟他们在我最为难的时候前来帮助，多记点别人的好处吧，从闫亚培说话的口气看，他会很快离开这个是非之地的。

总算回到家里了。上网一看，原来的老帖子已被删除，只是新帖子如雨后春笋不断冒出来。莫晓瑜不停地问自己，一场祸乱，该痛到何时？愁到何时？挺到何时？

2

哪怕心如刀割，莫晓瑜还得忍痛赶去上班。夏薇薇已经先到了，两个人说了几句无关紧要的话之后，莫晓瑜开始写考察报告。九点钟后闫亚培也来了，一进门例行公事地与莫晓瑜打个招呼后，便退到座位上低头做自己的事。中午时分，莫晓瑜提议三个人出去吃个便餐，一起商量后段的工作。

还是闫亚培点菜，一个汤，一个蔬菜，两个炒菜。服务员很快端上来，三个人边吃边聊。刚吃完，闫亚培起身提起身边的包，对莫晓瑜和夏薇薇点点头，你们慢吃吧，我去打会儿羽毛球。莫晓瑜哦了一声，闫亚培就先出门走了。夏薇薇看阳光不错，陪着莫晓瑜围着淡蓝色湖水散步。

夏薇薇说，你知道吗，闫亚培最近经常和那个……那个谁……一起打羽毛球呢！莫晓瑜心里一惊，明白了点什么，哦？难怪啊？现在，我懂了。也许哪天他会被她拉过去的。唉，去就去吧，我也不会在乎了。莫晓瑜看了一眼湖面上的游艇，无意识扯了一片路边的树叶，拿在手里左右瞧瞧，不知道说什么好。夏薇薇看看莫晓瑜的脸，叹道，其实我们两个都不了解闫亚培，他藏得很深，深不可测。

是啊，尤其是他骨子里那些东西。

他是个怪物，我就这么看的。

他外热内冷，忧郁，从来不快乐。

嗯，是这样呢，他内心纠结，害怕受伤害，可是，出人头地的欲望又那样强烈，说白一点，官瘾大啊。

两个人就这样一人一句地数落着闫亚培的种种不是。

莫晓瑜暗想，假象很容易欺骗人，我怎么总是容易轻信呢？

夏薇薇看着莫晓瑜在风中飘曳的红丝巾，笑笑说，你今天很漂亮啊。莫晓瑜笑笑，是吗？我想装饰装饰这个暗淡的秋天。

下午闫亚培来了，一副笑不起来的样子。莫晓瑜看着他，觉得对他有些亏欠。自三月以来,将他俩带到这个讨厌的旋涡里,他们或许怨恨,或许后悔,哪里说得上去领导他们呢?闫亚培的冷漠与逃避十分明显,有吗?有,第六感官太真实,时至今天,以前曾经有过的关心、照顾、体贴已荡然无存。徐水东说的一句"不要伤害他"所指何事?难道说闫亚培向他原来的领导说了上次出门的事?

这个烦人的鬼地方,到处站着鬼一样的人,我能离开吗?

正在百转千肠时,戴世辉来了电话,请莫晓瑜与闫亚培马上去他办公室。莫晓瑜忙叫了闫亚培一起下楼,在三楼过道口,科技研发处办事员梁宇看着他俩,笑着说,金童玉女啊!莫晓瑜笑笑,嗨,你说错了,我们办公室倒是真有个玉女呢!

戴世辉看他们进门后,迫不及待地说,郑所长想与皖西中医研究所合作,小闫拟写一份合同吧。合作有好几项内容,很明显是为了接受卫生部的检查。莫晓瑜明白,郑光跃其实不信任自己。可眼下千般无奈,万般无奈,不知道要挣扎到什么时候方可突围?

次日,天放晴了,莫晓瑜赶早进了办公室,闫亚培随之赶到,彼此淡淡问候之后,闫亚培将拟写好的合同稿交给莫晓瑜,自己闷声闷气下楼去了,也没征求莫晓瑜的意见。莫晓瑜感觉总体写得还不错,看来闫亚培是下了功夫的,只是,除此之外,这个人还有什么更多的意义呢?

过了一会,闫亚培回到办公室,看上去依然一脸凝重,心神不定,他坐下来专心致志为邓西平做讲座课件。

戴世辉下午又来了电话,叫莫晓瑜与闫亚培下去开会,原来党委会提出要营造文化氛围,引导进入迎接检查的工作,由王吉亮牵头,质监办拿方案。闫亚培回办公室后阴着脸,一言不发,莫晓瑜感觉到他今天情绪大为异常,知道会有所反应,果然,他侧过身子对莫晓瑜说,莫主任,我真要打退堂鼓了，还是想回原来的地方去工作。

莫晓瑜心里隐隐发痛，她想起一个哲人说的话很有道理：最有意义的忠告是，在这个世界上不要太依赖任何人，因为当你在黑暗中挣扎时，连你的影子也会离开你的。

看着闫亚培那张方正开阔、英气俊朗的脸，莫晓瑜读到了他时隐时现的冷漠、无情、自傲、势利、自私与怯弱，曾经以为的勇毅和坚定、热忱与诚挚，现在都去了哪里呢？人啊，人！她安慰自己，鼓励自己，别怕，这个世界不管少了谁都没关系的，想走就走吧。

莫晓瑜平心静气地对闫亚培说，没事，我们一起撤退吧。闫亚培听她这么回答，不说话，也不再坚持。莫晓瑜说，我亏欠你们的，也许一辈子都还不了。此时此刻，在莫晓瑜心里，闫亚培过去曾经给予的关心与温暖已烟消云散了，自己的一颗心沉重得像压了块大石头，挪不动，更搬不走。

3

莫晓瑜又在噩梦中度过，她梦见无数条毒蛇缠在身上，有一条还钻进了衣服里面，咬得她生痛，大叫一声后，把自己给叫醒了。她赶快拉亮灯，坐起来靠在床上喘粗气，马启明睁开眼睛看了她一眼，转身又睡着了。莫晓瑜折腾到半夜三点，起床吃了两粒安定，方才慢慢入睡。

第二天晚上，莫晓瑜九点多钟就躺下了，很快入睡，天亮时做了个梦，梦见与几个小孩子睡在一起，那些孩子脸上涂了些乱七八糟的颜色，怪怪的样子。闫亚培带了女儿过来，莫晓瑜走上去叫那孩子，连叫了几声，孩子都没反应，闫亚培却与她亲热地握手。

醒来后，莫晓瑜感觉很不好，梦见小孩子意味着身边有小人，得提防点才好。

上班时王吉亮来了，谈及人事安排，说可以考虑增加干部编制，要莫晓瑜考虑一下这个问题。莫晓瑜目前对闫亚培虽然不很满意，但既然当初请他来这里，而且有过承诺，现在还得要为他着想才行。

谋事在我，成事在天，事情办成了才算。

正好下午闫亚培来了电话，莫晓瑜及时转告了王吉亮的话，闫亚培很兴奋，答应莫晓瑜明天来研究方案。

第二天闫亚培来到办公室，还没坐上几分钟，就阴沉着脸，极不耐烦的样子。莫晓瑜看他盯着电脑不声不响，凑近瞟了一眼，原来又在为邓西平做课件。莫晓瑜想，闫亚培被这位领导缠上了，恐怕也摆脱不了吧？

闫亚培的方案做完后，给莫晓瑜匆匆看了一下，便拿去给戴世辉审查，一会儿就回来了，神情沮丧，一问，他说刚刚被戴世辉狠狠批了一顿，认为压根儿没写到位。闫亚培低着头坐在那里，嘀咕了一声，唉，真不想做了。

莫晓瑜劝慰了几句，要他别太在意。闫亚培闷声闷气坐到电脑前，继续修改，下班时还没做完。夏薇薇马上电话订餐，三个人一起出去吃晚饭。闫亚培给莫晓瑜和夏薇薇倒好了茶水，端起杯子对莫晓瑜说，莫主任，我敬你吧，这段时间我很忙很累，对你不太关心，很抱歉。莫晓瑜听他这样说，稍稍得到点安慰，顺势开导他说，男人嘛，要敢于担当，做点大事，我对你一直是心怀谢意和歉意的。闫亚培此刻表情轻松，调皮地笑了一下。

星期三上午，按原来的约定，莫晓瑜与王吉亮、戴世辉一起去了郑光跃办公室，准备汇报工作。郑光跃板着面孔，很不高兴地说，我们的会估计开不成了，我现在什么事情都不知道。莫晓瑜心想，郑所长为什么这样说话呢？到底又遇上什么麻烦？唉，何必啊，成天搞得我们累死累晕！

莫晓瑜心里好是烦闷。晚上一位分别多年的老同学向维来电话，说自己去美国后，很少回国，好长时间没见了，正好这次回家路过青州，很想一起聚聚说说话。莫晓瑜爽快地答应说，好啊，我请你吃晚饭。向维说已有亲戚定好了饭局，明天就要飞回美国。莫晓瑜说，那我晚上请你喝茶吧。放下电话，莫晓瑜马上预订了竹韵茶楼的一个房间。

天下起了小雨，莫晓瑜情绪十分低落，我这样辛辛苦苦为研究所做事，到头来还不知道会遭遇些什么？看着窗外的雨，她懒懒地不想动，但想到已与老同学说好了，还是换了衣服，带了雨伞，强打精神出门了。

风，一路随行，怪怪的，直往人身体里钻，有些寒意。莫晓瑜从车里出来，赶忙朝茶楼走去。

向维早在房间里等她了，两个人亲切地握握手，彼此有种想拥抱的冲动。多年不见，莫晓瑜觉得眼前这位老同学有几分陌生，她停住了脚步，定睛看着向维，暗想，北大生，了得啊！当年优秀的你，漂洋过海，而我，还在这里忍受极度的精神折磨。

两个人坐下来，边喝茶边聊。向维谈兴甚浓，从过去谈到现在，从国内谈到国外，说到他后来去美国读博士，说到他现在的专业发展，还说到了他的兴趣与爱好。始料未及的是，他一个理科生，竟然对文学产生了极大的兴趣，说最近几年写了不少东西。莫晓瑜点点头，说，文学触及人的心灵吧，我也是啊！

向维细数了中学时代美好的点点滴滴，莫晓瑜倍感欣慰，仿佛回到了青葱岁月，心情慢慢好起来，当年的快乐像一盏明灯，驱散了莫晓瑜心里的阴霾，顿时亮堂了许多。她想，明天或许是个晴天吧？

窗外的雨声越来越大，哗啦啦的，窗外芭蕉叶有节奏地滴滴答答，很有情致，为谈话增加了不少气氛。莫晓瑜觉得包厢里空气不是很好，老是起身打开窗户,而向维则不停地关窗户。看他这样,莫晓瑜想他可能感冒,就不再去开窗户。两个人一直聊到快十一点才下楼,在雨中撑着伞站着,看向维上了车,莫晓瑜才挥挥手转身离开。

4

也许是与向维见面有些兴奋吧,莫晓瑜半夜两点后才慢慢入睡。次日醒来感觉身体不太舒服。赶至办公室时,正好遇上生物实验室的年强博士来咨询专业评估的相关问题,莫晓瑜请他坐下,耐心听他解释说明出现的失误与差错的原因,听完后,细心给予解答,然后委婉地提出批评。年强听了频频点头,心悦诚服,对莫晓瑜的坦诚与大度表示真诚的谢意。

莫晓瑜约请几个闺蜜在附近的小餐馆吃午饭。姐妹们知道莫晓瑜这一段时间心情不好,吃完饭陪着她去湖边散步。阳光暖暖的,几个人兴致勃勃,摆出千姿百媚的 pose,拍了不少照片,嘻嘻哈哈,说说笑笑,莫晓瑜潮湿的心被她们点燃了,倍感温暖。

又一个让人不安的夜晚。莫晓瑜躺到床上,久久未眠。她忍不住起床开了电脑,点开那些可怕的网站,果然不出所料,遍地都是谩骂的帖子,甚至将莫晓瑜全家人都骂了,丈夫、女儿,一个一个横挑鼻子竖挑眼地乱骂。莫晓瑜在这些拙劣的文字面前惊呆了,气傻了,她万万没想到这群人会狠毒到如此地步。不看了,随风而去吧。她迅速关掉电脑,在床上躺下来,可心绪纷乱,再也无法安睡。

天色渐明,莫晓瑜有气无力,她感觉天都快塌了,根本起不了床。不去办公室了,不去,去做什么呢?这研究所没辙了,受累还要受气,连说话评理的人都没有。不去了,懒得去,研究所的事都没人管了,任凭他们兴风作浪，我何苦这样硬撑呢？

夏薇薇一会儿来电话，说王吉亮来了办公室。莫晓瑜恨恨地想，王所长呀王所长，现在你不主持公道，说不定又是一番逼迫的话，我不是白白去送死吗？

挨到晚上，莫晓瑜意外地做了好几个开心的梦，天亮醒过来却了无痕迹。

推开窗户，天空灰蒙蒙的，凉风吹过，莫晓瑜感到了一丝寒意，是立冬的日子。

上班到办公室坐定后，莫晓瑜总是静不下心，她想到昨天王吉亮来过，不去也不太好，那就去一下吧，说说话也行。正好王吉亮办公室的门半开半掩，她忐忑不安地敲了一下，王吉亮在里面说，请进。看到是莫晓瑜，王吉亮似笑非笑地咧咧嘴，示意莫晓瑜坐下。莫晓瑜做好了被王吉亮一刀一刀割肉的准备，见王吉亮并未与她说什么，揣测他只是去问问工作情况的，便有一搭无一搭地与王吉亮说话，说眼前的现状，说工作环境的不好，说那对男女的狠毒，说……王吉亮眼也没抬，只管不停地翻看手里的东西，似听非听，也无半句安慰，只是嗯嗯几声。莫晓瑜心里不悦，只知道嗯嗯，嗯嗯，嗯嗯，又不是猪。算了，不说了。她站起身告辞，王吉亮态度暧昧地笑笑。

办公室只有夏薇薇在，莫晓瑜问，闫亚培没来吗？夏薇薇说，来了一下，被邓西平叫去了。莫晓瑜冷笑一声，权力真是个好东西啊，闫亚培就靠近这个，随便吧。见夏薇薇在忙电脑上的事，她也打开电脑，没心没肺地到处看看。关于工作，她懒得想，也不想做什么。

上洗手间时，看到斜对面程娜的办公室开着门，她大大方方走进去坐下，与她提起对面那两个男女，程娜却不接话头，只是勉强笑笑。莫晓瑜心里清楚，程娜虽与自己要好，但与温娟有隔阂，郑光跃曾经将老婆温娟安排做程娜的副手，两个女人根本讲不来，等到彻底闹僵后，郑光跃又将温娟调出来，也不再给程娜安排助手，程娜一直耿耿于怀。恰好，程娜又与贾里梅是无话不谈的闺蜜。莫晓瑜今天就是故意说给她听的，不接茬她也接着说。

你还记得吗？我一直记得你以前对我说过，要千万提防那老东西啊！现在果真让我给撞上了！

程娜看着莫晓瑜，似笑非笑，仍然没有接话。

程主任，你知道那一男一女怎么害我的吗？

哦？害你？怎么害你了？

莫晓瑜看程娜一脸不解，便一五一十将对面两人的所作所为叙述了一遍。程娜张着嘴巴，似乎第一次听说，但她只是看着莫晓瑜，没有任何言语。

莫晓瑜说完后，立马有一种痛快的感觉，她站起身，告辞程娜，回到自己办公室。

夏薇薇不在，去哪了呢？正想着她时，夏薇薇回来了，凑过来神秘兮兮地说，刚刚主管财务的梁所长给我看了一份文件，是市纪委发的，要求查处郑所长的问题。梁所长很为难，说，这样下去怎么办？研究所会被这伙人搞垮了的！

莫晓瑜听罢，半天不语，她忧心忡忡，不知道自己的路以后怎么走？事情发展到了这一步，是她从未想到过的。夏薇薇说，赵旭与她聊天时说，自从他们与莫晓瑜认识之后，就觉得莫晓瑜一直不太顺利。莫晓瑜点点头，算是认可，确实，遇人不淑，哪件事是顺利的呢？她感觉自己似乎成了一只裸鸟，被人扒掉衣服，揪掉羽毛，在秋风里瑟缩、疼痛。

第十五章　云遮雾绕

1

  站在窗口，莫晓瑜想起了一只熟悉的鸟儿。年复一年，许多个日子，她都可以见到那只黑白相间的鸟儿常常出现在这个院子里——它喜欢来这儿，是否想择定一个理想家园？莫晓瑜常常伏在窗口看它如何行动，甚至想找到它休憩的窝。看上去，它并不特别漂亮抢眼，没有五颜六色鲜亮的羽毛，犹如一位外貌和衣着都很寻常的女子。

  莫晓瑜记起了泰戈尔《飞鸟集》的第一句："夏天离群漂泊的飞鸟，飞到我的窗前鸣啭歌唱……"大院确乎成了鸟儿的乐园。每天清晨，它们随着苏醒的黎明，站在枝头亮起歌喉。莫晓瑜熟悉的那只小鸟衔着露珠在窗前的枝头伸长了脖子唱歌，声音婉转而清亮。

  在阳光充足、清风荡漾的秋天，这只鸟儿可以飞得很高很远的——它原本希望到开阔一点的地方去看看。经过相当一段时间的磨炼，羽翼渐丰，可以试着翱翔一番了，它相信有一天总会见到很美的风景。然而，始料未及遇上了一场季风，这阵风把它吹出去很远，最后摔在一块大石头上，折伤了一条腿，掉了几根羽毛。鸟儿用嘴舔着伤口，也许，它相信以后总不会老是这样阴霾满天吧？

  这只曾经熟悉的鸟，多像眼下的自己啊！莫晓瑜叹道。

  时令刚进入冬季，天气隐晦，气温下降。青绿相间的树梢上，莫晓瑜似乎又看到了那只久违了的鸟，真是它吗？依然灰白相间，低吟浅唱，只是，羽毛明显稀疏，精神有些倦怠。莫晓瑜对鸟儿从来有种怜爱之心，现在看到这鸟儿无力地从树上飞到林子里枯黄的草地上，有时瑟缩着行走，有时则站定了聆听。

莫晓瑜记起了一个下午，她正漫步于树林一边的草坪时，转身的瞬间，惊险的一幕出现了：空中盘旋的一只大鸟猛地扑向草地，众鸟惊恐万状，纷纷扑棱扑棱飞走了。只有她熟悉的那只鸟儿，不提防被大鸟叼起，鸟儿死命挣扎，大声呼叫，还用小嘴啄咬那可恶的大鸟。大鸟被它弄得有些愤怒了，将小鸟狠狠扔在地面，然后凶巴巴地用嘴拔掉小鸟的羽毛。

莫晓瑜还未赶得及救小鸟，那大鸟心满意足瞪一眼小鸟，扇扇翅膀飞远了。莫晓瑜想，那大鸟是不是传说中的鹫呢？鹫与雕是一种动物还是两种？属于凶猛暴烈的禽，食肉类，是它同类中的"虎狼"，对人类也会构成相当的威胁。鹫会吃人吗？莫晓瑜进入想象中，设若一个孩子独自行走于一片荒地，一只鹫正好盘旋在空中，恐怕会俯冲下来，一口叼过孩子，找一块空地撕咬起来。对人尚且如此，对待一只小鸟更不在话下，情景也许更为惨烈。

冬天已往深处走了，不时会遭遇雷电、霹雳、风雨，莫晓瑜为那鸟儿担心，天越来越冷，风越来越凉，一只失去羽毛、极度受伤的裸鸟，能否抵得住天寒地冻？她知道没办法帮助它，只把这份牵挂和祝福送给这个小生灵，但愿它能躲过一场来路不明的风雨。

莫晓瑜怀疑这只鸟是不是自己的化身？这个晚上，她写了一篇《流年风起，梧桐叶落》，期待"梧桐叶落自相和"的日子早点到来。

电视台正播出电视剧《拿破仑》，一部适合男人看的战争片，莫晓瑜却看得津津有味。滑铁卢之战的英国统帅说："两个司令当家，还不如一个司令做主。"这话说得太好了，到底是一位哲人军事家！说透了很多类似的情况。可惜的是，没办法改变，为权力往往两只"大鸟"斗得死去活来，害苦了下面做事的人。

莫晓瑜不免悲哀起来。她知道自己的心被严冬包裹着，僵了，凉了，死了，不知道有没有恢复的一天？尽心尽力做着眼下的事情，也是一种麻醉剂。不这样又能怎么样呢？世界以痛吻我，我却回报以歌。

第二天，莫晓瑜在办公室坐下后，情不自禁提及那些事，闫亚培皱皱眉，冷漠地说："莫主任啊，又提这些不开心的事。"然后对那两人大骂一通。莫晓瑜听着很解气，说，我们赶快做事，等会我请你们吃中饭。

中午到餐馆后，闫亚培点餐，三个人一边吃饭，一边相互安慰，细心分析着现状的走向，虽然都明白以后不会太顺利，但谁也没再说一句泄气的话。

吃完饭，闫亚培说他还有点急事要办，莫晓瑜便与夏薇薇回了办公室。莫晓瑜将手里的材料推到一边，点开邮箱，读到了老同学向维回美国后的来信，很长，很细腻，当年的北大生对自己竟然十分信任，这让莫晓瑜颇感欣慰，自信心马上来了，慢慢地写了一封回信，越写越长，从当年读书时写起，写到后来的分别，再写到这次的见面。

向维，那场夜雨真是来得不巧啊，让你感冒了！好些了吗？一直惦记着呢！

谢谢晓瑜，我已经好了呢！这么多年没见你，你还是老样子，青春靓丽的。

啊？向维还说我青春靓丽？老了，丑了。

与老同学向维的交流，让莫晓瑜暂时忘却了眼下的烦恼与痛苦，内心感受到了些许温暖。

这个晚上，她安然入眠。

次日，阳光很好，正好是周末，马启明建议一起去爬爬后山。莫晓瑜说，好啊，今天放松一下吧。

后山林木繁茂，一条山路蜿蜒而上。爬到半山腰时气喘吁吁，全身出汗，两个人坐在石头上休息。看着山下的沟壑，莫晓瑜扔了块石头下去，马启明见状，心领神会，也扔了两块石头下去，骂道，两个不要脸的东西，去死吧！他这样一骂，莫晓瑜心里好受多了，她站起身，不停地朝下面扔石头，想象那两个家伙被砸得满身是伤，痛快，痛快啊！这样一番淋漓尽致的宣泄，莫晓瑜压抑已久的负情绪顿时得到释放。她听人说过，有一种娱乐场所，奇形怪状的房子里挂满了极其丑陋的"人头"，心绪不佳的人，可以从中选择自己最厌恶的假想敌，然后握紧一块石头用力砸过去，发出宣泄的吼声，心情会意想不到地变得轻松。莫晓瑜想，我要能找到这样一个地方去释放一下就好。

晚上，马启明陪同莫晓瑜去美容店做了一个新发型。她想，你们想要我死，做梦吧，从明天开始，我要好好活给你们看。她给自己今后的行为订了几条规则：

言行端正
不说忧伤
工作拣最重的做
过渡阶段，不可急躁
凡事不强求别人
以不变应万变

有了新订的规则约束，第二天上班，莫晓瑜只安静做事，不再唠叨其他任何事。她暗暗对自己说，不错，今天表现好，不再放任恶劣情绪，做到理性冷静才行。

接下来的几天里，莫晓瑜三个人分别到了各部门，了解对迎接卫生部检查评估任务分解的反馈意见，她认真记录了所有的建议，抽查了若干份自评报告。连续地跑，不停地说话，虽然身心疲惫，但她感到踏实，至少对目前的工作情况有了基本了解，对下一步的工作调整也有了基本思路。她打算整理之后再向王吉亮汇报。

天气预报早就说这几天气温会大大下降，且会降雨，只是迟迟未见。莫晓瑜早早起床，推窗一看，漫天大雾，均匀地笼罩着眼前的一切。从很远的地方飞来一大群鸟，成千上万只，每一只都是灰褐色的，它们喧闹着停在一棵树上，像参加一个早已约定的盛会，叽叽喳喳叫个不停，集体情绪异常热烈。霎时间一阵风掠过，呼啦啦又飞向了远方，转眼不见了踪迹。莫晓瑜想，爱鸟的大诗人非泰戈尔莫属，这么多可爱的飞鸟要让他老先生看到了，不知道会产生多少美妙的诗篇呢！

莫晓瑜在阳台踱来踱去，雾，终究没能散去。只有一小会儿，太阳像裹了一层棉纱偶尔捅漏了雾团，亮亮地露出来一点点，一刹那天地通明，还来不及惊喜，瞬间又黯淡下去。

她急急下楼，在大雾里穿行，能见度极低，前面是模糊的一片，熟悉的那片樟树林早已经悄然隐遁。

从某种意义上说，有雾未必不是好事，常说雾里看花才谓之美，实实在在具有特别的审美意义。莫晓瑜深谙这个道理，世上的事物就是如此，模模糊糊，不甚明朗，或许比一目了然更留有余地。有时候，你不必看清别人，也不必看清自己，只有在雾里可以做到。雾与黑夜有异曲同工之妙，既可以掩盖罪恶，也可以掩盖真相。被掩盖了的事实上还是存在，如果过滤,其意义更为重大,雾与黑夜都可以起到过滤的作用,过滤罪恶,过滤丑恶,过滤伤痛,过滤哀愁。一个人的恐惧与不幸,往往不愿意在阳光下大白于天下,却愿意交给雾与黑夜,在漫无边际的虚妄与揣度中完成自我救赎。

2

整个上午雾霭沉沉。莫晓瑜记起母亲说过:早上雾雾漫,下午晒死老汉。依据过去的经验,常情下大雾天后都是大好的晴天,一般十点以后太阳就会出来。然而,今天到中午还是阴阴郁郁的。

难道始终走不出大雾的包围吗?莫晓瑜不由一边念叨一边打出几行文字来:

一个中午,我都被大雾包围,困顿在这座雾城,几度挣扎着想走脱出去。眷念这一场可遇不可求的雾吗?希冀透过浓雾看清一些景物?那群快乐的鸟去了哪里?它们找到最后的归宿了吗?每一只鸟都有自己的故乡,每一条鱼都有自己的河流。

我会是哪一只鸟?我会是哪一条鱼呢?抓一把雾捏在手里,我想粉碎它,粉碎它的妄想,不甘心被它莫名其妙折磨一个中午。这样的时候,我不知道该向谁来诉说昨日的风云变幻。

总有一场大雨会降临吧?冬雪也转瞬将至,叹息,叹息,叹息,叹息时光如水,光阴似箭。如果我能够追上那群鸟儿,随同它们南来北往地在天空铺路,等到大雾消散时,我会看到怎样的景色呢?

父亲来了电话,莫晓瑜方才想起今天是自己的生日,只有父母才会记得这个日子。母亲去世以后,每年都是父亲电话问候,包括马启明与女儿的生日,父亲全记得牢牢的。有老人在,多好啊!莫晓瑜在电话里与父亲说了好些话,内心无比温暖。

大雾依然笼罩,莫晓瑜想,我还能看到阳光吗?中午,"五朵金花"姐妹群热闹开了,邀约一起吃晚饭。多年来都是这样,谁过生日大家一起聚餐祝贺。

餐桌上,莫晓瑜很开心,她笑道,我呢,总是遇上些不好的人,也许,我自己是坏人?姐妹们怕她伤心,纷纷开导安慰,一起咒骂那几个东西。吃完饭,她们将生日蛋糕上的奶油涂在莫晓瑜脸上,莫晓瑜照照镜子,哈哈,变成一只大花猫了,几个姐妹看着,笑得前仰后合,抢着拍照,乐成一团。莫晓瑜开心地学着蔡明哈哈哈哈哈哈长笑几声。

饭后去 KTV 唱歌,莫晓瑜先说了几句,姐妹们,承蒙你们的厚谊,深表谢意!很多年里,我对自己的生日不太在乎,做孩子的时候,都是父母操心,为我做上可口的饭菜,祝愿我快快成长。成年以后,不再依偎在父母身边,但每年生日,都是他们送来祝福,我自己,从未大张旗鼓过生日。今天突然意识到,这一天意义非凡,父母给了生命,把我带到这个世界,品尝人世的酸甜苦辣,所以,我想说,不管境况如何,这一天,是断断不能忘记的。感恩我的姐妹们,帮我重拾一份记忆,你们用一颗真诚的心,给我温馨,给我信心。现在我最想说的一句话是:遇上你们是我的缘。

姐妹们相拥一起,彼此温暖。莫晓瑜朗诵了一首诗《我,一片风中的叶》,是送给母亲的,她的眼睛湿润了,想起去世多年的母亲,妈妈啊,你在天国还好吗?

熵变

我是一片风中的叶
母亲是大树的根
如果我淡漠了生日
就是淡漠了生养我的母亲
这个日子，我会记得很牢
……

干燥了许多时日，清晨终于下雨了。上班的路上，莫晓瑜收了伞，让雨淋在脸上，真好！洗涤下心灵吧！

下午，戴世辉来电话说，莫主任，王所长约我俩去他那里有事。莫晓瑜应道，好的，我马上下来吧。两个人到王吉亮办公室坐下，莫晓瑜以为是谈工作，哪知王吉亮一开口就说，对面两人提出要买办公用品，莫主任尽快解决吧。莫晓瑜心里老大不快，再三陈述他们如何如何。王吉亮定定地看着她，一脸无奈。

回到办公室，闫亚培看莫晓瑜神色黯然，问，怎么了？有事吗？莫晓瑜本不想说什么，看闫亚培盯着自己，只好实说。闫亚培与夏薇薇相视一眼，都只摇头叹息。

晚上与马启明提及此事时，马启明急了，赶快去买啊，不然，他们又去发帖骂人，你真的就不怕吗？上次月饼的事，郑所长还打电话过问，你为啥逞强？经马启明一说，莫晓瑜想起来了，中秋节那天，工会通知说，各部门可以派人去领中秋节的月饼，闫亚培去领来了，正好三盒，他以为正好是质监办现在三个人的，莫晓瑜也以为理所当然是。不料对面两个人很快在网上发帖说，那三盒月饼是他们的，为什么不及时给他们送过去？郑光跃急了，专门来电话问及此事。

莫晓瑜马上电话王吉亮，答应明天就去为他们买办公用品。她又给夏薇薇电话，夏薇薇直接拒绝，说，好反感好反感对面那两个人，狼一样逼人太甚，难道真要吃人吗？我才懒得去给他们买呢。

莫晓瑜不好勉强夏薇薇，只好给王吉亮打电话，王所长，你让他俩自己去买吧，需要什么买什么，我这里的两个人都不愿去。中午，她躺在床上心里不安，突然想，我为什么如此被动挨打呢？为什么不找人帮忙，主动出击？可是，去找谁呢？谁是可以帮到忙的人？

又是一个阴雨天。

下午，中医研究所附属医院的方凌教授约了几个人吃饭，邓西平也在。方凌在邓西平眼里是老师的地位，具体怎么回事莫晓瑜也不是很清楚。席间说到研究所目前的事，方凌当众夸莫晓瑜说，我对晓瑜知根知底，她善良、单纯，并非他们说的那样。大家全都点头认可，跟着一起称赞莫晓瑜精明能干，做事有魄力。邓西平只管低头吃饭，态度暧昧地笑了笑。

晚上快睡时，方凌来了电话，晓瑜，我今晚与邓西平一起坐车回家，谈到了你，我对他说，莫晓瑜有五大特点：善良、聪明、能干、正直、贤惠，邓西平其实也认可你呢。莫晓瑜感激地说，谢谢你了，难得这个时候有人帮我说话呀！放下电话后，她呆坐着想，你就是说了这些，又有什么用呢？研究所的情况太复杂了，每个人都有自己的弯弯肠子。

莫晓瑜感觉心脏很不舒服。第二天，她很不想去办公室，却又无可奈何地去了。闫亚培一会儿出，一会儿进，为了帮邓西平做课件，也没与莫晓瑜说明，好像自个儿与办公室工作无关似的。莫晓瑜知道他有情绪，时间一长，彼此的短处都很明显。他的嘴里再无中听的话，变得十分冷漠凉薄，眼里只有权力与欲望。莫晓瑜本想不再说什么的，到最后还是忍不住，提醒闫亚培尽快找回工作的感觉。闫亚培嘿嘿地笑笑，不说一句话起身走了。夏薇薇看一眼门外，转头对莫晓瑜说，看来他也是没办法推脱，算了吧，就让他们去多赚点钱。

快下班时，闫亚培回了办公室，欲走又留，莫晓瑜心里明白，他肯定晚上要陪邓西平吃饭。正要走时，闫亚培说，莫主任，戴处要我陪他一起出差去。莫晓瑜好是生气，明明是我部门的人，你戴世辉竟然不与我通个气，直接就"用"了闫亚培，这不是明里欺负人吗？还口口声声说是朋友呢，关键时刻就这样处理问题？

世间的事情，有万般无奈，存在就是合理的。莫晓瑜感到身心疲惫。她为自己深深不安，仿若被人关在一个黑笼子里，不知道怎样找到出口，而且，随时有被吃掉的危险，就像虾之于鱼，兔之于虎。

走在回家的路上，但见满地黄叶，随风飘卷，莫晓瑜不免感慨万端，思绪潮涌。人生在世，谁能说遇不上一阵风或者一场雨呢？更有甚者，在漫长的暗夜，什么情况皆可能发生，险象环生，惊心动魄。那么，我遇上了吗？不知道，真的不知道，没有参照的对象，究竟什么样的情形才会让人以为身陷困境？

一群不说话的人，遇见另一群不说话的人。他们为什么都皱着眉低头看自己的脚尖呢？脸上隐隐带着蓝色的忧郁。是害怕，还是惊恐？害怕和惊恐到底有什么区别呢？

在岁月的长河中，人这一辈子，难免会遇上阴霾和不测，多愁的风雨会摧残心志，会撕裂脏腑，倘若毫无防备，缺乏起码的心理准备，没准会一夜苍老。花的一生只能在春天灿烂一次，就是日日灿烂的月季，遭到风吹雨打，雷袭电击，顷刻间也会残红满地。

严霜和风雪将步步逼近、逼近……

3

  一夜严重失眠。莫晓瑜第二天强打精神，提前去了办公室。又到了周五，莫晓瑜对闫亚培与夏薇薇说，我与省卫生厅领导说好了，上午要去取材料。闫亚培出乎意料热情地说，莫主任，我去送你吧。莫晓瑜心里一热，好啊，真是雪中送炭！闫亚培笑道，我本来就是碳啊，点燃就可以了。莫晓瑜邀了夏薇薇一起去。

  从卫生厅回来，已是中午，莫晓瑜在路边找了个小餐馆，请闫亚培与夏薇薇一起吃午饭。闫亚培说，莫主任，昨天你与科技研发处处长的谈话说得非常好。莫晓瑜淡淡一笑，全然忘了自己到底说了些什么，她纳闷闫亚培的脸色今天怎么又变暖了。莫非夏薇薇做了些工作？

  王吉亮下午来了办公室，莫晓瑜向他汇报了最近的工作，王吉亮认真听过之后，连连夸莫晓瑜三个人在极其艰难的情况下，坚持把工作做得很好。莫晓瑜看主管领导满意，颇感欣慰。

  第二天是大雪节气，雨来了，气温骤降，莫晓瑜觉得身子好冷。她看看身边的闫亚培与夏薇薇，他们都不怎么说话，低头做着手头的事。邓西平又来了电话，闫亚培没命地跑下去，莫晓瑜看着他的背影，连连摇了摇头。

  莫晓瑜拿上任务分解的讨论报告去戴世辉那里。戴世辉仔细地看起来，他总算打开眉头说，你们做得不错啊，细致而有条理。莫晓瑜欣慰地笑笑说，感谢戴处一直的关心与帮助，得到你的肯定，我有信心做好下一步工作了。

  冬雨，淅淅沥沥，站在雨中，几分寒意袭人。莫晓瑜又想到那两句签里的话：流年风起多愁雨，梧桐叶落自相和。在遥遥无期的等待中，莫晓瑜托着自己沉甸甸的心事，找不到存放和丢弃的地方，莫非这样晦暗的日子会一个接一个吗？梧桐叶落？梧桐叶落到底是什么时候？别让我等得太久了，我快耐不住了，真的。不管眼下风霜如何严峻，但我相信等到天黑，灯火将会被一盏盏点燃。

闫亚培上班时，见到莫晓瑜就迫不及待地说，莫主任，这分析报告太难写了，我们最好推掉吧。莫晓瑜说，我问问戴世辉再说。一个电话过去，戴世辉不想放弃，说，这事只要你们部门改个名称就可以了。闫亚培求助地说，你再问问郑所长？莫晓瑜沉思片刻，摇摇头说，不太好吧，怕他以为我个人怀有什么私心呢！

晚上，姐妹群里议论纷纷，她们刚刚看到骂人的新帖子。莫晓瑜懒得看也懒得说话，后来她们说帖子里将闫亚培与夏薇薇放在一起骂，真是气不打一处来，歉意感油然而生，他们两人，本来无辜，被我拉进这里蹚浑水，我不是害了他们吗？现在该怎么办？

下午上班时，莫晓瑜发现夏薇薇情绪不好，估计她已经看了网络上的文字，但她不想挑明，只轻轻叫了一声，薇薇。夏薇薇看了莫晓瑜一眼，满眼忧伤。

闫亚培来了，他直接说了网络新帖子的事，莫晓瑜正想说什么时，戴世辉来电话，约晚上一起去吃饭，一再叮嘱说，请你家先生，小闫、小夏一起去啊，我们找个素食馆，怎么样？

下班了，莫晓瑜给马启明电话，说戴世辉请客，约了闫亚培、夏薇薇一起去。夏薇薇说，我要赶回家照顾孩子，你们去吧。

马启明按时来接他们。车沿城郊公路行进，半个小时后来到一个叫"铁炉寺"的地方。吃饭时，闫亚培淡淡地说起网络的事，莫晓瑜说已经看到了。戴世辉边吃边听，不说话。过了一会，闫亚培看一眼戴世辉，对莫晓瑜说，我明年想出国一趟，争取读博士后。莫晓瑜心里明白，他不过是想找个理由离开，在这样严峻的形势下，打退堂鼓也是可以理解的。

马启明见状，马上把话题岔开了，与戴世辉说些外面的事情。戴世辉似仍然只管埋头吃饭，时不时嗯嗯几声，似听非听的样子。闫亚培端起酒杯，对戴世辉说，戴处长，今生能遇上你这样的领导与兄长，是我的福气，来，敬你一杯！戴世辉笑道，谢谢小闫，你是好样的！莫晓瑜看这情状，怪不是味，她想，眼前如此，还待明年？明年，还不知道怎么回事呢。他要放弃，当然可以理解，其实自己未必不想放弃？她侧着头看他俩对饮，自己闷闷地喝下一大杯。

一个难眠的晚上。

第二天，莫晓瑜一进办公室，闫亚培的脸又变成了冬天的颜色，看着窗外冷冷地说，出去调研的票，上午买不到了，再推迟一天吧。莫晓瑜几番想说话，闫亚培都爱理不理的样子。莫晓瑜彻底绝望了，如今的自己，可谓内外夹攻，腹背受敌，情何以堪！她回想昨晚闫亚培对戴世辉的吹捧与奉承，心里憋得发痛，当初视为君子兰的这个人，骨子里却是这样！真是害了眼病啊，今天总算能勘破人心了。幸焉！

莫晓瑜估计夏薇薇也有想法，趁闫亚培出去的当儿，对夏薇薇说，对不起啊，我把你拖到这里来，没曾想出现一系列的烦恼，算我个人欠你的，以后用我的一生来还吧。夏薇薇听罢，眼睛一红，泪水直往下掉。

过了两天，天气大好，莫晓瑜与闫亚培、夏薇薇三个人辗转去了一趟外地，到几个做得好的中医研究所调研。一路行程安排得满满当当，本子也记得密密麻麻，收获甚多。莫晓瑜心里的压力小多了，留出点时间，三个人一起去附近的公园转转。麻石路上有两只褐色的鸟一前一后地走着，似乎并不害怕行人渐渐走近。莫晓瑜看看，觉得颇有点眼熟，好像自己在哪儿见过它们？

她想起来了，是在八大山人的画中吧？莫晓瑜特别喜欢八大山人的作品，他笔下常常有两只鸟，或者一只耷拉着脑袋，蔫蔫的，一只则昂首挺胸，仰视天空，试图找出点什么来；或者一只偏着头侧着身子在努力探寻着什么，一串葡萄向下垂着，是不是有点垂涎呢？一只则蜷缩着身子，将嘴巴插进翅膀，呼呼地安睡。眼前的这两只鸟如若进入八大山人的画中，将会是什么样的状貌？而自己，像其中的哪一只呢？

莫晓瑜奇怪最近怎么老将自己看成一只鸟，这可笑吗？或许有点，她不禁又苦笑一声，叹道，我真成鸟人了！好在身边的闫亚培与夏薇薇并没有听到。

第十六章　腹背受敌

1

回来后稍事休息，三个人赶快整理调研材料，梳理清晰后，莫晓瑜分别给几位领导发信息，约时间向他们汇报。郑光跃最先回复，明天吧，谢谢你们，辛苦了！

第二天，莫晓瑜分别向领导们汇报，每一位似乎都很重视，语气都十分诚恳，这个调研很有价值，好好研究研究吧。

夏薇薇忙着清理账目，闫亚培则心事重重的样子，他苦着脸对莫晓瑜说，莫主任，你安排我写总结，我也不知道怎么写，试试吧。莫晓瑜瞟一眼他的电脑，都是些他自己的东西。说什么好呢？不说了吧，也不想催促。她已经读懂了这个人，尤其读懂了他的内心，他对自己的漠然与无视，是与对面那两人不同的另一种伤害，也许这种伤害更让人痛彻心扉。莫晓瑜把头转向窗外，她觉得这段时间活得好累，对很多事看淡了，无所谓了。既然场面上的事如此，不如发展个人的事业，以后回家后一概不考虑工作，看书学习，或者重拾自己的业余爱好，写点诗文，一来可以排遣内心的郁闷，二来算是圆一个儿时的梦。孩提时候，莫晓瑜对文学如痴如醉，一心希望日后能成为一名作家。

闫亚培一副不死不活的样子，明明看着莫晓瑜事多，他却这里那里地忙，出出进进地忙，对工作他一概不闻不问，无动于衷，整天忙着帮他的朋友写论文。莫晓瑜责怪自己惯坏了他，纵容了他的坏脾性。他外表依然那样俊朗,却像一个空心瓷娃娃。

莫晓瑜看着窗外发呆,回想年轻时曾壮怀激烈,志存高远,总想为社会做点有益的事情,孰料世事难料,命运之神并未眷顾她,一直辛苦打拼,劳碌顿奔波,最后却是镜花水月、壮志难酬,她为命运哀叹不已,老天爷啊,你太不公平了,为什么要给我带来这么多的不幸与伤痛?

要做的事情太多了,到中午还忙不完。莫晓瑜看一眼闫亚培,突然一句话脱口而出,闫博,你老婆比你随和些,上次与我们一起唱歌,感觉很好。闫亚培听罢,一愣,嘴角咧了一下。

下雨了。傍晚,莫晓瑜行走在雨中,就像置身一池碧波,涤尽内心的灰垢与尘埃,顿觉神清气爽。在这样一场淡淡的雨中,莫晓瑜似乎邂逅了别样的情怀,别样的安静。她站在林中一棵大樟树下,默念着曾经背得滚熟的诗句,竟然一刹那忘了开头,也忘了结尾。眼前这个冰凉、冷漠、严峻的世界会不会越走越远?她相信,弥漫的乳白色灯光,将会铺平明天的道路,洁白、温暖、宽阔、平坦。

梅子来电话说,晚上有个文艺沙龙搞活动,晓瑜,你出来一起聚聚吧?莫晓瑜马上爽快地答应了。果真,来的都是省市文艺界知名人士,有的人是以前想见而无从见到的。莫晓瑜虽然心事重重,但脸上的笑容掩饰了她内心所有的忧伤。她与大家品茶说笑,唱歌朗诵,暂时忘却了痛苦。那些人真能聊,尤其是一位在全国很有影响的著名作家,眉飞色舞谈他的经历,谈他的文学之路,谈他的个性,谈他作品中的人物,将莫晓瑜带入到了另一种情境。与这些人在一起,莫晓瑜开心地度过了一个晚上。

第二天,闫亚培的情绪莫名其妙变得亢奋起来,乐呵呵地说个不停。莫晓瑜感到惊讶,低声与夏薇薇说,莫不是昨天说起他老婆,他回家转告后被老婆批评教育了？夏薇薇反问道，他情绪好你的情绪也会好吗？莫晓瑜听罢，有点不好意思，脸顿时红了，轻声说，就我们三个人，都冷着脸不说话，有什么意思呢？你说是不？

郑光跃来了电话，请莫晓瑜去他办公室，了解外出调研的情况。莫晓瑜一五一十地向他汇报，郑光跃听了一会儿就转了话题，一点笑意都没有，绷着脸说，他们一伙在做中层干部改选方案，正副职要职代会投票产生。联通部的程娜任期到了，我本打算让你补上去，先上个级别再说，可他们硬是要留下她。莫晓瑜淡淡一笑，不用了，就是明年后年我也做不了，我心里很清楚的，算了吧，何必麻烦呢。不管什么样的境遇，在这里一天，我就会对研究所负责一天的。

一种无言的痛感，在走出郑光跃办公室的一刹那，突然向莫晓瑜袭来。可悲的郑所长，多年在此，如今身处逆境，却孤立无援。而我，从来就不是他青睐的中层干部，为何要如此尽心？有必要吗？如果不是对他所长负责，难道是对研究所负责吗？还是出于自己的秉性？她傻笑起来，看来，我的事业心责任心很强呀！

不！莫晓瑜坚定地对自己说，我得撤离，我得突围，不能继续留在这里，不要继续做现在的事，回基层单位做个普通的研究员多好。现在已是年底了，顶多再做半年吧。

想清楚一些问题后，心里不觉轻松多了，莫晓瑜一步一步回到家里。

2

莫晓瑜以为那天的想法不过是偶尔的，未曾料到几天之后，这样的想法愈加坚定，她相信在尽力做好当下工作的同时，要做好随时撤退的准备。

又是一个落日熔金的傍晚,莫晓瑜独自来到再熟悉不过的林子。一簇茂密的竹叶里,隐藏着不计其数从四面八方飞来的鸟儿,黑色的,白色的,褐色的,它们欢快地叫着,热烈地嬉闹着。莫晓瑜一时兴起,蹑手蹑脚走近,轻轻地摇动一根竹子,几只小鸟叽叽喳喳惊慌失措地飞走了。过一阵子,鸟声终于安定下来,林子归于寂静。莫晓瑜隐隐约约觉察有些动静,还有些不睡觉的动物时不时在这里游走,它们或许为了一口食而打斗,猫犬之间、猫鼠之间、蛇犬之间、蛇蛙之间,甚或蛐蛐与蛐蛐之间、蜈蚣与蜈蚣之间、蚊子与蚊子之间……

思维正进入某种想象中时,莫晓瑜听到一旁传来怪异的声音,扭头一看,原来一棵树上有两只猫正对峙着,一只黑猫与一只灰猫,她不由得停住脚步,看它们那样子,都憋足了劲,大有拼个你死我活之势,不太像是逗着玩儿呢。几秒钟后,那黑猫掉头往上面爬,灰猫也跟着爬上去,黑猫猛一回头,龇着牙,对着灰猫大吼几声,灰猫也毫不示弱,死死地盯着黑猫,嘴里呼呼呼地干号着。两只猫就这样做掐架状。莫晓瑜本来想学学《昆虫记》的作者,继续观察一下"动物世界",冷不丁从哪儿窜出一条小黄狗,看到树上的两只猫正在玩游戏,便冲着它们汪汪汪地叫个不停,她纳闷这小狗到底是劝架还是助威?动物之间的是是非非,人类哪里能够辨识呢?

天色渐渐暗下来。莫晓瑜想起某天曾误打误撞闯进一片繁茂的森林——亦真亦幻?似梦非梦?同行的还有几个伙伴。森林树木葱茏,参天大树一棵棵坚挺地站着,安静时有种疏阔的拥挤,风过时有种神秘的喧嚣。这些树到底生存了多少年?几千年?几百年?几十年?莫晓瑜记得小时候看过很多童话故事,有句熟悉的歌词,"山的那边海的那边,有一群蓝精灵",多么让人神往的地方!导引者信誓旦旦地说,没事,只要你们一心一意、坚定执着地朝前走,一定会有收获的。然而,大森林里时不时会发生令人毛骨悚然、心惊胆战的故事。一不留神可能就会遇上些可怕的鬼魅、妖魅,《西游记》里出现的种种诡异现象,不就是在森林里发生的吗?至于会否遇上吃人的猛兽,如狮子、老虎与毒蛇,那就要看命运之神如何安排。但丁在《地狱》篇中叙述说自己在黑森林中迷路了,他用诗歌描述自己当时的心情:

啊!这森林是多么荒野,多么险恶,多么举步维艰!
道出这景象又是多么困难!
现在想起也仍会毛骨悚然,
尽管这痛苦的煎熬不如丧命那么悲惨。

毫无疑问,但丁的困惑与恐惧,不论谁遇上类似的情形,恐怕也是在所难免吧?

但丁最终会走出那片黑森林吗?

天完全黑下来,整个林子变得黑魆魆的,很像但丁笔下的黑森林了。不时有奇怪的声音传到耳中。莫晓瑜有点害怕,她想,我应该尽快离开,离开这个我曾经多么熟悉的旧林,它以后只属于我的过去,只能留在我的记忆深海。今晚从这里走出后,我不想再回头,我将要去寻找新的林子,新的乐园,它在哪里呢?我现在也不知道,那就且走且看吧。

掌灯时分,前面有了稀疏的灯光,人们陆陆续续将灯火点燃,为这个黑夜传递出温暖与光亮。就像巴金说的,几盏灯甚或一盏灯的微光固然不能照彻黑夜，可是它会在夜里给人带来勇气，带来温暖。

人都在寻找温暖与光亮。周围，回荡着梦幻般断断续续的应和声。莫晓瑜迅速回望了那林子一眼，然后转过身来加快步子，朝着前面的路走去。

第二天一早，莫晓瑜接到戴世辉的电话，请她马上去他办公室。莫晓瑜心里不悦，这鬼地方爷太多。她是真不想去，但还是强作欢颜去了。原来戴世辉要莫晓瑜帮助解决点私事。莫晓瑜说一定尽力，戴世辉脸上松弛地笑笑。莫晓瑜想着自己要出去做几天省卫生厅组织的竞赛评委，便请戴世辉安排闫亚培在业务主管会上发言，戴世辉说，那可以的，但你要做好下一次正职会上发言的准备，很重要，你可不能再谦让啊！他眼光定定地看着莫晓瑜。停了一会，又说，年度质量报告还是你们写吧，包括外出考察的情况汇报等，都需要一一做好准备。

莫晓瑜明白戴世辉今天找她的真正目的原来是这个，心里犯难，但又不能不答应。回办公室后，她准备去白水宾馆报到。闫亚培主动提出送她去。到那儿之后，莫晓瑜留他一起吃中饭，闫亚培犹豫了一下，推辞说，算了吧，我回家吃。

后来的几天里，闫亚培仍然忙着做邓西平的课件，莫晓瑜说，你先把简报做做吧，再也拖不得了。闫亚培口里嗯嗯地答应着，但手里继续做他的。莫晓瑜加强语气提醒他说，你记得加上是整改简报。

3

转眼到了年底，莫晓瑜好多事等着做，适逢老家几位同学因事路过这里，希望能见面聚聚。莫晓瑜安排了时间地点，下班后赶过去与他们小聚，点几个特色菜，上两瓶好酒，强打起精神，满面春风地与他们东拉西扯，说说笑笑，叙叙旧，谁也看不出她心里隐忍着巨大的伤痛，饭后又将老同学们送至返程的车站。

  一个人打的回家，看着车窗外一晃而过的模糊景物，莫晓瑜想，这一年我到底做了些什么呢？三百多个日子是怎么熬过来的？苦涩，忐忑，艰难，尴尬，郁闷，无奈，哎呀，脑子里跳出的怎么全是这样灰色的词？在若明若暗的夜色中，一棵棵树在往后退，莫晓瑜真想寻找到一棵树，一棵可以倾诉的树，她想，世界这么大，有没有一棵我可以一边流泪一边说心里话的树呢？一定会有的，只是可遇不可求吧。

  回到大院，莫晓瑜在家门前那片林子里，慢慢悠悠地走着。这片林子，高高低低站着一些树，有樟树、槐树、梧桐树，还有几棵叫不出名字的树。也不知它们到底站了多少年？从那些斑驳沧桑的枝叶来看，恐怕颇有些年头了。无疑，在这块说不上宽阔的空间，树俨然成了主人。从春天的葱郁到冬天的凋零，它们年复一年地守护于此，不言语，不张扬，不逢迎。只在微风过时，树叶与树叶摩挲才发出窸窸窣窣的声响，像是在传递彼此的问候。

  那些高大的树总有幼年的时候吧？莫晓瑜想，如果是我亲手一棵一棵栽种的，一定会清楚地记得每一棵树的年龄、性格和特点，也会懂得怎样才可以在风雨来临时庇护它们。

  现在，它们一棵一棵地站着，面面相觑，其间有一些不等的距离。通常情况下，树都处在一种静止的状态，沉静、沉稳、沉默、沉想……

  林子中靠近路边的地方，半蹲半站着一块硕大的石头，白玉般的颜色，光滑、洁净、通亮、润泽。石头上仿佛刻有几个字,模模糊糊的,不甚分明,莫晓瑜平时没怎么留意,现在左看右看,横看竖看,仍然依稀莫辨。没准是那刻字的人有意为之——行人路过,倘若一目了然,谁愿意久久驻足于此呢?看不清啊,就磨磨蹭蹭多待会儿。难道石头也害怕寂寞吗?

新的一年终于到了。热烈喜庆的气氛,似乎与莫晓瑜的内心不甚吻合,她的回味中只有苦涩与挣扎,太多太多的不堪回首,得与失,成与败,喜与悲,欲说还休,欲说还休,如果能达到一种高度的平衡,也是人生常态。许是天意吧?莫晓瑜现在越来越相信命运了。

一个上午都在忙着回复短信,很快到了中午,莫晓瑜匆匆忙忙赶至东湖楼,参加一位同事的婚礼。

累。莫晓瑜心里只有这一个字。几天假期结束,她仍然疲惫不堪。又遇上一老同事娶媳妇,莫晓瑜与马启明商量,你去参加吧,我实在动不得了。除了工作,家里也有做不完的事啊,女人谁不是家庭主妇呢?莫晓瑜问自己,我合格吗?她摇摇头,苦笑一声。

晚上工会组织活动,虽然还是那些老面孔,但莫晓瑜也觉得很开心。结束后,工会宋主席似乎有意等着她,一直留在原地不走。莫晓瑜正纳闷时,宋主席关切地说,前段时间见你心情不好,所以特意留下来与你说说话。你发表在晚报的很多诗文我都看了,文采非常好,真是墙内开花墙外香啊,以你的才华,个人发展也许更好,我以为,最好远离这些是是非非,做自己喜欢做的事情。莫晓瑜笑笑,表示感谢,但她琢磨不透这宋主席的真实意图,他多年来与曾以平、贾里梅关系甚好,今天这般表现,未必是真关心我吧?

宋主席的话,倒是让莫晓瑜想起了儿时的梦想:我有过美丽的梦想吗？我的梦想真的很美丽？也许吧。而这美丽是属于蝴蝶的，属于蝴蝶的那对翅膀，我有高飞的梦想吗？

记得那年春天，催绽桃花，又将桃花带走。莫晓瑜以为她的梦想是一只前世的蝴蝶，单纯而洁净，轻盈而美丽。她想，我梦想的翅膀五颜六色，是春天的基调和旋律。在那些珍贵的时光里，我成天在草丛中飞啊飞啊，梦想有一天能飞上天空。栖息在枝头的鸟儿发出清脆的笑声，悠然地在远处划出一道弧线——我飞翔的梦想在树丛中开始摇晃。

曾经的美丽梦想，在现实面前，都破碎了，梦想的翅膀到底遗忘在哪里呢？谁人将它轻轻拾起？眼下，虎豹豺狼，魑魅魍魉，身陷重围，背腹受敌，情况万分危急。怎么办？怎么办？

4

面临险情，莫晓瑜仍拼尽全力想做好眼前的工作。她不想去管上层的事，他们想斗就斗吧，爱怎么斗就怎么斗，与我何干呢？真是的，你们这些为官者，职位做到那么高，人前风光无限，按说也懂得做人的基本规则与道理，可你们自以为是，别别扭扭，明争暗斗，害苦了下面的人，损害了那么多人共同营造的工作环境，这些年来研究所迅速发展，多少人付出了心血，难道因为你们的内斗，从此就这样毁掉了吗？于理何在？于心何忍？莫晓瑜突然感受到了内心迸发出的愤怒。

忙，一天都在忙，做不完的事情。莫晓瑜重点整理与审核了各个处室的材料，并做好明天中层领导会议发言的准备。

第二天很早去办公室，正巧在楼道口遇上秦建伟，莫晓瑜笑着问了个好，秦建伟笑容可掬地说，近日我约个时间与你说说话吧。莫晓瑜答应说，好的，我等您的信息。心里暗想，你们好像都不着急似的，我们辛辛苦苦到处做调研，加班写方案，从没见你们高度重视过，唉，听之任之吧。

三个人辛苦紧张了一天，莫晓瑜很想与他俩再商量商量，明天的会，可否尽量完善一点？还来不及说什么，就到了下班时间。莫晓瑜留他们一起吃晚饭，可他俩都说要去接孩子，只得作罢。回家的路上，莫晓瑜感觉累得不行了，她开了房门就想躺下。幸好芮芮求学去了远方，不需要自己照顾了，不然，工作与家庭，可真拿不下来。她想，我这主妇暂时处在缺位状态呢。

次日下午开会，郑光跃有事来不了，王吉亮四点才到。莫晓瑜心里不是个味儿，我们如此辛苦，你们当领导的太不当回事，而那些与会的中层正职又叽叽喳喳不停地说，竭力想推掉年度报告的撰写，都希望由副职来承担。一个本来郑重其事的会议，就这样草草收场。

几天后是研究所的第二届科技大会，专版、专刊、专报，红头的，热热闹闹。莫晓瑜随意翻了一下，哪一个角落都没有自己的名字，不由得深感失落。她想，如若不是成天忙这些鸡零狗碎的事务性工作，这份报纸总会有我的一席之地。她四面张望了下，看看满座的人，脸上的表情喜忧参半，对于爱面子的莫晓瑜来说，脸上真有点挂不住了。

她的心沉甸甸的，这些年到底忙出些什么名堂呢？好不容易挨到会议结束，回家后与马启明说起，马启明只是好言宽慰，不急，做完这一届，就回归吧，以你的实力，总会有收获的。晚上，莫晓瑜随意注册一个QQ号，竟然为1973771710，她是一个数字迷，马上为自己诠释：要长久,起,升,起,起！要起！一定！这是一个多好的吉兆呀，天生我材必有用，从今天起，不再做无用的事情，尽快回归自我，尽快回到正常的轨道，做点有意义、不受人左右干扰的事情，相信自己一定能够做到！下一届的大会，请等着我，到时候，一定会有我的身影！

下午莫晓瑜没事找事，突然又去百度搜索，不想引出一大串那伙人的新帖子，原来，这伙人密切联系，沆瀣一气，又开始了新一轮的网络攻击，研究所尚未平静几天啊，现在漫天都是疯狂的谩骂。这次他们不仅骂郑光跃，骂莫晓瑜，还骂了更多的人，只要是他们平日里讨厌的人，都肆无忌惮地一顿乱骂，毫无理由地骂，毫无根据地骂，一个劲儿往死里骂。他们晒出莫晓瑜所有的私密信息，还包括家人的情况，莫晓瑜傻眼了，霎时间天旋地转。

气吗？不气。真不气？怎么可能？为什么？为什么？为什么？是人性泯灭，还是道德沦丧？他们还算不算人呢？

此刻，她真恨不得杀了狠如蛇蝎的他们！

莫晓瑜啊莫晓瑜，你怎么来到这么个鬼地方？你怎么会遇上这样难缠的鬼事？

这个鬼地方，这些鬼魅般的人，让我的一身布满了伤痕！

可是，哪里才不会让人受伤呢？

莫晓瑜真想立刻离开这里，然而，去哪里好呢？怎么才能逃离这万丈深渊？

5

莫晓瑜昨晚大受刺激，好不容易睡着了，半夜三点又醒来，怎么样也难以入睡。天刚刚亮，她急急打开电脑，本想请天涯论坛删帖的，哪知点开一看，那帖子大段大段复制粘贴。莫晓瑜心里骂道，你们真够狠毒的！算了，不删了，删了他们还会继续。此乃人祸还是犬祸呢？她关掉电脑，踱步到窗口，看着窗外发呆。

天快亮了，窗外灰白色的天空，表情单调而沉郁。正对面是鳞次栉比的楼房，新旧交错。楼前一座大花圃的周围是一圈麻石路，再支出几条小径。过去一段是一大片蓊蓊郁郁的竹林，深沉的绿色掩映着一栋老红色旧式楼房，但见雕梁回廊，曲径通幽，青苔黄叶，古韵犹存。一群黑色的鸟从低处向上跃起，扑棱就飞到了树尖和屋顶。

这么美好的清晨，莫晓瑜却无心欣赏，她的心沉甸甸的，处在一种激烈的挣扎中，似在与毒蛇、狂犬搏斗，在用心力与心智，赤手空拳，蜷缩一隅，虽心力交瘁了，仍在拼死地坚持、坚持。她问自己：我能够挺住吗？我挺得过吗？我得要战胜多少艰难险阻啊！内心的痛苦、悲哀、无助、无奈，何人能知？何人能解？何人能助？莫晓瑜感觉内心的火焰就要燃烧起来了，恨不得亮个通明，烧掉这个鬼地方！

晚上吃饭时，莫晓瑜与马启明说起想离开这里的事，马启明表示赞同，他问，你打算去哪里呢？莫晓瑜一时也没想清楚，马启明安慰说，不着急，我们慢慢考虑考虑，等过了这段时间吧，看他们疯狂到哪天。莫晓瑜说，好的，且走且看，或者下半年再说。

第二天周六，莫晓瑜去参加省里一个联谊会，身边一位朋友在看一本半新半旧的《读者》，待那人去卫生间时，莫晓瑜挪过来翻翻，读到一篇文章，题目是《二分之一的智慧》，似乎是写给自己的：一哲人对一絮絮叨叨、不满现状的求知者说，你的个性是属于黑白分明、疾恶如仇的。你知道，这世界是一半一半的世界。天一半，地一半；男一半，女一半；善一半，恶一半；清净一半，浊秽一半。很可惜，你拥有的不是整个世界……你要求完美，却只能够接受完美的一半，不能够接受残缺的一半。哲人最后教诲求知者说：学习包容不完满的世界，你就会拥有一个完整的世界了。

这些话像一盏灯，很容易照亮一些迷茫者的心，打开一度生锈的心结，让人能够客观地看待这个世界和周围的人和事。

正读得若有所悟时，身边的朋友回来了，莫晓瑜不好意思地将书还给他，那人却说，没事，你继续看吧，这篇文章写得真好，道出了当前社会的实际情况。说完，他似听非听地看着台上的人发言。莫晓瑜说声谢谢，又继续看起来。她认同作者说的，红尘中人很容易对自己所处的环境乃至整个世界都不满足，是理想主义者抑或完美主义者。是的，就如同我一样，追求的是一种纯粹，眼中似乎容不得一粒沙子，天要纯蓝，水要纯净；风是风，雨是雨，马是马，驴是驴。如此，不是太与自己过不去了吗？孰知天底下没有绝对的纯粹，非驴非马的东西比比皆是。不承认事实、不适应环境是不行的，有时候还真要半睁着眼睛看世界。

这样说，是不是有点苟且与逃避了？看不惯的要看，接受不了的要接受，不痛快了吧，那又奈何？见多了名利场上的虚与委蛇、尔虞我诈、明争暗斗、大打出手，"凤辣子"一个个登场，明里一把火，暗里一把刀，不少人马上马下翻滚、门里门外躲闪，江湖上人，活得真不容易啊，莫晓瑜替他们累，替他们害臊。这年头，人为了名利，不停地厮杀、械斗，张着血盆大嘴，像《红楼梦》里探春说的，一个个长着乌鸡眼，恨不得你吃了我，我吃了你。确实是啊，研究所不正是这样吗？磨刀霍霍，杀气腾腾，到头来谁也吃不了谁，其结果往往是两败俱伤。

莫晓瑜想，很多人讨厌这样的生活，能躲且躲，能绕且绕；很多人就是讨厌却又身不由己，绕不开，躲不过。那种怪异的气息无处不在，无孔不入，散落在树林中和草丛里，钻进他们的身体，浸入他们的血液，掌控着他们的命运和生死。人的命运有时候不是自己选择的，就像搓麻将时的"听牌"，落到"二条"就是"二条"，落到"三饼"就是"三饼"，至于和不和牌，不是谁能说了算的。

想到目前的处境，晓瑜坐不住了，她将书还给那人，起身出去走走。此刻，一只黑鸟掠过眼前，飞至对面一棵大树上，停在树尖的枝头。它摇首弄姿，大声发笑，颤得那树枝左右摇摆、前颠后倒。莫非那黑鸟正在得意中吗？莫晓瑜参不透它的心思，更愿意相信它也许是找到了最合适的去处和姿态。

技术研发处处长何新平请莫晓瑜等几个人吃午饭，之后一起去KTV唱歌。正在兴头上时，几个人相继接到生产管理处秘书的信息，被邀请去研究所对面的博禧轩吃晚饭，那是市里最豪华最阔气的地方。莫晓瑜以为待会儿必定有信息，然而一直没有等到。她心里很不舒服，包厢里空气不好，胸口憋闷，于是告辞回了办公室。与闫亚培、夏薇薇一说，他俩都认为戴世辉太不地道了。莫晓瑜坐着不动，一声不吭。她寻思，是他们看了帖子害怕了？还是胡高成找了他们？要不，就是压根儿不把我放在眼里。

离开，离开吧，就算是逃离。莫晓瑜现在满脑子都是逃离两个字。她要回归自我，是的，只有离开了这里我才会自由，才会高贵，到那时，再不必看谁的脸色行事，也不会为谁的脸色而活。

莫晓瑜看到闫亚培的桌上有本关于风水的书，她拿过来漫不经心地翻翻，抬头问闫亚培，你相信命运吗？

闫亚培马上点头，我一直相信，真的。

莫晓瑜惊讶地看着闫亚培，啊？真的相信？

闫亚培郑重其事地说，我认为人改变命运的所有过程都是命运安排的。

莫晓瑜问，那你是宿命论了？

闫亚培忙分辩说，不，这个我不承认。

莫晓瑜放下书，叹了口气，看着闫亚培那张变幻莫测的脸说，算了，信或者不信，命运就在那里呢！或许，我的命运就是如此，上帝安排好的。你看，这事发生一年了，研究所领导们听之任之，也不积极出面解决，都缩在自己的办公室里，现在整栋办公楼几乎所有的办公室的门都是关着的，一个个躲着、猫着，你说我们又能怎么办？

闫亚培赞道，莫主任，我真的很佩服你，你算是很坚强的！

莫晓瑜不知他说这话到底是什么意思，言不由衷吧？看着眼前这个以另一种方式伤害自己的人，她有着一种无言的疼痛感。想起昨晚写的诗歌《一场暴雨》里的几句：

今夜，满眼都是陌生的面孔
在暴雨冲刷中，变形、抽搐
我必须要等，等一个晴朗的日子
哪怕遇不上一个人，还是要等……

第十七集　子立风中

1

上午修改完两份自评报告,莫晓瑜往椅子上一靠,微闭双眼,长长呼出一口气。她本打算同闫亚培一起去相关两个部门反馈一下,可闫亚培这会儿盯着电脑,心不在焉的样子,似乎状态全无。好几秒钟后,他才敷衍地说,我要先去给周部长送份材料呢。

莫晓瑜一个人跑了一趟,将修改意见先后反馈给两个部门。看莫晓瑜将工作做得如此仔细,两个部门负责人都心怀感激,这么长时间来,他们一直心怀忐忑,担心材料做得不符合要求,现在得到莫晓瑜的充分肯定,自然放松多了。

回到办公室时,夏薇薇与闫亚培正在热烈地谈论评职称的事。见莫晓瑜回来,闫亚培起身要走,莫晓瑜问,明天的聚会活动你会去吗?闫亚培想了下,说,不一定呢。

闫亚培走后,夏薇薇说,现在研究所职称评定竞争相当激烈,闫亚培说他现在希望渺茫,心如死灰。莫晓瑜眉头一皱,叹口气坐下来做事。夏薇薇看她面无表情,凑过来说,闫亚培如果职称评定不顺利的话,肯定不会再留在这里做了。莫晓瑜盯着电脑说,职称不顺利就搞副处级嘛。夏薇薇摇摇头说,据说副处级也要副高职称才行啊。

莫晓瑜坐在那里一动不动,心里七上八下,闫亚培眼下这个态度,一定是埋怨我拖累了他,耽误了他的个人前途。

下午中心小组学习，市委组织部倪副部长做报告，他重点谈了关于干部任用问题，语气凝重地说，主要领导干部不宜在一个地方待久了，还要注意的是，不要为自己的配偶谋位置。这话所有人听得出，八成是针对郑光跃说的。秦建伟紧接着发言，他再次提及网络事件，说，我们某些同志，为了个人利益，把有些属于研究所内部的事情放到网络上去说，有名有姓地攻击了许多人，这样做很不好啊，严重损害了我们研究所的形象。我已经做了很多人的思想工作，遗憾的是，曾经的承诺未能兑现，因为研究所目前的情况太复杂了，已经到了失控的边缘。

会议之后，闫亚培情绪似乎好些了。莫晓瑜关心地问及他评职称的事，他不急不忙，笑着给莫晓瑜倒茶。莫晓瑜心里一热，你安心做你自己的事吧，准备好申报材料，单位的现状既然如此，千万别耽误了你个人的前途。你先忙吧，我去外面走走。

路上很安静，微风吹得树叶沙沙地响。莫晓瑜心里暂时轻松下来。一不留神走到杏子办公室，杏子神秘兮兮地说，告诉你啰，前不久我去海南开会碰到一个熟人，他问到胡高成，对我说，丑死了，丑死了，这老家伙太丢人了。他真是做得出，郑所长是他的恩人啊！我当时奇怪地问他怎么知道我们研究所的事？他说，青州市谁人不知郑光跃如何善待他呢？现在这老东西变成白眼狼了。莫晓瑜平静地笑笑，说，人心啊，农夫与蛇呢！好在明眼人都看得清清楚楚。

回到办公室，桌上放着人事处发来的几张年终考核表，莫晓瑜忙去人事处了解情况，对两位正副处长表明态度，说，他们俩的考核表我不会去送的，你们亲自出面吧。两位处长不同意，非要莫晓瑜亲自送不可，还一再强调要及时将评定等级报上来。

莫晓瑜无奈，顺便到办公室副主任葛东明办公室小坐，说起自己的窘困,葛东明说,莫主任,你太能干了,所以人家嫉妒你呀!莫晓瑜苦笑一声,告辞回到了办公室。她马上给王吉亮发信息,想请他送一下考核表,可王吉亮说,多年来我从没介入这些,现在也不好介入。

那好吧,拖,你们不管,我也懒得管。莫晓瑜看着窗外呆坐着。

下午上班时,夏薇薇与赵旭夫妻在办公室聊天,莫晓瑜看着赵旭说,你看,这两个烫手芋头,怎么办呢?

赵旭劝莫晓瑜不要太着急,最后总有办法解决的。莫晓瑜想想也是,她决定不去管他们,哪怕是研究所领导来压她,她也绝不会接受。

晚上莫晓瑜打开QQ,与女儿芮芮视频聊天,芮芮说,我已经开始了专业学习,五月份可能会回来一趟,往返机票都订好了。莫晓瑜高兴地说,好啊,盼着你回家呢!芮芮撒娇地说,妈妈,我想家了!莫晓瑜刚刚打出一行字,我们想念你!女儿的一行字也出来了,我很想念你们!很想念!莫晓瑜的心被女儿的话融化了,她感受到从未有过的温暖。

2

下午两点开会,邓西平主持。他在会上言辞恳切地说,今天应郑光跃所长的要求,经秦建伟书记同意,特意召开这么一个会,请审计与纪检两个部门负责人分别就一些问题向各位作一个说明。

台下所有人都在凝神细听。审计处李斌处长主要说明唐晓莹的财务使用问题,结论为:无违规现象。纪检处张全福处长主要就郑光跃所长送女儿上中医科大学读书的事进行说明,结论为:无违规现象。

郑光跃接着上台发言,他表情平静,针对天涯论坛帖子中提及"省市联合调查组调查中九项有八项符合事实"予以解释说明。莫晓瑜看了一眼郑光跃那张几近无奈的脸，不免为他感到可怜与悲哀，担心他这番讲话势必又会引起那群人的攻击，疯了的狗本来就是要乱咬人的，他们对郑光跃一定会死死咬住不放的。况且，最可怕的是，他今天这样一说，会有更多的人去看论坛的帖子，白的也会变成黑的了。莫晓瑜不禁暗暗骂道：郑所长啊郑所长，你这么个见过大世面的人，怎么在节骨眼上不长脑子，言语行事这般笨拙呢？

散会后回到办公室，莫晓瑜正在懊恼中时，秦建伟突然打来电话，客气地请莫晓瑜去他办公室。莫晓瑜取了本子和笔，还有前些天整理好的汇报提纲，推开秦建伟半掩着的门，坐在他办公桌对面的沙发上，向他汇报外出调研以及迎检准备的情况。

秦建伟亲切地看着莫晓瑜，脸上挂着淡淡的笑，眼镜片里的眼神潭水一般，深不可测。秦建伟听完莫晓瑜的汇报后，关切地问，目前你们的工作进展还顺利吗？莫晓瑜想，我何不乘此机会将事情的起源与眼下难堪的局面同他说说呢？

莫晓瑜叹口气，一五一十地说了起来，情况原本是这样的……叙述完那一段令人心痛的经历，莫晓瑜又汇报了目前的工作进展。秦建伟一直盯着莫晓瑜的脸，似乎想从中分辨出点什么，但看到莫晓瑜一脸坦诚，他镜片里的目光渐渐柔和了。莫主任，你做得不错，我看你们做的那个、那个……莫晓瑜心里一跳，未等秦建伟说完，忙问，您是看的《工作简报》吗？秦建伟点点头，是的，我全部都看了呢！你安心搞好目前的工作吧，做好下一阶段我们务虚会的准备。莫晓瑜说，好的，谢谢书记鼓励，放心吧我会尽力的。她站起身，与秦建伟告辞了。

刚回到办公室，王吉亮就来了，他今天居然自己坐下来，这可算是破天荒第一次，平时都是站几分钟说话，说完马上走，莫晓瑜认为他不是忙就是害怕被人纠缠。莫晓瑜看他脸上的表情，显得轻松亲切，估计有什么事要对自己说。果然，他态度平和地说，对面两人的年终等级你都打个"称职"吧。莫晓瑜默然，一张脸僵在那里，不愿接受的样子。王吉亮看她这样，自觉尴尬。闫亚培与夏薇薇两人赶忙过来，轻轻地劝莫晓瑜说，莫主任，就按王所长的意见办吧，其实也没什么的。

王吉亮走后，夏薇薇悄悄告诉莫晓瑜说，听说组织部正在做干部调整方案呢，现在还是草稿，你这次争取上去吧，不然，太亏了！

莫晓瑜毫无感觉地淡淡一笑，她想，调整这事对于我来说还有什么意思呢？早就想好了，赶快撤退，越早越好。当然，夏薇薇是一片好意，我得领情。她对夏薇薇说，再看看吧，眼下这局面，还不知道风向如何啊？

正说着，窗外突然响起了滴滴答答的雨声。

莫晓瑜不由自主点开天涯论坛，想了解郑光跃一番话之后，那些人会有怎样的反应。果然不出所料，狗急跳墙，疯话连篇，不仅骂郑光跃，而且骂莫晓瑜既无能，又显摆，还有野心。莫晓瑜气得浑身发抖，她听得出是廖水花的口气，心里骂道，看你以后怎么死。

黄昏，雨渐渐消停，暮色在灯光中开始明亮，归巢的鸟儿在枝头颤动着，叽叽喳喳的喧闹声传递着无限的快乐。莫晓瑜站在树下，抬头看它们在树丛中若隐若现，好是羡慕那一份无忧无虑，好半天回过神来，不觉笑一声自己的痴了。

风有些湿润，凉凉地侵袭着人的身体，提前做好防寒准备是很有必要的。莫晓瑜想起十几岁时，对于季节的变化没有过多的反应，冷也好热也罢，来了就来了，去了就去了，全不像现在这般敏感。

天气突然变冷，寒意袭人。一场大雪不期而至，纷纷扬扬，很快铺满了所有的道路。莫晓瑜不再像从前那样，无忧无虑地赏雪，现在，连轻盈的雪花都变得沉重了。

办公室的会议通知下来了，年终测评会明天上午进行。莫晓瑜真不想去，十二分地不愿去，她不想立场鲜明地给人打等级。当前两军对垒，势如水火，胜负难分，躲不开也绕不过，奈何，奈何？

晚上来了一个电话，陌生的号码，一接听，竟然是郑光跃的。他点了几个人的名字，希望莫晓瑜晚上争取与他们联系一下。莫晓瑜明白他的意思，但她不喜欢这样做，自从担任行政管理干部以来，从未为自己的事找过任何人，每次职位竞聘，人家是一伙人拉得紧紧的，相互支持，只有自己是孤军作战，分明不是做行政的料呢。现在唯一可以与夏薇薇说说，因为赵旭明天也要参加这个测评大会。

第二天，莫晓瑜早早起床，匆匆吃过后就径直去了会场。

今天的气氛确乎与往常不一样，大部分人都提前赶到，一脸肃穆地坐在贴了名字的座位上。莫晓瑜迅速瞟了一眼全场，看看到底哪些人参加，顿时明白，原来，所有的一切他们都精心安排好了。

郑光跃述职时，斩钉截铁地表示他没任何腐败行为。话说得不多，几分钟就结束了。而另外几位研究所领导则面面俱到地陈述自己的政绩，听起来个个都是勤勉廉政的好干部。郑光跃看着台下，眼神迷茫，脸色铁青，莫晓瑜此刻读懂了他貌似平静的表情中内心却波涛汹涌,还有强烈的不屑。

难堪的测评会议总算结束了。

刚回到办公室，王吉亮来了，要闫亚培去他那里，与戴世辉一起，商量一下迎接卫生部评估检查的事。他说，小闫，你帮我写一个动员大会的发言稿吧。

闫亚培跟着王吉亮走了，一会回办公室后，满脸不悦，坐下来连连叹气，嘀咕道，我真的很不愿意写这些东西，怎么办啊？莫晓瑜听罢，忙安慰说，你若实在不想写，那就我来吧，谁让我把你们拖到这万劫不复的泥潭里脱不开身呢？只是，王所长那里……怎么办？

莫晓瑜赶快建立文件名，为王吉亮的发言稿做准备。看着闫亚培还是提不起精神来的蔫样，她觉得真的不好再勉强他了。闫亚培幽怨地看了一眼莫晓瑜，莫主任，还是我来吧，你还有整体的筹划任务，何况，王所长那里我确实不好解释呢。

莫晓瑜松了一口气，好的，那就辛苦你了，我与薇薇负责为你查找点资料。

为了王吉亮的这个发言稿，三个人连着加了几天班。

转眼春节就要到了，莫晓瑜准备回老家陪父亲。走之前她本想再去办公室看看的，闫亚培正好来电话说，莫主任，你在家做准备吧，不用过来了，有事我会随时与你联系的。

夏薇薇也回老家去了。有天晚上，她突然来电话问，测评会上怎么安排那么多人去参加测评打分呢？莫晓瑜说，我也不知道内幕啊。夏薇薇说，赵旭那天问了下通知者，到底哪些人参加，通知者说是研究所领导安排的。夏薇薇说，估计是邓西平，这个人真是的。

莫晓瑜只是苦笑了一下，我们先安心过个年吧，离春节没几天了，暂时不考虑这些烦心的事情。

3

在艰难与痛苦中熬了近一年时间，一眨眼熬到了年关，莫晓瑜想，该回家陪老人过年了，父亲一定在盼着我回家呢。

次日，莫晓瑜叫上马启明，去商场采购了些年货，还给父亲买了些新衣服。收拾停当，经过几个小时的折腾，回到了老家。

父亲一直站在阳台上等着，每次莫晓瑜回家，他都是这样。母亲去世一年多时间，父亲不甘寂寞，有天电话说，他遇见了一个勤快善良的女人。莫晓瑜心中不悦，本想劝父亲过一段时间再说，父亲说，那个下岗女工刚刚离婚，没了去处，已经搬来家中住了。莫晓瑜不想再说什么，自此心里对那阿姨有了几分隔膜感。她想起了躺在山中的母亲，不禁暗自落泪。

父亲满心喜悦，笑逐颜开。莫晓瑜热烈地拥抱了父亲，说，阿姨休息了，你也早点睡去吧，我们明天出去给你们买点衣物。此刻，她感到好累，好累。

莫晓瑜躺下睡好了，可是半晚突然醒来，再也睡不着了。她眼前闪过一张张狰狞的面孔，心中无比伤痛，任泪水哗啦啦地流淌。她想，如果父亲知道这些，他一定会很难过的，担心我的处境，在他面前，我还得要强装笑颜啊！

窗外偶尔传来虫子细微的叫声。好不容易挨到天亮，人极其倦怠，莫晓瑜赶忙起来洗头洗澡。父亲喜滋滋的，总是没话找话地与女儿女婿说，亲热地问这问那，尤其关心远在天涯的芮芮。早餐过后，莫晓瑜请父亲坐好，她很快安装好笔记本电脑，约了孩子视频。父亲眯缝着眼睛看到外孙女，大声笑着与她对话，芮芮，芮芮，你好吗？芮芮也在那边亲切地问候外公。芮芮说，我现在很顺利，第一次的作业就得了Ａ！莫晓瑜心里一暖，庆幸目前十分艰难的情况下，孩子给了自己莫大的安慰。眼下这情景让她泪眼婆娑。

闫亚培将给王吉亮写的发言稿传过来了，莫晓瑜连看了两遍后，给他提了几条修改意见。过会儿他又发过来，基本没采纳莫晓瑜的建议，莫晓瑜苦笑一声，不无嘲讽地回复他说，你是全新的格局啊……

窗外雨雪霏霏，寒气逼人。莫晓瑜扶着父亲，撑着伞去服装店为他和阿姨买新棉袄。每次回家，都是这样安排的。父亲嘴上说不用不用，我有衣服呢，别浪费钱啊，脸上却露出愉悦的笑容。

回家后，莫晓瑜打开手提继续写随记。一笔一画，细腻地记录下了这些年来的点点滴滴，往事电影般一幕幕浮现于眼前。

不一会儿，闫亚培又将修改稿发来了，莫晓瑜发现没一处按自己的要求修改，未曾料到闫亚培会如此忽悠人，气不打一出来。立马想到一个段子，一位秘书为领导写发言稿，领导让秘书修改一下，秘书满口答应，转身之后一字不改地交上去，领导居然说，嗯，现在好多了呢！莫晓瑜觉得好笑，她果断地回复闫亚培说，你不用再发来给我了，直接去交给王所长吧。

晚上终于下雪了！莫晓瑜在冬季开始的时候，曾经盼望着来一场铺天盖地的大雪，以荡涤心中积年的尘垢。现在，雪真的来了，晶莹的颗粒，羽毛般的雪片，像一个人纯净的心，轻盈而不焦躁，悄然落地，悄然融化。莫晓瑜站在阳台上看雪，看得几乎痴了，她回忆起有一个冬季，也是漫天大雪，在窗口看着看着，怦然心动，穿上长外套，披一条长围巾出门，一个人在雪地里奔跑、吟咏，那时多么惬意和开怀啊！

有雪的年夜更像年夜。哥嫂一家早早来了，屋子里马上热闹起来。莫晓瑜在厨房协助嫂子做年夜饭，今年又准备了扣肉、小米粉蒸肉、油炸黄雀等传统大菜，热腾腾摆满了一桌，父亲准备了几个酒杯，倒满了酒，仪式般地对已故亲人一个一个地叫上一声，然后将筷子架到菜碗上，大家沉默几分钟，一起端起酒杯洒一点到地上，算是邀请所有故去的亲人共进晚餐了。

晚上一家人围在火炉旁，看中央电视台的春节联欢晚会。从上午起，莫晓瑜的手机就开始热闹了,收到很多问候与祝福短信,她一一用心回复。当然,每年首先记得的是给几位老师与几位随时联系工作的领导发祝福短信。今年她不想太主动,有点小自尊地想,自己可别太犯贱了,谁不给我发,我也懒得发。在这样的尴尬处境中,我内守点吧。

刚到十二点,小城欢庆过年的鞭炮此起彼伏,电视节目还在进行中。莫晓瑜困得厉害,未等节目结束,她就想睡了。老家的风俗,一家人得围着大火守岁,可莫晓瑜现在熬不住也顾不上了,她对父亲说,爸,睡吧,我们都早点睡吧。

次日拂晓,莫晓瑜被一阵鸟儿的啼鸣惊醒,揉揉双眼,阳光透过浅蓝色窗帘柔和地落在床前。大年初一了!这一感觉特别强烈,她赶快起床,踏雪出去走走。不知不觉来到城郊,但见远山近黛,清旷疏朗。站在小河边,不由得想起了孩童时候与母亲来此洗衣担水的情景,如果母亲还健在,或许这个清晨会更美好。

回到家里吃过早餐后,莫晓瑜打开手提,继续写自己的随想,基调有些沉重,她不愿意想那些烦心的事,然而才下眉头却上心头。如果不要再回青州中医研究所,就留在家乡的小城,该有多好!

莫晓瑜想,新春已经开始了,希望冬雪早点融化,布谷鸟将会唱起歌来,相信在春晨的烟雨里,万物潜藏的生命力会冲出岩层,绽放出一份惊人的美丽!过去那个严酷冷漠的冬,该是我们告别的时候了。

正月初七,是母亲的寿辰。那些年里,这是一年中最热闹的一天,母亲口里说不喜欢人多,太吵,其实每年亲戚们哪些人来了,哪些人来不了,她都是很在乎的,一个一个地念,一个一个地数,来的人越多她就越开心。自母亲去世后,家里再也没有了热闹的气氛。每年的这一天,莫晓瑜照样要给母亲做一些她喜欢吃的菜,祭奠一番。

初九下午，莫晓瑜看到省卫生厅评建工作群突然热闹起来，她点开一看，原来有卫生部刚下发的评估检查通知。莫晓瑜马上给王吉亮发了一条长信息，说省卫生厅要求近几日必须递交参评申请与计划。一会儿，王吉亮回信要莫晓瑜与戴世辉也说说，莫晓瑜马上给戴世辉、郑光跃、秦建伟都发了信息，又与闫亚培电话联系了。

第二天上午，郑光跃来了电话，莫晓瑜问，郑所长新年快乐！最近还好吗？郑所长回答说，新年快乐！我很好。其间，莫晓瑜正在网上看那些疯子们发的帖子。

秦建伟一直没回信息，莫晓瑜不知道他心里会怎么想？直到半夜醒来，才看到有他的回复，表扬莫晓瑜工作主动，有热情，他一定会支持搞好评估迎检工作的。莫晓瑜眼睛微合，稍感安慰，慢慢地睡着了。第二天起床后她才回复秦建伟，感谢领导对自己的信任与支持。

天又飘起了小雪，纷纷扬扬，寒气逼人。

过了两天，闫亚培来电话，说王吉亮问他，莫主任什么时候可以回单位？莫晓瑜随即给王吉亮电话，王所长新年好，我明天就会回来！

晚上闫亚培将修改的第四稿发来了，莫晓瑜看他仍然故我，本不想回复的，想了一下，还是谈了几点看法。唉，这闫亚培骨子里不知道都是些啥玩意儿呢。

第二天要告辞父亲返回青州了，父亲很是不舍，脸上颇多忧戚。但这次让莫晓瑜大为不解的是，父亲明明知道莫晓瑜与马启明都喜欢吃家乡的糯米粑粑，往年总是动员莫晓瑜多带些走，这一次莫晓瑜看到大水缸里装了不少，本想带点走的，父亲却面露难色，结结巴巴不知想说什么，只捞了几个递给她，还要看一眼身边的女人。莫晓瑜看了一眼阿姨，只见她紧绷绷的脸，立刻明白了，心里怪不是个味，我每年帮父亲买什么就给你买什么,甚至给你买的比父亲的还多。花那么多钱,父亲心疼,你却从不嫌多,就这点东西你还如此小气?她索性连拿在手里的几个都不想带了,说,不用了,这东西到处都有卖。

4

回到青州,一身疲倦的莫晓瑜第二天如约来到办公室,一会儿,王吉亮与闫亚培就到了。三个人就迎检方案与王吉亮的发言稿讨论起来,具体到几条修改细则。莫晓瑜纳闷戴世辉怎么没来?王吉亮说,他去老家过年刚回,又赶往广州开会呢。

近中午时,王吉亮先走了,莫晓瑜正准备回家时,闫亚培说,莫主任,你等等。莫晓瑜转身,看到闫亚培从提包里取出一条包装很精致的围巾,浅绿色的底料绣了几小朵淡淡的花,莫晓瑜眼前一亮,感觉漂亮极了,这是送我的吗?她笑嘻嘻地连说了两声谢谢。

听说莫晓瑜回来了,花儿群的姐妹们约了去吃饭唱歌,莫晓瑜不停地唱,麦霸一样。在唱到一首《独角戏》时,一时忍不住伤感落泪,里面的两句唱词在脑子里反复回旋:

假如是在演戏
悲伤留给我自己

原以为可以好好休息一两天的,哪知晚上王吉亮电话说,戴世辉回来了,明天我们继续讨论吧。

上午九点半,王吉亮与戴世辉来了,他们提出要去一趟卫生部,王吉亮眼神游离地对莫晓瑜说,这次你们办公室哪个去?最好不要都去。

莫晓瑜听出了他的意思，估计是不想让自己去，或者希望闫亚培去一路好照顾他们。她干脆说，你们三个去吧，我守家。王吉亮与戴世辉对视一眼，那好吧，下次我们再一起去。

莫晓瑜想，无所谓了，你们爱怎么就怎么吧。对于自己这般尴尬的身份与处境，她只能认命了。

第二天是情人节，满世界都在热闹之中。上午十点，莫晓瑜与王吉亮、戴世辉、闫亚培三人一起去郑光跃那里汇报。郑光跃提出研究所还是尽早参评的好，他说，如果没事，那伙人会继续搞，如果要迎检了，他们还这样胡来，研究所的领导，恐怕也不能不打起精神来做事了吧！几个人听他这样说，都赞同上半年参评。

回办公室后，莫晓瑜赶忙做申报参评的计划，写关于迎检的通知。戴世辉来电话给闫亚培，要他做好一起去卫生部的准备。闫亚培推却说，还是莫主任去吧。莫晓瑜没好气地说，领导让你去你就去吧，这不是信任你吗？我呀，现在正不想动呢！

戴世辉晚上定了个饭局，邀请莫晓瑜与闫亚培一起去，几杯红酒下肚后，戴世辉看着莫晓瑜说，那伙人春节期间又大搞了一场，我俩都上榜了呢！

莫晓瑜听了，半晌无语，她不知道这厄运到底什么时候结束？

加班，加班。莫晓瑜早早起床，到办公室忙着做事。

王吉亮来了电话，莫主任，办公室曾以平主任说，报省卫生厅的参评计划是否太简单？你与闫亚培赶紧去卫生厅咨询一下吧。莫晓瑜与闫亚培马上赶至省卫生厅，找到徐处长，将拟好的申请报告请他看看，徐处长看了后说，这样应该可以了。两人忙回来报告王吉亮。

下午闫亚培很早离开办公室，夏薇薇说，他要去逛街，不知道到底要忙什么？莫晓瑜说，他们几个人要赴京，估计是做些出行准备吧？

关于他们三个人去北京的经费，莫晓瑜不明白戴世辉为什么提出要质监办出？你们三个人去，怎么要这里负责全部费用？有道理吗？

几天后闫亚培回来了，莫晓瑜提及这事，闫亚培却一直帮戴世辉说话，莫晓瑜心里好烦，做不得声啊，真有你的……

等郑光跃、王吉亮审核签发后，第二天莫晓瑜与闫亚培一起将申请报告送至省卫生厅。回来后，莫晓瑜去王吉亮办公室，谈了自己关于如何推进迎评工作的想法，准备编辑两个册子，《文件汇编》与《迎检指南》，其实，她早就开始在收集整理，大体上已经编辑好了，王吉亮却说，这个，我们先不急，等到工作会议以后再说吧。莫晓瑜琢磨，这位领导到底打什么主意？她已经熟悉了王吉亮那种怪怪的眼神与表情。

正蔫蔫地往回家路上走时，郑光跃在身后叫了一声，莫晓瑜回头转身等着他。郑光跃问，今天又加班啊？还未等到莫晓瑜回答，他又问，还是决定上半年参评吗？王所长是否向秦书记汇报了？

莫晓瑜一边走一边回答郑光跃的问题。很快到了家门口，她礼貌地向郑光跃告辞。马启明正忙着做饭菜，见她回家，迎出来说，这几天都在忙？辛苦了！准备吃饭吧。今天我做了你最喜欢的菜，你猜，是什么？莫晓瑜一屁股坐下去，没精打采地说，好吃不好吃现在对我来说都一样，你想，如今这局面，我还有啥心情品评你的菜？能有吃就行了呢！好与不好我都一样没胃口。马启明感觉自己是热脸贴在冷屁股上，心顿时凉了，手里端着的菜盘子也僵在空中。他有些气恼，正想发火时，看莫晓瑜倒在沙发上闭目养神，方知她一定是太累了。转念一想，这段时间她是真不容易，得，让着点她吧，陪她一起度过这个难关，也许一切都会好起来的。

马启明顿时变得体贴温顺,莫晓瑜睁开眼站起来,不好意思地扳过马启明的肩膀,笑笑,别生气好吗?我心里烦得要命呢,好多话想说不能说,好多事不想做也得做,连你也被牵连其中了,等以后的日子好起来,我一定好好照顾照顾你吧。

马启明笑了,笑得很温柔,亲爱的,你是真的不容易,再难我们也要撑下去,两口子就不说这些客气话了,来,菜上桌了,吃饭吧,我的小馋猫,看,你喜欢的狮子头、清蒸鳜鱼!两个人有说有笑地吃起来。

第十八章　不言悲喜

1

　　寒冷多日，天气渐渐转好，阳光温暖。

　　闫亚培陪同王吉亮、戴世辉去了北京。没有他在办公室时进时出，莫晓瑜莫名地轻松。她一边做迎检工作任务分解，一边与夏薇薇漫不经心说话，气氛安静、自在、和谐。这天两个人正说得开心时，研究所纪检书记董克明来了。这位董书记宽厚仁慈，寡言少语，莫晓瑜凭直觉认定他是一位值得信赖的人。他像是顺便进来看看的，小坐了一会儿，说到了研究所的近况，说到了郑光跃眼前的窘困，一再强调说，郑所长没有什么经济问题，不怕那些人乱来。莫晓瑜想，郑光跃有无经济问题，与自己当然毫不相干，只是他一有事，又会狼烟四起，清清白白的我被无端牵扯进去，没完没了，何时休止？

　　莫晓瑜与夏薇薇中午邀了好友晓月一起吃饭。晓月也是莫晓瑜原来的老部下，她的信息渠道很广，是研究所有名的"包打听"，所有的事没有她不知道的，且快人快语，实话实说。菜上桌后，三个人正在谈笑间，晓月突然破口大骂郑光跃，尽说些秦建伟的好话。莫晓瑜有些诧异也有些尴尬，难道晓月是有意说给自己听的？她有些气恼也有些伤心，晓月呀，你也是我们多年的朋友，怎么当我面说这些牵牵扯扯、叽叽歪歪的话？我与郑光跃并无任何私交，与胡高成他们之所以弄成这样，也并非我有意而为，是他们作恶在先啊。

一顿饭先是热热闹闹，到最后沉沉闷闷，几个人都吃得不舒服。

下午又是会议，分管的鲁副市长来研究所调研。莫晓瑜安静地坐着，当鲁副市长问及迎检的事时，郑光跃与秦建伟都争着发言，都说些外行话，莫晓瑜只想笑，笑他们这些领导怎么这般马虎地对待一件有关研究所发展的大事？她此时多么希望能出面说明一下，矫正他们的错误，可是不能啊，怎么可以呢？行政上的东西是有道理都会没道理，没道理也会有道理，只能眼睁睁看着他们堂而皇之当众说瞎话了。

晚上莫晓瑜打开电脑，修改拖了很久的一篇论文稿，母校学报已经催好几次了。正在思考时，闫亚培来了信息，说是刚下飞机。莫晓瑜想，他一定感觉到我心里的不快吧？那又如何？她简单回复了一句：平安回家！

一个多小时之后，闫亚培又来了信息，详细说了他们去卫生部的一些情况。莫晓瑜回复说，辛苦了，明天再说吧，你先休息好。

这个晚上，莫晓瑜意外地睡得很好。

第二天上班时，闫亚培还没来。莫晓瑜忍不住与夏薇薇提起昨天晓月的那些话，薇薇，你说她是不是太过分了？明明知道我是无端被牵扯进去的，却指着和尚骂秃子。夏薇薇连连点头，是呀，我都没想到她怎么会那样，太不应该了！朋友之间，在最困难的时候，要鼎力相助，多给点温暖，她却有意放毒箭。莫晓瑜暗想，朋友？这还算朋友吗？夏薇薇也很有情绪地说，她本来邀我中午一起吃午餐的，我懒得去了呢！

午睡之后去办公室，王吉亮、戴世辉两人正与闫亚培讨论发言稿的事。王吉亮说，秦书记批评我了，说怎么现在还没写完？

莫晓瑜冲他们笑笑，没好气地接话说，你们三个博士，两个研究员，文理皆有，强强联手，黄金搭档，哪里去找这理想的组合？如果谁要再说不行，就让他们去写吧！

下班后莫晓瑜忙着做饭，待吃过后收拾好，邀了马启明去院子里散步。穿行在一片竹林中时，莫晓瑜脑子里一片迷茫，恍兮惚兮，今夕何夕？她抬眼看天上的云，淡淡的，呈灰白色，有点下坠的趋势。近前是一片湖水，浩渺清澈，风过处漾起浅浅的涟漪，又有点点细雨落在水面，有如斑斑点点的鱼鳞。

两个人从竹林走出来，前面有一片低矮的树，大多伸展着光秃秃的枝，被雨水冲洗得光滑锃亮，像涂了一层薄薄的蜡。犹如一个团结向上的集体，颇具精神地站立在雨中，凸显出一种强有力的昂扬精神。莫晓瑜停住了，联想起研究所的事，不免烦恼，情不自禁叹道，如果我们研究所能像这片树林多好！她突然意识到，虽然这些树没有绿叶，却凸显出一种美感，看来任何事物都会产生美感，只不过要看观景人的心情与审美情趣罢了。

在这样安静的林子里走，莫晓瑜感觉心无杂念，清澈澄净。她回想起近两年来所受的伤痛，不免有几分戚戚然。脑子里突然冒出几句熟悉的句子：

我相信有一天
我流过的泪将变成花朵和花环
我遭受过千百次的遍体鳞伤
将使我一身灿烂

夫妻俩回到家里，马启明开始与女儿视频聊天，孰料女儿情绪全无，说自己心情不好，不想说话。莫晓瑜一听，急了，芮芮，是不是学习跟不上？压力太大？女儿说，不是，不是呢。然后就不说话了。莫晓瑜想，会是什么原因呢？难道是与谁闹矛盾了吗？

不安，很不安了。莫晓瑜还想与女儿说点什么时，女儿道了声晚安，便匆匆关掉了视频。看着眼前的空白，莫晓瑜脑子里全是虚空的感觉。她在心里念叨说，孩子，快点结束学业，拿到毕业证就回家吧，早点回到我的身边，免我心忧啊！

这晚上，她七七八八想了好多。

2

所有参与迎检相关工作的人员周末加班一天。戴世辉、莫晓瑜等人集中精力修改王吉亮的发言稿。看得出，王吉亮十分在意这个。吃中饭时，戴世辉一副有气无力、濒于崩溃的样子，连声叹道，没意思，真的很没意思。莫晓瑜看了看他，心想，难道我目前所做的一切很有意思吗？无可奈何，日子就这样挨着拖着，没有决定权的人，又能怎么样呢？她深知，像自己这样一个不会钻营，只会埋头做事的人，是永无出头之日的。

半夜醒来，失眠三个小时，快天亮时才睡了一会。

莫晓瑜上班时到办公室，想将修改好的论文发出去，不料邮箱被盗了，怎么样也弄不好，稿子发不出去，心里干着急。偏偏王吉亮一个电话接一个电话催他的发言稿，要求继续精心修改。莫晓瑜只好蹲到打印室去，搞到中午一点半才回家吃饭。闫亚培写的迎检方案也是半通不通的，莫晓瑜心里叫苦不迭。

省卫生厅发了会议通知，明天有会，一再强调说十分重要，必须参加。莫晓瑜坐在办公室，感觉事情千头万绪，她想，我现在倒是什么也不怕了，只要你们不赶走我，我就待这儿。你们不帮助扫清障碍，我只能尽力而为。我从未想过伤人，更不会害人，只想安安静静做点正事，为单位做点有意义的事，你们怎么就没半点良心与底线呢？

第二天，莫晓瑜与戴世辉一起去省卫生厅开会。两人在路上聊了很多，对研究所目前的状态都很忧虑，担心目前的迎检工作极其艰难，阻力巨大，尤其是那伙人为了一己私欲，不惜以牺牲研究所的声誉为代价，一直在不消停地发帖攻击。现在整个研究所竟没人出来发声，一间间办公室的门都是虚掩着的。难道真没人管得了吗？

马启明出差了。黄昏时，莫晓瑜独自去了那片熟悉的林子。眼下已是暮春季节，乱花飘絮。最近天气阴晴不定，反复无常，时而细雨纷飞，时而阳光灿烂；时而春光荡漾，时而薄雾浓云。莫晓瑜想，多变的天气会不会左右人的心情和意绪？我们该想些什么做些什么呢？或许会想得很多？或许什么也不想？该想的不太愿意去想，不该想的又总是不期而至。

莫晓瑜觉察到身边那片惹眼的绿色，对自己有着极强的诱惑力，如燠热中的清风、黑夜中的朗月、昏睡中的好梦，一刹那让残花落叶般的愁绪烟消云散。人啊，就得这样寻找一个安宁的港湾。

雨，沙沙沙，前面三三两两的人在慢慢地走着，也不知道他们会去哪里？无数五颜六色汇成的伞流正缓缓前行，颇有点像山中色彩斑斓的野花，绚烂而清新，质朴而迷人，因为有一种生机勃发其中，你不能不被其深深感染。莫晓瑜很想让心淋淋雨，她快步融入人流之中，跟上了他们的脚步。

她知道自己从来都是一个很率性、真性情的人，与眼前所处的环境格格不入，却又囿于其中，无法自拔。一个鲜活的生命，就这样被烦恼与忧伤拖得毫无生气。

3

二月底,春寒料峭,凉风扑面。研究所决定在雁岭湖通城酒店开务虚会。研究所领导与中层干部都要参加。大巴车上午九点抵达之后,一个个跳下车,站在湖边参观风景。

九点半准时开会,安排表上所里的领导轮番发言。

莫晓瑜中途上洗手间时,正好遇见郑光跃,莫晓瑜打了个招呼后,郑光跃一边走一边轻轻地说,坚持下来吧,情况会好起来的。莫晓瑜一怔,郑光跃又压低声音说,那两个最嚣张最有野心的人,这次测评都不合格呢。我正找人写信给省委组织部,希望他们出面主持正义。你如果方便的话,也与黄子林说说这个,他告诉我说他认识省市许多要人。

莫晓瑜觉得别扭,也很反感,你堂堂一个大所长,来所里多年了,还没笼络到几个人支持帮助吗?我算个什么球呢?嘿嘿,你郑所长哪里知道,我现在什么都不愿意做了。

当然,她还是机械地点点头说,我尽力吧。

晚上是联欢活动。莫晓瑜去会场看了一下,人来得差不多了,秦建伟正热情洋溢地与人跳舞,郑光跃却不见人影。莫晓瑜受主持人邀请,上去唱了两曲之后,悄然回了房间。

第二天是分组讨论,各部门的正职都做好了发言的准备。莫晓瑜发言时,关于迎检工作有条有理谈了不少。好在事先做了充分准备,所以能够从容不迫,侃侃而谈。她偶尔瞥一眼戴世辉,见他微微皱眉,不觉愕然。

下午是总结会议。郑光跃这次倒是说了不少,唠唠叨叨,又提起那些事,莫晓瑜坐如针毡,烦躁郑光跃这般傻头傻脑,还老提那些做什么呢?

又想去惹怒他们,你愿意是你的事,我可不愿意陪绑一样,名字总被挂在上面呢!

下午散会后本可以留下继续观景,共进晚餐。莫晓瑜一刻也不愿意待了,她跟着一群人乘车回了家,马启明还未回来。莫晓瑜胡乱吃了点东西后,出去走了几圈。她想起郑光跃说的话,晚上便给黄子林电话,黄子林说他这两天病了,正在医院挂水。

晓瑜,有事吗?

没事,问候下你呀。病情如何?先安心养病吧,早点康复!

嗯,问题不大,出院后再与你联系吧。

莫晓瑜放下电话,也许真是累极了,一夜无梦。

清晨,鸟儿清脆的声音将莫晓瑜从梦中叫醒了。她摊成了人字形,伸了个大大的懒腰,十二分地不想起床。

到办公室时,夏薇薇在,闫亚培不知道去了哪里。

莫晓瑜突然看到对面的门开了,廖水花身子一闪进了门。夏薇薇看着那边,轻轻告诉莫晓瑜说,刚刚程志华进去了呢,门一直紧闭着。

快下班时,戴世辉叫上莫晓瑜去王吉亮那里,一起商讨迎检的事。戴世辉说,王所长要我们继续外出调研,三月十五日前完成迎检方案的细化。

莫晓瑜头痛得厉害,她想可能是疲劳,可能是感冒。

每一天都在打仗般地忙碌。周五,莫晓瑜试着与三个兄弟单位联系,他们全都很热情,表示欢迎,她高兴得马上拟写公函。

哪知刚说得好好的,中午药理学院却来了电话,说很抱歉,他们单位临时有急事,时间可能会有些变化。莫晓瑜急了,马上给戴世辉电话,戴世辉可能正在忙着,不太高兴地说,莫主任,以后尽量不打手机吧,发信息最好。

莫晓瑜气得闭着眼睛发呆。可是,生气有什么用?昨天就与他们说过,自己不想干了,再做下去有什么意思呢?

手头的事情偏偏那么多,怎么办?怎么办?

莫晓瑜下午又与王吉亮联系,王吉亮似乎也很不耐烦,干巴巴地说,抓紧,抓紧,你们尽量抓紧吧。

闫亚培一天到晚蔫蔫的,眼睛直勾勾地盯着电脑,没精打采地自言自语道,说实话,我真后悔到这里来。

4

时令已是三月初了,天气开始暖和,路上出现几个穿衬衣的小伙子,来去匆匆,生龙活虎。稍稍动一动,额头上便沁出米粒大小的汗珠。莫晓瑜心里明白,虽然天气暖和起来,但没准会有倒春寒的侵袭。天气难道不会再有反复了吗?

果然,这天夜里骤然起风,呼啦啦的声音,一阵接一阵,随之便响起了滴滴答答的雨声。

莫晓瑜听着雨声,心事重重,意绪难平。她感到浑身发软、发冷。幸好马启明回来了,忙出门为她买了点药来,吃了两片后,莫晓瑜紧紧被子,窝着身子弓着背数白羊黑羊哄自己快快入睡。

大雨如注。

中午,研究所很多人去东湖楼演艺厅,庆贺老所长李进七十大寿,厅里宾客如云。莫晓瑜也去了,听着台上一个接一个地赞美,内心竟然平静如水。

研究所里活动最猖狂的那几个人，不就是这老所长一手培养提拔起来的吗？研究所的声誉遭受到前所未有的重创，莫晓瑜不由得迁怒这位老寿星。

第二天为赶会，莫晓瑜又起了个早，连着好几天开会，里里外外的会，各种主题的会，待在空调房时间一久，有种窒息的感觉。好不容易等到散会，她赶忙撑一把紫色小伞奔进雨中。

前面不远处，湿漉漉的几朵桃花正挂在不甚整齐的虬枝上，花瓣极有张力，层叠成一小朵一小朵的，周围还有晶莹圆润的雨珠，令莫晓瑜眼前一亮，犹如一个人置身于找不到出口的茫茫黑夜里，却有人点燃了一盏灯，照着前方的路，完全不必担心会遭遇风霜雨雪与豺狼虎豹，心里踏实安然，勇往直前地走路。

桃花在雨中娇艳欲滴，装饰着依然黯淡的天气，莫晓瑜不希望潮湿的日子太久，也相信桃花的季节即将到来，有桃花的引领，必将走出曾经的阴郁，桃花点亮的不仅仅是哪一个人的心，也会点亮所有人的心，有桃花的风景一年中只有一季，这一季是最温暖最难忘的时光。

晚上收拾好行李，做好次日出行准备。莫晓瑜吃了两粒安眠药慢慢入睡，不到六点就醒了，迷糊中又小睡了一会。夏薇薇一早来电话说，我们现在出发吧？莫晓瑜忙收拾好自己，打的到了高铁站，闫亚培与夏薇薇已经在等着她。

两个小时便到了春城。三个人找了个宾馆住下后，马上去江城医学研究所，评建处的李处长、夏处长在门口热情接待了他们。

小型会议上，江城医学研究所几位负责人介绍了他们的经验，传递出不少信息，并赠送了珍贵的资料。莫晓瑜为他们的真诚慷慨所感动，本想与他们告辞早点返程，却拗不过他们的热情，一定要留吃晚餐，说他们的美女黄所长也会来作陪。

夏薇薇很不愿意吃饭，莫晓瑜无可奈何地说，客随主便吧，他们太客气了，不好再推却。

黄所长果然来作陪，莫晓瑜坐在她身边，这个微胖的女人言语和举止干练泼辣，不停地向莫晓瑜劝酒，莫晓瑜抵挡不过，也跟着喝了几杯，幸好闫亚培帮忙分担了，不然，会醉倒的。莫晓瑜暗自赞叹黄所长的能耐，不一般不一般，所以仕途顺利啊。

饭后几个人马上赶往高铁站。一路上夏薇薇不停地夸赞秦建伟，数落郑光跃的不是。莫晓瑜开始只是听着，后来实在听不下去了，纳闷薇薇到底怎么了？说话怎么与晓月如出一辙？莫晓瑜盯着夏薇薇问，你想想，秦建伟才来这里几天？难道所有的成绩都是他的功劳吗？研究所这些年的变化，难道都是他在努力？郑光跃就算有很多不足，但毕竟功大于过啊！

闫亚培打断两人的对话，凑过来说，我早上从办公室出门时，听到廖水花在与郑光跃吵架。

是的，我也听到了，吵得很厉害。夏薇薇补充说，

莫晓瑜回家后马上给郑光跃电话，问及他与廖水花争吵的情况，郑光跃说，廖水花说你那天故意碰撞她呢！

天哪，这个撒谎的坏女人！她这才记起有一天下楼，走到拐弯处时，廖水花正好上楼，在两个人擦身而过的瞬间，那女人有意重重地碰撞了下自己，莫晓瑜瞪她一眼，只见她凶光毕露，莫晓瑜当时正有急事，所以不想与她理论，没想到她事后竟然要倒打一钉耙。

郑光跃说，以后她再对你怎么样，你家马启明要出面治治她！看着自己的女人被人欺负，一个男人该有点血性才行啊！

莫晓瑜冷静地回道，他们是疯子，是流氓，我们也不能与他们一样

做疯子、做流氓吧?

她把电话挂了,懒得再说什么。随后,她点开那些帖子看,看得心头郁闷,真想扇他们每人几巴掌,却又自感力不从心,面对这样一群疯子,又能将他们怎么样呢?

仍然是忙碌的一天。

王吉亮来电话,要莫晓瑜去他办公室。莫晓瑜怀揣不安推门进去后,王吉亮说,你坐吧,我是想与你说说,能否尽快把整改计划与两个项目评估的通知发下去?

莫晓瑜说,应该可以,我尽快吧。还有,王所长,我们的经费预算可否修改一下?

王吉亮说,你先做一个修改方案吧,注明一下修改的理由。

莫晓瑜回办公室后马上联系省中医研究所的冯处长,请他协助并指导一下方案修改计划,老先生爽快地答应了。这几年里,青州中医研究所一直聘请退休后的冯处长做顾问,他严谨负责,像对自己的事一样协助完成所有的任务。莫晓瑜马上又去了郑光跃办公室,郑光跃这里那里地交代些任务,软中带硬地再三叮嘱。莫晓瑜心里烦得要命,烦啊,累啊,急啊,她很想大叫一声,我到底是什么命呢?年轻时的理想与梦想,就在这样无端的消耗中默默逃遁了吗?真是心有不甘!

闫亚培听说戴世辉不去前洲了,马上对莫晓瑜说,莫主任,我也可以不去吗?莫晓瑜冷着脸说,你最好去问问王所长。闫亚培一脸铁青,转过身看着电脑发了会呆,然后一言不发出门了。不是吗?

夏薇薇说,我知道你会这么想的,因为他刚刚说得太快了。其实,他昨天就说过这话了呢。莫晓瑜说,我怎么没听到呢?夏薇薇笑笑,你是故意没听到吧?莫晓瑜感到堵心,我怎么会故意呢?说是故意就没意思了,是真没听到呢!我俩这么多年在一起,你还不了解我吗?如果真是那样,我就是那样,不那样我就不那样,我不喜欢有话藏着掖着,我对你真的是掏心掏肺了。不是吗?

莫晓瑜叹道,人与人之间,怎么就不可以多点信任呢?

还是早点离开吧,莫晓瑜发誓要一走了之。

5

莫晓瑜精疲力竭回到家里,晚上又吃了两粒安定才入睡。次日早起后,与王吉亮、闫亚培,还有几个基层单位的负责人一起去了前洲中医药学院,具体负责的刘处长热情接待青州中医研究所一行人。午饭时,莫晓瑜坐在王吉亮身边,王吉亮轻轻与莫晓瑜商量说,对面那两人你还是安排下具体工作吧。

莫晓瑜毫无表情坚定地说,可以的,我同意王所长您的安排,也同意研究所的安排,我绝对表示服从与支持。至于我自己,退出这里就可以了。

王吉亮看着莫晓瑜,尴尬地笑笑,脸上的肌肉看上去有点僵硬。

莫晓瑜愤愤不平地说,王所长,他们是在耍流氓啊,我们研究所的人,有几个没被他们骂过?郑所长曾经是他的恩人现在都被骂得那样歹毒凶狠,谁还敢与他们在一起?难道王所长您就不害怕吗?

停了一下,莫晓瑜又说,我还有几十年的路要走,以后,我可以用我的人生来证明我自己的。

王吉亮讪笑一声,说,莫主任还是一个很有激情的人呢!

莫晓瑜心里很痛,她借此机会愤愤不平地说,那小女人说我有意撞她,您相信吗？简直是胡说八道。如果哪个在说假话，哪个真撞人了，天诛地灭，不得好死！

王吉亮似信非信地点点头。

天又下雨了。春天的特点就是如此，阴晴不定，心情也很容易受影响，莫晓瑜真不知道一颗心被伤害成什么样了？

上午赶至江北医学院，陆副院长虽然接待了他们，但他是从医院退休后高薪返聘的领导，年薪就是百来万，一看就有名家的傲气，而且一副行政官员的气派。

莫晓瑜看着这人，心里老大不自在。她懒得与他说什么，让王吉亮与他聊。从陆副院长的说话中，莫晓瑜得知这人很有经验，在你来我往的对话中，她增加了对迎检工作的细微了解，莫晓瑜用本子认真地做了记录。

在回家的路上，大家都感叹收获不小，不枉此行。

第二天，莫晓瑜哪里也不去，她认真对照任务分解表，参照此次外出调研的情况，再次细细调整各处室与各基层单位的任务分解。

周末，加班一天。夏薇薇与闫亚培都将孩子带来了，幸好两个小姑娘玩得投缘，她们在隔壁的会议室兼资料室写字、画画。三个人忙到天黑，终于将所有材料做好。莫晓瑜感到很累，很累，她真怕自己会病倒。

天快黑了，黄昏的气氛浓郁，莫晓瑜带着满身的疲倦回家，她感觉自己是用羸弱的身体冒一次大险了，万一病得卧床不起，该怎么办呢？

几天时间，三个人加班加点，将要做的事大体搞定。郑光跃请莫晓瑜去他办公室谈谈最近的工作情况，莫晓瑜一一做了汇报。郑光跃点头认可，满意地说，你的工作能力其实很强的，而且又很认真、投入，上正职的事，不会很久了，你自己有个思想准备吧。

莫晓瑜浅浅地笑笑，郑所长，现在什么时候了，还提这个？我早就看淡了。本来想退出江湖的，但眼下还有很多事情要做啊。告辞出门时，郑光跃眼神游移，似乎感慨万端。莫晓瑜想，你郑所长什么时候信任过我呢？当初用人你怎么就看不到我？现在是没办法了，才讲这些想让我硬撑下去的话，马后炮，鬼才相信呢。你以为我在为你做事吗？是那两个人太坑我了，所以我才不会与他们一路呢。

有天，戴世辉对莫晓瑜说，你那天的发言说得不太好呢，太长了，我看了下时间，有四十来分钟，也没说到实质性的事。停了一下，他又说，如果研究所成立一个专家组，你们就没太多压力了。

莫晓瑜并不认可戴世辉说的这些话，她反驳说，哦？你是这样认为的吗？不过，散会后倒是有不少人对我说，我那天对迎检问题解析得充分详尽，很多他们平时感到含混不清的东西都讲透了，不知道你怎么会这样评价我的发言？

戴世辉看着莫晓瑜平静而冲动的脸，似笑非笑，说不出一句话来。

郑光跃下午来电话，问莫晓瑜找到黄子林没有？莫晓瑜说，与他联系了一次，他说会尽力的。

莫晓瑜现在一点都看不起郑光跃，估计他自己也感觉到太孤立无援了，关键时刻，竟没人帮他，谁也信不过，可谓孤家寡人。挂了电话后，莫晓瑜感到很累很累，担心身体是否会出问题。她突然想起郑光跃有次说，胡高成曾经向他提出过，只要让他出来主持质监办一个月的工作，他就心安理得退休算了。哈哈，真是滑稽可笑，若要让他出来主持工作，他还舍得退吗？到那时可就赶都赶不走了。

第二天莫晓瑜与夏薇薇说起这事，夏薇薇蔫蔫地说，做到四月份我就不做了，她连连叹气，这里太累了，而且我不太合适。

莫晓瑜默然,她不知道该说点什么,挽留吗?连自己都想走;同意吗?那就意味着我们坍塌了。不,不能轻易言败,再苦再累再难,也要挺住!

既然走上这条路上,那就学会承受一切吧;既然逃无可逃,那就死磕到底。相信总有一天,命运之神会将我带到一直想去的地方,也许,那才是最后的栖息之地。

第十九章　骤雨将临

1

连续几天几乎没有任何空闲，一直在准备材料，周三下午的会，周二还在准备中。

郑光跃来了电话，要莫晓瑜去他那里。莫晓瑜推门进去，发现郑光跃脸上表情怪异，她冒失地问了一句，郑所长怎么了？郑光跃说，这次干部测评有二十几个人打了我不合格。莫晓瑜问，估计我也有很多吧？郑光跃点点头，嗯，也有不少。

这样的事情是意料之中的，莫晓瑜对此很是烦躁，半夜无法入睡，吃了两粒阿普唑仑，还是难以入睡。她起身到书房坐下，取了本法国古斯塔夫·勒庞著的《乌合之众》看起来，翻了几页，有这样一段话：

世界上一切伟人、一切宗教和帝国的建立者、一切信仰的使徒和杰出的政治家，甚至是一伙人里的小头目，都算是无意识的心理学家。因为他们对群体特征，有着本能而可靠的了解，也正是因为对群体特征的了解，才使他们轻而易举地确立了自己的统治地位。拿破仑对他所治理国家的群体心理有着非凡的洞察力，但与此同时，他对其他种族的群体心理却存在很大的误解。正是因为这种误解，才使得他在征讨西班牙和俄罗斯时遭遇了致命的冲击，结果很快被打败。

莫晓瑜从这段话得到某种启示，她联想到了郑光跃，执掌青州中医研究所达十年之久的领导，对本单位的群体意识与心理素质有基本的认识与了解吗？为什么现在陷入如此万劫不复的局面？与拿破仑最后的失败有无相通之处？

继续翻看，有以下几行：

在某种暗示下，他们会有一种难以抵抗的冲动，使自己完全不顾后果地采用某种举动。群体中的这种冲动，比被催眠的冲动更加难以抵抗。

莫晓瑜在琢磨这几句话的深刻含义，也许，群体一直在智力上低于独立的个体，不过，从感情和其激起的行为方面来看，群体有可能比个人表现得更美好，或者更糟糕，所有的是不是取决于环境和群体所接受的暗示呢？

接下来，书中特别提及法国大革命时期，国民公会的委员们看上去举止文雅、态度亲和，一旦他们集结成一个群体时，却不顾一切地听命于最野蛮最残忍的提议，甚至把完全无辜的人送上断头台。

读到这里，莫晓瑜有种豁然开朗的感觉，青州中医研究所的现状不正好表明，一部分结成小团伙的人，为了谋取个人利益，以攻击他人为能事，不惜以损毁单位声誉为代价，认真说起来，不就是一群乌合之众吗？

莫晓瑜将书扔在一边，轻轻回卧室躺下。这一觉睡到次日早上八点才醒。刚刚起床，郑光跃来电话要莫晓瑜送份资料给他，莫晓瑜起身梳了下头就往办公楼跑。才将材料送给郑光跃，戴世辉又来了电话，要莫晓瑜赶快去王吉亮办公室，上午一起讨论党委会上会的内容，最重要最具体的是迎检动员大会的筹备与各二级部门的任务分解。

莫晓瑜感觉全身每一根毛细血管都澎湃起来了，我上面的"活爷"那么多，每一个的话都要听，真是太难为自己了，这样的生活有意义吗？

整个下午，莫晓瑜就这样头昏脑涨地与闫亚培分别到几个处室协商支撑目录，好在所有责任人都非常理解支持，未曾流露出半点抵触情绪。

周四有个研究所部门负责人会议，郑光跃主持。戴世辉与退休的李所长发言后，莫晓瑜专门谈及评估的事，她将各单位应承担的任务做了一个分配与安排，在座的所有人都紧张兮兮地记录，暂时还没人提出什么问题来。

任务分解安排发下去之后，莫晓瑜心里空了许多。吃过晚饭，她拉着马启明去湖边散步。马启明问，你现在还想远走高飞吗？莫晓瑜说，当然，只要有机会，我们还是走吧。

散步回家后，莫晓瑜肚子突然痛得要命，咕咕咕直叫，接着连续水泻。马启明担心这样会脱水。莫晓瑜躺下来，十分难受，突然担心是否中毒，忙找出书来看，后果很是吓人。她忙让马启明将自己送到省人民医院急诊科，检验折腾到半夜，才开始挂水，检验结果是体内有炎症。马启明一直守在床边，天亮时点滴才挂完。莫晓瑜在回家的车上打了个小盹，又急急忙忙赶去上班，按原来的计划，今天要去基础医学部检查材料。

一直忙到中午工作才结束，回家吃饭午睡了一会儿，下午照常上班。毕竟身体尚未恢复，莫晓瑜感觉还是不行，晚上又实在不想动，只好等到第二天才去医院挂水。她心里十分着急，眼下还有好多好多事情没做，怎么做也做不完，可偏偏身体这样不争气。

闫亚培到底缺了内心，也不会真正体谅人关心人。明明看到莫晓瑜拖着病体来办公室，脸色煞白，他什么也不问，只是极不耐烦地催促莫晓瑜，要赶快交修改稿到王吉亮那里去。莫晓瑜刚刚坐下来，情绪尚未稳定，可闫亚培却等不及了，冷冷地说，那我先去交我的吧。

看他走出办公室，莫晓瑜心里一阵鄙夷。她忍住心头的痛，转身问夏薇薇，闫亚培已经与上层联系上了，不再需要我搭的桥，你说，他以后还会留在这里吗？或者想留在这里混混算了，不想回他们部里了？

夏薇薇笑笑，手里在做事，嘴里轻轻说，哎呀，谁知道他那奇奇怪怪的想法呢？你就随他去吧。

莫晓瑜下午与王吉亮等一起到基础医学部检查申报材料，主任不在，副主任也不在，王吉亮翻了几页，基本都是空白，他一下火了，对一办事员说，你赶快联系你们主任，什么时候搞好，什么时候我们再来。说完，扭头就走。那办事员僵在原地，一脸通红。

一行人刚走到楼下，戴世辉正好过来，莫晓瑜把情况一说，他也烦了，绷紧了脸说，回吧，今天不想再看了。是不是你们没通知到位？

回办公室后，闫亚培马上电话通知基础医学部，语气很严厉，下次我们来检查时，你们的书记、主任、副主任必须全部到位。

晚上心情全无，莫晓瑜开了电脑，随意写了一首诗歌，题目很直白，《我不言语》，写得十分顺手，情绪释放之后心情大好，郁积于心的种种烦闷与不快似乎都在这文字中得到宣泄了。

我很久没说话了
是一种真正意义的说话
我也知道风在向哪一个方向吹
那些无法左右的事实
只能够让我沉默、沉默
风继续吹，雨开始下
我想烧一壶老酒，写几行诗歌
有一天风吹的伤口会发芽，会长绿叶
会开出蓝色、紫色、红色的花

> 我像一只倦鸟在屋顶上盘旋
> 坠落,还是飞翔
> 在命运之神面前,我不言语

让莫晓瑜喜出望外的是,她将这首诗歌发在博客里,很快就被《诗选刊》编辑挑去发表了。过了段日子,收到墨香味浓郁的刊物时,她紧紧抱在怀里,有种想亲吻一下的感觉。是啊,情绪总要有个出口才行,长期憋闷在心里,不憋出病来才怪呢!以后就这样吧,心里难过我就写诗,哪怕自话自说心情也会好些。

趁着有这情绪,晚上,莫晓瑜接着写了一篇《沉默》,是从诗歌《我不言语》谈起,说到研究所的现状,说到人与人之间的不可信任,说到自己不期然而然的陷入,说到研究所与自己今后的方向,洋洋洒洒几千字,终于写累了,她和衣躺下,一会就睡着了。

上午闫亚培一见到莫晓瑜,便迫不及待地建议赶紧请基础医学部章主任吃饭,他说,这个部的工作总是调动不起来呀,你看行不行?莫晓瑜念及闫亚培心里还是很在乎工作的,高兴地说,当然可以,具体你去安排一下吧。

闫亚培与夏薇薇两人很快搞定,请了基础医学部几个负责人在梅湖公园一家餐馆共进午餐。时下流行饭桌文化,遇上棘手的问题时,一顿吃喝就能迎刃而解。饭桌上容易营造一种和谐融洽的氛围。闫亚培时时笑脸相迎,不停地敬酒,陪喝,照顾得那几个人颇为感动。席间所有人都喝了红酒,酒精发挥了作用,情绪全上来了。莫晓瑜顺势将工作要求与他们一一细说了,并承诺,若是你们工作中有困难,或者需要点机动用费,我们再增拨五千元解决一些小问题吧。基础医学部几个人开心得连声道谢。莫晓瑜暗想,你姓章的向来张狂傲慢,现在不也只能这样与人为善吗?

莫晓瑜感觉有好几件事必须向王吉亮及时汇报,几番电话过去,他却总是说忙。过了一会,王吉亮突然来了办公室,只站着说了几分钟话,内容是关于外出考察学习的事。

仅隔一天,闫亚培就变脸了,又是心不在焉的样子。莫晓瑜真是怕了他,稍有不顺,就耍脾气,说狠话。这会儿,他冷着脸对莫晓瑜说,你们又要出去玩吗?这样不太好吧?莫晓瑜反问他,领导们要安排出去考察学习,你说,我能拒绝吗?闫亚培说,那你可以与他们说说不去的道理呀!莫晓瑜听闫亚培这么大的口气,好像这研究所全是他说了算,真后悔当初看错了人,只图得一个面子,却是中看不中吃的料。当然,现在很多人不了解他,大都被他的外表蒙蔽了,只有交往多了才清楚他是一个什么样的人。在这种尴尬的局面下,有什么办法呢?无奈,只能忍受,两个人之间,心与心早就隔膜了,以后少搭理他就是,随他吧,爱怎么说就怎么说,爱怎么做就怎么做。

中午还在忙。夏薇薇说,我约了晓月去大院门口吃快餐,走吧,一起去?莫晓瑜迟疑了一下,好的。莫晓瑜现在特别不愿意去食堂,与那些人哼哼哈哈地,说些什么呢?人心叵测,谁可信任?

晓月今天似乎变聪明了,吃饭时,她绝口不提郑光跃,而只是骂对面的胡高成与廖水花,说他们太蠢,蠢得像驴。莫晓瑜想,她一定知道了自己的情绪,也许是夏薇薇私下里点拨了她?

周末天气大好。莫晓瑜闭门在家,将一篇论文完成了,还即兴写了一首小诗。正在得意时,老同学何云邀约去云湖公园走走。莫晓瑜心里一动,也好,出去散散心吧。

阳光温暖地照着，莫晓瑜与何云漫步于公园绿荫树下，竟然都是谈文学。何云说，你真厉害，那么忙，还在坚持写作，我在省报读到了你的诗歌《大山深处》呢。莫晓瑜不好意思地笑笑，在心情极为不好的时候，有同学夸赞几句，内心无比温暖，淤积在心里的浓云被今天的阳光与同学的鼓励化解了很多。

周一上班时，三个人围在一起开个小会，闫亚培谈了他近日所做的工作。莫晓瑜听完连连夸他，不错，都没来得及好好休息，辛苦你了！

因常熟会议的分会场要发言，莫晓瑜给王吉亮挂了个电话，商量发言的事情，顺便问问上面要求的机构设立怎么办？王吉亮说，你与西平书记联系下吧。莫晓瑜觉得自己出面欠妥，但王吉亮是这个态度，而且这般吩咐，无奈之下只好硬着头皮给邓西平打了个电话，邓西平无情无绪地说，我要先与组织部联系下，秦书记没有与我说过这事啊。

莫晓瑜再转告王吉亮，说，按程序应该是我们向他汇报，他向一把手汇报吧？王吉亮说，嗯，道理是这样的。

中午邓西平给莫晓瑜来了电话，说下午三点一起参加汇报会议。

三会议室。莫晓瑜左右看不到戴世辉，马上给他打电话，未接，发短信也未回复。她忙告知王吉亮，要王吉亮给戴世辉打电话，王吉亮说戴世辉已经去了外地。

组织部贾里梅耷拉着眼皮，看都不看莫晓瑜一眼。莫晓瑜觉得很好笑，索性大方自若地站起身，给在场的每个人倒茶。走到贾里梅面前时，故意提高嗓子说，辛苦了，贾部长，喝茶！贾里梅抬起头看看莫晓瑜，尴尬地笑笑。

听完莫晓瑜的汇报，贾里梅一言不发，也不表态。邓西平发言先表态，赞同成立专门的质量监控处，贾里梅开口说话了，这个问题嘛，嗯，我觉得很重要，但我以为放在生产管理处就可以了，由研究所主管领导兼任处长比较合适。

邓西平马上接过贾里梅的话说，对，成立这个机构很重要，排位应该放在生产管理处前面，要由研究所能力最强的人来竞聘处长。

莫晓瑜心里冷笑，嘿嘿，你们两个人都想钳制我？表态的潜台词无非是，你莫晓瑜别做好梦了，千万不要有任何奢望，就算正式成立了这个新机构，也定然没你的份！

散会后回到办公室，只有夏薇薇在，莫晓瑜将这事与她一说，夏薇薇完全理解，他们呀，现在就是千方百计不想你做呢！

莫晓瑜笑了，笑得很轻松，我还正想开溜呢！当然，现在一时还走不了，目前的事还是得做，而且要做好，我不愿意让人真以为我就是他们说的那种窝囊废。薇薇，我们一起开局顺利，不是打了一次漂亮仗吗？谁敢说我们无能？做强做好得从自身做起，明天，我们还是微笑着对待所有的一切吧。

夏薇薇看着眼睛发亮的莫晓瑜，笑笑说，嗯嗯，我还真佩服你的勇毅与坚强，以后你在哪，我就在哪。

听到夏薇薇这样暖心的话，她真想伸出双臂抱抱她。

吃过晚饭，马启明提议去商场逛逛，你去买点新衣服吧，挑几样自己喜欢的，这样可以缓解压力，换换心情。莫晓瑜说，也好，我们走吧。

他们东挑西拣，左试右试，买了好几件回家，看着一堆款式新颖、色调柔和的衣物，莫晓瑜心情确实好多了。她感激地看看马启明，庆幸在这样的危难之际有他陪伴左右。

回家后，莫晓瑜给郑光跃电话，问他目前情况到底怎么样了？向领导申诉的进展如何？郑光跃说，太晚了，明天来我办公室再说吧。

莫晓瑜又给黄子林打了电话,黄子林说,我找了几位领导,说明了一下情况,目前还算乐观,省委组织部对郑所长评价很高呢。

这一晚,莫晓瑜做了好多梦,醒来却记忆全无。

2

莫晓瑜以为郑光跃会叫她去办公室说事,却一直未等到信息。她有些轻松,心里实在不愿意去,唯一希望做事顺利点。

戴世辉回来了,叫上莫晓瑜陪同王吉亮一起去了基础医学部与生物实验室,王吉亮要莫晓瑜主持。两位主任用 PPT 作了关于材料准备情况的汇报。戴世辉一边听,一边查看自评报告,指出刚性指标与柔性指标的关系处理还不够理想。王吉亮满意地说,大家准备得还不错,总体应该没什么问题,只是有些小地方需要加强。

莫晓瑜最后小结,她以鼓励为主,提出几个不容忽视的问题,希望两个部门抓紧时间准备,争取将材料做得更完善一些。

回到办公室已是中午了,莫晓瑜请闫亚培与夏薇薇到门口小餐馆吃饭,闫亚培点了几个菜之后,低头呆坐着,一言不发。莫晓瑜问他怎么了?他一脸愁容,只说,心累,很累。莫晓瑜估计是王吉亮与戴世辉今天都没看支撑材料的事刺激了他,因为是他一手指导做的,确实付出了不少心血。几个人低着头闷声吃饭,全没了说话的兴趣。

下午上班时,莫晓瑜忍不住对闫亚培说,你以后有气可以对我们讲讲,算是一种信任吧。目前你面临两种选择,或者继续,或者退出。我个人认为不要回头,毕竟已经走出来了,人生几十年,不如意事十之八九,要学会隐忍,学会宽容。

愚人节这天，莫晓瑜不敢相信更多的资讯，但又希望多听几则信息，尽管很多是忽悠人的，却可以让人放松情绪。

王吉亮叫了戴世辉、莫晓瑜一起去郑光跃办公室汇报，郑光跃这些天心情极为不好，靠在办公椅上，有气无力的样子。听完汇报后，他突然无来由地将三个人都各自训了一顿，言语中与秦建伟的矛盾毫不掩饰，莫晓瑜心里烦得要命，希望尽快结束这段黑暗的日子。

傍晚时分，莫晓瑜感觉身体很不舒服，左胸隐隐作痛，病了吗？怎么办？怎么办？万一自己废了怎么办？

第二天上午，王吉亮电话要莫晓瑜约时间向秦建伟汇报。她马上给秦建伟发了个信息，秦建伟回复说，好的，我们下周再约吧。

下午闫亚培出去了，正在做事的夏薇薇突然转过身来，言辞激烈地对莫晓瑜说，我觉得你最好不要再做下去了，没什么好处，人也会很累。现在研究所很多人都跟着秦建伟走啊！郑光跃也真是的，天天骂别人是疯子，他自己就是个疯子，天天说网络的事，一有时间就说，烦人。

莫晓瑜听完，一怔，没想到夏微微怎么会说这样的话。叹道，唉，我也不是不知道郑所长的毛病，之所以不想说什么，也不辞职，是因为我不愿意做墙倒众人推、落井下石的事。

夏薇薇看着莫晓瑜，像是悟到了什么，浅浅一笑。

莫晓瑜想，目前的境况无异于一次孤独而寂寞的长跑，需要极大的意志力与忍耐力，这一切都好像是命数，躲不开，绕不过。

过了一会，莫晓瑜奇怪地问夏薇薇，你是不是最近听到一些什么了？谁说了什么话吗？

夏薇薇毫不掩饰，直截了当地说，是我家赵旭说的呢。

莫晓瑜难过起来，在最为难的时候，竟然没人站在自己身边，强有力地支持自己。她感觉现在的自己，犹如大战风车的堂吉诃德，孤独而执着，明明知道结局可能很惨，但仍然顽强地坚持。

四月或者五月就要换届了，莫晓瑜想，到时候一定抽身而出，身体，我的身体已经撑不住了。晚上，她在本子上胡乱写了两行字：

世事一场秋梦

人生几多凄凉

次日上午去基础医学部，下午去生物试验室。让莫晓瑜颇感欣慰的是，自从上次听取汇报，提出几方面建议后，两个部门的材料越做越好了。

下午戴世辉来电话，要莫晓瑜参加各部门负责人会议，具体谈谈迎检的事。莫晓瑜估计他们要去省卫生厅，这里的事就丢给自己，心里虽有不快，但也只好应承下来。在会上她谈了最实际的几个问题，再次恳请各位负责人注意。

散会后，莫晓瑜极度不适，忙回家收拾东西，要马启明陪同去了省人民医院，几个病室均无床位，又跑到市一医院，也没床位，只好回到省人民医院挂个急诊。一位年轻医生详细问了些情况，说，估计你是积劳成疾、积郁成疾呢，别太累了，别想多了，放轻松些吧。做了几项常规检查后，医生安排挂了两瓶水，拖至半夜才回到家里。

马启明照顾莫晓瑜洗漱后，扶她躺下，既心痛又带埋怨地说，你呀，再这么继续下去，恐怕会连命都搭上去了。明天休息吧！他的眼睛里装满了忧虑。

莫晓瑜真想安心休息几天，可是，一想到还有那么多事等着做，她心里十分焦虑，辗转反侧，她反复问自己，我真有抑郁症吗？为什么自己是医生，还诊断不了自己的病呢？就这样折腾了大半夜，才慢慢睡着了。

第二天又是忙碌的一天。晚上本想早点休息，组织部突然来电话，通知第二天上午到报告厅开大会，也没说具体是什么会。

会场气氛相当紧张，秦建伟亲自传达中央文件精神，说中央某领导的老婆有杀人嫌疑。这真是天大的新闻！一个曾经那么威风八面的人，这下准栽了！

世事难料。莫晓瑜很快想到了《红楼梦》里一句：叹人世，终难定。

3

王吉亮带了戴世辉、莫晓瑜、闫亚培到常熟参加卫生部的迎评工作会议。戴世辉的一位朋友开车前来迎接，他是本地人，熟门熟路，带着一行人参观了常熟翁同龢、柳如是、钱谦益等文化名人的墓，还参观了著名的方塔。王吉亮与戴世辉兴致勃勃地对莫晓瑜说，这里素材丰富，你可以写出很多好诗来了。

暮色来临，晚霞余晖，江南的景色诗意盎然。莫晓瑜一换环境心情就不错，她脑子里马上跳出几行诗歌：

在暮色中上升
不早不晚，不近不远
驻足于明澈的回眸
俯视众生中的有缘人
佛祖拈花微笑的
人间所有困厄
将在四月的绿浪中淹没

经年之后

熵变

虞山方塔下
你依然立于佛前
静观一个又一个
花开的日子

此刻，莫晓瑜感觉神清气爽，她想，文学真是个好东西，生活中所遇所感，可以随时随地记写，不管你干哪一行，文学涵养都是有用的，文学是每个人的精神维生素。

王吉亮招呼大家站在虞山脚下合影，莫晓瑜侧眼看看闫亚培，他没有推却，只往前面站。在鲜花簇拥中，几个人全都精神焕发，感觉与在研究所时大不一样，再无那种没精打采的晦气。

真惬意！如果能常在外面转转，远离那个鬼地方就好了，莫晓瑜想。

这次会议很隆重，卫生部几位重要领导轮番发言。莫晓瑜认真做着记录，不敢错过一句话甚至一个字。吃晚饭时，王吉亮对莫晓瑜说，刚刚接省卫生厅的通知，我与戴处得提前回去参加一个重要会议。莫晓瑜说，刚来就要走啊？有些遗憾呢。她试探性地轻声问了下身边的闫亚培，你是不是也想与他们一起回呢？闫亚培果断地回答说，是的。

莫晓瑜瞬间泪水盈眶，她一句话也没说，只管低头吃饭，想到眼前这个无情无义的势利小人，气不打一处来，毫无感觉地吃了几口，她慢慢站起身，黯然神伤地与王吉亮打个招呼，提前离席了。

莫晓瑜一个人跑到酒店附近的花园里，走了一圈又一圈，泪水仍然止不住地流淌。她恨自己当初眼瞎，怎么会看中这样一个人？

晚点回到房间时，才发现手机放在桌上，闫亚培已经来了两次电话，还有一条短信，说王吉亮与戴世辉现在出去了，有兄弟单位的人请喝茶。莫晓瑜不想理会，自己洗漱好后，倒在床上休息，很快就迷迷糊糊睡着了。

第二天，王吉亮对莫晓瑜说，本想让闫亚培留下陪你的，他说家里有急事，要赶回去。这样吧，你回来时，我要他安排车到机场接你，他说他自己来接。

莫晓瑜木然地听着，没有任何反应。

代表们坐着大巴车出去参观，一并送走提前离会的代表。当然，莫晓瑜本来也可以与他们一起走的，但一来会议尚未结束，说不定还有些重要的信息，二来她很想去沙家浜看看。车上很多会友知道王吉亮等三人要提前回去，纷纷开玩笑说，你们几位大老爷们怎么忍心只留下莫主任一个人开会？莫晓瑜乘此机会，大声对王吉亮说，王所长，如果我万一走失了，你们就不要找我了。王吉亮看看莫晓瑜，笑笑，表情有几分尴尬，知道她在说怄气话。

参观回来之后，莫晓瑜冷冷地叫住闫亚培，我们去花坛那边走走吧。闫亚培跟着莫晓瑜往前走。这里一面临水，很开阔的湖，四周各色花娇艳欲滴，树上鸟鸣莺啼。莫晓瑜突然转过身来，对身后的闫亚培说，如果这次留下的不是我，是王所长，你会提前走吗？闫亚培说，我家里真有急事，再说，王所长要走，我没必要留下来。

莫晓瑜鄙夷地说，是他们要走，你才改变的呀！

闫亚培说，那我肯定要与他们一起走。

莫晓瑜冷笑着说，你走吧，放心，我不会留你的，留你也没意思。你可真会做人呀，去年我与孙立主任拉你拍个合影，你死活不肯，这次王所长说合影，你怎么二话没说就站进来了？

闫亚培答非所问，我能拒绝的都会拒绝。然后，直接补上一句，随便咯……我无所谓了。

午饭后，王吉亮等三人都走了。

晚餐时，莫晓瑜与身边青州中医学院评估处的周处长言及此事，周处长愤愤不平地说，那人也太势利了呀，他应该跟着自己的主管走才对。莫晓瑜听罢，虽然还在伤心中，但多少感到一些安慰。饭后，她与周处等三人外出购物，风凛冽，寒意浓。周处见莫晓瑜情绪蔫蔫的，委婉地劝慰说，我能够理解你的感受，尽管那人不懂事，也缺乏真诚，但你没必要点破他们的。莫晓瑜虽然点头认可，但心里并不后悔，她知道现在是覆水难收，裂痕产生，已无法挽回，也没必要挽回。

顺其自然吧，她对自己说。

第二天会务组安排去参观沙家浜，这是一个革命老区，莫晓瑜童年时听过这里的故事，她看过很多遍京剧《沙家浜》，印象十分深刻。尤其喜欢这个遥远的江南水乡，也很喜欢才貌双全、擅长斗智斗勇的阿庆嫂。

莫晓瑜坐在船尾，不声不响，一个人出神地望着船舱外，若干年前的那些精彩唱腔此刻不停地回旋在脑际。正好身边是湖北医学研究所的三位会友，两女一男，他们惊讶怎么就莫晓瑜一个人？莫晓瑜心里郁闷，便将所遇与他们说了，两个女子听完有些愤愤然，都说闫亚培真是个很"二"的人，其中一个说，这个人"二"得没长大呢！

终于到了沙家浜，童年时想象了无数次的地方，如今就在眼前，一大片的柳絮、芦苇、湖水……

莫晓瑜跟着队伍，重点观赏了尚湖、蒋巷村，返程路上，她感觉收获满满，脑子里闪现的所有景观都充满了诗情画意，她真想写点什么，可回到酒店后，倦意频频，早早洗漱后就歇息了。

友情珍贵，湖北中医研究所的几位会友，在莫晓瑜最难过最沮丧时给予了无私的陪伴与安慰，莫晓瑜早早起床，去为他们送行。三个人与莫晓瑜一一道别，看着车很快消失在大街尽头，莫晓瑜心间突然充溢一种莫大的孤独感与失落感。

莫晓瑜问自己,我是不是太脆弱了呢?这么点事都受不了吗?不行,我得好好把握自己才行。

次日早餐后,莫晓瑜踏上了返归的路途,她给研究所车队打电话约车来接机。晚上七点多,司机小涂与马启明一起接到了莫晓瑜。在路边一家饭店进餐时,莫晓瑜将两包常熟特色点心送给小涂,小涂喝了一点酒,感动得千恩万谢。莫主任,你真是个好人啊!

疲倦至极。安心睡了一晚后,莫晓瑜去了办公室。她热情地与夏薇薇说话,闫亚培看着莫晓瑜,想插话,莫晓瑜当没看到他一样,只管与夏薇薇说话,没完没了地说,一个话题接一个话题地说,她不想让闫亚培插嘴。

趁闫亚培出去的当儿,夏薇薇赶忙对莫晓瑜说,闫亚培知道你不高兴,他一回来就告诉了我。见莫晓瑜不说话,夏薇薇劝慰说,你早就知道他是那样的人,这社会,人都是这样很现实的,何必去生气呢。

莫晓瑜电话向王吉亮汇报会议闭幕式的情况,还说拷贝了一些珍贵的会议资料。王吉亮听完之后,表扬莫晓瑜一直坚持到最后,随之又劝莫晓瑜说,你也与闫亚培说说相关情况吧,估计你不太开心,他这次确实伤害了你,希望你尽量大度点,包容一下,那晚,他是因为我们……

王吉亮拼命解释那晚的事。

下午四个人在王吉亮办公室讨论方案的事,戴世辉笑着问莫晓瑜,莫主任后来玩得怎么样?还开心吧?莫晓瑜冷冷一笑,没好气地说,你们都抛弃了我,我当然很伤心……不过,后阶段的会议收获很大。

周末又加班了一天,莫晓瑜准备发言稿,闫亚培修改方案,夏薇薇修改三个文件。等全部完成之后,闫亚培提前走了。莫晓瑜留夏薇薇多待会儿，两个人说了好久的话。夏薇薇说，我们现在不能一走了之啊，而且，就算是有矛盾也不能让人看出来。

莫晓瑜心领神会地点点头，两个人默契地笑了。

又是忙碌的一天。

与王吉亮、戴世辉几次都联系不上，莫晓瑜干脆去找郑光跃。郑光跃也还客气，询问了常熟会议情况，你们是几个人去的？闫亚培为什么要提前回来？你们内部情况怎么样？莫晓瑜一一回答后，有点不安地说，郑所长，我建议迎评领导小组最好让秦建伟也做组长，不仅是我，王所长、戴处也认为这样可能对你会好些。没想到郑光跃竟然马上同意了。停了一下，郑光跃说，胡高成想回来工作。莫晓瑜说，看你们怎么安排吧，反正我是绝对不会接受他们的。

天气开始闷热，空气中没有一丝流动的风，令人窒息。

下午中层干部会议，王吉亮主持，莫晓瑜第一个发言，谈了三方面的内容，先传达常熟会议精神，再对迎检方案进行补充说明，最后是关于奖励与问责的意见征求。与会者纷纷发言，其中问责制的建议最多，有人明确提出，还是柔性管理比较合适。

会议结束后，莫晓瑜将拟写的常熟会议报道稿送给王吉亮过目，王吉亮反复看了几遍，很满意，对莫晓瑜说，你辛苦了！这样吧，我们几个人找个时间再开个碰头会，继续讨论问责制的事情。

戴世辉一脸无奈，说自己事情太多，不停地有人问这问那，王吉亮惊讶地问他怎么了？他叹口气说，没办法，找的人太多了。莫晓瑜看他眉头紧锁，似乎满肚子怨气，却又不知道发到谁的身上。难道是说我没分担更多吗？可我的困难与压力比你们任何人都大好几倍啊！你们几个男人就不能体谅体谅我吗？

第二天又是会，关于廉政建设的。秦建伟与郑光跃坐在台上交头接耳，面带微笑，说个不停，看上去十分亲热。莫晓瑜有点诧异，昨天王吉亮说，郑所长告诉他，迎评领导小组还是双组长制，难道我的建议被郑所长采纳了？本来感觉不错的，可是一想到曾以平与贾里梅的冷脸，不觉打了个寒战。

极累，累得快趴下了。体检报告出来后，有好几个指标都不正常，莫晓瑜更为自己的身体担心，她不知道到底能不能继续撑下去？

4

办公室通知莫晓瑜，参加上午的党委会，重点汇报迎评工作思路与计划。莫晓瑜知道这是一个不同寻常的会，好在早已做了充分准备，精心做了课件。汇报时，她从容不迫，井井有条，神情笃定。党委委员们关于设立机构问题纷纷表态赞同，郑光跃发言时建议就在质监办的基础上扩展，集中相关职能。

迎检方案在党委会上正式通过，莫晓瑜感到身上卸下了沉重的担子，以后就看全院上下如何同心同德迎战了。

会后，戴世辉叫莫晓瑜去他办公室坐坐，说，今天郑所长好智慧的，不然，要是竞聘，估计你不会去的。停了一下，又说，前天我与王所长在一起，说了你半个小时，他说你对他很尊重，我们都不能伤害你。上次在常熟看到你那样伤心，我心里其实也好难过的。

听到戴世辉这些话，莫晓瑜心里好感动，然而，下午到王吉亮办公室时，发现他又不怎么高兴，一脸绷紧的肉。人心怎么会这样呢？三月天说变就变啊。看他爱理不理的，忙找了个托词提前走了。

莫晓瑜抓紧时间做两件事,一是联系省卫生厅徐处长,争取得到他的全力支持;二是联系省中医研究所的杨院长,请他近日过来指导迎检材料的准备。莫晓瑜想,这么千难万难的事,我们一直都在坚持,关键时刻,绝对不能出现意外,绝对要保证万无一失,不管是卫生厅的检查还是卫生部的评估,一定要争取全部顺利圆满。

晚上正想休息时,蒋林副所长来电话,要莫晓瑜赶快给他发一份任务分解书。莫晓瑜真是万般无奈,只好到书房开电脑。她叹道,原来就说头上的"活爷"太多,这凭空又加上一个,名义上说是加强力量,于我而言,不过是多加一道紧箍咒罢了。

次日,紧张的一天,各项准备都在上午安排就绪。下午是邓西平主持的动员大会协调会,各部门负责人就迎检的事宜商量讨论。莫晓瑜一边听发言,一边惴惴不安地想,郑光跃的发言稿是不是需要我们来写?她轻轻问了下身边的蒋林。蒋林说,你问问他是否需要我们提供材料?莫晓瑜与郑光跃联系时,郑光跃说由他自己负责,莫晓瑜马上松了一口气。近日身体很不舒服,事情又多得做不完,莫晓瑜为自己担心,唯恐在这节骨眼上撑不起来。

闫亚培下午四点才到办公室,莫晓瑜略带讥讽的口气说,明明知道你这么忙这么辛苦,西平书记今天在会上竟然一点面子也不给呀。闫亚培情绪瞬间变了,酸酸地说,一篇小文章,还要伺候得合那么多人的口味,我可真不是伺候人的人呢!

莫晓瑜知道闫亚培这话是说给自己听的,潜台词中满含怨气,怪自己拉了他来,害了他,现在动不动要性子,要不说无所谓,要不就说随便吧。

我也随便,莫晓瑜冷冷地想。她甚至觉得人生已无什么乐趣了,耗尽了所有的心力，还不见得有人说个好字。

下午五点，莫晓瑜叫上闫亚培与夏薇薇去省中医研究院接到杨院长，直接带他去新世纪酒店共进晚餐，蒋林也赶来作陪。这位新调来不久的副所长，上次党委会上言及自己原来搞过评估，提了不少建设性建议。秦建伟听了十分高兴，当场拍板让他加盟质监办来协助王吉亮抓质监评估，分派他重点抓迎检材料这一块。蒋林代表研究所热烈欢迎杨院长作为专家来指导工作，杨院长谦虚了几句。蒋林谈锋甚健，说个没完没了。莫晓瑜第一次与蒋林打交道，别看他精瘦精瘦的，精神状态很不错，还是一个标准的话痨。他戏谑地说，命苦啊，现在又让我做这事，在原来的单位也是管迎检，累了好多年呢！

莫晓瑜脸上一直带着笑意，似乎在认真听蒋林说话。她从直观上感觉得到，蒋林不相信自己能胜任这门子事。回想起党委会上，他提出将质监办放到理论研究室，当时就觉得有点莫名其妙。秦建伟让他来辅佐王吉亮抓评建，说不定是事先商量好了的。可这些事，自己一直都蒙在鼓里。

正说着，王吉亮给莫晓瑜发来一条信息，仅仅一句话：感谢你为研究所评建工作付出的辛勤劳动。莫晓瑜看了五味俱全，是王所长的肯定？是暗示暂时做好眼前的事？或是……她猜测这句话里面暗含的成分很复杂，到底是什么呢？无从知道。听命吧！她不卑不亢地给王吉亮回复了一句：谢谢王所长鼓励，这是我的本职工作，应该的呢！

莫晓瑜举起酒杯给蒋林和杨院长敬酒，看看暗红色的高脚杯，她闭着眼睛一口喝了下去。接着，闫亚培与夏薇薇也举起酒杯——敬酒。

第二天，杨院长在质监办资料室认真查看了迎检方案与几个文档，凭经验提了不少意见，言语中流露出一些不满，认为这么大的事情王所长应该亲自到场。他讷讷地对莫晓瑜说，希望你们王所长能过来一起商量商量。莫晓瑜马上给王吉亮电话,王吉亮却推说在外面出差,要明天才能回来。杨院长听了略感不悦,再翻看了会材料,提出想去外面走一走,莫晓瑜便陪同他到研究所大院里转了一圈。

中午一起吃饭时,闫亚培端起酒杯对莫晓瑜说,莫主任,这几天你做了好多事啊!夏薇薇立刻附和道,是的,昨天他就一直在称赞莫主任呢!莫晓瑜含糊地笑了笑,没心没肺地说,谢谢。

戴世辉下午来了办公室,说晚餐由郑所长安排。他对莫晓瑜说,你要赶快找人做事呢!莫晓瑜说,我推荐以后由闫亚培来负责做,他年轻有为,能力很强。戴世辉看了一眼闫亚培,笑着点点头,嗯,确实是个能干的小伙子。

晚餐郑光跃亲自作陪,几句话,几杯酒,杨院长心情好多了。闫亚培站起身一一敬酒,到莫晓瑜这里时,他连敬三杯,轻轻地说,莫主任,你放了我吧,今天早上我还在想,我需要什么样的生活?莫晓瑜一点都不吃惊,平静地说,没事,你放心好了。

在送杨院长回家的路上,莫晓瑜与他倾吐了自己的苦衷,杨院长说,我理解你的,手下人要跟紧自己部门的领导才行。

回来的路上,司机小张大发感慨,说郑光跃对研究所贡献是很大的,但是他现在真是碰见鬼了。又骂胡高成是一条养不熟的狗。他转头问,莫主任,你知道不?那老家伙与我父亲是同学呢,读书的时候就老是被人当大炮使,几十年了,还是本性难改呀!

5

莫晓瑜与夏薇薇去了省卫生厅,将材料送到主管的副处长刘向阳处。

莫晓瑜谦恭地说，请刘处长多多指导，给我们提点意见与建议吧。刘处长和气地说，你们做得还不错啊，我先看看吧。

刘处长耐心地从头翻到尾，大体浏览了一遍后，对莫晓瑜说，你们的一些专项问题需要高度重视。莫晓瑜连声道谢，刘处，请多多关照，最好这次能亲自率队来我们研究所指导。刘向阳笑笑说，现在还说不定，到时候再看吧。

从省卫生厅回来后，莫晓瑜一面安排闫亚培与夏薇薇赶快做材料，一面向王吉亮汇报去省卫生厅的事，建议下午开个审稿会，王吉亮马上同意了。莫晓瑜亲自打电话通知相关人员下午来三会议室开会。这时，办公室来电话，通知莫晓瑜去学术报告厅看看动员会的场地安排。

审稿会如期进行。王吉亮与戴世辉两人提出了尖锐的修改意见，莫晓瑜也谈了自己的看法与建议。让她头痛的是，这些部门领导似乎都有思路，每个人的想法都很强霸，听不进别人的意见。那就顺其自然吧，我们已经尽力了，莫晓瑜想。

会议结束后，莫晓瑜与闫亚培、夏薇薇三人赶到学术报告厅，认真检查动员会的所有准备工作，包括横幅、宣传标语、电子屏幕、秩序册、责任书、矿泉水以及座位安排等，各职能部门按分配的任务在协助落实。

莫晓瑜倦怠地坐在那里，长长地呼出一口气，累！

回办公室之后，三个人马上忙着做材料，一直坚持到晚上八点，肚子饿得咕咕叫，头昏脑涨，却不敢懈怠，不敢休息，不敢吃饭，强撑着，一直到断黑时分，才全部完成。

夏薇薇第二天对莫晓瑜说，胡高成现在总想冒出来进入角色，你要不要与郑所长联系下怎么处理才好？莫晓瑜想想，也是，最好不让他趁机捣乱才行。她去找了郑光跃，说到这事。郑光跃靠在椅子上，不以为然的样子。过了一会,他对莫晓瑜说,动员会上只要向所长递交责任书即可。莫晓瑜有点吃惊,明明说好了双组长的,怎么又改变了主意?她委婉地劝郑光跃还是以大局为重,郑光跃不耐烦地说,没必要了,就这样吧。莫晓瑜看他那么固执,不好再勉强,提出请王吉亮来正式向他汇报。

莫晓瑜马上去了王吉亮办公室,如此这般地将相关情况说与他听,王吉亮叫上莫晓瑜又去了郑光跃办公室,再次汇报。郑光跃显得很不耐烦,他端着手里的茶杯,吹拂着杯子漾出的热气,一边也斜着眼睛说了王吉亮一顿,王吉亮脸上快挂不住了。

从郑光跃办公室出来后,莫晓瑜对王吉亮说,王所长,我呢,也只能对你负责了,你就对郑所长负责吧。王吉亮急了,你也可以对郑所长负责的呀!

质监办三个人为材料忙得喘不过气来。蒋林来了,说,别的不要,只要迎评方案上会呢。莫晓瑜三人整个下午都在忙着修改方案,叫了三份盒饭,稀里糊涂吃完继续做事。

王吉亮来电话问及情况,听说方案还在修改,老大不高兴,带几分责备地说,你们怎么还没修改完啊?莫晓瑜急得头都大了,说,快了,快了,我们抓紧点吧!

闫亚培转过头说,莫主任,下午郑所长找了我,要我与你们说说,不要太紧张,一定要减压。莫晓瑜说,没事,没事,我们经历过战火的严峻考验,没什么可怕的了。只是这么多人,每个人都有自己的思维,有自己的考虑,我们做的一切,难合每一个人的口味啊!至于我,相信你懂的,是吗?没事,真没事,你放心,再大的事情我都能够顶住的。

又一天,三个人还在紧张地准备材料,连封面设计的色彩与图案都相当讲究,反复推敲,一再修改,尽管个别部室负责人满腹牢骚,说三道四，莫晓瑜均一一与他们说明道理：今年的评估形式很严峻，我们不能不认真对待，只能成功，不能失败。

几番辛苦，终于将所有材料做好，全部送到会场。办公室副主任梁清轻声叮嘱莫晓瑜说，袁副市长今天会来参加我们的动员会，你们要先准备好给他们的红包。莫晓瑜问清了人数，忙叫夏薇薇准备好几个信封，包括袁副市长的随从与司机。

日子选得不错，晴朗清新，阳光正好。郑光跃一早来了电话，要莫晓瑜赶快找几份工作简报送给他。莫晓瑜说，等会我让夏薇薇给您送过来吧。

准备了若干个日子，迎接卫生部检查评估动员大会如期举行，十点钟准时开始。

参会人员按要求陆续来到会场，在指定的座位上坐好。会场气氛热烈，井然有序。大会由邓西平主持，郑光跃作主题动员，秦建伟重点强调，王吉亮具体布置。最后的程序是由各二级单位负责人先后上台将签名的责任书交给郑光跃。莫晓瑜上台时不卑不亢、精神饱满，她不想让一些人看自己的笑话。就在走下台来坐在自己位置上的一刹那，莫晓瑜看到贾里梅等人在台上冷冰冰的表情，极不耐烦地将责任书送到郑光跃手里，转身板着脸走下台来。莫晓瑜突然为郑光跃感到悲哀。郑所长啊，这难道不是你自己的问题吗？这些人曾经都是你最青睐最器重的人，现在怎么这样对你？我也只能尽力而为做好本职工作了，至于你们之间要怎么斗，我又奈何？

莫晓瑜环顾了一下会场，没看到胡高成与廖水花的身影。

会议圆满结束了，在回来的路上，莫晓瑜遇上不少人，众口一词夸赞这次动员大会组织得很好。王吉亮也特别高兴，很快给莫晓瑜发信息说，莫主任，感谢你们的付出，今天的动员大会开得很成功，各方面反映非常好，你们辛苦了！好好休息两天吧！莫晓瑜马上回复说，是王所长筹划得好啊！她心里暗自庆幸，这一仗我们又打赢了，让那一对男女难受去吧。不管以后情形如何，我们已经做到功德圆满了。

莫晓瑜累得几乎要瘫倒了，但她不能休息，女儿的假期到了，说已经买好了机票，马上要回家，她得做好女儿回家的准备，至少要换换床单，清扫房间，让孩子回家感觉舒服些。这一段时间像打仗似的，连家都顾不上了。

6

莫晓瑜一晚没睡好，一会儿想着迎评的事，一会儿想着女儿的模样。

整个上午忙着收拾房间，累得腰酸背痛，忙过之后，家里清爽多了，她满意地笑笑。

中午王吉亮来电话，要求将三位领导在动员会上的讲话印发给大家学习。莫晓瑜说，我也正这样想呢，王所长考虑周到，我马上准备吧。

下午马启明临时有事忙，莫晓瑜一个人去了机场，接到了去美国留学一年半的女儿。远远看去，女儿似乎丰满了一些，气色还不错。孩子拖着个大箱子，一眼看到妈妈，高兴地奔过来，母女热烈地拥抱。莫晓瑜的心被孩子的柔情融化了，心里特别享受。她想，对于孩子，还是放出去的好。

芮芮说，老妈，我好久没吃鱼了，美国的鱼少，价格贵，今晚我们可以去吃鱼吗？

莫晓瑜说，这还不容易吗？我电话你爸，我们找家鱼馆吃晚餐吧。

这个晚上，因为芮芮回家，莫晓瑜的心情特别好，她暂时忘记了内心的伤痛与压抑，与女儿谈笑风生，不停地询问女儿在美国的学习与生活。不知不觉，一家人聊到了十一点多钟，莫晓瑜让女儿赶快洗漱了好好睡觉。

第二天闫亚培来上班时，情绪淡淡的，莫晓瑜想，很多的事情，我们彼此心照不宣吧。

莫晓瑜给王吉亮电话，说有些事情要请示他，王吉亮说，你过来吧。还未等莫晓瑜坐下，王吉亮就开始指示了，这般那般地说了好多，莫晓瑜脑袋轰然炸开了，不得已谈了些想法，王吉亮听完后表示同意，好的，那就按你的思路去做吧。他话虽这样说，但莫晓瑜觉得那神态却是心不在焉的样子。

回到办公室，莫晓瑜看了一眼闫亚培，他正在专心致志做自己的科研课题，再看看夏薇薇，似乎也在忙她自己的事。

午睡时，莫晓瑜满脑子都是事。窗外突然电闪雷鸣，随即就是倾盆大雨。莫晓瑜干脆起床，撑着伞去了办公室。她心烦意乱，无可适从。等到上班时间到了，她又给王吉亮电话，说还有事情想与他说说，王吉亮却推说正在忙着。一会儿王吉亮来了，莫晓瑜忙将一堆东西给他看，提出需要增加一间办公室，如果能借用隔壁的会议室是最好的。王吉亮说，你去与西平书记和办公室提提吧，看他们意见如何？

莫晓瑜硬着头皮去找了办公室主任曾以平，曾以平却以各种理由拒绝。莫晓瑜心里明白，这样的时候，他怎么会同意？而王吉亮明明知道会是这样，为什么一定要推着自己去撞墙呢？那就明天吧，明天再试着去找找邓西平，八成也是希望渺茫。

郁闷啊，本来一切都是为了研究所，人被折腾得欲生欲死，还得不到相应的支持，以后的工作怎么开展呢？

郑光跃又来电话，要上次大会讲话的录音。莫晓瑜马上送过去，她坐下来说，郑所长，我现在失眠了。郑光跃问，为什么？莫晓瑜说，千头万绪的，不太想说。也许，是焦虑吧。说实话，我现在不是图升官，冯唐易老，李广难封啊！只是，在这样的情况下，我不能离开。夏薇薇有次对我说，莫主任，目前这样艰难，你不能离开质监办，我也不能离开你，这是一份责任啊！郑光跃听罢，似乎有些感动，说，王所长现在对你评价不错，总是说你的好话，说你做得很辛苦也很有成效。说句实话吧，以前他对你是有情绪的，说你不买他的账，也不够尊重他。

莫晓瑜有些惊讶，还来不及说什么时，郑光跃又说，王所长去找了胡高成，胡高成提出要你向他道歉，王所长对他说，她不是早已道过歉了吗？胡高成就不好再说什么了。郑光跃停了停，接着说，好笑的是，胡高成还想继续做质监办的领导，提出研究所只要让他做一个月时间，就马上退休。他说他要做一场有关评估的专题辅导报告，认为我们目前的搞法不对，还提出要廖水花做秘书。莫晓瑜暗笑了，这老家伙原来是个弱智呢。

郑光跃再三叮嘱，那一男一女，你不用理会的。

莫晓瑜回到办公室，将胡高成的想法告诉了夏薇薇，夏薇薇惊讶地说，我的天啊，谁会去听他的报告呢？真是蠢！

夏薇薇看看门外，轻轻地说，好烦躁，闫亚培这人真不地道，我们现在这样忙，他就只管做他自己的事。莫晓瑜摇摇头说，我与他只是工作关系，不是朋友，心也被他伤透了，一时无法释怀。

夏薇薇坐过来，体贴地说，你老是这样的情绪，怎么办啊？

莫晓瑜只觉得心里好痛，她不知道该怎么对待闫亚培？难道不理不睬吗？下午有个会，莫晓瑜果然懒得理会闫亚培，自己起身就往会议室走去。王吉亮在会场没见到闫亚培，便问莫晓瑜他去哪了？莫晓瑜只好电话通知他快点过来。

参会者都是能说会道的，你一言，他一语，个个都有道理。莫晓瑜心里叫苦不迭，你们说话都在嘴巴上，所有的事都得我来做，唉！她脸上并未露出半点不满与不屑，边听边点头，算是认可大家。最后谈到质监办要人的问题，莫晓瑜提了几个建议名单，说，要来的都是博士、博士后，先向你们说好，万一不听招呼就麻烦了。

会议一结束，莫晓瑜与闫亚培各自回到办公室。还未等坐下来，闫亚培便对莫晓瑜说，我想回到原来的部里去。莫晓瑜看着他，一脸平静地说，也好，这里太累人了，压力也大。你和薇薇都有自由，我却身不由己啊！

差不多到了下班的时候，三个人收拾好东西分别回家。

莫晓瑜准备做晚饭，正切菜时，听到手机信息响了，擦干手看了下，是闫亚培发来的，他正式提出离开质监办的要求。莫晓瑜嘴角酸涩地咧了下，这是莫晓瑜意料中的事。她没有回复，到厨房继续切菜。

晚上黄子林来了电话，说最近与省委组织部长见面了，部长表态只要郑光跃不调走，他就是赢家。

第二天上午九点，莫晓瑜如约去了王吉亮办公室，将闫亚培要走的事告诉了他。王吉亮说他会在西平书记那里反映我们工作的情况，听口气似乎还很满意。

之后，莫晓瑜又将闫亚培要走的事告诉了戴世辉，戴世辉只是笑笑，没说什么话。

莫晓瑜想起还得去郑光跃那里一下，将黄子林说的话先告诉他，然后再说闫亚培的事。郑光跃问闫亚培人怎么样。莫晓瑜毫不掩饰地说，他吗？跟着权力走，不太懂感情。郑光跃哎哟一声，说，你们女人就是多心、敏感，内部可不能闹啊，我跟你说吧，现在各方面对他的反映都不错。莫晓瑜不以为然，她本想再说几句的，还是忍住没说出来，嘿嘿，你们都是只看到他的表面，看不到他的内心，这个人披的外衣太能忽悠人了！

回到办公室，莫晓瑜装作没事，仍然叫闫亚培做事，还给他补助了出车费。下午上班时去参加会议，夏薇薇电话说，你散会后来下办公室好吗？莫晓瑜心里一惊，以为她也要走，未等散会就跑回办公室。闫亚培不在，夏薇薇便告诉莫晓瑜说，她与闫亚培商量了下，希望能正式调过来。莫晓瑜一听，感到既意外又欣慰，事情有转机了？好啊，我去帮你们争取吧！

闫亚培回来，也与莫晓瑜说了这事，莫晓瑜高兴地说，我们三人合作真好啊，我是性情中人，有做得不当的，还请你们多多包涵，希望我们能够相互理解、谅解、宽容。

莫晓瑜马上去了郑光跃办公室，提及此事，郑光跃为难地说，目前没有指标，等机构成立以后再说吧。

闷闷地回到办公室，莫晓瑜与闫亚培、夏薇薇两人说了，似乎他们也能理解。莫晓瑜看闫亚培现在通情达理，就笑着对他说，我一直在几位领导面前推荐你呢，甚至我可以不做，也要让你上来。

闫亚培冷冽的脸似乎化开了一些。

第二十章 勉力而为

1

一夜暴雨，天气阴阴沉沉。

好几天没去看动向了，莫晓瑜心里不安，她点开那些链接，不出所料，疯子们还在继续咬人。他们公然指控研究所目前在搞形式主义，迎评动员大会规模空前，虚张声势，几乎将所有的罪过都推到郑光跃与莫晓瑜身上。

还是暴雨。

莫晓瑜先美美地睡上一觉。她做了好多零碎的梦，醒来却什么都记不住了，唯有抱着的一个小女孩还依稀可见。

早些天莫晓瑜曾与常熟中医学院的符天文院长、卫生部的杨震处长联系上了，想邀请他们来青州中医研究所作辅导报告，两人都先后回了信息，与莫晓瑜商定具体时间。符天文约在六月一日，杨震约在本周六。莫晓瑜马上去王吉亮办公室，接着去了蒋林办公室，将专家来的情况先后告诉了他们。回到办公室，又给邓西平打了个平电话，报告这一信息。来回几趟，莫晓瑜感觉快晕倒了，疑心是不是低血糖犯了？

莫晓瑜整日焦虑不安，想到进人的问题。如果他们都来了，工作将如何安排呢？

下午上班时，莫晓瑜与闫亚培、夏薇薇一起物色抽调的人，莫晓瑜说已经将闫亚培的事告诉了郑光跃。闫亚培听后，神情怡然。夏薇薇私下里对莫晓瑜说，给他个官做好一点，也说明你对他的态度。

莫晓瑜头痛欲裂，她担心自己某一时刻突然倒地，那可就麻烦了。我自己是医生，怎么就治不了自己的病呢？是我一个人病了，还是所有的人都有病？人有病，天知否？

又是忙碌的一天。一大摊子零零碎碎的事，犹如杂货铺的物件，需要一一整理、打包，还要一一落实，不胜其烦，又无可奈何。

莫晓瑜来到王吉亮办公室，戴世辉正好也在。莫晓瑜与他们说到人员问题，也说到闫亚培的事，他俩却一脸漠然，既不表态，也不说话。莫晓瑜难过极了，一种孤立无援的感觉袭上心来。

下午因为一个通知稿要请王吉亮签字，莫晓瑜不得已又去了王吉亮办公室，她言谈中再次提及闫亚培的事，王吉亮说，其实你没必要那么快告诉郑所长，他还以为你们关系不好呢。莫晓瑜问，郑所长与你说了吗？王吉亮说，也不是很明显地说，我现在也没与任何人提到这事。停了一下，王吉亮又说，郑所长对他印象很好。你建议提他上来好点，让他觉得你对他不错。

莫晓瑜暗暗倒抽一口冷气，他们都是高手，场面上还就自己沉不住气，以后一定得调整，问题是，我能调整得过来吗？为什么我就做不到老谋深算呢？都说性格决定命运，在理！

回到办公室后，电话一个接一个，都是询问一些有关迎评的事情，她十分耐心地一一予以解答。

莫晓瑜给卫生部杨震处长发信息，对方回复说明天会来。想到他若来了，总要有领导在场才好，莫晓瑜忙给王吉亮信息，王吉亮当即去请邓西平。莫晓瑜又给郑光跃电话，郑光跃满口答应过来。

等了杨震一天，可他一直没来。

莫晓瑜几个人将办公室收拾得干干净净。之后，她到郑光跃办公室，告诉他杨震来此做报告,所有准备工作都已做好。忍不住又提及闫亚培的事,哪知道郑光跃却反口了,说提拔闫亚培的事恐怕不太容易,又说,先不想当官的事吧,争取把工作做好。莫晓瑜看他这个态度,后悔自己一而再再而三地提及这事。

等到下午五点,还是没有杨震的信息,莫晓瑜忙给他发信息,杨震说今天来不了,明天再过来吧。夏薇薇说,酒店预订的房间不能退了,白白浪费了千把块钱。

莫晓瑜想,也好,你不来,我正累得不行呢,今晚先好好休息。

想到今晚一定要睡好,不然明天消耗不起,莫晓瑜晚上吃了三粒安定才进入深度睡眠中。

第二天上班时,莫晓瑜对他们两人说,今天你们辛苦点,我就不接电话少说话了,要保证今天的精力够用。

上午杨震来了信息,莫晓瑜与闫亚培马上出发到高铁站接到了他。杨震中等身材,瘦高个,面相和善,健谈。一路上,拉拉杂杂地聊天,说到北京的一些事,说到他从医院调入卫生部之后,一直买不起房子,现在租住的是六十平方米的老房子,他调侃自己是一个穷人,老想等到有钱了再买房子,等啊等,等了好多年,房价暴涨,一直等不到有钱的那一天。

说着说着,一会儿就到了下榻的酒店,五星级的,进门就是一片竹林,格调雅致,环境优美。中餐安排在食如意,戴世辉与夏薇薇正在点菜,以清淡为主。席间几个人随意交流,亲切自然。餐后杨震休息了会,下午即往研究所学术报告厅作辅导报告。

莫晓瑜在路上已经向杨震简单汇报了研究所分解任务、准备材料、召开动员大会的事,杨震在报告中说,从目前情况来看,青州中医研究所十分重视迎评工作,召开了隆重的动员大会,这个很有必要,值得充分肯定。听他这样说,莫晓瑜十分受用,看那伙疯子还会说什么话?难道我们现在是与卫生部对着干吗?

报告结束后,莫晓瑜又请杨震到资料室看看,杨震认真查看后,给予了高度评价,连连赞叹道,你们准备得很认真也很充分!陪同的郑光跃与王吉亮一听,十分高兴,一脸笑容。

晚餐定在豪华雅致的博禧轩。郑光跃、王吉亮、蒋林、戴世辉等人都前来陪同。郑光跃对杨震说,我们在座的其实有两位做过评估专家呢,蒋林院长与戴世辉处长,他们对这个事十分熟练。让莫晓瑜感到不快的是,郑光跃突然说,莫主任为迎评的事十分焦虑,据说出差时在梦中都急哭了,野狼嚎一般……莫晓瑜霎时间脸都气青了,她没想到堂堂的一位所长说话竟如此粗鄙,这样带丑化性的语言怎么能用在一个女人身上呢?

从整个氛围看,一切都很和谐、顺利。莫晓瑜想,我就这样做一天算一天吧,本来就属于气血两亏的人,如今摊上这些烦人的事,天天吃不好,睡不香,真的什么也不想做了,身心已被耗得做不了什么,当前保命要紧。

晚上回家后,夏薇薇来了电话,两个人聊了好多好多,都围绕着这一团乱麻。莫晓瑜困极了,聊着聊着就进入了梦乡。

第二天上午有会。王吉亮、戴世辉脸上毫无表情,莫晓瑜也无精打采。王吉亮与戴世辉发言后,又将一些琐事往质监办推。莫晓瑜本想拒绝的,但转念一想,推掉倒是容易,但估计他们事先已经商量好了的,我如果推,岂不是又惹他们不高兴了?真是无奈,她淡淡地说,最好什么事都留点保险系数。此刻,她感到无比悲哀,觉得自己就像一个高级保姆,每天的八面来风都得接受,稍有不慎,就会招致麻烦,每个人都戴着有色眼镜在盯着自己。

人手远远不够，争取进人，这么久了，也没见具体落实，一种受骗的阴影弥漫在心里。好在前些天与一个部里的主任联系好了，临时抽调他们的人来帮帮忙。胡蓉芳，一个清雅温婉的女孩子面带微笑走进了质监办。她的认真与勤快，深得莫晓瑜的喜爱。

连日的劳累，莫晓瑜感到精疲力竭，她疑心自己每天是在与魔鬼打交道，需要耗费所有的心力。日子还在继续，每一个日子都是灰色的，怎么办呢？只能养精蓄锐，强打精神，勉强维持下去吧。她嘲笑自己，正在努力做好堂吉诃德，或许战胜风车的日子还长着呢。

2

莫晓瑜上午继续做迎检工作进度表，下午到王吉亮办公室开会。王吉亮提请莫晓瑜第一个发言，莫晓瑜着重谈了任务分解的补充意见。戴世辉接着发言，他说，质监办任务很重啊，除了迎评，还要切切实实把质量监控这一块做起来。蒋林发言时，横着脸，竖着眉，语气极其霸道。别看他人那么精瘦，内心却很强大，莫晓瑜每次听他说话头皮就发麻，在她看来，这个人只会说，又健忘，好多次明明给了他资料，事后他还要莫晓瑜再给他一份，仅支撑表一项，他都先后要了好几次，莫晓瑜真是哭笑不得。王吉亮与蒋林唱双簧，说到成立机构的问题时，蒋林说，不如放生产管理处，待评估结束后再说。王吉亮马上接过话头说，这事我俩想到一起去了，世辉你先做质量监控吧。戴世辉说，也可以，再给我配一个副处长，不然我做不了呢。

闫亚培快中午了才来，说他的课题要结题了，需要写个结题报告。莫晓瑜说，你先忙吧。她电话与龚旭明联系，请他写材料组的计划，龚旭明死活不肯；要闫亚培写评建办工作计划，他也再三推脱；夏薇薇总算答应写材料组的，莫晓瑜只好自己写评建办的。

好不容易才将迎评的工作进度表做完，莫晓瑜又继续做评建办的工作安排表。

累，非常累！莫晓瑜不明白自己这么累到底为了什么？

接办公室电话，下周要开迎评协调会，需要准备好相关材料。

莫晓瑜像小学生那样，将所有起草的通知与进度表一一准备好，分别交王吉亮、蒋林与戴世辉阅批。

又是周六，全体加班，要将周一要的材料全部准备好。幸好有胡蓉芳的加盟，分担了不少杂务。周一上午，莫晓瑜与王吉亮联系，想将材料给他看看，王吉亮却说不在办公室。莫晓瑜望着窗外发怔，正巧，韩曦玉副所长来了电话，一接通就粗声大气地说，你们数据要搞准一点啊，莫让别人说你们空话！莫晓瑜感觉不对，问道，韩所长，到底怎么了？韩曦玉又问，你是不是在物色人啊？我听他们说的。唉，依我看，你还不如到基层做个研究员更好。

放下电话，莫晓瑜半天不语，她觉得韩曦玉的话传递了不少信息，更让人诧异的，莫晓瑜几番发问，韩曦玉才告诉她说，是人事处周处长告诉她的，因为王吉亮找过周处长，希望他来主抓迎评工作。

原来如此！他们在进行换人的行动中了，我还蒙在鼓里呢！莫晓瑜虽感惊讶，却很平静，她现在只有一个念头，希望早早解脱，越早越好！中午回家后与马启明说起这事，马启明与女儿都劝她说不能自己辞，怎么能轻易跑掉呢？莫晓瑜不甘地说，那我只能等着他们赶我走了。

下午又是两个会。第一个会议，蒋林与邓西平发言时都把材料中数据出错的事情推在莫晓瑜身上，邓西平板着面孔说，你们做得比我想象中的要差。莫晓瑜看着眼前一尊尊菩萨，气不打一处来，不顾一切地跳出来为自己辩白，她大声说，上次会议曾主任不是说了吗？他们办公室负责写报告，数据以他们那里的为准，我们只负责提供各方面的情况总汇……还未等她说完，邓西平粗暴地打断了她的话，语气强硬，不容置疑。

莫晓瑜不想说话，她懒得再说什么，面对这些人，说也是白说。

紧接着是第二个会议。王吉亮要莫晓瑜先发言，莫晓瑜的情绪还在刚才的会议中，她真不想说，却又不得不说，只好勉强开口说了几句，说得语无伦次，说得无情无绪。刚一说完，蒋林马上发言。看着这瘦猴一般的模样，莫晓瑜一阵战栗，从头到脚发麻，整个身心都在抵制他。蒋林到底说了什么，她一句都记不得。

这晚，省卫生厅专家组秘书长刘楚生来了电话，莫主任，在所有上送的材料中，你们是做得最好的，这次通过绝对没有任何问题了！莫晓瑜大喜，马上电话告诉了郑光跃、王吉亮、闫亚培与夏薇薇。

第二天上班时，莫晓瑜径直来到王吉亮办公室，刚坐下就直截了当地问，王所长，我是不是不适合在这里做了呢？王吉亮愣了一下，面无表情地说，我又不管人事，只做自己的本职工作。莫晓瑜也不顾忌什么了，直言听到的一些信息。王吉亮有点尴尬，觉得不好意思再隐瞒了，直言相告说，估计有些领导认为质监办要个正职主持工作方便些吧？你是最优秀的副职。莫晓瑜逼紧一步说，我在这里不方便吧？王吉亮说，如果能让他们两人一起工作就好了，但我知道你在感情上又接受不了。

莫晓瑜好几秒钟不出声，无奈地笑了笑，说，无所谓的，现在我什么都看透了。我是那年海选大家投票出道的，多年了还是这样，当然，主要是我自己无能了。王吉亮问，你对于这些微妙的东西是不是有感觉？莫晓瑜说，有的，当然有，蒋所长多次说要生产管理处副处长来，或是戴世辉亲自来，邓书记也说要把最能干的人搞过来，我心里当然全明白了。

王吉亮听了，只是笑笑，笑得不可捉摸。

中午，莫晓瑜到机场接到蒋素萍，再次见面，分外亲热，两个人一路有说有笑，很快送她到食如意酒店安歇。

回来的路上，看着车窗外的树一棵棵倒退，莫晓瑜五内俱焚，万念俱灰。

这个晚上，莫晓瑜又在忧伤中度过。

上班时王吉亮来了电话，问及蒋素萍等人的事，要莫晓瑜向郑所长报告一声。下午莫晓瑜到郑光跃办公室，汇报了三个方面的问题：

第一，两个受检项目顺利通过。

郑光跃笑得很开心，说，去年五个，今年两个，没有胡高成照样能成事。

第二，开评建动员会的情况，相关部室很支持，各方面反映很好，王吉亮认为十分成功，感到很满意。

嗯嗯，非常好！郑光跃高兴地补充说。

第三，常熟中医研究所所长符天文后天来研究所作辅导报告。

郑光跃一脸笑意，情绪饱满地说，我陪同符所长一起吃晚饭吧。

五月的最后一天。莫晓瑜与闫亚培去机场接符天文，飞机晚点，两个人在大厅里走来走去。半夜了，寒气袭人，莫晓瑜感到很困，周身发冷。两点之后飞机才到。符天文甚是感动，一路不停地说话。莫晓瑜有气无力，却强打精神陪着他说，总算送至宾馆。回到家里已经下半夜了，又累又倦，所有的这些付出，所有的不快，谁人有知？她问自己，这样做真的值得吗？

迷迷糊糊睡了一会，天就亮了，窗外稀里哗啦下起雨来。莫晓瑜睁开眼睛看着窗外，今年真是怪事，多半日子都在下雨，难怪我的生活有如雨天般潮湿。

正想着,王吉亮来了电话,问及一天的具体安排,莫晓瑜一一告知。紧张的一天。

莫晓瑜先随车去食如意酒店接了符天文与蒋素萍,陪同他们来到研究所学术报告厅。上午是蒋素萍的辅导报告,莫晓瑜看着台上的蒋素萍,难怪大家都叫她阿庆嫂,这女人确实够招人喜欢的,外貌、才学、能力、运气,但综合素质不一定比我强,只不过她机遇好,是符天文所长一手带出来的,从她目前的情况来看,以后的发展不可限量,贵人就在她身边。

下午是符天文做报告。莫晓瑜在休息室陪蒋素萍说话,说着说着,她情不自禁向她诉说起内心的苦衷,蒋主任,你到最后是一场喜剧,我接下来会是一场悲剧。蒋素萍不明就里,安慰说,不会的,莫主任,你很能干,一定会有好前途的。莫晓瑜苦涩地笑笑,没有正面回答,她太清楚自己的未来会是怎样的结局,明明知道前面有一个大坑,却继续负重前行,这到底是怎么了?

晚宴设在西湖楼,陪的人不少,坐了满满一大桌。郑光跃似乎兴致很高,不停地说话,符天文也是个话唠,席间谈笑风生,气氛热烈。结束后,莫晓瑜与闫亚培、胡蓉芳三人将符天文和蒋素萍送至机场。一路上,莫晓瑜又不由自主向符天文倒苦水,符天文似乎很理解莫晓瑜的苦衷,也只能用些话来安慰罢了。

回到家里,莫晓瑜累得快趴下了,浑身没劲,不到十点就酣然入睡。

第二天,莫晓瑜约了质监办三个人九点钟开会,她给他们一一分工,夏薇薇与胡蓉芳都认真听着,记录了,只有闫亚培心不在焉。末了,他不满地说,办公室的王某人打电话给我,要求如何如何,他一个办事员怎么可以给我安排工作?我看啊,咱们最好不要给自己揽担子了。莫晓瑜不置可否,笑道,我是从善如流呢。

王吉亮来电话要莫晓瑜与戴世辉去他办公室。莫晓瑜报告了最近做的几项工作，王吉亮频频点头认可，又叮嘱莫晓瑜向蒋林汇报一下。莫晓瑜掏出手机给蒋林发了信息，可蒋林没回复。王吉亮说，再电话给他吧。莫晓瑜感觉头痛得好厉害，她从心里讨厌这么多尊活爷横在面前，压在头上。

莫晓瑜将整理校对好的杨震报告记录给王吉亮看，王吉亮板着面孔很不耐烦地说，现在不看了吧。

不一会儿，王吉亮来到质监办。夏薇薇将报账细目表送去请王吉亮审批，王吉亮一张一张看了下，说，以后你们要尽量节约点，现在上面对报账抓得很严的。

一天又这样打发了。晚上，莫晓瑜百无聊赖，翻开《白香词谱》，试填了两首词，算是排遣心绪的一种方式。她常常用《岳阳楼记》里的"不以物喜，不以己悲"来安慰自己。

想到要去辰阳中医研究所调研的事，第二天上班时，莫晓瑜去了王吉亮办公室，刚说了几句，王吉亮竟然出卖了蒋林，莫主任，蒋所长对你借调胡蓉芳来质监办很不高兴啊，说这事没有请示他。莫晓瑜晕了，天啊，这么个活爷！我可是在你来之前就提出要请人帮忙的，一点小事如此计较，我才不给你做孙子呢！

想到这些烦心的事，莫晓瑜下半夜三点还无法入睡。

第二天，莫晓瑜将蒋林生气的事情告诉了闫亚培与夏薇薇，两个人嘿嘿一笑。

与晨阳中医研究所联系后，基本确定了去他们那里取经的时间。莫晓瑜将《迎检工作指南（草案）》送到戴世辉手里，请他看看是否合适。

眼看事情还算顺利，不料，夏薇薇却突然提出想回原来的部里工作，说两位主任希望她回去，万一以后情况有变化，还会留着名额给她。莫晓瑜听了半天不语，夏薇薇看着她，脸上很快掠过不悦之色。

莫晓瑜心里异常烦躁，她不由自主去了郑光跃办公室。还没等莫晓瑜说什么，郑光跃却喋喋不休地说起来，满腹牢骚，抱怨研究所领导层不配合他的工作。最后又提到《法人》杂志，说所里的一伙人正在那里搞他。莫晓瑜听得一头雾水，郑光跃又自话自说地念叨秦建伟搞不到明年了。

回办公室后，夏薇薇噘着嘴，一副很生气的样子。闫亚培侧过身来对莫晓瑜说，莫主任，如果你不同意薇薇回部里，会让薇薇很为难，就算以后回去了，在部里也会被领导压着的。

莫晓瑜心里难过极了，所有的一切，难道都是我的不是吗？问天问地，我将你们当最知心的人看，甚至当亲人看，你们关键时刻怎么都这样待我？她捂着头，不想说话，做完手头的事，与他们打了个招呼便回家了。

想到眼前种种不顺与压力，莫晓瑜晚上难以入眠，她又吃了两粒药，慢慢进入睡眠状态。迷迷糊糊中，想起郑光跃最近说的话：你的工作业绩让越来越多的人认可……可是，光认可有什么用呢？晚矣！

3

意外的是，次日，夏薇薇主动与莫晓瑜说了很多话，唉，不好意思，昨晚真怕你难过呢，以前我曾多次说过不会离开你的。莫晓瑜淡淡地笑了一下，我昨晚很早就睡了呢。

夏薇薇满怀歉意地对莫晓瑜说，这几天好几个人对我说，你何必来这里呢，趟在一潭浑水里，不难受吗？其实我第一天就感觉不好，因为那天你没与他们打招呼就搬走了材料。停了一下，她问莫晓瑜，你与胡高成、廖水花他们两人其实没什么矛盾,为什么要弄成目前这个局面呢?莫晓瑜一听,明白有人在背后挑拨离间。

薇薇,具体原因我以前与你说过啊,要拿掉我饭碗的人,难道可以原谅吗?莫晓瑜又将对面那两人如何算计陷害自己的事重复了一遍,并简单告诉夏薇薇关于郑光跃与秦建伟最近的情况,夏薇薇听了似乎放心了些。

莫晓瑜很难过,如果真是朋友,在最困难的时候,一定会义无反顾地站在自己身边,所谓患难见真情啊。她对夏薇薇说,我现在是不期然而然地与郑光跃绑在一起了,他与他们是他们之间的事,而我与他们是我们之间的事,其实是风马牛不相及的两码事。

下午又有会,戴世辉主持,莫晓瑜发言正在好处时,戴世辉就阻止她不要说了,莫晓瑜心里有说不出的难过,他这样做又何必呢?明明是欺负人啊!她强忍着不让眼泪掉下来。

第二天,莫晓瑜与夏薇薇忙着做简报,闫亚培则不闻不问,拿了一叠东西去了隔壁会议室。午餐基础医学部请客,夏薇薇死活不肯去,莫晓瑜只好叫了闫亚培一起去。席间,负责联系基础医学部的所领导、纪检方书记端起酒杯,连连夸赞莫晓瑜说,你很优秀,工作做得不错啊!这一刹那,莫晓瑜内心无比温暖,曾几何时,她能听到这样的肯定与鼓励呢?她举起酒杯给方书记敬酒,眼泪忍不住流出来了。

下午莫晓瑜与夏薇薇继续校对简报,闫亚培仍然跑到隔壁做他自己的事。

王吉亮来电话叫莫晓瑜去他那里,说郑光跃有指示,要在党委会上提出设立机构的事。莫晓瑜很犯难,这事我能在会上说吗?王吉亮想了下,嗯,确实为难,我去找过邓西平,他说,没有这个机构难道不可以照样迎评吗?我今天与他说话时语气也很重,你难道让一个副主任主持这么重要的工作？莫晓瑜听了半信半疑。

回到办公室，莫晓瑜说，因为时间紧事情多，我们需要加班呢。闫亚培说，我不行，有事。莫晓瑜也不松口，那你就放在家里做吧。

下班后莫晓瑜心乱如麻，全身发冷。她知道自己累了，烦了，说不定又病了。她反复问自己，我真的是个病人吗？我是一名医生啊，为什么治不好自己的病？马启明说，我马上做饭，吃完我们去商场逛逛吧。晚上在丈夫陪同下，莫晓瑜买了好几件大方得体的衣服，不良情绪马上得到了消释，她想，购物对于女人来说，还真是个改变心情的好办法呢。

新房子终于取到了钥匙，得抓紧时间装修，女儿回来就可以住进新房了。莫晓瑜与马启明抽时间去了趟装修公司，交了十余万元装修款。莫晓瑜心里黯然神伤，这么点钱都是信用卡透支的，还得要慢慢还呢。自己又没能力兼职，所有的时间与精力都耗在这些琐碎而又伤人的无聊之中，下个月得尽快将公积金取出来。

第二天，莫晓瑜写了几百字的汇报提纲。她看到这些东西心里就烦腻，真不想做了，怎么办？怎么办？

夏薇薇这几天倒是情绪正常，再没说什么别的话了。闫亚培依然我行我素，莫晓瑜懒得说他，随他吧，爱咋地就咋地。哪知道下午上班时，闫亚培在办公室兴高采烈说，真好，我的青年项目通过了！莫晓瑜马上向他表示祝贺，她想，如果他事情不顺，又没精神上班做事。

明天就是党委会，莫晓瑜赶忙聚精会神写汇报提纲。

党委会竟开了整整一天。在莫晓瑜看来，简直像一出闹剧，几个领导针尖对麦芒地吵得十分厉害。正在激烈时，廖水花突然闯进会议室，她给每位领导面前放了一个信封，大多数人对那封信不理不睬，只有少数几个人抽出来看一眼又放下了。

早上正迷迷糊糊做梦，有人问，几点了？莫晓瑜答道，六点五十。渐渐清醒过来，睁眼一看，嘀，真快七点了。她一个翻身起床，梳洗，煮面条，匆匆吃过，出门。

人陆陆续续都到了，上车出发，到晨阳市时已经是十点了。

晨阳中医研究所吕书记、魏副所长介绍情况后，办公室乔主任与评估办主任又加以补充说明。莫晓瑜一字不漏地记下了他们的发言。

蒋林随后赶来了，满脸都是情绪。莫晓瑜不明白他怎么会迟到这么久？不是都一一通知了吗？王吉亮也很不高兴，他对莫晓瑜说，你怎么没主动与蒋所长联系呢？莫晓瑜傻傻地笑笑，她不想做任何解释，此刻她很想说一句，王所长，我真不适合做这事。

晚上回到家里，莫晓瑜忍不住上网，看到那些绿头苍蝇仍然叮在网上恶毒谩骂，句句扎心，顿时一点情绪与感觉都没有了，上床休息吧。半夜突然醒来，出了一身大汗，盗汗吗？身体虚了？

周末，莫晓瑜被丈夫与女儿拉去公园走了几圈，在一片郁郁葱葱的树林中，暂时忘却了内心的伤痛。

转眼到了端午节，马启明问，我们一家怎么过节呢？莫晓瑜说，你说怎么就怎么吧，听你的安排。马启明带了妻女找了个安静的餐馆吃饭，然后去商场选购一些衣物与生活用品。

王吉亮通知次日开会，在戴世辉的办公室。几个科长发言之后，戴世辉让莫晓瑜与闫亚培讲话，闫亚培说，莫主任你先讲吧。莫晓瑜刚说了几句，又被戴世辉打断了。莫晓瑜不禁怒目圆睁，这个道貌岸然、圆滑世故的所谓朋友太没意思了，竟然一点面子都不给。

下午还是会。莫晓瑜首先发言，谈了一下近段工作安排，王吉亮当场表示认可。戴世辉却跳出来谈了他不同的意见，王吉亮又转而表态，顺着戴世辉说同意修改。莫晓瑜不想再说话,她强烈地感觉到自己的存在是多余的。

散会后,莫晓瑜经过郑光跃办公室时,看他枯坐在办公桌前,若有所思的样子。她停住脚步,在门口打了个招呼,郑光跃说,进来坐坐吧。待莫晓瑜坐下,郑光跃问及今天开会的情况,莫晓瑜此刻正在气头上,忍不住将戴世辉压制自己发言的事情一股脑儿说了。到了晚上,戴世辉凶巴巴地来电话质问,莫晓瑜也毫不掩饰,直接将心里的不快与他说了,戴处,我正常发言你为什么要中止呢?而且不止一次两次,难道我现在连说话的资格都没有了吗?搞到最后都是我的错,你说,以后我怎么做人?怎么做事?

莫晓瑜倒水一样,说过之后毫不后悔,她长叹一声,这年头,这人啊……

周一早上,办公室来电话,通知九点钟开会。

刚出门,三只流浪猫蹲在楼梯口,看它们娇憨可爱,莫晓瑜轻轻唤了一声,一只小黄猫马上来到她跟前,亲昵地蹭着叫着。莫晓瑜如同看到童年时家里的那只小黄猫,她带着它转身上楼进了家门,从冰箱里取了一块牛肉,切成一丝一丝的,小黄猫乖巧地跟着进门,歪着脑袋慢慢吃。莫晓瑜本想留下它的,不想门一开,小黄猫竟一溜烟跑出去了。莫晓瑜站着不动,看着小黄猫的身影消失在眼前,不免怅然若失,她强烈地感到,与猫猫狗狗们打交道,比与人打交道简单多了。

闫亚培这时来了电话,说郑所长有事找,莫晓瑜匆匆赶去郑光跃办公室。

郑光跃似乎有事想与莫晓瑜说,但他一直没说,习惯性地挠了几把他的寸板头,似乎在等着莫晓瑜先开口。莫晓瑜到底不会世故,寒暄几句后,便透露出他们想赶走自己的意思。郑光跃看着她,说,你继续讲讲你的想法吧,等会我再告诉你实情。莫晓瑜半遮半掩地提起了王吉亮与蒋林对自己的态度。郑光跃惊讶地说，哦？你还是感觉到了？从晨阳回来以后，王吉亮与蒋林一起来找过我，申请质监办换人主持工作。莫晓瑜镇定地听着，这是她意料之中的事。郑光跃说，你去生产管理处怎么样？莫晓瑜说，等我考虑两天再说吧。郑光跃说，他俩同时对我说现在压力太大，怕承担不起这份责任。莫晓瑜见事情已到这个份上了，干脆坦然地说，既然如此，郑所长，我建议你尊重他们的意见。

莫晓瑜回家与丈夫女儿一说，他们都认为这是好事，从此解脱了，自由了，轻松了，尤其对身体好。莫晓瑜想，嗯，正好我也不想与闫亚培继续合作下去了。

下午是政治学习，两个小时结束后，天正下着大雨，很多人站在门口等雨停。这时，莫晓瑜见到了一个熟悉的身影，省人大一位声名显赫的人，老傅？对了，是老傅，一个口碑极好的人！他曾多次给中央领导写信，反映一些民生问题，很多都引起了中央领导的高度重视，并及时予以解决。莫晓瑜忙上去与他打招呼，老傅见到莫晓瑜很高兴，几句话之后，他问起郑光跃的事情，你们郑所长那些事是真的吗？莫晓瑜便如此这般简单告知，没事呢，郑所长不像那些人说的那么严重。老傅听罢，连连说，哦，没什么事就好了。

晚上戴世辉发来两条信息，明显含有道歉的意思。莫晓瑜估计是郑光跃与他沟通了，乘此机会，莫晓瑜说了他一些好话。事已如此，我就顺个梯子自己下吧，估计过不了几天，他又会恢复原样的。郑光跃出了面，他是不得已而为之吧？

上午王吉亮来电话要莫晓瑜与闫亚培去他办公室，商量完工作后，莫晓瑜要闫亚培先走。王所长，我想谈谈我的去留问题。王吉亮有点不好意思，说，昨天我已经向秦书记汇报了，秦书记说，这个问题不应该由你们提出来。

莫晓瑜继续申请离开这里,她对王吉亮说,郑所长已经找我谈了,我表态服从你们的安排。

下午莫晓瑜继续修改稿子,她对闫亚培写的不予理睬。闫亚培请莫晓瑜签字,莫晓瑜问他,这有什么可签的呢?闫亚培语言强硬地继续要求签字,话里有几分威胁的意思,莫晓瑜冷笑一声,不予理睬。

闫亚培回到座位上,看了一眼夏薇薇,夏薇薇也迅速看了一眼闫亚培,这微妙的瞬间正好被莫晓瑜看到了,她突然记起他们有次会心一笑后,在电脑上不停地交流。当时闪过一个念头,原来他们关系很密切啊,他们到底会说我些什么呢?我得了解一下才行。趁着他们去吃中饭的当儿,莫晓瑜有意拖延了点时间,她在夏薇薇的电脑屏幕上看到了他们QQ对话的界面,说的话好多好多,她握着鼠标上下拖动看了好几分钟后,彻底看明白了,所有的所有都知道了,原来他们的交流那么频繁!闫亚培肆意地对夏薇薇说了一段让莫晓瑜十分扎心的话:我不想与她沟通,她提的建议我基本不采纳,我是阳奉阴违呢,嘿嘿!你说,她为什么一定要我出去开会?为什么一定希望我照顾她?为什么中午会闯进办公室来?……

看到屏幕上这些字,莫晓瑜一刹那晕眩了,她不敢相信闫亚培的心理如此扭曲、变态,不说别的,就说有次中午来办公室的事,我怎么知道你那还儿会留在办公室不回家?难道我的办公室我不能随时进来吗?你中午有事,我不能有事?

从此,心里澄清,再无言语。

下午,关于怎么放假的事,莫晓瑜心里很烦躁,说话又急又硬,夏薇薇奇怪地问,你为什么发火啊?我又没说你什么。

原来,原来,原来……

好在这噩梦马上就要结束了,你俩的苦难也快点结束吧。

莫晓瑜记住了闫亚培与夏薇薇聊天的一个细节,闫亚培对夏薇薇说,你不要太照顾我了,不然我会舍不得的,夏薇薇当即发给他一个拥抱的表情。原来……

下午王吉亮来电话,要莫晓瑜给蒋林打个电话,商量一些相关工作。莫晓瑜先到王吉亮办公室,再次提起自己想离开的事。王吉亮含糊其词地说,我也做不了主,当然,如果真是这样,也许你今后会轻松一些。

回到办公室,莫晓瑜看到闫亚培就像看到虫子一样恶心,可她还得装作没事人一样,没心没肺地说话、搭腔,别扭极了。夏薇薇三点有事走了,莫晓瑜与闫亚培几乎无话可说。她也知道,事情发展到今天这样,固然与周围的环境与自己的心情都有关系,但这两个人的背叛与无情更是让人寒心。

不知道是想多了还是太累了,莫晓瑜突然眼睛黑花花地闪,心跳加快,她感觉很不舒服,慢慢坐下来,暂时停止手里的事,闭着眼睛养神。她不敢与闫亚培说,而闫亚培已经察觉到莫晓瑜有些异常,却佯装不知,仍然头也不抬地忙着做他的事。

阴晴不定的天,莫晓瑜身处这般境地,可谓内忧外患,她极想尽快得到解脱。之所以每天仍然坚持,她想不过是一份责任吧。在此一天,当得勉力而为。

4

郑光跃计划带各部门责任人去长春考察学习,莫晓瑜与两个兄弟单位联系好了。现在谁也无心管这事,都是莫晓瑜一个人出面,电话来去几个回合，一切顺利搞定。她将情况向郑光跃汇报后，郑光跃定在十七日动身。莫晓瑜再将情况分别向王吉亮、蒋林一一汇报，他俩却说二十五日到二十七日上级领导会来检查工作，怎么办？莫晓瑜感到头痛，好不容易费尽心力，对方都安排好了，这里又换成别的路子。她说，那就看你们领导怎么定吧。

莫晓瑜想到郑光跃上次谈的话，秦建伟既不同意自己调动，也不同意胡高成退休。他是在两方面中平衡吗？

让人意想不到的是，办公室以党委的名义在网站发通知，说秦建伟率队赴浙江考察学习，各部门负责人都得去，名单里却没有莫晓瑜。莫晓瑜心里七上八下，忙叫夏薇薇给每个部门负责人发赴长春考察学习的通知。夏薇薇一脸不屑，语气生硬地抵触说，真是多此一举，为什么要这样呢？莫晓瑜心里好是难受，又不便说什么，只好忍着。唉，眼前的人，哪里知道我心里的苦呢？

周四，一切尚未搞定。夏薇薇要参加办公室的信息员会议，闫亚培带了孩子来上班。莫晓瑜心乱如麻，无情无绪地做着一些不能不做的事。

下午郑光跃召集各部室负责人会议，他又口无遮拦地说开了。说完后，要莫晓瑜与戴世辉先后发言，主要是后段工作安排的事情。关于长春之行，郑光跃又再次提起，并希望按原计划进行，徐水东忍不住满是歉意地说，研究所领导安排外出，或去浙江，或去长春……真是有点难为我们了，现在办公室的通知都已经发到我们手机上了，我们怎么办呢？

郑光跃看了大家一眼，表情复杂地说，那就看你们跟谁走了。

下班后，莫晓瑜去了戴世辉办公室，提及此事，戴世辉连连叹息说，这事确实让人很为难。

郑光跃来了电话，要莫晓瑜与王吉亮联系一下。莫晓瑜问郑光跃，胡高成到底说什么了？郑光跃说，他在说疯话，说一个星期之内如果不调走我郑光跃，他就会以生命作为代价。唉，这个人在寻死觅活，真发疯了呢。

莫晓瑜给王吉亮发了好长一条信息，很累，可王吉亮一直没有回复。回家后郑光跃来了电话，问及此事，莫晓瑜如实相告。郑光跃沉吟片刻，说，我们的长春之行取消算了吧，你给所有相关人员都发个信息。

莫晓瑜发完这个通知后，王吉亮马上回了信息，就一句话：同意取消此行。

次日上午，很安静。夏薇薇来了，莫晓瑜告诉她不去长春的事。夏薇薇说，你与闫亚培也说说吧。闫亚培进来后，莫晓瑜又与他说了，闫亚培淡淡地一句，不管他们吧，我们做好自己的事就是了。

夏薇薇恨恨地说，去死，那些人赶快去死。

中午王吉亮来电话说，莫主任，郑所长让我通知你与戴世辉参加院务会，你在会上将后段的工作安排说一下。之后，又问了一句，现在有空吗？先来我这里一下。

莫晓瑜趴在王吉亮办公桌上填一份表，王吉亮看到省卫生厅关于今年两个受检项目顺利通过的文件，高兴地说，又一次完满，这都是你的功劳呀。莫晓瑜说，王所长，我要对你负责，对研究所负责啊。王吉亮一脸笑意地说，我们合作很好呢！莫晓瑜继续埋头填表，只嗯嗯了几声，她确实不知道该说什么好。王吉亮又夸莫晓瑜字写得很漂亮。莫晓瑜说，王所长，我还是想与你说说话呢。王吉亮说，现在……好像也没什么可说的呀？莫晓瑜听罢，暗想，估计自己暂时还走不脱。

第二天上午将表格做好后，莫晓瑜一直在等王吉亮的通知，快中午时王吉亮才让莫晓瑜去他办公室。莫晓瑜将表格递给他，请他审核。然后，又提到自己想走的事，王吉亮要莫晓瑜不要再与人提及。有的事，他老往郑光跃身上推，不过有一点，王吉亮今天说的与郑光跃说的相当一致：我到胡高成办公室时，一直在帮你说话，胡高成老是提出要你道歉，我对他说，她不是已经向你道歉了吗？

莫晓瑜听了，略感欣慰，她答应王吉亮，以后再不提离开的事，一切听研究所的安排。

王吉亮说，明天开会你先发言吧。

不想第二天开会时，王吉亮自己一言堂，从头说到尾，根本没有莫晓瑜说话的份。莫晓瑜暗暗说，你个当领导的，一天一变，耍我啊？也好，我正懒得说话。

正在沮丧时，戴世辉来了，莫晓瑜将可能来人的事告诉了他，在这样的时候，她仍然将戴世辉视为朋友。戴世辉说，现在谁还愿意来啊？

接着又有一个会，会上吵吵闹闹，全是怨言，一个接一个地发牢骚。基础护理部的柳主任异常气愤地说，领导们将研究所弄成现在这个样子，像什么话？我很鄙视他们，真的。与会人员面面相觑，都不知道该怎么说话了。

会议之后，王吉亮不停地安排质监办做事，四个人到中午还在忙，莫晓瑜一个强烈的感受就是累。下午又是所务会，莫晓瑜做重点汇报，幸好事先精心做了准备，PPT也再三斟酌修改，加之关于评估的信息一直在收集整理中，很多容易忽视的东西，莫晓瑜都十分留意，娴熟于心，十来分钟的汇报十分顺利。然而，在说到经费预算时，王吉亮突然跳出来否认莫晓瑜上报的数字，这让莫晓瑜十分尴尬，也大为诧异，心想，我曾经请示了你，你已经点头了的呀？可她此刻不能解释，一解释不是打王吉亮的脸吗？最后，她在汇报前段工作的基础上恳请研究所能全力支持后段的工作。

这两个会将莫晓瑜拖得身心疲惫，她感觉心脏不好，常常隐隐地痛，心率也多次超速。一个又一个日子，老是这样拖着，对身心都是摧残，莫晓瑜知道再不能硬撑下去了，她现在不计名利，不求完美，不想将自己太当一回事，如若这样，心里轻松多了。

周五一早，莫晓瑜被王吉亮叫到他办公室，要求尽快修改好相关资料。中午又来发话，说蒋林下午回来，三点开会。蒋林下午按时来了，会议马上开始，恰好郑光跃来电话，要莫晓瑜去他那里。莫晓瑜刚一坐下，郑光跃说，你要有个思想准备，秦建伟八月会调走，但他要求将我一起拉走，大概希望上面对我们各打五十大板吧？莫晓瑜问，你可能去哪里呢？郑光跃说，现在还没想好，秦建伟现在差不多疯了，公开与他们一伙搞在一起。

郑光跃看了一眼莫晓瑜说，你以后发言要事先与王吉亮沟通好，你看他昨天开会时的态度，对你就不是很友好的。

莫晓瑜真想说出实情来，又恐郑光跃去指责王吉亮，还是忍住不吭声了。此时心里只有一个字：烦。

一天的雨，暴雨，出门困难。

连日来几个人一直紧张地加班，疲惫至极，苦不堪言。闫亚培说他准备出国一段时间。莫晓瑜为了犒劳大家，中午邀请他们三人带家属一起去吃自助餐。之后，闫亚培要夏薇薇坐他的车回家，说，莫主任坐胡蓉芳的车吧。莫晓瑜乜斜着眼看着他说，你安排我坐胡蓉芳的车？我是不想说话而已。

下班时，闫亚培不打招呼自己走了。莫晓瑜的心拔凉拔凉的，其实早就凉透了，但还是站起身来，祝他此行一帆风顺。她想，我们四家在一起的机会，也许今天是最后一次了。

莫晓瑜只想骂人，骂那些毁谤、凌辱与压迫自己的人。正在情绪中时，王吉亮来门口看了一下，没说什么又走了。莫晓瑜不明白他肚子里到底装了些什么，脑子里在想些什么。算了，不管他们吧，一句话，爱怎么就怎么，我随时可以逃离的，毕竟现在的境遇比《第二十二条军规》里的约瑟连要轻松多了。

天又开始放晴。

莫晓瑜与夏薇薇、胡蓉芳三个人忙着做材料，东一句西一句地说话。快中午时，夏薇薇说赵旭每天在部里加班，虽然累，却很开心。莫晓瑜说，他们部主任应该会给大家一点补贴吧？夏薇薇听了，不以为然地说，你以为别人做事都是为了钱吗？莫晓瑜不免尴尬，哎呀，我的意思是说他们主任会体贴人、关心人，哪有别的意思呢？奇怪了，薇薇，你现在说话怎么老是冲着我来呢？

总算又到了周末，莫晓瑜晚饭后去美容院做护理，在若有若无的轻音乐中，任由美容师轻柔地在脸上与身体上揉搓，似乎只有在这样的情境中才能释放心里的郁闷。

在家里安静地待了两天，莫晓瑜周一不得已去了办公室，继续紧张地准备材料。王吉亮来了，说一直未见蒋林回复，明天再联系他吧。

莫晓瑜继续做汇报课件，左修改右修改，很累很累。

第二天莫晓瑜与戴世辉一起来到蒋林办公室，将做好的材料给他看，蒋林这里那里不停地挑刺。莫晓瑜心想，幸好让夏薇薇与胡蓉芳一起来，她们两人同时做详细记录，不然自己会一句都听不进去，整个云里雾里的感觉。头大头痛头晕，他说的那些话根本传递不进大脑。

莫晓瑜下午给王吉亮电话，王所长，您时间方便吗？我想过来汇报一下工作。王吉亮从电话中传过来的声音是冷冷的，既不答应莫晓瑜去，也不说来质监办。

周三，莫晓瑜参与检查了一天。结束后，她借有事请示的由头，到了蒋林办公室，报告说卫生部有一个在南京开会的通知，王所长有事去不了，想请蒋所长带质监办几个人去。蒋林欣然同意。莫晓瑜随意提及自己能力有限，担心做不好工作，希望能够退出来。蒋林却是大为惊讶的表情，说，不不不，你做得很好呀，千万不要退啊！莫晓瑜很不解，他怎么会这样说呢？人的真实性到底怎么样才能够体现出来？既然如此，莫晓瑜请求这次带夏薇薇与胡蓉芳一起去南京走走，蒋林爽快地答应了。

下午三点在办公室听汇报。会议结束之后，莫晓瑜去了郑光跃办公室，郑光跃说，我已经分别与王所长、蒋所长说了，如果莫晓瑜的工作安排不好，那就继续在质监办主持工作，而且不能安排别的人来做领导。以前之所以让步，是从大局考虑。郑光跃又说，这次怪了，蒋林还表扬你工作做得不错呢！

回到办公室，夏薇薇正在做假期加班费表格，莫晓瑜瞄了一眼，看她给闫亚培造了全额，皱着眉头说，他的折半吧，因为假期他基本没参与。夏薇薇点头认可。莫晓瑜安静地坐下来，自言自语道，这个人啊，内心极其冷酷。夏薇薇也不回话，莫晓瑜看看她认真的样子，不知道刚才的一句感叹她到底听到了没有？或者有意避开这个话题，装作没听到。

次日又是忙碌的一天。王吉亮带着几个人到各部室检查，结束后，莫晓瑜三个人在办公室吃盒饭。夏薇薇语意含蓄地说，王所长提出要给闫亚培造全额加班费。莫晓瑜方明白夏薇薇去找了王吉亮，心里自是不悦，她依然坚持自己的意见，说只能给他发一半。薇薇，你想想，对于加班的人来说，这样才算公平吧？何况，研究所都知道他这段时间都不在，万一有人提出疑问，我们怎么解释呢？莫晓瑜不理解，夏薇薇明明知道我那么恶心闫亚培，为什么还与我玩这样的游戏？

第二十一章 突出重围

1

郑光跃与王吉亮两人带队，质监办组织各部门负责人赴河南几个中医研究所考察学习。五天时间里，闫亚培几乎寸步不离紧跟着郑光跃。郑光跃这次顺便将大学刚毕业的女儿也带了去，闫亚培每天夹在他们父女之间，连说带笑地一路伺候。王吉亮见状，往往识趣地绕开。莫晓瑜看到闫亚培对郑光跃这般逢迎，心里一阵鄙夷。幸好同去的胡蓉芳始终陪伴左右，两个人对闫亚培的所为实在是看不来，都对之不理不睬。

在外折腾几天后，总算回到家里，适逢周末，马启明出差去了。莫晓瑜在家东一下西一下，天就晚了。

晚饭后，莫晓瑜一个人去林子里散步回来，刚刚洗完头发，闫亚培来了电话，莫晓瑜犹豫片刻，还是接了。闫亚培语气温和地说，莫主任，真不好意思，我的钥匙忘在办公室，可否将你的钥匙送到到楼下？莫晓瑜心里明白，他这是刻意设计的，夏薇薇曾不无感慨地说，这次去河南，是你被闫亚培伤得最厉害的一次，以前有过爱理不理，现在是整个不理。莫晓瑜默然认可，当然，要找机会给他一个不懂得尊重人的教训才行。

现在他既然上门来了，不妨顺势吧，天天要见面，老是这样僵着也不是事。

莫晓瑜披着湿漉漉的头发下楼了，见着闫亚培，勉强笑笑，机械地把钥匙给了他。

原以为周一不会有太多的事，看看周表安排，上午就有王吉亮主持的会议，内容是关于收集数据的。会上，王吉亮要莫晓瑜发言，莫晓瑜此刻并未进入状态，只好简明扼要地说了几句。

下午又有郑光跃主持的会议。会后王吉亮与戴世辉来到质监办，说起材料审核的事，莫晓瑜只好约闫亚培过来加班。看看做得差不多时，又请了几个部门的负责人晚上来协助审核。中途办公室副主任于莉来电话，闫亚培接了，对方说话时提到莫晓瑜，语气很不友好。闫亚培提高音量说，莫主任在这里呢。对方似乎尴尬了，说，你一个博士打个电话还需要请示吗？莫晓瑜心里冷笑一声，到底谁应该听谁的呢？

几个人熬到半夜，基本将审核材料做得符合要求了。

刚刚从河南考察回来，郑光跃又提出要带队去福建考察。莫晓瑜实在不想去，明明知道出去又会受伤，偏要往刀口上撞，为什么我总是会有受伤的感觉呢？

又是开会，蒋林主持，他让莫晓瑜坐在身边，先说了好大一通话后，请莫晓瑜作主题发言。今天与会的都是各部门正职，个个都不是省油的灯，莫晓瑜有些难受，怨蒋林事先也没打个招呼，担心这些人会鸡蛋里头挑骨头。莫晓瑜情急之下，将昨晚准备的一个发言提纲照着说了一遍，她不太愿意考虑效果了。以自己当前的尴尬身份与尴尬处境，哪能很自如很洒脱地说上一大段呢？尽量收束点吧。

晚上一个人在家，莫晓瑜突然感伤起来，想到以后要经历的两件大事，一悲一喜，悲的是终要送走父亲，喜的是要考虑女儿的婚事。这两件事都是绕不开的，为了他们，得好好照顾自己啊！

第二天上午，莫晓瑜忙着写汇报提纲。闫亚培来了后，莫晓瑜要他们三个人一起到隔壁开个小会，她强调工作的一竿子到底，每个人做好分工的每一个细节。此刻，王吉亮来电话说，十点半我们开个碰头会吧。

碰头会的内容，原来是质监办要增加几个常住专家，戴世辉提了四个人的名单，莫晓瑜想都不想，答应下午与他们一一联系。也许戴世辉事先都打了招呼，莫晓瑜一说，那几个人都很快应允了。

莫晓瑜充分准备好了明天汇报的课件。

晚饭后，天小雨。这是莫晓瑜最喜欢的天气，她撑上一把伞，自个儿出去走了几圈。

次日，一个马拉松会议。

会议第二项内容是莫晓瑜汇报评估迎检的事。她按照精心做好的PPT，有条不紊、从容不迫地一一讲述，自我感觉良好。之后，王吉亮对于迎评工作给予了充分肯定。接下来，郑光跃表扬了王吉亮与王永宏，对生产管理处与质监办也给予了充分肯定，同意拨三十万元作为筹备经费。

回家后的感觉就是累。

这个晚上总算睡好了点。第二天在去上班的路上，莫晓瑜遇上好久没见的申喜凤，她关心地说，莫主任，别太累了，如果需要帮忙请尽管说啊！莫晓瑜心里满满的都是感动。

闫亚培又是阴阴郁郁的样子，上午看到莫晓瑜，马上起身去了隔壁。下午看到莫晓瑜，又马上起身去了隔壁。莫晓瑜懒得管他，你爱怎么就怎么吧，我现在才不着急呢。

郑光跃电话叫莫晓瑜去他办公室，问，昨天会上给钱的事，三十万元，够了吗？以后如果需要再说吧。莫晓瑜答非所问地说，王吉亮与王永宏两位所长都在做事，他们俩合作很好。郑光跃又问到四人专家组来质监办的事，莫晓瑜说，很好啊，我个人没什么想法。郑光跃说，放心吧，工作还是你负责。

但是……莫晓瑜似乎想说点什么，话却哽在喉头，终是什么也没有说。

回到办公室，莫晓瑜发现电脑桌面的QQ登录框变成了新的。自己又没重新下载，怪事！难道……闫亚培一直躲在隔壁。

负责去河南考察的途易旅行社陈总来了，从办公室门口经过，看了一眼却没打一声招呼直接去隔壁找闫亚培，一会儿没见了人。闫亚培过这边来时，莫晓瑜故意问，陈总走了吗？与我这个部门合作，竟然过门不入？闫亚培马上为他解释，并抬出王吉亮来，哦，陈总是王所长多年的老关系了。夏薇薇在一边说，这个人真是的，我们下次不找他了。莫晓瑜对闫亚培说，你转告他，当然，开玩笑说说吧，如果不来我这里，我怎么审账呢？我不签字，王所长一定不会签字的，这是起码的规矩，难道他不懂吗？

过了两天，戴世辉要莫晓瑜去他办公室，关心地问莫晓瑜心情怎么样？莫晓瑜将闫亚培的情况说了一点点，戴处，你知道我被他伤了，伤得不轻。戴世辉本打算请质监办几个人去吃素食的，听莫晓瑜说了这些，马上改变了主意，说，他没必要这样对你的，不要他参加了，我们去，下周一吧。又说，等机构成立后一切都会好起来的，你用心物色一个强点的助手吧。莫晓瑜连声道谢，叹口气说，戴处，我现在是内忧外患啊！

马启明回家了，莫晓瑜迫不及待将这些天的事告诉了马启明，马启明说，这个闫亚培在你最困难、最伤心的时候如此伤害你，我看这个人是不能原谅的。

2

早上一到办公室，莫晓瑜心里总是惦记着要做的事，她先忙着拟写一个文件的草稿。时间不知不觉到了中午，她邀夏薇薇去门口的小餐馆吃饭。在随意的闲聊中，莫晓瑜忍不住又提起闫亚培的事，夏薇薇附和说，他这人也真够蠢的。

莫晓瑜看了看夏薇薇，越发来气，数落了闫亚培的许多不是。她明明知道这样的情绪对人对己都不好，只是长期憋闷在心里，此刻说出来无非解气罢了。夏薇薇说，我们说说话你心情会好些，不过，真怕说多了让你心烦。天天都待在办公室，只要一个人不开心，大家都不开心。我和你说多了，他不开心，我和他说多了，你不开心。是不是这样啊？

莫晓瑜看一眼夏薇薇，说，还是我们以前在一起的时候好。

夏薇薇反问道，那时候还好？遇上庄波他们几个那样龌龊的人，不也是很难受？难道你已经忘了吗？

夏薇薇这句话深深刺痛了莫晓瑜，早已愈合的伤疤被揭开了，鲜血汩汩流淌。莫晓瑜惊讶地问，薇薇，那你说说看，庄是好人吗？唐是好人吗？你不是不知道啊！

夏薇薇摇摇头说，不是，他们当然都不是好人。问题是，你说他们，他们也说你呀。

莫晓瑜摇摇头，自言自语道，怪我命不好吧，走到哪里都会遇见鬼。

一顿饭就这样不尴不尬地吃完了，两个人在大门口的林荫道上散步，阳光虽然好，只是心里阴阴郁郁的，甚至有种撕裂的疼痛。

下午上班时，莫晓瑜拉了夏薇薇去给蒋林送加班费，夏薇薇不经意顺手将《质监简报》抽一份给蒋林看，蒋林前前后后认真看了一遍后，皱皱眉头，说，我不同意这样发通报。王吉亮的办公室就在蒋林办公室的斜对门，这当儿，他闻声过来了，蒋林便将自己的看法与王吉亮说了，王吉亮铁青着脸，坚持认为这样发通报是可行的。

莫晓瑜与夏薇薇刚回到办公室，闫亚培说王吉亮来电话要莫晓瑜去他那里，莫晓瑜赶忙过去。一进王吉亮的办公室，只见王吉亮透过眼镜片射出一股凶光,满脸怒容,没说几句话便歇斯底里地指责莫晓瑜说,你做事要按程序办才行,我签字了的你们怎么还要给他看?要不就让他先看,再给我。莫晓瑜没料到夏薇薇一个细微的举动竟然惹怒了这位主管领导,她又不好说是夏薇薇无意中给的蒋林,只好默默委屈自己,难过得就要掉泪了,但她拼命忍住,忍住,不让眼泪掉下来。转念一想,不妨与他逗乐吧。王所长啊,你可千万不要生气,生气对身体不好,关于这事,你的批评、指点,我虚心接受不就是了!你说呢?

转身走出王吉亮办公室时,莫晓瑜咬得牙齿咯咯地响。这些活爷们,可真是难得伺候啊!自己累得半死,他们还左挑刺右挑刺的,我里外横竖都不是人。

糊里糊涂又一天。

第二天上班时,闫亚培像换了人似的,一来就很谦恭地与莫晓瑜说话,接着开玩笑说要夏薇薇拜师,请客哦!怎么样?夏薇薇笑着说,好啊,中午我请客吧。

中午四个人去了水墨餐馆。一顿饭下来,几个人情绪好多了,之后一起围绕湖边散步,回来时,莫晓瑜犹豫了下,还是上了闫亚培的车。

下午莫晓瑜与夏薇薇去了王吉亮办公室,王吉亮似乎还有情绪,一看到她俩,毫无表情地说马上要去开会。莫晓瑜说,戴处说要组织审查材料。王吉亮方明白怎么回事,勉强说,那就三点半吧。

戴世辉主持材料审查,指出还有很多地方需要加工补做的。莫晓瑜晚上又组织人员加班。王吉亮迟点还是来了,要莫晓瑜在明天的会上作重点发言,专家组成员补充。莫晓瑜心里暗自叫苦,真是害怕加班做材料啊,幸好有生产管理处的笔杆子廖雄,满口答应协助一起做,闫亚培负责表格,这些都是可以回家完成的。

莫晓瑜回家后难以入睡，忙吃了几粒安定，第二天早上六点醒来，赶快起床，洗漱好吃完饭，三步两步匆匆赶到办公室。她记得王吉亮要的三份东西，赶快送了过去。回来又将发言稿稍仔细改了下，开会时务必做到滴水不漏。

午睡醒来，看到了专家组成员孙桂英发来的一条短信：上午你的讲话非常精彩，其他人也有同感呢。莫晓瑜瞬间感动了，马上回复说，亲爱的，谢谢你！多亏你帮忙做了那么多铺垫，有你的支持与鼓励，我心里踏实安稳多了！孙桂英回复道，我们是最好的朋友，任何时候我都会支持你的，但今天的权威发言只能是你，这才符合管理规则。

到办公室时，闫亚培说，王所长来了电话，我发信息给你了，看到了吗？莫晓瑜忙看看手机，闫亚培的信息说：刚刚王所长来了电话，特意表扬您会议组织得好，讲得也很好。我说你正在三会议室解答职能部门的问题呢。

晚上继续加班，王吉亮过来看了下，脸色似乎和悦多了。

第二天，夏薇薇还没来，闫亚培给莫晓瑜看报销账目，莫晓瑜发现他给他自己，还有夏薇薇、胡蓉芳，包括导游、司机等各造了数额不一的劳务费、汽油费、电话费等。八百元、七百元、两百元不等。莫晓瑜生气地说，你事前应该与我通通气的，我并不是舍不得给你们适当的补助，只是凡事得讲个程序。夏薇薇正好来了，闫亚培说，我给司机的钱胡蓉芳是知道的。莫晓瑜说，无论如何，你要与我商量啊，哪怕是短期的合作伙伴，也得要通气的，你说是不是？孙桂英昨天为什么不发言？因为她有分寸，按规矩必须是我作权威发言。

莫晓瑜惊讶闫亚培竟然连最起码的规矩都不懂。

3

闫亚培成天躲在隔壁，莫晓瑜知道他的心已走了，她也懒得理会，听之任之吧。

这天快下班时，闫亚培过来了，夏薇薇恰好刚刚离开。闫亚培说，莫主任，以后我工作中有不足的，请直接告诉我。你与戴处长说的那些，他都和我说了。

莫晓瑜明知故问，哦？他和你说了什么？

闫亚培没有正面回答，只是对两个人之间的矛盾，一一予以解释。莫晓瑜冷笑一声，盯着闫亚培的眼睛，哦？看来你什么事都有道理，言下之意，是我过于计较了？

听莫晓瑜言辞这般透彻，闫亚培马上软下来，他一边解释一边说，我最近一直在检讨自己，我确实应该向你道歉的，正因为心里太在乎你，所以才特别难过。

莫晓瑜看着他的脸，笑了一下，你呀，从来都难得开心，不知道你是否意识到你其实是个忧郁气质的人呢？忧郁气质的人适合写诗，我自己恐怕也是。

两个人顺势握手，言和。随后，莫晓瑜仍然忙着修改材料，闫亚培不再躲到隔壁去，总是过来亲切地与莫晓瑜打招呼，莫晓瑜也当没事人一般。

晚上，莫晓瑜将这一切电话告诉了夏薇薇。夏薇薇高兴地说，这样就很好了呀，以后我们在一起也许会开心很多的。

几天后，郑光跃与王吉亮亲自带队，质监办又一次组织赴福建考察。莫晓瑜、闫亚培与胡蓉芳随行，连续跑了好几个中医研究所，莫晓瑜感觉这些中医研究所很多方面都比青州中医研究所做得好，很多经验值得学习与借鉴。

恰逢这个晚上，是材料部主任谢永利的生日，莫晓瑜特意安排了一场庆祝活动，她派人定制了一个大蛋糕，找了家KTV，所有人都热情地参加了，大家极度放松，尽情地唱啊，跳啊，喝了几瓶红酒，好不开心！

中途，于莉与孙桂英悄然离开，柳玉莲说，他们做足浴去了。莫晓瑜问闫亚培知道不？闫亚培却推说他们有事要办。很晚了，莫晓瑜回到房间后，孙桂英还未回来，她洗漱好了躺着看电视，一边等孙桂英。十二点过后，孙桂英才回来。莫晓瑜也不问她什么，孙桂英自己说是与郑所长等人做足浴去了。莫晓瑜为闫亚培的不诚实感到郁闷，这样的人哪里靠谱啊？这几天，他多次有意无意在人前说，我老婆出国回来了，可我却来了这里。莫晓瑜当然听得出他的潜台词，无非希望博得所有人对他的好感。

余后的几天时间里，莫晓瑜尽量躲开闫亚培的镜头，若是有事与人聚在一起，一看到闫亚培拿着相机过来，她就尽快闪开，不愿意让他给自己拍照。也许，上次的常熟之行留下了阴影久久拂之不去。

一行人考察结束后，去龙岩参观了土楼，那样奇特的风景，莫晓瑜真想多留几张有意思的照片啊，可她就是不想让闫亚培拍照，幸好同行的余建带了有景深的专业相机，为莫晓瑜留下了若干精彩的瞬间，这让莫晓瑜心生感激，时不时地与他说说当下形势的忧虑。余建也感同身受，为研究所的走向深感忧虑。

从福建参观回来的第二天，王吉亮一早来了电话，说郑所长找了他，问及抽调人员的事，敦促能否抓紧一点。莫晓瑜忙与蒋林联系，又再次与戴世辉提及的那四个人联系。

闫亚培又在忙着算账，这次莫晓瑜毫不含糊，一项一项地清理，一张票一张票地核查。闫亚培感觉好是没趣，说，莫主任，下次你不会再带我外出了吧？

莫晓瑜不置可否地问，现在还会去哪里呢？

过了一天，王吉亮又来电话，通知莫晓瑜与闫亚培去他办公室开会。王吉亮说，要夏薇薇过来记录。正好薇薇有事还没来，莫晓瑜说，闫亚培记录吧。

莫晓瑜打算先汇报最近的工作。

戴世辉却急不可待说，今天先重点谈四个人抽调质监办工作的事吧。莫晓瑜暗想，这几个人都是你平时很看重的人，由不得自己喜欢不喜欢，看来，以后质监办的工作势必被你们牵着鼻子走了。

蒋林开始分配工作，王吉亮最后小结。莫晓瑜敏感地意识到自己会被他们捆绑着，牵引着，动弹不得，只能被动前行。

下午去省卫生厅开会，司机小张一路啰啰唆唆谈及研究所的事，看得出他对所有的人事都看得非常清楚。小张没好气地说，那些什么处长、部长、主任有卵用啊？关键时刻没人站出来说话，都生怕惹祸上身，胆子只有屁眼大，能干得了事吗？

莫晓瑜听了小张的话，颇感意外，没想到他这样一个普通的局外人，竟然有着这样的见识与魄力，世事洞察皆学问啊，她深信所里的明白人其实是看得很清楚的，只不过都明哲保身地躲在角落里。正说到兴头上时，闫亚培来了电话，莫主任，王所长找你呢。莫晓瑜说，我在路上，马上回。

4

莫晓瑜上班时组织办公室几个人开会，谈了八项目前得加强的工作，闫亚培耷拉着眼皮，心不在焉，似听非听，一副满不在乎的样子。

王吉亮通知十点钟开会。郑光跃、王吉亮、蒋林、戴世辉都来了，关于专家组工作安排的事，莫晓瑜突然发现对面那两人也来了他们办公室，事情蹊跷。

王吉亮主持会议，一开口就说，郑所长要专家组组长将胡高成与廖水花加进来。莫晓瑜听到这话大为惊讶，感觉王吉亮的语气有种怪怪的味道。

郑光跃接着发言，语气更怪，他特别强调目前要处理好关系，并再三说明专家组与质监办是平级的，以后专家组不存在与谁打招呼的事，如果有事，直接找王吉亮与蒋林就是。停了几秒钟，他咳咳两声，又说，当然，直接找我也行。

郑光跃与王吉亮先走了，蒋林留下来，意味深长地对莫晓瑜说，莫主任，我表个态吧，我们都要以研究所的大局为重，协同一气搞好工作。

莫晓瑜认为他们今天这些话全都是冲着自己来的，哎呀，你们怎么都这么莫名其妙，什么水平？什么智商？我又不是傻瓜，你们精心布局，巧妙安排，说到底，倒是我成了障碍？

下午闫亚培又去了隔壁。

莫晓瑜心里发堵，与夏薇薇言及此事，夏薇薇说，我已经听出其中的味道了。莫晓瑜点头说，嗯，我听明白了他们的意思，只是感到意外。夏薇薇知道莫晓瑜心里极为不爽，忙劝慰道，怕懒得哦，以后少做点也好，让他们那些人去做吧。

夏薇薇警惕地看看门外，回头神神秘秘地对莫晓瑜说，戴处与闫亚培两人的关系，不知好过与你的多少倍。你当时不该与戴世辉说闫亚培的，别人到时候不会说他，反而会说到你这里了。唉，他们这些人，鬼太多！

莫晓瑜知道自己是被逼到墙角旮旯里了。

快下班时，导师司徒南青来电话，说弟子们为他筹划一个从教三十周年纪念活动，邀请莫晓瑜前往参加。莫晓瑜欣然答应，赶快回家换上一套亮色衣服，稍稍装饰了一番，打的去了河西省中医科大学。

导师的活动只摆了三桌，参与的清一色都是他的弟子，他常常提到的司徒门派。师兄师姐师弟师妹们一起为老师敬酒，老师是能喝几杯的，在大家酒兴正好时，有学长提议陪老师与师母到 KTV 唱歌，老师与师母都是好嗓门，他们开心地唱了一首又一首。莫晓瑜也凑兴唱了几首，表达了自己对导师的敬爱。

回到家已经很晚了，刚刚躺下，孙桂英来了电话。一接通她就说，还好吗？我真担心你今天不开心呢。

莫晓瑜勉强笑笑，说，为什么要以为我不开心呢？

孙桂英不好意思地说，我，我是不是太敏感了点？

两个人就今天上午的会又说了几句。放下电话后，莫晓瑜想，既然孙桂英会那么想，肯定事情本身对我是种伤害，一定是我不开心存在的客观理由。最让人气愤的是，他们事先谁也没与我沟通，让我一直蒙在鼓里，这难道不是我不开心的理由吗？这些人几乎天天见面，让我累死累活对他们负责的人，哪里懂得尊重人呢？气人吗？不！有什么可气的？气坏了自己，不值得。

郑光跃又想外出调研了，莫晓瑜一点情绪都没有，她很不愿意出去。傍晚散步时，莫晓瑜对马启明说，这次我肯定不会去的，去了我名字倒着写。

马启明摇摇头，你不去太明显了，不管怎样，还是去吧。

莫晓瑜脑子里突然跳出两个词：腹背受敌，与狼共舞。

还能怎么办呢？唯一只能沉默、隐忍、装憨、扮傻。

莫晓瑜终于彻底明白了，这世上原来充满凶险，人与人之间是不可以信任的，一个个都在伪装，一个个虚假透顶，一肚子坏水的人都在装君子。那么，人之初，到底是性本善还是性本恶呢？

第二天来了两个兄弟单位质监办的,说是想来青州中医研究所取取经。王吉亮安排了一次会议,安排了一次宴请,郑光跃也不避讳,席间当着客人的面说,我们所里的老顾问又在新浪、凤凰网发帖了。众人听罢都劝他说,郑所长不要去看了吧,那些人真的疯了。

莫晓瑜打了一份报告给人事处,关于几个抽调专家的待遇,按戴世辉的意思,均以机关行政坐班人员算工作量。闫亚培听了,满脸阴郁,极不高兴。莫晓瑜知道他觉得这样不合理,不均衡,但也不便出面说明什么,只能任其不悦了。

珍贵的一个周末。莫晓瑜早上懒懒地醒来,懒懒地起床,懒懒地洗漱。她知道自己从此会少了好多羁绊,他们陡然安排来了那么多人,美其名曰,专家组,有独立性,以后就不必什么事都拉着我做了吧? OK!

一扇门关了,争取打开一扇窗,为自己,为自己的未来。

雨天。莫晓瑜晚上翻来覆去睡不安。想到天亮要早起,她有些紧张。

天亮后,马启明叫醒了妻子。你不是说要去省侨联开会吗?

莫晓瑜匆匆赶到省侨联。会议已经开始了,正在进行新一轮选举。莫晓瑜再次当选为常委。午饭后急匆匆赶回办公室,下午还有个必须要参加的会议。天天都是会,大会小会,长会短会,开不完的会。

秦建伟主持,几句话之后,他杀气腾腾地宣布,年末取消一切大规模外出;暂时不做人事变更;年初经费预算不再调整。接着大讲特讲反腐,讲科研经费管理与使用,讲网络举报事件,显然都是对着郑光跃来的,谁都听得出,他这番话是要置郑光跃于死地。莫晓瑜想,郑光跃真不是精明人,最初还以为这新来的书记是支持他的。以后,你们到底会怎么个斗法? 都是研究所的主要领导,犯得着这样吗?

莫晓瑜的心情有如今天的天气,阴阴郁郁的。

接下来的日子,该怎么做才好?还是暂时沉下心来读书吧。

孙桂英来了电话,说领导们打算开个会,请莫晓瑜通知一下各部门负责人。莫晓瑜不乐意自己出面,孙桂英无奈地说,那我就没办法了。莫晓瑜心想,这开会的事怎么要你通知我呢?程序就不对吧?不过她还是电话让胡蓉芳通知相关参会人员。

王吉亮上午来办公室,说郑光跃计划带队出去考察。他走了之后,莫晓瑜心里十分烦躁,一个人下楼蹓跶了一会。回办公室后,闫亚培说王吉亮来电话,让莫晓瑜去郑光跃那里。莫晓瑜到了郑光跃办公室,郑光跃一看到她就说,我们的考察照常进行,他那些话都是放屁,不管吧。

第二天,夏薇薇与胡蓉芳准备去采购一些外出需要的食物。夏薇薇犹疑地问,到底能否出去?莫晓瑜说,先不谈这个吧,我们准备就是了。中午闫亚培说王吉亮来电话,因接待单位的时间安排问题,郑光跃决定暂时不去了。

之后的好几天里,郑光跃好像都不在研究所,莫晓瑜估计他可能遇上麻烦了。

夏薇薇说,赵旭告诉她,昨天秦建伟在会上讲,他们两人都会离开中医研究所。莫晓瑜感觉这种说法绝非空穴来风。她淡然地想,如果郑光跃走了,我正好撤出,安心读书方为正事。

渝州关于迎评工作的会议时间逼近。莫晓瑜将参会的材料都打印好了,下午司机小吴送她至渝州宾馆。晚饭与柳理、邓亚兵等熟识的朋友一起。莫晓瑜身边坐着的女人,是渝州中医研究所办公室主任余晓丽。这女人衣着考究,大气优雅,能说会道,气度不凡。饭吃到一半时,余晓丽神秘兮兮地低声与莫晓瑜说,你们研究所两个领导都会走。莫晓瑜问,这是真的吗?余晓丽说,真的呢,我知道这事,只是现在还不能公开说。

晚餐散场后，莫晓瑜有些郁闷，又没人说话，一个人走到楼下足浴城，闷闷地躺着，满腹心事，无处排遣，任由按摩师为她揉搓肩背，这个时候，忘却尘世，任思绪游漫，是一种最好的放松。

王吉亮与戴世辉其实报了名参会，现在都不来了。会议开始前，莫晓瑜看到了杨震，忙上前与他打了个招呼。一个人坚持开了一天的会。午饭后，司机小吴来接，莫晓瑜忙去给他领了一份礼物，小吴千恩万谢，说，莫主任，你是待人最好的领导呢。

第二天，莫晓瑜将她为王吉亮与戴世辉代领的会议礼品分别送到他们办公室。戴世辉说，据说那些人闹得很厉害，研究所的行政会议决议都被他们否定了。莫晓瑜看看戴世辉无奈的表情，也无奈地笑笑。

下午，莫晓瑜带了闫亚培等人到省中医研究院，邀请几位专家来青州中医研究所指导工作。尽管她明明知道自己留在这里的时日不多，也许很快就要滚蛋了，但在一天还是要做好一天的事，这是一个人的基本素质，也是一份良心与责任。

接下来的一周该怎么过呢？随时都有撤离的可能，明天？后天？

玛雅人计算的世界末日就要到了，据说有人买了蜡烛，有人卖掉了房子。莫晓瑜看着眼前的一切，与往常并无二致，她不太相信这个预言。

莫晓瑜到温娟办公室小坐，温娟气色看上去很不好，无精打采地说，现在真的好无奈好无助，这些人平时一个个好话说尽，可是到了关键时刻，全都是些胆小怕事的人。莫晓瑜暗想，你们家那位领导，比我想象的差远了，在需要人帮助的时候，却变成了孤家寡人，难道不觉得是最大的悲哀吗？他培植与扶携的那么多人呢？现在都躲到哪里去了？

5

又是开会。当然,莫晓瑜知道这样的机会不太多了。

王吉亮主持,几句开场白之后,他要莫晓瑜先谈谈迎评的时间安排等。莫晓瑜分析了上半年与下半年迎评各自的优弊,明确表态说,我认为上半年考评更为合适,当然,具体时间请各位领导商量定夺,我只是按客观情况谈点个人看法。

四个专家组成员听了莫晓瑜的发言,一一分别表态,都认为上半年参评更好。

让大家意想不到的是,戴世辉竟然持中立态度。

王吉亮最后小结,他态度十分明确,认为下半年迎评更为合适。他说,研究所领导班子估计会有异动,我们的定位目前尚未处理好,推迟更为合适。显然,他在发言中毫不掩饰地将研究所最为敏感的事情公开化了。

会议快结束时,王吉亮说,莫主任,我们该怎样做好下一阶段的工作呢?你先做一个方案吧!

莫晓瑜内心翻江倒海,霎时间脸都气青了,天啊!你们什么事都不与我商量,他们四个专家到底来这里做什么的?现在怎么把担子往我一个人身上搁,所有的一切都压在我一个人头上?你们是不是看到郑光跃要离开了,迫不及待地开始欺负我了?莫晓瑜心如枯井,但她一句话也没有说话,看上去不卑不亢。

中午有朋友请客,到附近的鱼城小聚,莫晓瑜本不想去,但拗不住大家拉扯,还是去了。先闷闷地喝了几杯红酒,半个小时之后,酒兴来了,无遮无拦地说,说完之后心里痛快多了。

随后的几天里,莫晓瑜担心会遇些麻烦,到底是什么麻烦,她也无法说清,只是一种感觉。这天晚上,研究所一位平时很少联系的研究员来了电话，寒暄几句后，欲言又止。莫晓瑜说，没事，你有什么话想说尽管说吧。那人才吞吞吐吐透露研究所人事异动的事情，莫晓瑜忙问及详情，他又是拖拖拉拉的，最后才说研究所两位主要领导都会调离，熊伟奇来做所长，书记直接从市里调。郑光跃会调到市里任一份闲职，但郑光跃现在死活也不肯走。

哦？今天阳光很好嘛。莫晓瑜此刻心静如水，没情没绪地这样回答。

莫晓瑜的心情莫可名状地好起来。下午与马启明到一家家具城，想为新装修好的房子采购点物品，看中的货好，就是太贵了，便宜点的又实在看不上。左右权衡之后，他们总算预订好了几样比较满意的。

回家后，莫晓瑜与女儿视频聊天，女儿十分担心妈妈的处境，尽量找开心的话与她说，莫晓瑜不想让女儿担心，只轻描淡写地说了几句。

晚上马启明又陪莫晓瑜去了趟"漂亮宝贝"，经美容师两个小时轻柔的护理之后，心情似乎改变了很多。

这个晚上，莫晓瑜睡得好香好甜。

第二天，阳光依然很好，莫晓瑜心里说，以后一定要好好善待自己。

上午的会王吉亮没来，由蒋林主持。与会者一排溜轮着发言。莫晓瑜实在不想说话，但绕不过去，只提了几点建议，蒋林给予充分肯定。莫晓瑜想，无所谓了，我说与不说都没关系，你们肯定与否也没关系。

会后，王吉亮约了蒋林、戴世辉与莫晓瑜，四个人到郑光跃办公室，汇报迎评的时间。郑光跃听完后，态度暧昧地表示同意。从郑光跃办公室出来后，蒋林要莫晓瑜一起去王吉亮办公室，莫晓瑜看得出，他们都很兴奋。

午睡刚醒过来，郑光跃来了一条短信，说他刚刚在天涯论坛发了帖子。莫晓瑜好生诧异，不明白他现在为什么要这样做？她马上打开电脑点进去看，只有两个支持他的回复。隔了一会再去看时，已经盖起了几十层高楼，全是喷他的口水。莫晓瑜不理解郑光跃为什么要这样做？

晚上莫晓瑜给孙桂英打电话，说起这事，孙桂英认为郑光跃这次真没必要发帖，她说，我是一个喜欢安静的人，研究所本来已经风平浪静了，又闹得这样沸沸扬扬的有什么必要呢？

莫晓瑜忍不住给郑光跃去电话，问他为什么现在又要发帖？郑光跃说，我是为了扩大影响，希望惊动中纪委，以便有机会为自己洗白。莫晓瑜放下电话，不想再说什么，郑光跃之所以这样做，莫非是后面有人指点？

6

莫晓瑜零零碎碎地忙，脑子里总有做不完的事情。她专心致志完成了几个工作文稿，包括迎评专栏设计、研究所预检通知、部门年终总结等。

戴世辉来电话，客气地约请莫晓瑜去他办公室坐坐。两个人面面相觑，似乎心情都很压抑。莫晓瑜安静地坐着，不说话。没过几秒，戴世辉忍不住地叹口气，然后说了不少丧气话。莫晓瑜自然分辨得出，这些话其实都是暗示自己的。戴世辉貌似诚恳地说，莫主任，我提醒过陈曦，有话私下里与莫主任说，千万别放到会上去，我们之间要互相维护才好。

他又问及闫亚培的事，莫晓瑜想都没想，没好气地说，他呀，找我说话总是带着另一种语气，什么你以后有事直接与我说，戴处长都告诉我了。包括对一些事情的解释，全是他有道理……这个人啊，骨子里的东西是无法改变的。希望戴处你以后不要再同他说这些话了。戴世辉尴尬地咧嘴笑笑，马上转移话题说，郑所长这次发帖，我觉得完全没有必要。莫晓瑜点点头，那确实，我也这样认为。

下午中心小组学习，郑光跃也去了，他煞有介事坐在台上，一点精气神都没有。莫晓瑜看得出来,他恐怕正在漫无边际想他自己的事呢!

这个晚上睡得不错。天亮时梦见母亲,母亲脸色很好,莫晓瑜感觉特别高兴,邀了父亲去外面转了一圈回来,又对母亲说,亲爱的妈妈,我想你,你高兴我就高兴了。梦醒时看看时间,都快九点了。

到办公室时,闫亚培与夏薇薇正说得开心,看到莫晓瑜来了,闫亚培马上收起桌上的东西去了隔壁。

晚上开始下雪,莫晓瑜站在窗前,没心没肺地看着外面,在纷飞的雪花中,她沉默,久久地沉默,这段无言的沉默中饱含着看不见的坚挺,还有无尽的悲伤。

次日,莫晓瑜一天都在忙迎评简报的校对。

闫亚培一直躲在隔壁,莫晓瑜知道戴世辉一定将自己的话又告诉了他,看来与他的关系已经无法挽回,那就顺其自然,让过去的所有都化为乌有吧。人生本来就是此一时彼一时的,有永远吗?永远有多远?

省中医药研究所的冯处长等几位专家来了,莫晓瑜陪同到下面开会,内容是有关生产管理处组织的实验室检查情况反馈。开会之前,她将工作简报发给每一位与会人员。王吉亮主持之后,冯处长作重点发言。他谈得很详尽很细致,右手时而取掉老花眼镜,扫视一遍全场,时而又戴上去认真看自己手写的发言提纲。莫晓瑜暗自赞叹,这些专家才是真正的专家。

中午王吉亮、戴世辉等一起陪同冯处长吃饭,一起商量如何做好迎评工作。莫晓瑜正好将卫生部要求参加培训的事与王吉亮、戴世辉两人说起,王吉亮提议闫亚培、孙桂英等人都去,一共六人。

下午莫晓瑜拿着会议通知去找郑光跃,门紧紧关着,敲了几次,没有动静。

大风大雪,天寒地冻。

莫晓瑜内心极其焦虑,晚上两点还不能入睡,她起来吃了两粒药才慢慢进入梦乡。第二天醒来时又到了中午。她为自己这样的精神状态深感不安。毫无疑问,自己是一个病人了,病得不轻,是被周围的环境与人逼出的病,到底怎样才能治愈呢?

在办公室改稿一天。闫亚培仍在隔壁,他带了孩子来,夏薇薇也带了孩子来,莫晓瑜试着问,你们约好的了?夏薇薇说,是的。

莫晓瑜仍然密切关注郑光跃的新帖子,看到他下午五点多在帖子里回复了一句:晚上十点,我与你们对话。但是,要实名的,不能用马甲。

晚上十点,帖子里果然热闹非凡,冒出来的无数马甲前呼后拥,轮番上阵,你方唱罢我登场,他们言辞犀利,用语凶毒,将郑光跃撕咬得血肉模糊。郑光跃一个人左拦右挡,在回复中他第一次提及莫晓瑜工作调整的事。看到这里,莫晓瑜的心彻底掉进冰窖里,凉透全身。

天气转凉,光线暗淡。

那伙人又将莫晓瑜晒了上去,满满当当两大段。莫晓瑜气得浑身哆嗦,却又无可奈何。她痛恨起郑光跃来,是他无端将自己带进这万劫不复的深渊。

父亲生日在即,莫晓瑜与马启明匆匆去了趟邮局,给父亲寄了一千元。然后去雨湖公园散步,想散散心逃开那些扯不清楚的事。正好遇上联通做手机推销,充五百元话费送一台,时不时用小礼品诱惑游人,莫晓瑜不幸中招了。回家后发现手机并非联通牌子,方知上当。不过,正好可以用这个陌生的号码注册几个马甲,与那群疯子逗逗玩儿,戏弄戏弄他们。她想,那伙人闹腾了这么久,自己从来都不管不顾,任由他们施行网络暴力,现在可要反击一下才行。孰料,一个马甲刚刚上去说了几句,就被廖水花识破了,指名道姓地大骂一通。

第一场大雪来临,纷纷扬扬的雪花扑面而来。

莫晓瑜给孙桂英去了电话，想与她说说心中的愤懑，可她却软语推脱说，我现在只有做事的份了，别的我一概都懒得管呢。

戴世辉请莫晓瑜去他那里，说工作简报将他们生产管理处说过头了，这样肯定过不了关的。一会儿后，他又来了莫晓瑜办公室，莫晓瑜提起郑光跃发帖的事，他佯装不知，莫晓瑜打开电脑，让他看了下网，他摇摇头，认为大可不必这么搞。

在莫晓瑜心中，郑光跃身边的人，个个都是胆小鬼，都是势力人，都是孬种，她看不起他们。

莫晓瑜在办公室安静地做事，她明白，这个地方不会待太久了，待一天算一天吧，她懒得去想后面的事。除了戴世辉来过一次电话，基本上没人打扰。

次日，王吉亮叫上戴世辉叫与莫晓瑜，一起去了郑光跃办公室。郑光跃看着他们说，明天我主持一个行政扩大会议。

至晚，莫晓瑜用另一个马甲去网上支持郑光跃。

又一日，莫晓瑜一个人在办公室闷了一天。她与天涯论坛和百度联系删帖的事。想到马上要去参加卫生部的培训会，晚上叫上马启明去商场买了一件保暖的羽绒大衣。

回家点开帖子看，郑光跃还在与他们论辩说明，一次次提到莫晓瑜的工作，说准备将其调离质监办的，可是秦建伟不同意。

天气仍然很冷。莫晓瑜上午到医院体检，右肾有结石与积水，还有甲状腺结节。莫晓瑜为身体颇感不安。

回到家里已近中午，抽血后十分疲惫，莫晓瑜不想去办公室了。

莫晓瑜突然想到一个办法，去督导团避风，让闫亚培与李福英来做质监迎评，算不算良策？凡事要主动啊，被动就麻烦了，不能等着他们来宰杀。

下午夏薇薇来了。莫晓瑜看看一周工作安排表，四点有郑光跃的会议，放在基础护理部开。正想一个人走过去时,一辆车停在身边,是办公室副主任于莉。莫晓瑜马上上车。于莉不安地说,现在矛盾已经公开化、白热化,他们那伙人真是疯了。她提到数据采集费用的事,为难地解释说,曾以平不同意给质监办那么多钱。

会议气氛很特别,郑光跃一上台就解释最近的情况,原来,他们之间的矛盾目前已是极其尖锐、激烈。

12月10日:党委会,完全否定行政会议决定,秦建伟在会上宣布,他们两人都会离开。

12月18日:研究所出现食堂中毒事件,实习生有人中毒,已经查明是人为投毒,各新闻媒体相继采访报道。

1月5日:党委会开到半夜,取消1月6日的行政会议。

其间,秦建伟、曾以平、贾里梅三人拟定一份党委会文件,紧急送至市委,将郑光跃在网上发帖的事情一一汇报;之后,秦建伟、曾以平、贾里梅拉上纪检办主任涂志谦一起四人找主管领导谢副市长汇报。

郑光跃向大家表白说,其实,我发帖子之前,是请示过省市领导的,发过之后,省委组织部长对我说了三点:

第一、 没什么大问题;

第二、 暂时不要公布财产;

第三、 可能后面会有更多的诬陷,须冷静对待。

莫晓瑜想,看来更大的暴风雨马上就要来临。她并不害怕,只希望这一摊子乱七八糟的事情早点完结,不管结局如何,自己都要争取回归一种安静。是的,趁早离开这里吧,突出重围,走出泥淖。莫晓瑜知道她的心已经走了,走得远远的,走到了属于自己真正的路上。

第二十二章 明月依旧

1

一个特殊的日子终于在莫晓瑜的预感与等待中来到了,只是来得有些太突然,青州市中医研究所的历史,从这天开始将重新书写。

做梦一样,并不经意的寻常一天,却如此不寻常地翻开了青州市中医研究所新的一页。

莫晓瑜像平时一样来到办公室。上午十点钟左右,王吉亮来了电话,莫主任,你去叫下戴世辉,一起来郑所长办公室吧,有要事。其时,莫晓瑜正在写"党风廉政建设工作总结"。她感觉王吉亮今天的语气有些异常,忙收住手头的事,迅速叫上戴世辉到了郑光跃办公室。

王吉亮已经坐在郑光跃办公室的沙发上了,两个人和颜悦色,面对面正说着什么,谁走了谁去?谁与谁不和?看到戴世辉与莫晓瑜来了,郑光跃说,你们坐下吧,这次北京的会议我去不了。省委组织部刚来了电话,下午将过来宣布秦建伟与我的调离。新来的书记是张显松,所长是费晨青。

莫晓瑜心里咯噔一下,心里涌出无限的伤感,虽然事情在她的预料之中,但还是太突然了点,对于自己来说,这是脱离苦海的好机会啊!她迫不及待地提出自己不想再做质监评估工作。

王吉亮这会儿已经出去了。郑光跃对戴世辉与莫晓瑜说,以后你们不要怕,该怎么做就怎么做。张显松与胡高成原来在省中医研究所是死对头，当年张显松本可以上副厅的，是身为副所长的胡高成挡了他的路，往死里整他，后来，眼看路走不下去了，张显松就换了地方，顺利上了副厅级，现在已是正厅级了。

郑光跃停了一下，又说，张显松私下里告诉了我许多关于胡高成的事。

听到这里，莫晓瑜感觉内心的潮湿一刹那被火柴擦亮了。

莫晓瑜对戴世辉说，戴处，你组织一下吧，我们小范围内送一下郑所长。

郑光跃忙说，不用不用，我这个人从哪里走了，再不会回来的，更不会接受任何部门与个人的宴请。

从郑光跃办公室出来后，莫晓瑜马上去了孙桂英办公室，告诉了她这件事。恰好在这时，戴世辉给孙桂英来了电话。他们在电话里聊了很久，孙桂英说话躲躲闪闪的，两个人一直聊，莫晓瑜估计是谈今天的事情，看来待这儿有所不便，她便站起身对孙桂英笑笑，告辞回了办公室。

莫晓瑜内心波涛汹涌，她想起了很多很多，百感交集。傻傻地坐在电脑前面，不声不吭地动笔写一篇《晴日方好》，每打出的一个字，都凝聚了两年来的遭遇与辛酸，点滴血泪，痛心不已。

一直默默念叨着"流年风起，梧桐叶落"这几个字，是一种预兆？一种谶语？甚或是一种期待？

一个又一个日子，每一天仿佛在拷贝，在粘贴、陈旧、单调、乏味、压抑。到底什么时候才会有新的转机呢？

莫晓瑜想，我一般不习惯走夜路，然而一段时间以来却老是要在夜里出行。每每接近郊外时，听见城头若断若续传来一阵埙声，苍凉而肃杀，幽怨而凝重。不时会感到魑魅魍魉的存在，冷不丁周围响起怪异的声音来，让人全身发凉，以为此刻正处在非人间的境地。是想象过于丰富，还是一种特殊的心理作用？

等待的时光很长，等待的日子很苦。然而，必须等待！幸好，许多人与你一起等待，他们也期望有一个清清爽爽的天气吧？

想起了几句诗歌：感之欲叹息,对酒还自倾。浩歌待明月,曲尽已忘情。

融雪了，出乎意料地快。上午见到太阳出来的端倪，果然，正午阳光很炽烈。

这个晴天来得正是时候，意味着身边的很多事情会有所转机，相信那些沉默、隐忍了许久的树会抖掉一身的倦怠与疲惫，等来一个豪情万丈的日子！

下午是一个中层干部会，研究所领导齐齐整整全到了。省、市组织部来了一大溜人，坐满了主席台。省委组织部姚副部长宣布任命，有研究所两位领导的去处，均安排为市里的闲职，还有新来的两位一把手。对于调离的秦建伟与郑光跃，姚副部长分别给予了充分肯定，说出来的全是好话。接下来，新旧领导分别发言。秦建伟说，如果是我的原因让郑光跃所长同时调走，我向省、市组织部表示歉意，也向郑所长表示歉意。莫晓瑜心里冷笑，你可够虚伪啊，早知道，为什么不能做得更好些呢？你被几个心怀私欲的人利用，严重损害了研究所的声誉，让单位蒙羞，让我们备受折磨，难道你不觉得心虚理亏吗？何况，你不也害了自己？一个快退休的人，就这样灰溜溜地走了，所谓不得善终吧。

莫晓瑜觉得现在实在有话想说，隐忍的时间太长了！晚上在他们对骂的帖子上，她第一次用刚注册的马甲给秦建伟写了几句发出去，将憋闷许久一直想说的话，一股脑儿全说了出来，说完她便心安理得了。过了一会儿，一个叫"落叶归根"的跳出来破口大骂，绝对就是他！他应该也知道是谁在说他吧？

2

天大晴。

昨晚莫晓瑜有些亢奋，辗转反侧，难以入眠。吃了两粒安眠药后，一觉睡到次日九点方醒。一看手机，好多条信息，闫亚培的，胡蓉芳的，说王吉亮正在等着开会。莫晓瑜马上收拾好往办公楼跑。办公室副主任于莉来电话，说新到任的两位领导准备到各部门看看，要莫晓瑜做好接待准备。莫晓瑜答应说，好的，我马上过来。等她急急忙忙赶至办公室时，新来的两个头已经来过又上楼去了。

王吉亮主持的会议正在进行中。他首先点名要戴世辉发言，后面关于迎评的事只要蒋林发言，蒋林忙推脱说，别别别，这个应该是由莫主任来谈。王吉亮却一再坚持要蒋林发言。莫晓瑜敏锐地意识到，王吉亮的态度透露一个信息，后阶段质监办的人事安排很快就会变更，王吉亮一定在考虑调整了，不，绝不止是他一个人。

莫晓瑜一言不发，她想，以不变应万变吧，我暂不吭声，随他们怎么安排。

回到办公室，正好停电了，莫晓瑜百无聊赖，她这会儿很想与孙桂英说说话，可几个电话过去她都没接，为何？难道知道即将发生的事？

中午下班时，莫晓瑜出了办公室正准备回家，在楼道上迎面碰到曾以平满面春风地陪着两位新来的领导，书记张显松身材矮小，肤色黝黑，所长费晨青身材高大，肤色白皙，莫晓瑜心想，这样的搭配，矮小黑与高大白，哈哈！上级真是给了研究所一个最好的组合呢。她迟疑了几秒钟，忙上前与他们打招呼。她问张显松，书记还记得我吗？以前多次与你一起开会。张显松笑着说，怎么不认识呢？费晨青说，莫主任，请你给我提供些关于研究所的数据，凡与迎评有关的都要，包括我们研究所的基本情况。张显松说，莫主任给我也送一份来吧。

莫晓瑜马上给闫亚培电话，要他下午来一下质监办，闫亚培磕磕巴巴说话不甚爽快，莫晓瑜告诉他说新来的领导需要迎评的数据表格，他却百般推诿。

虽然心里极为不爽，却很是无奈。莫晓瑜马上给徐水东打了个电话，徐水东说他们部里的会只开到三点。莫晓瑜心里都明白了。唉，闫亚培见风使舵，眼看局势大变，立马就不买账了。隐忍点吧，且等后面的安排，再做定夺，这是一个非常时期。

莫晓瑜想，张显松来了，感觉他态度不错，毕竟以前认识，研究所或许能够起死回生？莫不真是到了柳暗花明、峰回路转的时候？但愿以后的每一个日子都是晴天。

下午认真为王吉亮准备明天要的材料。莫晓瑜约了孙桂英中午聚聚，两人说了不少话。其实，莫晓瑜心里也忐忑，不知道眼前这个人是否可靠？只是现在顾不上那么多了，就是想找个人说说话。

吃完饭回到办公室时，离上班的时间还早，她看到夏薇薇的电脑桌面上QQ页面正好有与闫亚培的对话，两人都在骂莫晓瑜，诸如"神经""没有人情味"之类的，这让莫晓瑜大为惊讶，大为伤心，看来，夏薇薇与闫亚培两人一直是随时交流、无话不谈的密友。

整个晚上，莫晓瑜都感觉郁闷极了，许是太累了吧，竟然睡得很好。

第二天上午，莫晓瑜看到曾以平带着张显松去胡高成办公室，关着门一直谈至中午。

莫晓瑜下午在去医务室的路上，看到胡高成正朝这边走过来，与研究所的段武和亲热地打招呼，胡高成喜形于色地说，嘿嘿，老子终于把郑光跃赶跑了。

人啊，人！到了此刻，莫晓瑜看明白了尘世间所有的事。

流氓写手们还继续在网上编写研究所的故事。

莫晓瑜随便看了下，迅速关机了。整个晚上，她都在忙着第二天去北京参加卫生部会议的准备。

夏薇薇来电话说，我今天遇见姚姐了，姚姐告诉我说，她看到郑光跃与胡高成在一起说话，郑光跃提到要将你调出质监办的事。我俩都为你感到不值，郑光跃真是太没骨气了。

莫晓瑜听到这里，哦哦两声就挂了电话，她感觉现在所有的一切都变得毫无意义，从容地做好下一步被他们继续打压追杀的准备。

第二天上午，莫晓瑜与王吉亮、戴世辉、孙桂英、闫亚培等人乘机赶赴北京行政学院，卫生部的工作会议将在这里召开。

抵京后，戴世辉与孙桂英都说要先去探望北京的亲戚，莫晓瑜心里其实很清楚，只是没有说穿，到酒店报到后，稍稍收拾，莫晓瑜便给费晨青电话，这位新来的所长正好在北京开会。费晨青说，莫主任你们到了？有空过来坐坐吧。莫晓瑜忙叫上闫亚培去了费晨青房间，几句问候寒暄之后，莫晓瑜递上一些迎评的数据材料给他看。费晨青一边看一边不停地讲话，都是迎评的话题，他说他也做过评审专家，莫晓瑜与闫亚培两人基本没有插嘴的机会。莫晓瑜感觉很累，累得慌。她等费晨青继续说了一大段话后，便起身告辞。费晨青对莫晓瑜说，我的朋友沈林军讲你业余时间写点诗文，他夸你写得不错啊。莫晓瑜咧开嘴，淡淡一笑。

晚饭后，天很冷，莫晓瑜穿上长棉袄，几个人陪着费晨青一起出去散步。费晨青走得很快，王吉亮与闫亚培一左一右同他说得很热烈，莫晓瑜慢慢落在了后面，她想赶上去，却离他们越来越远了。

回酒店后，莫晓瑜在小书屋买了一本书，黄晓明的《阳谋高手》，这书名太有意思了！她半躺着随意翻翻，纳闷作者怎么会想到取了这样一个书名？

孙桂英很晚才回来，两个人又说到了一些老话题。至于她今天与戴世辉到底去了哪里，孙桂英只字未提，莫晓瑜也半句不问。也好，彼此心照不宣吧。

3

第一天是整天的会。莫晓瑜身子软软的，听着听着只想睡觉。中午虽然时间充裕，可她怎么也睡不好。晚饭后参会的六个人去对面的石油化工学院散步。王吉亮紧随着费晨青，强烈地张开笑脸，与费晨青亲切交谈。莫晓瑜回想那次去河南考察时，王吉亮也是这样一路陪伴着郑光跃的。

回到房间，莫晓瑜与孙桂英两个人都懒得说话了，洗漱后各自躺下就睡。

次日，又是一上午的会，莫晓瑜安静地坐在后面靠边的地方，她不愿意与他们几个坐在一起，更不想说话，一个人安安静静多好！

下午分组讨论。闫亚培没来会场，只发来一条信息说出去买点东西。莫晓瑜回复说，你开完会再去吧。然而，他还是走了。正好身边的孙桂英看到了信息，问及之后，说，他应该先同你说说的，你是他的直接领导啊！

晚饭后，六个人一起到附近的公园散步。莫晓瑜问费晨青，你与郑所长是老乡吗？费晨青说，是啊，我们都是江苏的。

散步回来，几个人都去了费晨青房间，陪他打扑克，莫晓瑜看他们一个个兴致勃勃的，便安静地坐在边上看他们玩，以前每逢这种场合，她通常都是这样。玩了几圈之后，戴世辉要上洗手间，莫晓瑜便接着打了两圈，她脸上挂着浅浅的笑，内心却情绪全无，只不过凑趣罢了。

回房间洗漱好后，莫晓瑜与孙桂英两个人躺在床上敷面膜。孙桂英又提起了闫亚培，说，他太不够意思了，这种人是不可用的。孙桂英的这种语气，正中莫晓瑜下怀，竹筒倒豆子一般细数他许多的不是。感叹道，命吧，我只能遇上这样的人。

第二天，莫晓瑜才知道闫亚培已经陪同费晨青提前回了研究所。余下四人一直等会议结束才打道回府。

在候机室里，孙桂英热情地请大家喝咖啡，她说，我们王所长就喜欢喝咖啡。王吉亮刚刚在机场书店买了两本书，一本《选择你所能承受的那条路》，一本《我从来不信这世间会无路可走》。莫晓瑜首先被两本书的书名吸引了，似乎就是对当下的自己说的。翻看了几页，觉得确实不错，也去买了回来。王吉亮、戴世辉、孙桂英三人正在说说笑笑，很是亲热。看到莫晓瑜捧着书坐下，孙桂英说，莫主任，王所长对你高度评价呢！莫晓瑜一脸尴尬，说，我做得不够好，王所长客气了。王吉亮说，莫主任，你做得真的不错。莫晓瑜若有所思，说，如果这次郑所长不发帖子，估计他走也是迟早的事。王吉亮与戴世辉几乎异口同声说，那情况就不一样了呢！

莫晓瑜与孙桂英的座位连在一起。孙桂英亲热地说，王所长告诉我，你对我很满意，评价很高。他还说你工作做得很好，有力地推进了迎评工作的开展。莫晓瑜笑着说，如果那伙人要追杀我，相信王所长与戴处长会保护我的。孙桂英点头说，我想那是肯定的。

下飞机后，研究所来车接了他们。在回家的车上，王吉亮不停地问这问那，莫晓瑜不无感慨地说，如果当初我不做行政，只做我的研究员，或者做个一线医生，一定会取得一些成绩的，也不至于受这样的窝囊气。她看着黑魆魆的窗外，很多树影一晃而过，莫晓瑜感慨道，命吧，认命了，这一切都是命定的。

4

戴世辉晚上十一点钟发信息来，很客气，邀请莫晓瑜明天上午去生产管理处指导材料审查。莫晓瑜有些愕然，感到其中有问题，却又不知道问题到底在哪里？直觉告诉她，这很不正常。

第二天，莫晓瑜准时去了，参加审查的有质监办几位校内专家，戴世辉看大家都已坐定，便一一给出具体安排。

快中午时，王吉亮来了电话，请莫晓瑜去他办公室。莫晓瑜预料这次有点不同寻常。果然，一推开门，王吉亮笑吟吟地请她坐下，说了几句不相干的话之后，开始切入正题。

莫主任，新来的张书记、费所长为了平衡关系，你的工作需要调整一下，他们委托我找你谈谈话。

莫晓瑜想都没想，问也没问，无情无绪地说了一句，我服从。

王吉亮说，那就按郑光跃所长的意见，你去生产管理处任副职吧。莫晓瑜并不感到意外，她不置可否地坐在那里，一句话也不说。

王吉亮见状，又接着说，莫主任，你在质监办几年，我们都认为你做了大量的工作，而且做得很不错。

莫晓瑜脑子里一片空白，嘴上机械地说，王所长，谢谢了！

戴世辉邀请几位评审人员中午一起吃饭。莫晓瑜坐在戴世辉身边，轻轻告诉他王吉亮找自己谈话的事情。戴世辉一脸暧昧，欢迎，欢迎啊！莫晓瑜看看他的脸，似乎有种说不出的味道，一刹那明白他们早已经通过气了。而且，潜意识感觉他并不欢迎自己，日后在他手下做事还不知道会是怎样的境遇？不过，现在已经顾不上这些了，最要紧的是，谁会来主持质监办的工作？她急不可待地问戴世辉，以后谁主持质监办的工作呢？戴世辉摇摇头，我也不知道呢。然后又说，看来还是他吧。莫晓瑜心里一惊，谁？胡高成吗？戴世辉没有回答，只管低头吃菜。

莫晓瑜虽然担心胡高成回质监办，但同时庆幸自己终于从苦海里爬上岸来了，算是解脱吧。

回家的路上，莫晓瑜将此事告诉了孙桂英，孙桂英说，没人找我谈话呢，应该不是我来做吧。

莫晓瑜说，若是你来做，是最好的安排。

下午莫晓瑜分别给闫亚培、夏薇薇与胡蓉芳发信息，约他们第二天上午来办公室一趟，她觉得必须将这情况告诉他们。实际上，他们应该都知道了，莫晓瑜想。

半夜醒来，莫晓瑜突然想到，我为什么在王吉亮面前回复得那么快呢？难道一点条件都没有吗？你们要我走，就不让他们走？我还是真正的受害者，这么长时间，我一边受气，一边竭尽全力为研究所出力。他们呢？为一己之利，不惜损害研究所的声誉，恩将仇报，一群流氓，难道他们还能得到好处吗？

失落，失望，无奈，难以入眠。

第二天，莫晓瑜打算上午去找找张显松和费晨青，说说自己的想法，反映一下真实情况。早餐时与马启明商量此事，马启明虽有同感，却认为能够脱离质监办是她一直的心愿,他说,这是老天给你最好的安排啊,你以后会轻松很多,再不会像以前那么劳累了。莫晓瑜马上又将半夜的想法否定了。她给质监办三人发信息:上午因事来不了,下午吧。

莫晓瑜去了趟医院,忙累这么多天,都顾不上按时体检,现在也该来了,倘若身体出了问题,还有谁会管你呢?以后还是以身体为重吧。

下午,闫亚培、夏薇薇与胡蓉芳三个人都来了办公室,莫晓瑜轻描淡写将自己即将离开质监办的事告诉了他们,夏薇薇与胡蓉芳一副好难过的样子,闫亚培却一脸平淡。

莫晓瑜为一些账目报销的事,与夏薇薇一起去王吉亮办公室,等王吉亮签字后,莫晓瑜让夏薇薇先走,说有事与王所长说说。她自己坐下来,问王吉亮,我身边这几个人,还能继续留着吗?对面那两人是否会回来?谁来主持质检办工作?王吉亮含糊其词地回答了几句,言语中他也不是很清楚。

回办公室后,闫亚培去戴世辉那里,拿回一大把发票,原来是戴世辉与孙桂英去北京的开支。莫晓瑜随意摊开看看,数目不小,还包括孙桂英在机场请喝咖啡的发票,她猛然惊醒了,心里直冷笑,原来这个女人在骗人,一直在骗,而且是一个很会编戏也很会演戏的女人,一个工于心计的女人,自己根本不是她的对手。想到昨晚她还来电话说,她主持的部门遭到恶意攻击,不知道以后能否生存下来。莫晓瑜想,这女人真傻,发票要在我这里报销,我难道不会知道吗?唉,算了吧,不揭穿她好了。

她继续清理与收拾自己的东西,想想,也是到了该滚蛋的时候了。夏薇薇默默地帮着她收拾整理,在莫晓瑜离开办公室时,夏薇薇眼睛一红,两行泪水顺势流下。

莫晓瑜心里一软，想与薇薇说点什么，但现在心情恶劣，与谁都不想说话，那就暂时不说了吧。她回望了一下这间摸爬滚打八年的办公室，决绝地离开了。

5

晚上吃了两片安眠药，莫晓瑜才安然入睡。

快天亮时，莫晓瑜梦见一女子，怀里抱着个小孩。孩子的鞋子脱了，一双小小的鞋，莫晓瑜忙上前帮着给孩子穿上。醒来时，不免长叹，又是小人，又是小鞋，不知道这个梦是怎样的征兆？

莫晓瑜上午还是去了办公室，为账单报销签字的事。闫亚培与夏薇薇带着孩子来了。莫晓瑜继续收拾自己的东西。中午，她安排闫亚培与夏薇薇带孩子一起去吃饭。

莫晓瑜给郑光跃打了个电话，说了一下自己的事，问他如何是好？郑光跃像换了个人似的，没情没绪，随便安慰几句罢了。其实，找他又有什么用呢？他自己现在都是心乱如麻。莫晓瑜明白，我这电话就像没打一样，人就是这样莫名其妙，有时候明知没有什么用，却希望找个人倾诉一下。

王吉亮来电话说，研究所关于几个人调换工作岗位的报告，昨天的党委会议已经通过，并一再对莫晓瑜说，莫主任，你辛苦了！我们合作得很好啊！莫晓瑜急不可待地问谁来接替质监办的工作？王吉亮说，党委决定要戴世辉来担纲。这下莫晓瑜总算放心了，她提出能否将闫亚培、夏薇薇正式调过来，将胡蓉芳调进研究所？王吉亮爽快地答应说，这几个人的事，以后我会尽力的，只要他们愿意。

放下电话，莫晓瑜心如死灰，出神地看着窗外，手里继续清理自己的东西。

也怪，这个中午竟然入睡很快。

晚上有位老朋友在水墨酒店请马启明与莫晓瑜晚宴，还赠送了两份精致的礼品，餐后，马启明与莫晓瑜马上给夏薇薇送过去。夏薇薇感动地站在莫晓瑜面前，依依不舍的样子，还告诉她说，你那天一走，胡蓉芳都哭了。

莫晓瑜说，只有闫亚培无动于衷，假话都不愿说一句,可能巴不得吧？

夏薇薇也不为闫亚培掩饰什么，安慰道，反正你们的关系就那样了，无所谓吧，现在这样安排对你还好些，去生产管理处应该是最合适的。

夏薇薇接着不无忧虑地说，搞完评估，我也不清楚该去哪里好呢？

莫晓瑜与马启明晚上去大院散步，说起这些话题，马启明安慰莫晓瑜要看开些。正说着，遇上后勤处的黄西民，他问莫晓瑜，你去世辉那里了？这样还好些。莫晓瑜迫不及待地问，那老家伙会去哪里？黄西民没头没尾地说，他啊？正办着呢。莫晓瑜问，昨天党委会是怎样决定的？黄西民说，我已经说到这里了，会按程序按规定办吧。莫晓瑜终于听明白了，大喜，太好了，真是太好了！

莫晓瑜马上给夏薇薇电话，薇薇，我最黑暗、最艰难的日子终于过去了。他们有意凉我，是一种放逐，或者是贬谪吧。我无所谓，真的，早做好了准备，终于从黑暗与痛苦中解脱出来了！不过，薇薇，我以后要与戴世辉合作，你那么不喜欢他，我也不知道将会是怎样的结果？或许会遭遇另一种伤害？

夏薇薇安慰说，别想太多了，顺其自然，也许一切会好起来的。

但愿吧，只是……说到这里，莫晓瑜打住了，以后到底会怎样，她不敢深想。

　　这个晚上,莫晓瑜大有翻身解放的感觉,她情绪极为轻松,在尘封了很久的书柜里翻着找着,翻出一大摞书,都是一直想看而没有时间看的,在明亮的灯光下,东一下西一下看起来,对于人生与生活,她有了新的理解。俄狄浦斯不是有一句话说得很好吗?人未死,何来福?看来,人活着,是要享受痛苦的,怎会轻言快乐呢?她打算以后不再与任何人谈这一切,过去的是过去,当下的是当下,未来更值得期待。至于自己的心情,不过是时而好时而坏,不仅仅是我一个人,人人都会如此,何必都要与人言之?一定要把一个痛苦挣扎的自己从泥淖里拔出来,隐藏于绿林深处,让"莫晓瑜"这个名字成为一块生铁、一片浮云、一个符号。扔掉心里所有的痛,把自己交给心灵,交给自由,走一条想走的路。

　　她在键盘上很快敲出几行文字,然后,拉开窗帘,吟咏起来:

　　杜鹃啼血
　　谁在唱响一首久远的歌
　　归来吧,归来吧
　　远山尽头,明月依旧